Je te retrouve enfin

Je t'aimerai toujours

SHERI WHITEFEATHER

Je te retrouve enfin

Passions

HARLEQUIN

Collection : PASSIONS

Titre original : LOST AND FOUND FATHER

Traduction française de MARION BOCLET

HARLEQUIN

83-85, boulevard Vincent Auriol, 75646 PARIS CEDEX 13.
Service Lectrices — Tél. : 01 45 82 47 47

www.harlequin.fr

ISBN 978-2-2803-2955-2 — ISSN 1950-2761

- 1 -

Pour Ryan, le passé se conjuguait au présent. En fait, il n'avait jamais cessé de le hanter.

Ryan jeta un coup d'œil à l'horloge. Victoria allait arriver d'un instant à l'autre. Victoria, la femme avec laquelle il avait eu un enfant. Son amour de jeunesse, avec qui il était sorti au lycée. Quand elle était tombée enceinte alors qu'ils n'avaient que seize ans tous les deux, leur vie en avait été bouleversée.

Pour Victoria, il était inconcevable de se faire avorter, mais garder le bébé était impossible. Ses parents l'avaient alors convaincue que l'adoption était la solution. Le père de Ryan s'était montré tout aussi catégorique : il ne voulait surtout pas que son fils devienne père alors qu'il n'était encore qu'un adolescent.

Une adoption simple avait été envisagée, mais les deux familles avaient fini par décider qu'une adoption plénière serait plus appropriée et faciliterait les choses.

Bientôt, l'échographie avait révélé que le bébé était une fille. Victoria pleurait tout le temps, et Ryan était plongé dans un état d'hébétude permanent. Même si leur relation n'était plus au beau fixe, ils s'étaient mis d'accord pour prendre leur fille dans leurs bras à sa naissance et lui dire au revoir ensemble. Seulement, le moment venu, Ryan avait été pris de panique et n'était pas allé à l'hôpital. Ce qui avait achevé de les séparer. Ensuite, Victoria ne lui avait plus adressé la parole. A juste titre : il l'avait rejetée quand elle avait eu le plus besoin de lui.

Il aurait été incapable de dire combien de fois, toutes ces années, il avait pensé à Victoria et au bébé, combien de fois il avait regretté sa décision. Cela avait même affecté son mariage, mais il ne voulait pas y penser.

Alors, à quoi voulait-il penser ? Au jour où Victoria était partie ? Après la naissance du bébé, ses parents l'avaient emmenée vivre à Los Angeles pour lui offrir un nouveau départ.

Maintenant, elle était de retour dans l'Oregon, dans le seul but de le voir.

Il était terriblement nerveux.

La semaine précédente, elle l'avait appelé pour lui parler de Kaley, la fille qu'ils avaient fait adopter. Manifestement, six mois plus tôt, elle avait contacté plusieurs bureaux d'état civil dans l'espoir de la retrouver. Et, miracle, elle y était parvenue. Kaley, âgée aujourd'hui de dix-huit ans, avait de son côté contacté des organismes d'adoption pour retrouver ses parents biologiques.

D'après Victoria, Kaley et elle étaient devenues très proches. Elles avaient tissé des liens solides, et maintenant, Kaley voulait le rencontrer, lui. L'intérêt que sa fille lui portait était une leçon d'humilité pour lui et l'emplissait d'un respect mêlé d'admiration.

Cependant, la rencontre aurait lieu plus tard. Victoria voulait d'abord le voir et, à n'en pas douter, évaluer sa sincérité. Etant donné la façon dont il s'était comporté dans le passé, il ne pouvait pas lui reprocher sa prudence.

Un grognement l'arracha à ses pensées, et il tourna la tête vers le bouledogue couché en rond dans un coin de la pièce. Il avait presque l'impression que le chien se moquait de lui. A côté de lui se trouvait un border collie profondément endormi. Ryan avait aussi quelques animaux de ferme, dont il avait plus ou moins hérité avec la maison, une vieille ferme dans les bois. Sa clinique vétérinaire était installée dans les dépendances.

De nouveau, il regarda l'heure. Victoria était en retard.

Et si elle avait changé d'avis ? Si elle le laissait en plan ?

Non, elle ne ferait pas une chose pareille. Elle viendrait, dans l'intérêt de leur fille.

Malgré tout, elle avait été réticente à parler de Kaley par téléphone. Il lui avait demandé de lui envoyer une photo par e-mail, mais elle lui avait répondu qu'elle préférait la lui donner en main propre.

Il avait une foule de questions au sujet de Kaley, mais aussi sur elle, Victoria. Il ignorait tout de sa vie actuelle : elle aurait très bien pu être mariée, avoir d'autres enfants. Elle serait peut-être accompagnée de son mari.

Il ne lui avait pas demandé si elle était célibataire, et elle ne lui avait rien dit d'elle-même. Il aurait pu chercher des renseignements sur Google, mais il aurait eu l'impression d'aller trop loin, et il s'était abstenu.

Lui, en revanche, lui avait dit qu'il avait divorcé et qu'il vivait seul. Il tenait à ce que Kaley sache qu'elle ne rencontrerait personne d'autre que lui. Même son père était mort, environ deux ans plus tôt. Au cours de leur brève conversation, Victoria lui avait présenté ses condoléances, et il lui avait demandé comment allaient ses parents. « Bien », avait-elle répondu, sans plus de détails.

A mesure que l'heure tournait, il sentait sa nervosité croître. Il craignait de tout gâcher de nouveau, de dire ou de faire ce qu'il ne fallait pas. Il tenait absolument à se faire pardonner. Il espérait qu'elle n'arriverait pas avec un mari ou un compagnon, car la présence d'un autre homme nuirait à leurs retrouvailles.

A quoi s'attendait-il, au juste ? Que Victoria le serre dans ses bras et lui dise qu'elle le comprenait, qu'il n'était qu'un gamin à l'époque ? C'était une excuse minable, et il le savait très bien. A l'époque, elle aussi était jeune et effrayée.

En fin de compte, peut-être aurait-il dû chercher des renseignements sur elle sur internet. Il se serait senti beaucoup mieux s'il avait vu une photo récente d'elle. Il n'aurait alors pas eu l'impression qu'elle était une parfaite étrangère pour lui. Il essayait vainement d'imaginer ce à quoi elle pouvait ressembler aujourd'hui. Il revoyait uniquement la douce jeune fille de son adolescence troublée, la jeune fille dont les baisers l'enivraient, la jeune fille…

La sonnette retentit, l'arrachant à ses pensées. Il sursauta violemment. Les chiens se mirent à aboyer, ajoutant à son anxiété. Il les fit taire et se dirigea vers la porte en soupirant.

Quand il ouvrit, il vit Victoria sur le seuil. Elle était seule, la même et pourtant différente. Ses yeux étaient d'un vert aussi intense que dans son souvenir, sa peau aussi claire, et ses cheveux du même roux flamboyant, mais la cascade de boucles qui tombait autrefois sur ses épaules avait laissé la place à une chevelure lisse et brillante. La jeune fille fluette était devenue une femme sophistiquée : vêtue d'une robe ajustée et de sandales à talons, elle possédait l'élégance caractéristique de Los Angeles.

Il sentit son cœur se mettre à cogner dans sa poitrine. Il ne pouvait s'empêcher de la dévisager. Elle aussi le fixait. Il avait autant changé qu'elle : il n'avait plus rien de l'adolescent dégingandé qu'elle avait connu, et il avait même des rides au coin des yeux.

— Entre, dit-il, brisant le silence.

— Merci.

La voix de Victoria était aussi raffinée que son apparence.

Elle passa la porte, et les chiens s'agitèrent à ses pieds. Il leur avait appris à ne pas sauter sur les visiteurs, mais il voyait bien qu'ils avaient envie de poser leurs pattes sur elle.

Victoria sourit en découvrant les chiens, et ce sourire le ramena des années en arrière. Il sentit son cœur se serrer.

Quand elle releva la tête, leurs regards se croisèrent. Elle fut la première à détourner les yeux, tandis qu'un flot d'émotions le submergeait. Incapable de refréner sa curiosité, il jeta un coup d'œil à sa main gauche et constata que son annulaire était dépourvu d'alliance. Bien sûr, cela ne signifiait pas nécessairement qu'elle n'avait personne dans sa vie. Il avait tout intérêt à s'en souvenir.

— Assieds-toi, dit-il en indiquant d'un geste le salon, aux meubles rustiques et au décor sobre.

Elle s'assit dans un fauteuil de cuir. Avait-elle délibérément évité le canapé, pour qu'il ne puisse pas prendre place à côté d'elle ? En dépit de son calme apparent, il était persuadé qu'elle était aussi nerveuse que lui. La situation ne pouvait pas être plus simple pour elle que pour lui : pour la première fois depuis toutes ces années, elle était dans la même pièce que celui qui l'avait abandonnée.

— Tu veux boire quelque chose ? lui demanda-t-il avant d'oublier complètement ses bonnes manières. Je peux te proposer de l'eau, évidemment, ou du jus d'orange… Je peux aussi faire du café.

— Non, merci.

Il s'assit sur le canapé, mal à l'aise dans sa propre maison. Il éprouvait encore de l'attirance pour Victoria, et il n'en avait pas le droit.

— As-tu apporté les photos de Kaley ?

Elle hocha la tête, ouvrit son sac à main, puis en sortit une enveloppe qu'elle lui tendit. Il y trouva les photos d'une jeune femme dont les traits lui étaient familiers. Kaley avait hérité du nez fin et des lèvres pulpeuses de Victoria, mais aussi de ses cheveux noirs, de son teint hâlé et de ses yeux à lui.

Bouleversé, il sentit son cœur bondir dans sa poitrine.

— Elle est belle…

— Et intelligente, compléta Victoria d'un ton qui trahissait sa fierté. Elle entre à l'université à l'automne, elle va étudier le commerce et les rôles sociologique, historique et littéraire des femmes.

Il regarda de nouveau les photos. Il ne savait pas exactement en quoi consistaient ces études, mais il avait envie d'en apprendre davantage sur les centres d'intérêt de Kaley et sur la carrière qu'elle envisageait.

— Où va-t-elle étudier ?

— A l'université de Californie à Los Angeles. Pendant toutes ces années, elle vivait tout près de moi, et je n'en savais rien…

Lui vivait à des centaines de kilomètres de leur fille.

— Quand vais-je pouvoir la rencontrer ?

Victoria remua légèrement dans son fauteuil.

— Tu es sûr d'être prêt ? Tu ne vas pas changer d'avis à la dernière minute ?

Il méritait ces questions. A la place de Victoria, il les aurait posées. Mais elles n'en étaient pas moins blessantes pour autant.

— Je suis devenu adulte depuis la dernière fois que nous nous sommes vus.

— Je sais très bien quel âge tu as.

— Je ne parlais pas de mon âge, Tore.

— Peut-être, mais le temps ne change pas nécessairement les gens… et ne m'appelle pas Tore, ajouta-t-elle, sa voix se brisant légèrement.

Sa vulnérabilité l'emplit de honte. Il n'avait pas utilisé son surnom délibérément ; il lui était venu naturellement.

— Je suis désolé, dit-il, conscient que ces mots étaient loin de l'absoudre. Je ne veux pas rendre les choses plus difficiles qu'elles le sont déjà… mais j'ai changé, et je veux apprendre à connaître ma fille.

Cette fois, il ferait ce qu'il fallait.

Il y eut un silence douloureux.

— Je suis contente que tu aies envie de la connaître, mais il y a beaucoup de choses à prendre en considération… Kaley cherche à en savoir plus, cela la concerne autant que toi.

Il posa la question qui lui brûlait les lèvres.

— Est-ce qu'elle sait que je ne suis pas allé à l'hôpital le jour de sa naissance ?

— Non. Elle est très curieuse d'en apprendre davantage sur son passé, mais ce n'est pas quelque chose que j'ai eu la force de lui avouer.

Les blessures anciennes étaient encore profondes. Il aurait voulu pouvoir réconforter Victoria.

— Elle m'a posé des questions sur le jour de sa naissance, continua-t-elle. Elle m'a demandé si je l'avais vue avant que l'agence d'adoption vienne la chercher… Je lui ai dit que je l'avais vue et prise dans mes bras.

— Elle ne t'a pas posé de questions à propos de moi ?

Victoria secoua la tête.

— Je crois qu'elle a supposé que tu étais là, puisque tu étais mon petit ami, à l'époque.

La remarque le fit se sentir encore plus mal.

— Tu crois que je devrais lui dire la vérité ?

— C'est à toi de voir, répondit-elle d'un ton neutre.

— Je crois que je devrais.

Il espérait pouvoir expliquer son comportement d'une façon rationnelle. Même après toutes ces années, il ne parvenait pas vraiment à justifier la panique qui s'était emparée de lui, autrement qu'en disant qu'il n'était à l'époque qu'un adolescent terrifié.

Cette explication suffirait-elle à Kaley ?

— Comment sont ses parents adoptifs ? demanda-t-il, curieux d'en savoir plus sur elle et sur l'éducation qu'elle avait reçue.

— Sa mère est morte il y a environ sept ans. D'après ce que l'on m'a dit, c'était une femme exceptionnelle. Elle a joué un rôle important dans la construction d'identité de Kaley.

Il eut un élan de compassion pour sa fille. Lui aussi avait perdu sa mère quand il était enfant.

— Et son père ?

— Eric est un père merveilleux, Kaley et lui sont très proches. Il la soutient dans tous les domaines. Je suis devenue proche de lui, moi aussi.

Il éprouva une pointe d'envie, mais s'efforça de ne rien en laisser paraître.

— C'est une bonne chose…

— Il est à moitié indien, comme toi. On ne dirait pas que Kaley a été adoptée… Elle pourrait très bien être sa fille. Elle parle même un peu la langue des Cherokee, la tribu dont Eric est issu.

Il tenait encore la photo de sa fille, une fille qu'un autre homme avait élevée. De ce que lui en disait Victoria, ses racines étaient importantes pour Eric. Ryan, quant à lui, ne savait pas grand-chose de ses origines amérindiennes. Sa mère était une Païute, mais il avait été élevé par son père, un Anglo-Américain.

— Je m'attendais que la mère ou le père adoptif de Kaley soit indien…

Une loi fédérale stipulait que les bébés ayant des origines amérindiennes devaient être adoptés par des gens de même culture.

— C'est bien qu'elle parle un peu le cherokee, ajouta-t-il.

— Elle parle aussi espagnol, elle a appris au lycée. Elle est douée pour les langues !

— J'ai vraiment envie de la rencontrer, et je te promets de faire de mon mieux pour ne pas la décevoir.

Victoria l'observa attentivement, et il eut l'impression que son regard pénétrait jusqu'au plus profond de son âme. Elle soupira.

— Elle sera en vacances à partir de la semaine prochaine… Nous organiserons quelque chose à ce moment-là.

— Ce serait merveilleux, j'adorerais qu'elle vienne me rendre visite ! Elle pourrait peut-être passer une semaine ou deux ici… Tu pourrais venir avec elle, si cela la mettait plus à l'aise. Vous pourriez rester ici toutes les deux.

Elle écarquilla les yeux.

— *Ici ?* Chez toi ?

— Pourquoi pas ? C'est grand… et, comme tu le sais, le motel le plus proche est sur la route nationale. Ce serait plus pratique si vous séjourniez ici. Si tu as un compagnon, tu peux lui proposer de venir avec toi, se risqua-t-il à ajouter.

Il avait besoin de savoir ce qu'il en était.

Elle leva le menton d'un air de défi qui lui sembla un peu factice.

— Je ne sors avec personne en ce moment, répondit-elle après un silence. Je préfère être seule.

Il se répéta intérieurement que la vie affective de Victoria ne le concernait en rien. En dépit de l'attirance qu'il éprouvait encore pour elle, il n'essayait pas de raviver ce qu'il y avait entre eux autrefois. Néanmoins, il se réjouissait qu'elle soit célibataire.

— Et ton travail ?

— Eh bien ?

— Tu pourrais prendre des congés ?

Elle croisa les bras.

— Je suis *Web designer*, j'ai ma propre entreprise.

Maintenant qu'elle avait rouvert la porte du passé, il n'allait certainement pas la refermer.

— Dans ce cas, tu devrais venir avec Kaley et passer quelques jours ici avec elle… si elle est d'accord, bien sûr. Sinon, j'irai en Californie pour la rencontrer.

— Personnellement, je ne trouve pas que ce soit une bonne idée, mais je lui en parlerai. Elle est adulte, c'est à elle de décider.

— D'accord. Merci.

Que pouvait-il dire d'autre ? Que pouvait-il faire, sinon attendre de voir ce qui allait se passer ?

— Je ferais mieux d'y aller, je reprends l'avion ce soir, dit-elle en se levant et en passant la lanière de son sac à main sur son épaule.

Il n'avait pas envie qu'elle parte. Il aurait voulu tout arranger, réparer ce qu'il avait brisé, lire le pardon dans les yeux de Victoria, mais il ne pouvait pas l'empêcher de s'en aller, aujourd'hui comme dix-huit ans plus tôt.

Ils sortirent, descendirent ensemble les marches du perron et s'attardèrent quelques instants au soleil. Le parfum de fleurs qui flottait dans l'air lui rappela le gingembre sauvage qu'ils cueillaient ensemble quand ils étaient jeunes. Tout à l'époque semblait sauvage, y compris leurs étreintes inexpérimentées.

Tournant le visage vers elle, il la surprit en train de l'observer. Elle semblait vulnérable, et entortillait une mèche de cheveux autour de son index, comme quand elle était adolescente.

— Je te recontacterai après avoir parlé à Kaley.

— J'attendrai ton appel avec impatience.

Il glissa les mains dans les poches de son jean. Comme quand il était adolescent.

— Fais bon voyage…

— Merci.

Elle arrêta de jouer avec ses cheveux, mais paraissait toujours aussi nerveuse. De toute évidence, raviver leurs souvenirs communs les avait troublés autant l'un que l'autre.

Ils prirent congé, puis il la regarda se diriger vers sa voiture de location. Elle ne se retourna pas pour le regarder. Gardant les mains dans ses poches, il attendit qu'elle soit partie pour rentrer dans sa grande maison vide.

Victoria était de retour chez elle. Son avion s'était posé la veille au soir, et ce matin, elle était dans tous ses états.

Elle regarda autour d'elle. Son appartement, avec son mobilier soigneusement choisi et ses œuvres d'art moderne, illustrait bien son mode de vie typiquement californien, de même que la piscine luxueuse que l'on voyait des fenêtres.

La maison de Ryan représentait son style de vie *à lui*. La ferme rouge et blanche, avec son enseigne indiquant « Ryan NASH, Médecine vétérinaire », lui correspondait parfaitement. Il avait réalisé son rêve de jeunesse : il avait toujours voulu être vétérinaire, et il avait réussi à s'établir dans la ville où il avait grandi.

Elle avait pensé ne jamais retourner dans cette ville, à cause de lui.

Il était très différent du garçon qu'elle avait connu. Il était plus grand et plus musclé, bien sûr, et son visage était plus anguleux. Ses pommettes saillantes et l'intensité de son regard noir étaient terriblement séduisantes.

Elle avait fait de son mieux pour garder son sang-froid en sa présence, sans vraiment y parvenir. Son cœur avait cogné dans sa poitrine tout le temps qu'avait duré leur conversation, et à un moment donné, sa voix s'était brisée.

Ryan regrettait-il vraiment ce qui s'était passé dix-huit ans plus tôt ? Etait-il suffisamment mûr pour faire la connaissance de Kaley ? Il semblait l'être, mais cela ne rendait pas moins douloureuses les vieilles blessures. Elle avait aimé

Ryan, il avait été tout pour elle, et le jour où il l'avait laissée seule avec leur bébé, il l'avait anéantie. Il lui avait fallu des années pour s'en remettre, à éviter soigneusement toute mention de son nom, à rester le plus loin possible. Mais en le revoyant, elle s'était sentie de nouveau irrémédiablement attirée par lui.

Elle sortit sur le balcon, une tasse de café à la main, et prit une profonde inspiration. Elle avait appelé Kaley un peu plus tôt pour lui dire qu'elle était rentrée, mais elle ne lui avait pas encore parlé de l'invitation de Ryan à aller passer une semaine chez lui. Elle allait déjeuner avec Kaley et lui annoncerait la nouvelle à ce moment-là.

Elle aurait voulu se détendre, mais le revoir l'avait profondément ébranlée. Le plus pitoyable était qu'elle ne pouvait s'empêcher de se poser des questions au sujet de l'ex-épouse de Ryan : comment était-elle, était-ce elle qui avait voulu divorcer, regrettait-il de ne plus être marié avec elle ?

Quand elle avait découvert qu'elle attendait un enfant, Victoria avait rêvé que Ryan lui demande sa main. Jeune et naïve, elle s'était imaginé qu'ils pourraient être heureux en ménage, même s'ils devaient attendre d'avoir dix-huit ans pour se marier. Dans sa tête, elle avait tout prévu : ils auraient continué à vivre chez leurs parents tout en élevant leur enfant entre leurs deux foyers, puis, après l'avoir épousée, Ryan aurait fait un emprunt pour faire ses études tout en subvenant à leurs besoins.

Hélas ! il ne lui avait pas demandé sa main, et elle ne lui avait jamais parlé de ses rêves de mariage. Elle ne lui avait jamais dit non plus qu'elle l'aimait. Quand ils étaient arrivés à la conclusion qu'ils devaient confier le bébé à l'adoption, sa seule consolation avait été qu'il lui avait promis d'être là à la naissance de leur fille.

S'efforçant de chasser ses pensées douloureuses, elle termina son café et gagna la salle de bains pour prendre une douche revigorante.

Quand elle en sortit, sa peau était empourprée et ses cheveux humides commençaient à boucler. Enfilant un peignoir, elle s'arma de son sèche-cheveux et de son fer à lisser. Après avoir dompté ses boucles, elle se maquilla puis s'habilla.

Prête à rejoindre sa fille, elle prit sa voiture pour se rendre dans leur bar à sushis préféré. Elle arriva la première et attendit à l'entrée du restaurant. Environ cinq minutes plus tard, Kaley entra, vêtue d'un short en jean, d'un T-shirt pastel et de tongs ornées de petits diamants fantaisie. Ses longs cheveux tombaient en cascade dans son dos, et avec sa peau hâlée par le soleil et son sourire avenant, elle était vraiment charmante.

Elles s'embrassèrent chaleureusement.

— Salut, Victoria !

Victoria ne s'attendait pas que Kaley l'appelle « maman », mais il lui arrivait parfois de l'appeler « *mi otra madre* », c'est-à-dire « mon autre mère » en espagnol, ce qui gonflait son cœur de bonheur.

Une serveuse les escorta jusqu'à une table proche d'une fenêtre, où elles prirent place l'une en face de l'autre. On leur servit de l'eau tandis qu'elles consultaient le menu. Leur impatience à toutes les deux était tangible.

— Alors, comment ça s'est passé ? demanda Kaley avec enthousiasme.

Question ardue, mais Victoria s'efforça de rester positive.

— Ryan a hâte de faire ta connaissance.

— Moi aussi, j'ai hâte de le rencontrer ! dit Kaley en se penchant un peu en avant. A quoi ressemble-t-il ?

— Il est… différent.

Il était beau et fort, plus que Victoria l'avait imaginé. Elle s'aperçut brusquement que Kaley attendait une réponse plus détaillée.

— Il a l'air d'avoir bien réussi dans la vie, s'empressa-t-elle d'ajouter. Il a une belle maison et deux chiens adorables… mais le plus important, c'est qu'il a envie que tu fasses partie de sa vie.

— Alors, que va-t-il se passer, maintenant ? Est-ce que je suis censée l'appeler ?

Bien, songea Victoria. *C'est parti !*

— Je lui ai proposé de l'appeler après t'avoir parlé. Il voudrait que tu ailles passer une semaine chez lui, et il m'a invitée à t'accompagner, mais si tu n'en as pas envie, il est disposé à venir.

— Oh ! C'est vrai ?

Kaley but une gorgée d'eau, et les glaçons tintèrent contre la paroi de son verre.

— J'apprendrai sûrement mieux à le connaître si j'allais là-bas… Tu ne crois pas ?

Victoria avait envie de dissuader sa fille d'aller dans l'Oregon, mais en voyant son expression pleine d'espoir, elle ne put s'y résoudre.

— C'est à toi de voir. C'est ton…

Comme elle ne pouvait se résigner à dire « père » ou « père biologique » ou quoi que ce soit d'autre qui le relie à elle, elle ne termina pas sa phrase.

— Tu serais d'accord pour m'accompagner ? Ou est-ce hors de question ?

Victoria sentit son cœur bondir dans sa poitrine.

— C'est ce que tu voudrais ?

— Tu plaisantes ? Je serais vraiment nerveuse sans toi, et je sais que papa serait plus tranquille si tu m'accompagnais.

Celui que Kaley appelait « papa » était Eric, l'homme qui l'avait élevée et dont l'éducation avait contribué à faire d'elle la jeune femme extraordinaire qu'elle était devenue. Victoria lui en serait toujours reconnaissante.

— Tu as raison, il s'inquiéterait si tu y allais seule, et moi aussi. Je t'accompagnerai.

Kaley s'éventa avec sa main.

— Je n'arrive pas à y croire…

Victoria non plus n'arrivait pas à y croire. Si quelqu'un lui avait dit qu'elle dormirait un jour chez Ryan avec leur fille devenue une jeune adulte, elle aurait dit à ce quelqu'un qu'il avait perdu la tête. Par ailleurs, Kaley ne savait pas qu'elle avait aimé Ryan. Personne ne le savait.

Elle regarda sa fille. Les moindres détails du jour de

sa naissance restaient gravés dans sa mémoire. Tenant le bébé emmailloté dans ses bras, elle avait désespérément attendu Ryan. Elle n'avait pas arrêté de se tourner vers ses parents pour les supplier de demander aux représentants de l'agence d'adoption de lui donner un peu plus de temps, mais il avait bien fallu se résoudre à leur confier Kaley. Alors, elle avait serré son bébé contre sa poitrine, regrettant de ne pouvoir l'allaiter, de ne pouvoir repartir avec elle, avec ou sans Ryan. Cela avait été le pire jour de sa vie.

Cependant, maintenant, elle avait retrouvé sa fille. Kaley était tout pour elle, et s'il fallait qu'elle se réconcilie avec Ryan pour lui faire plaisir, elle y était disposée. Même si le fait de le revoir lui était douloureux.

- 2 -

Le moment fatidique était arrivé. Victoria et Kaley allaient arriver chez lui d'un instant à l'autre, ou du moins Ryan l'espérait. Il avait proposé d'aller les chercher à l'aéroport, puis de leur prêter son pick-up chaque fois qu'elles auraient besoin d'un véhicule, mais Victoria avait insisté pour louer une voiture.

Elles resteraient une semaine à compter de ce jour, qui était un jeudi chaud et ensoleillé.

Il les attendait sur les marches de sa maison, sans se soucier de paraître impatient et anxieux. Il avait besoin d'air frais et, de toute façon, Kaley devait être dans le même état que lui. Victoria était sûrement nerveuse, elle aussi, quoique pour des raisons différentes. Elle avait beau avoir accepté de venir dans l'Oregon, elle redoutait certainement son séjour.

Il était assis, ses chiens auprès de lui, qui, à la façon dont ils regardaient autour d'eux, devaient sentir que quelque chose se tramait.

Enfin, une berline apparut dans l'allée. Il se leva d'un bond, et les chiens en firent autant.

— Soyez sages, vous deux, leur dit-il.

Ils le regardèrent avec l'air d'attendre quelque chose, comme s'ils se demandaient qui venait les voir.

— C'est ma fille, ajouta-t-il machinalement en se dirigeant vers la voiture. Tâchons de faire bonne impression !

Cette injonction s'adressait davantage à lui-même qu'aux chiens. Il voulait absolument que Kaley l'apprécie.

Il voulait aussi que Victoria l'apprécie, mais il ignorait si c'était possible.

Kaley descendit de voiture la première. En la voyant, il eut le souffle coupé. Il la reconnaissait grâce aux photos qu'il avait vues, mais elle était plus grande qu'il s'y était attendu et, au soleil, ses cheveux noirs brillaient de reflets auburn. A ses yeux, c'était la plus belle jeune fille qui soit.

Ils se regardèrent d'un air un peu gêné. Il remarqua tout de suite les couleurs vives de ses vêtements et ses nombreux bracelets.

Enfin, ils se dirent bonjour et s'embrassèrent. Il prit soin de ne pas la serrer trop étroitement dans ses bras.

— Je suis content que tu sois là.

— Et je suis contente d'être là !

Ils s'écartèrent l'un de l'autre, et il s'aperçut que Victoria était descendue de voiture et qu'elle attendait, un peu à l'écart. Manifestement, elle n'avait pas voulu les interrompre.

Kaley regarda les chiens.

— Vous êtes adorables, tous les deux ! Comment s'appellent-ils ? demanda-t-elle en levant de nouveau les yeux vers lui.

Il sourit, content que les animaux leur permettent de briser la glace.

— Perky et Pesky.

Elle rit.

— Laisse-moi deviner… Perky est le noir et blanc qui a l'air heureux, et Pesky est le petit rondouillard qui frétille de la queue pour qu'on s'occupe de lui, dit-elle en riant.

Il ne parvenait pas à quitter sa fille des yeux. Elle était là, juste devant lui, et elle voulait faire partie de sa vie. Il mourait d'envie de la serrer de nouveau dans ses bras, mais il se retint. Il savait que ce serait incongru et ne voulait pas se montrer trop envahissant.

Victoria s'avança, et ils se saluèrent discrètement, échangeant un simple bonjour, en présence de l'enfant qu'ils avaient conçue ensemble. La situation était vraiment surréaliste.

— Si tu veux bien ouvrir le coffre, lui dit-il d'un ton qu'il espérait détendu, je vais prendre vos bagages.

— On va t'aider ! dit Kaley. Nous avons apporté beaucoup de choses… Nous avons même acheté plusieurs tenues pour l'occasion, même si c'était juste une excuse pour faire du shopping.

— La fièvre acheteuse ! renchérit Victoria, ce qui fit sourire Kaley.

Manifestement, elles étaient très complices, ce qui lui donnait un peu le sentiment d'être un intrus, mais il s'y était attendu.

Ils vidèrent le coffre tous les trois. Il ne voyait aucun inconvénient à ce qu'elles aient pris beaucoup de bagages : cela donnait à leur séjour des airs de vacances. Tandis qu'ils se dirigeaient vers la maison, Pesky s'attarda près de Kaley.

— Tu as des animaux ? demanda Ryan.

— Nous avons deux chats. Mon père les appelle : « les bébés du bougainvillier », parce qu'ils se cachaient dans les fleurs du patio, quand ils étaient petits. Parfois, il dit que je suis moi aussi un bébé du bougainvillier… Il me donne toutes sortes de surnoms ! Il dit que je suis une fille à papa.

Ryan sourit, mais ne put réprimer une pointe d'envie. Il savait pourtant que sa réaction était inappropriée. Au contraire, il aurait dû être reconnaissant à cet homme d'avoir fait d'elle une fille à papa.

Ils entrèrent dans la maison. Kaley jeta un coup d'œil autour d'elle.

— Victoria m'avait dit que c'était beau, ici…

Elle s'avança dans le salon, regarda la cheminée de pierre et les tapis devant.

— J'aime beaucoup, moi aussi, ajouta-t-elle.

— Merci. J'ai acheté cette maison il y a environ trois ans. Elle a été construite au début du XIXe siècle, mais évidemment, elle a été rénovée depuis.

Il se risqua à faire une réflexion de papa poule.

— J'ai mis des renoncules dans ta chambre, je les ai cueillies dans les bois.

— Oh ! c'est gentil !

Il appréciait son enthousiasme. C'était exactement ce dont il avait besoin. Dans le silence qui suivit, il jeta un coup d'œil à Victoria, se demandant à quoi elle pensait.

— J'ai aussi déposé des fleurs dans ta chambre.

Elle ajusta la lanière de son sac à main, qui n'arrêtait pas de glisser sur son épaule.

— Ce n'était pas nécessaire.

— J'en avais envie.

— On peut aller voir le jardin avant de gagner nos chambres ? demanda Kaley avant que le silence s'installe de nouveau.

— Bien sûr.

Laissant leurs bagages dans le salon, ils se dirigèrent vers la cuisine et la buanderie attenante, puis sortirent par la porte de derrière.

Kaley fut impressionnée.

— C'est très vert… C'est magnifique. Et regardez-moi ces poules !

Elle éclata de rire, avant d'imiter l'une des poules qui gloussaient dans le poulailler, puis elle jeta un coup d'œil à la grange, un peu plus loin.

— Tu as des chevaux ?

— Un seul, un vieux cheval qui avait besoin d'un foyer. Il appartenait aux gens qui m'ont vendu la maison, ils ne pouvaient pas l'emmener avec eux, alors j'ai accepté de le garder. C'est un cheval de trait, un vrai amour. J'ai également hérité d'une vache miniature, et de poules.

— Une vache miniature ? Je ne savais même pas que ça existait ! Est-ce que tu la trais ?

— Oui. Je pourrai t'apprendre, si tu veux.

— Je veux bien ! Je me vois déjà en train de traire une petite vache…

Il sourit.

Ils retournèrent dans la maison. Après leur avoir fait visiter le rez-de-chaussée, il les emmena à l'étage pour leur montrer leurs chambres. Celle de Victoria était une pièce spacieuse et lumineuse, avec un lit au cadre en chêne et une commode assortie, sur laquelle il avait placé les fleurs, dans un beau vase. Pour elle, il avait choisi des fleurs sauvages. Il avait songé à ajouter du gingembre sauvage au bouquet, mais s'était ravisé, craignant qu'il s'agisse d'un rappel trop évident de leur jeunesse.

— C'est charmant, dit-elle en posant ses bagages dans un coin de la pièce. Merci.

— Je t'en prie.

Une vague d'émotion le submergea, et il devina qu'elle éprouvait la même chose que lui. Manifestement, ils allaient devoir s'y habituer.

Quand ils entrèrent dans sa chambre, Kaley s'extasia sur les fleurs. Ouvrant son vanity-case, elle en sortit une petite pince pour accrocher l'une des renoncules dans ses cheveux, puis elle s'assit sur le lit.

— Tu as des photos de tes parents ou de tes grands-parents ? lui demanda-t-elle. J'aimerais bien les voir… Je commence un arbre généalogique. J'ai fait des recherches en ligne pour savoir comment faire, et il faudrait que je commence par récupérer de vieux documents et de vielles photos. Victoria m'a aidée pour son côté de la famille, et j'espérais que tu pourrais m'aider pour le tien…

Il ne s'était pas attendu que Kaley s'intéresse à ce point à ses origines, mais Victoria lui avait dit que leur fille était en quête d'identité, alors il aurait dû être préparé.

— Il y a une boîte au grenier pleine de vieilles photos… Je pourrais aller la chercher, demain.

— Ce serait super ! J'ai aussi des photos à te montrer. J'ai apporté un album que ma mère a fait quand j'étais petite, tu pourras y jeter un coup d'œil, si tu veux.

— D'accord.

Il était assez bouleversé et s'émerveillait de la décontraction de Kaley.

— Tu as faim ? Que dirais-tu d'une pizza, ce soir ? Nous pourrions nous en faire livrer…

Elle eut un grand sourire.

— J'adore la pizza.

— Moi aussi.

Il se tourna vers Victoria.

— Tu aimes bien, toi aussi… à moins que tes goûts aient changé.

De nouveau, la lanière de son sac glissa de son épaule.

— Non, j'aime toujours autant.

— Parfait, c'est ce que nous allons manger !

Ils choisirent leur garniture, puis Victoria et lui redescendirent tandis que Kaley restait dans sa chambre pour appeler son père.

Dans le salon, Victoria s'assit dans un fauteuil de cuir, lui laissant le canapé. De toute évidence, elle évitait consciencieusement d'être trop près de lui.

L'émotion qui s'était emparée d'eux un peu plus tôt s'intensifiait.

— Je ne cuisine pas très bien, dit-il, se démenant pour trouver quelque chose à dire. En temps normal, je prépare des choses très simples, ou je mange au restaurant.

Elle jeta un coup d'œil en direction de la cuisine, comme si elle essayait de faire en sorte que leur échange paraisse normal.

— Je veux bien cuisiner pendant notre séjour… Cela m'occupera. J'ai aussi apporté du travail.

Il prit un ton dégagé.

— J'ai pris ma semaine, et j'ai donné congé à mon équipe. Je veux passer le plus de temps possible avec Kaley. Est-ce qu'elle aime cuisiner ? demanda-t-il, curieux.

— La plupart du temps, Eric et elle font des choses simples ou mangent au restaurant, mais je vais lui apprendre à faire de la pâtisserie. Elle se souvient des bonnes choses que sa mère préparait, et elle veut apprendre.

Ryan était à l'école maternelle quand sa mère était morte. Il avait très peu de souvenirs d'elle.

— Vous pourriez peut-être faire des gâteaux ensemble, pendant votre séjour.

— Peut-être.

Etre un parent était différent pour lui et pour Victoria, car Kaley avait encore son père adoptif. Il était déjà nerveux en pensant aux projets qu'ils avaient faits pour le lendemain.

— Ma contribution à son arbre généalogique ne sera sûrement pas très intéressante… Mon père ne parlait jamais de la famille, je ne saurai probablement même pas qui est qui.

— Ne t'en fais pas pour ça. Mon côté de la famille n'a pas été particulièrement fascinant non plus.

— Au moins, tes parents sont encore là.

— Oui, et ils sont toujours aussi indifférents.

Il hocha la tête, compatissant. Ni lui ni elle n'avaient eu des parents très affectueux.

— Mes parents n'ont pas été très réceptifs à l'idée que je recherche Kaley. Ils avaient peur que cela tourne mal… et ils ne me soutiennent pas beaucoup plus maintenant que je l'ai retrouvée. Ils ne font pas non plus vraiment d'efforts pour apprendre à la connaître ou pour l'aider à faire son arbre généalogique. Je crois qu'ils estiment qu'une adoption plénière équivaut à une séparation définitive.

— Je me souviens qu'ils étaient inflexibles sur ce point.

Elle hocha la tête.

— Ton père aussi.

C'était vrai, mais ce n'était pas son père qui l'avait empêché d'aller à l'hôpital. Il avait fait cette erreur tout seul.

— La mère adoptive de Kaley, elle aussi, a été adoptée, poursuivit-elle.

Il cilla, s'arrachant à ses pensées.

— C'est vrai ?

— Oui… Kaley pourra t'en dire plus. C'est en grande partie grâce à elle que Kaley a eu envie de nous retrouver. Je crois qu'elle a aussi joué un rôle dans sa décision de faire son arbre généalogique. Elle s'appelait Corrine… Il y a des photos d'elle dans l'album de Kaley, et il y en a aussi d'Eric.

Elle s'interrompit, comme pour rassembler ses esprits.

— Pour Eric, Corrine était l'amour de sa vie. Encore maintenant, il lui arrive d'avoir la voix légèrement tremblante lorsqu'il parle d'elle.

Une vague de tristesse le submergea.

— Y a-t-il des photos de Kaley quand elle était bébé dans cet album ?

— Oui, beaucoup.

Il y eut un silence, et Victoria détourna les yeux. Il la soupçonna d'être perdue dans de sombres pensées.

— Je suis désolée de t'avoir fait souffrir, dit-il. Si je pouvais revenir en arrière, je le ferais.

Elle évita de croiser son regard.

— Tout s'est arrangé. Kaley est ici, avec nous, maintenant.

— Oui, mais le passé continue de nous hanter… Tu arrives à peine à me regarder, et moi, je ne sais pas quoi te dire.

Tournant le visage vers lui, elle le regarda droit dans les yeux comme pour le défier.

— Je peux très bien te regarder.

— Et tu vois en moi celui que j'étais autrefois, pas celui que je suis devenu.

— Je t'en prie, Ryan… Je ne veux pas m'appesantir sur le passé. Ce qui est fait est fait, et j'accepte tes excuses.

Manifestement, cela lui coûtait. Sa voix tremblante lui fit penser à ce qu'elle venait de lui dire au sujet d'Eric et de sa femme.

Avait-il anéanti une partie de Victoria le jour où leur fille était née ? Sa souffrance était-elle si profonde que même Kaley ne pourrait l'apaiser ? Ces questions rendaient le fardeau qu'il portait encore plus lourd.

— Je crois qu'il faut que je dise la vérité à Kaley avant qu'elle me montre son album.

S'il ne le faisait pas, il aurait l'impression d'être un imposteur en regardant les photos du bébé qu'il aurait dû prendre dans ses bras.

— En fait, je ferais sûrement mieux de le lui dire ce soir, poursuivit-il.

— Tu veux que je vous laisse seuls pour que tu lui parles ?

— Non, surtout pas ! Je veux que tu entendes la vérité, toi aussi.

Il avait besoin qu'elle l'entende.

— Je sais déjà ce qui s'est passé.

— Peut-être, mais nous n'en avons jamais discuté.

Elle avait refusé de lui parler après la naissance de Kaley, et lui, trop honteux pour essayer même de se faire pardonner, avait gardé ses distances. Quand elle avait déménagé avec ses parents, il s'était encore davantage replié sur lui-même, adressant à peine la parole à ses camarades, au lycée. Quand il fut en âge d'aller à l'université, il était parti avec l'intention de ne jamais revenir, mais après l'obtention de son diplôme de vétérinaire, il avait changé d'avis et était revenu vivre dans la ville où il avait grandi.

Soudain, la sonnette retentit, annonçant l'arrivée du livreur de pizzas. Soulagé d'avoir un moment de répit, il alla ouvrir. Après avoir payé, il posa les pizzas sur la table basse, avec des cannettes de soda, des assiettes en carton et des serviettes en papier. Victoria ne fit aucune remarque quant à sa décision de manger dans le salon, où il prenait la plupart de ses repas.

Kaley descendit, suivie de Pesky, le bouledogue, qui ne la quittait plus.

— Hmm… Ça a l'air bon, dit-elle en voyant les pizzas.

— Sers-toi !

Il remarqua que la renoncule était encore dans ses cheveux, et son cœur de père fit un bond dans sa poitrine.

S'asseyant à côté de lui, elle prit deux parts de pizza. Victoria en prit une et piocha dans la garniture avant de mordre dedans, terminant par la croûte. Elle faisait la même chose quand elle mangeait un sandwich. Tout en l'observant, il se demanda si ses souvenirs d'elle seraient aussi nets si elle était seulement son amour de jeunesse et non la mère de son enfant. Ces souvenirs étaient-ils gravés dans son esprit à cause de Kaley ? Ou Victoria lui aurait-elle fait de toute façon une impression durable ?

Rassemblant son courage, il se tourna vers Kaley.

— J'ai quelque chose à te dire.

Elle le regarda, la tête légèrement inclinée sur le côté.

— A propos de quoi ?

— Le jour de ta naissance… je n'étais pas à l'hôpital.

— Pourquoi ?

— Parce que je n'ai pas pu le supporter.

— Ce n'est pas grave, dit Kaley avec décontraction. Beaucoup de gens qui donnent leur bébé à adopter trouvent que c'est plus facile de ne pas le voir.

— Ce n'est pas tout… J'avais promis à Victoria d'être là. Je lui avais donné ma parole, et j'avais l'intention de la tenir, mais le moment venu, j'ai été pris de panique.

Il y eut un silence. Kaley et Victoria l'écoutaient attentivement.

— Il était environ 5 heures du matin, quand la sonnerie du téléphone m'a tiré d'un sommeil agité.

Il avait passé la grossesse de Victoria dans un état second.

— C'est mon père qui a pris l'appel, et après avoir raccroché, il est venu me trouver dans ma chambre et m'a dit que Victoria était sur le point d'accoucher.

Kaley se tourna vers Victoria.

— C'était toi qui avais appelé ?

— Non, c'était ma mère.

Elle n'en dit pas davantage, le laissant continuer son récit. Il revoyait la scène comme si elle se déroulait sous ses yeux.

— Mon père ne m'a rien dit d'autre… Il a quitté la maison pour aller travailler. C'était un jour de cours, mais il s'attendait que je n'aille pas au lycée étant donné les circonstances. Il pensait que je prendrais mon pick-up et que j'irais à l'hôpital, ce que j'avais l'intention de faire. Je me suis préparé et je suis monté dans mon pick-up avec les deux ours en peluche que je gardais dans un tiroir pour l'occasion. Il y en avait un pour toi et un pour Victoria.

Il regarda la mère de son enfant.

— Je les avais achetés un mois plus tôt… Je me disais que les parents adoptifs de Kaley pourraient lui donner le sien, et que tu garderais le tien précieusement en sachant que tu aurais toujours le même que ta fille.

Victoria semblait troublée.

— Que sont-ils devenus ?

— Je les ai gardés pendant environ un an, et les voir me torturait, puis je suis parti faire mes études et je les ai donnés à une œuvre caritative. Je ne savais pas quoi en faire.

— C'est dommage que tu ne les aies plus, dit Kaley.

— Oui, je le regrette, moi aussi, j'aurais pu vous les donner aujourd'hui…

La gorge serrée, il but une gorgée de soda.

— Cela ne changerait rien, bien sûr.

— Raconte-nous le reste de ton histoire ! Tu es monté dans ton pick-up avec les ours en peluche… et ensuite, qu'as-tu fait ?

— Je me suis installé au volant, et tout à coup, mon cœur s'est mis à cogner dans ma poitrine, et j'ai eu du mal à respirer… J'ai fait une crise de panique. Je suis retourné dans la maison, je me suis assis sur le canapé pour reprendre mon souffle et j'ai attendu de trouver le courage d'aller à l'hôpital, mais cela n'est jamais arrivé.

— Tu es resté dans ton salon tout le temps de l'accouchement ? demanda Victoria.

Il acquiesça.

— Au bout d'un moment, le téléphone a sonné. J'ai pensé que c'était ta mère, qui appelait pour savoir où j'étais. Le téléphone a sonné à intervalles réguliers, toute la journée. Quand les appels se sont rapprochés, j'ai deviné que le bébé était né…

Il les regarda tour à tour.

— Vous méritiez mieux toutes les deux.

— Cela ne m'a pas affectée, dit Kaley, je ne me rappelle pas le jour de ma naissance, mais j'ai de la peine pour Victoria… Ça a dû être très triste, pour toi, ajouta-t-elle en regardant sa mère.

— Oui, mais c'est du passé.

— Je vois bien que tu en souffres toujours…

Kaley le regarda.

— … et toi aussi, tu as l'air malheureux.

— Je voudrais pouvoir revenir en arrière et tout recommencer.

L'adolescente prit une expression naïve.

— Je peux faire le bébé, si tu veux !

Il ne put s'empêcher de sourire quand elle fit mine de sucer son pouce.

— Continue comme ça, et je serai obligé de t'acheter un autre ours en peluche…

Elle retira son pouce de sa bouche avec un bruit sec délibéré.

— A vrai dire, ce serait super ! Où avais-tu acheté ces ours ?

— Dans un grand magasin, aux abords de la ville.

— Il existe encore ?

— Oui.

— Est-ce qu'on pourrait y aller cette semaine ?

— Bien sûr. Nous pourrons choisir un nouvel ours ensemble.

— Tu en achèteras un aussi pour Victoria ?

Il sentit son cœur s'emballer.

— Si elle en a envie… Tu veux ? demanda-t-il à Victoria.

Elle haussa légèrement les épaules.

— Peu importe.

— Je trouve que tu devrais en avoir un, toi aussi, pour que Kaley et toi ayez enfin les peluches assorties que vous étiez censées avoir. Nous pourrions les acheter ensemble, tous les trois.

— Vous savez ce que nous devrions faire d'autre, tous les trois ? intervint Kaley. Aller à la maternité, pour que je puisse voir l'endroit où je suis née et pour que vous vous fassiez de nouveaux souvenirs !

L'idée plaisait à Ryan, d'autant plus que c'était Kaley qui l'avait suggérée, mais Victoria allait-elle accepter ? Elle était de nouveau silencieuse.

— Qu'en penses-tu ? lui demanda-t-il. Si nous y allons, Kaley et moi, est-ce que tu viendras avec nous ?

— Nous pourrions regarder les bébés derrière la vitre, dit Kaley, ce serait bien de penser à ceux qui naissent à l'hôpital plutôt qu'à ceux qui y meurent…

Il s'aperçut que la suggestion de Kaley n'impliquait pas que Victoria et lui. Sa mère adoptive avait dû mourir à l'hôpital. Il songea à la perte qu'elle avait subie et à la façon dont elle affrontait son chagrin. Entre eux trois, les émotions étaient exacerbées.

Il observa Victoria, attendant sa réponse. Kaley la regardait, elle aussi, dans l'expectative, comme lui.

- 3 -

Victoria n'avait aucune envie d'aller à la maternité avec Ryan, mais elle ne voyait pas comment le refuser à Kaley.

— Bien sûr, je vous accompagnerai, répondit-elle à contrecœur.

— On pourra emmener nos ours en peluche ? demanda Kaley.

Victoria acquiesça. Pourtant, ces peluches étaient un des éléments du problème. Savoir que Ryan avait un jour prévu de leur offrir des petits cadeaux aussi adorables, à Kaley et à elle, lui faisait regretter le garçon qu'elle avait aimé, et elle ne voulait pas le regretter. Elle l'avait banni de son cœur pour de bonnes raisons.

— Ça vous embête si j'en parle à mon père ? Je veux qu'il sache ce qui s'est passé entre vous quand je suis née, et ce que nous avons l'intention de faire pour arranger les choses.

— Tu peux lui dire tout ce que tu veux, répondit Victoria.

Elle n'allait certainement pas empêcher Kaley de se confier à Eric si cela pouvait lui faire du bien.

Ryan abonda dans le sens de Victoria, comme elle s'y était attendue : refuser aurait été une terrible injustice pour leur fille. Kaley sembla se détendre.

— Oh ! tant mieux ! Je suis contente, dit-elle. Je n'ai pas envie d'avoir de secrets pour mon père, et puis, je suis sûre qu'il trouvera que c'est une bonne idée d'aller à la maternité ensemble… Maman aurait pensé la même chose, ajouta-t-elle d'une voix douce.

La discussion se termina sur cette note.

Après le dîner, Ryan leur proposa de regarder un film. Kaley et elle choisirent une comédie pour se remonter le moral.

Pourtant, Victoria continuait de se sentir nerveuse. Plus tard, dans son lit, elle eut du mal à trouver le sommeil. Elle jeta un coup d'œil au réveil, sur la table de chevet. Elle avait hâte que le matin arrive, car chaque jour qui passait la rapprochait de la fin de son séjour chez Ryan.

Enfin, le jour se leva. En ouvrant les rideaux, elle regarda le paysage par la fenêtre. Puis elle gagna la salle de bains qu'elle partageait avec Kaley. La porte de la chambre de sa fille était encore fermée, de même que celle de la chambre de Ryan, au bout du couloir. Supposant qu'elle était la première réveillée, elle se prépara.

Quand elle sortit de la salle de bains, les deux portes étaient toujours fermées. Elle descendit sans bruit et se rendit dans la cuisine. Elle avait proposé à Ryan de cuisiner pendant son séjour, mais elle n'allait rien préparer tant que Kaley et lui ne seraient pas réveillés.

Par curiosité, et pour voir quels ingrédients elle aurait à sa disposition, elle jeta quand même un coup d'œil dans le réfrigérateur. Il y avait quantité d'œufs frais, ce qui n'était pas étonnant compte tenu du nombre de poules que possédait Ryan, du lait et de la crème fraîche, grâce à sa petite vache, du jambon et du cheddar. Sur le plan de travail, il y avait également des pommes de terre et du pain.

Elle fit du café, s'en servit une tasse et s'assit pour la boire à la table en Formica, qui ressemblait beaucoup à celle que le père de Ryan avait autrefois dans sa cuisine. Etait-ce la même ? Ryan l'avait-il récupérée à la mort de son père ?

Et la femme de Ryan ? Avait-elle vécu ici avec lui, ou avait-il acheté cette maison après leur séparation ?

Elle se réprimanda. Elle n'aurait pas dû s'en soucier, l'ex-épouse de Ryan n'aurait pas dû avoir d'importance pour elle. Pourtant, cette femme envahissait ses pensées.

Soudain, la porte de la buanderie s'ouvrit. Elle sursauta et, se retournant, vit Ryan entrer dans la cuisine. Contrairement à ce qu'elle avait d'abord pensé, il devait s'être levé bien plus tôt pour s'occuper de ses animaux.

Il portait un jean bleu, un T-shirt blanc tout simple et des grosses chaussures. La brise matinale avait ébouriffé ses cheveux mi-longs.

— Ça sent bon, dit-il. Je m'apprêtais justement à faire du café !

Elle remua légèrement sur sa chaise, mal à l'aise. Il était bien trop séduisant pour sa tranquillité d'esprit.

— J'ai été plus rapide que toi.

— Exact !

Il s'en servit une tasse. Elle le regarda y verser du lait et y ajouter une cuillère de sucre. Elle avait mis une bonne dose des deux dans le sien aussi.

Il s'adossa au plan de travail.

— Alors comme ça, Kaley n'est pas du matin ?

— Parfois, si… La journée d'hier a dû l'épuiser.

— A cause du voyage, et tout ça ?

— Oui. En tout cas, moi, je suis épuisée.

— Ça ne se voit pas. Tu es ravissante.

Son cœur fit un bond dans sa poitrine.

— Je ne cherchais pas les compliments.

— Je sais bien. Je dis juste que le temps s'est montré clément avec toi…

Il montra ses cheveux d'un geste vague.

— J'aime bien ta nouvelle coiffure. J'aimais bien aussi les boucles, leur façon de flotter en tous sens…

Elle grimaça.

— Et leur façon de friser dès qu'il pleuvait, ce qui arrive souvent, ici !

— Tu t'enroulais toujours des foulards autour de la tête, et quand tu avais une capuche, tu la serrais autour de ton visage. J'adorais quand tu te faisais surprendre par la pluie sans rien pour te protéger…

— Cela n'arrivait pas très souvent.

— Non, mais c'était marrant !

Il eut un sourire irrésistible, qui la troubla profondément.

Quelques instants plus tard, Kaley entra dans la cuisine. *Le fruit de notre union*, songea Victoria. Elle semblait être tombée du lit. Elle était encore en pyjama et portait des chaussons qui ressemblaient à des créatures poilues aux yeux globuleux.

— Bonjour, lui dit Victoria. Maintenant que tu es là, je vais préparer le petit déjeuner, une omelette au jambon et au fromage avec des pommes de terre sautées.

— Miam ! Ça va être délicieux, merci, dit Kaley en s'asseyant à table. Salut, ajouta-t-elle en regardant Ryan.

Il sourit, amusé par sa tenue.

— Salut à toi aussi !

Victoria commença à éplucher des pommes de terre. Elle adorait cuisiner pour sa fille, car c'était pour elle l'occasion de la materner. Dans les prochains jours, elle devrait veiller à ce que cela ne lui donne pas également l'impression de prendre soin de Ryan comme l'aurait fait une épouse. Ses vieux rêves ne se réaliseraient pas, ils ne formeraient pas une famille tous les trois.

— J'ai descendu la boîte du grenier, ce matin, annonça Ryan à Kaley. Nous regarderons ce qu'il y a dedans quand tu en auras envie.

— C'est vrai ? Eh bien, c'était rapide !

Effectivement, pensa Victoria. Non seulement il s'était occupé des animaux, mais il avait aussi trouvé le temps de chercher la boîte dans le grenier.

— Nous pourrions y jeter un coup d'œil après le petit déjeuner, reprit Kaley avec un grand sourire, et ensuite, j'irai chercher mon album photo.

Ryan lui rendit son sourire, et Victoria déplora l'attirance qu'elle éprouvait encore pour lui.

— Dommage que nous n'ayons pas un bon gâteau à déguster en regardant toutes ces photos !

— Justement, Victoria va m'apprendre à faire de la pâtisserie ! s'exclama Kaley.

— Oui, elle me l'a dit… C'est chouette ! Vous allez pouvoir m'engraisser un peu.

Il était toujours appuyé contre le plan de travail, la position mettant en valeur ses hanches étroites et ses bras musclés, croisés sur son torse. Victoria se dit que lui ne risquait sûrement pas de grossir. Son mode de vie devait le maintenir en forme. Quant à elle, elle était abonnée à un club de gym.

Il se servit une autre tasse de café.

— Tu en veux ? demanda-t-il à Kaley.

— Non, merci… Je préfère le cappuccino.

— Il y a une machine à café qui fait du cappuccino dans la salle d'attente de la clinique, un de ces modèles avec des gobelets jetables, mais personne ne s'en sert jamais vraiment… Je peux l'apporter ici si tu veux.

Kaley eut un sourire rayonnant.

— Ce serait super, merci !

Il sortit, passant par la buanderie.

— Il est gentil, remarqua Kaley dès qu'elles furent seules. Il est beau, aussi, dans le style père… Mon père aussi, d'ailleurs. Je me demande s'ils deviendront amis un jour !

— Ils ne vont pas se connaître très bien, ma chérie… Ils ne vont peut-être même pas se rencontrer avant encore longtemps.

— Pourquoi ? Parce qu'ils vivent loin ? Ils seront amenés à se voir un jour ou l'autre. Je veux qu'ils assistent tous les deux à la cérémonie de remise des diplômes, quand j'aurai terminé mes études.

— Tu entres seulement à l'université à l'automne, tu as au moins quatre ans devant toi avant la remise des diplômes…

— Je sais, mais ce n'est pas tout… Un jour, je me marierai et j'aurai des enfants, et s'ils ne deviennent pas amis, ce sera bizarre pour tout le monde dans les moments importants.

— Concentrons-nous sur un événement bouleversant à la fois !

Victoria n'avait pas envie de penser au nombre de fois où elle serait amenée à revoir Ryan à l'avenir.

Quelques instants plus tard, il réapparut avec la machine

à café et l'installa, puis il prépara une tasse de cappuccino pour Kaley, tandis que Victoria servait le petit déjeuner.

— C'est agréable, dit Ryan lorsqu'ils s'attablèrent avec leur fille.

Apparemment, Kaley était du même avis, car elle fredonna en mangeant, confortablement installée entre eux deux. Victoria se réjouissait pour sa fille, mais elle se répéta qu'ils ne formaient pas une famille pour autant.

Ryan la remercia pour le petit déjeuner, qu'il déclara être délicieux. Kaley acquiesça, s'extasiant sur le fait qu'ils se nourrissaient d'œufs frais et buvaient le lait d'une vache miniature.

— J'ai l'impression d'être dans les années cinquante !

— C'est l'époque de cette table, lui dit Ryan. Elle appartenait à mon père.

— Je me demandais si c'était la même, intervint Victoria.

Il tourna le visage vers elle.

— Tu l'avais reconnue ?

Elle hocha la tête. Le passé, tout ce qu'elle avait essayé d'oublier avec acharnement, refaisait surface.

— Quand j'ai acheté cette maison, mon père s'est installé avec moi parce qu'il se remettait à peine d'une attaque. Il répétait qu'il allait reprendre des forces et vivre de nouveau seul un jour, alors j'ai mis toutes ses affaires au garde-meuble, y compris cette table…

Il passa la main sur le Formica.

— … mais il ne s'est jamais rétabli. Environ un an plus tard, il a eu une autre attaque et il est mort. J'ai gardé cette table, peut-être parce que nous l'avions depuis si longtemps.

— Depuis combien de temps ? demanda Kaley.

— Nous l'avions déjà quand ma mère était encore en vie, et elle est morte quand j'avais cinq ans.

— Comment est-elle morte ?

— Dans un accident de voiture. J'étais trop jeune pour savoir exactement dans quelles circonstances, et plus tard, je n'ai pas posé de questions. Peu de temps après sa mort, mon père s'est débarrassé de tout ce qui lui avait appartenu, et a plus ou moins fait comme si elle n'avait jamais existé.

— C'est triste, dit Kaley.

Victoria était du même avis. Elle comprenait mieux pourquoi elle n'avait jamais vu ni photos ni souvenirs de la mère de Ryan dans la maison où il avait grandi.

Il y eut un silence. Kaley semblait songeuse.

— Ton père est-il sorti avec une autre femme après la mort de ta mère ? finit-elle par demander.

— Il a fréquenté quelques femmes, mais n'a plus jamais eu de relations bien sérieuses. La plupart du temps, il restait seul.

— Mon père n'est sorti avec aucune femme depuis la mort de ma mère ou, s'il l'a fait, cela n'a pas dû bien se passer, parce qu'il n'a jamais ramené personne à la maison. Je ne trouve pas ça sain. Et toi ? demanda-t-elle à Victoria.

Victoria fronça les sourcils, gênée. Elle sortait peu, et le seul homme qu'elle avait aimé était encore en vie et justement assis en face d'elle.

— Les gens ont besoin de temps pour se remettre de la perte d'un être cher.

— Cela fait sept ans que ma mère est morte, dit Kaley. Je veux que mon père ait quelqu'un dans sa vie.

— Je sais bien, mais pour cela il faudrait d'abord que lui en ait envie, et contrairement à ce que la plupart des gens semblent penser, il n'y a rien de mal à être célibataire. Chacun d'entre nous doit faire ce qui lui convient.

Elle sentait le regard de Ryan sur elle. Lui n'était pas resté seul. Il s'était marié et avait divorcé, tandis qu'elle était restée résolument célibataire.

— Et si une personne ne sait pas ce qui lui convient le mieux ? Mon père ne sait peut-être pas ce qui serait le mieux pour lui.

— Tu dois lui faire confiance. C'est un homme merveilleux, qui t'a donné une excellente éducation. Quand le moment sera venu pour lui de sortir avec une autre femme, il le saura.

— Je l'espère.

Ils avaient fini de manger, et Victoria débarrassa, contente d'avoir de quoi s'occuper.

Ryan se tourna vers Kaley.

— Tu veux que j'aille chercher la boîte de photos ?

— Avec plaisir !

Kaley semblait avoir hâte d'en savoir plus sur la famille de Ryan pour poursuivre son arbre généalogique. Tandis que Victoria rinçait leurs assiettes avant de les mettre dans le lave-vaisselle, il quitta la pièce et revint quelques instants plus tard avec une vieille boîte en carton abîmée.

Kaley et lui s'assirent à table et commencèrent à fouiller dans la boîte. Elle était allée chercher un cahier à spirale et un stylo, pour consigner par écrit tout ce qui l'intéresserait.

Y avait-il des photos de l'ex-épouse de Ryan parmi toutes celles qu'il avait entassées sur la table ?

— C'est ma mère, dit Ryan. La photo est un peu passée, mais c'est elle…

Intriguée, Victoria oublia l'ex de Ryan et, s'essuyant les mains avec un torchon, vint se placer derrière la chaise de Kaley.

— Je peux regarder, moi aussi ?

Il leur montra à toutes les deux la photo. La jeune fille sur le Polaroid devait avoir à peu près l'âge de Kaley et portait une tenue dans une matière chatoyante, dans le style des années soixante-dix. Elle était grande et mince, avait de longs cheveux noirs et un sourire naturel. Elle incarnait parfaitement son époque insouciante.

— Son nom de jeune fille était Dodd, dit Ryan. Elle s'appelait Margaret, mais tout le monde l'appelait Molly.

— Elle était très jolie, remarqua Kaley, et elle semblait heureuse.

Ryan continuait à regarder la photographie.

— Elle était Païute, mais je n'ai jamais connu sa famille. Un jour, j'ai demandé à mon père pourquoi personne n'était jamais venu me voir de son côté… Il m'a répondu qu'elle avait été élevée par une vieille tante qui était déjà morte.

— De quel clan venait-elle ?

— Je n'en ai pas la moindre idée. Les Païutes se divisent en de nombreuses tribus. Je présume qu'elle faisait partie d'une tribu reconnue par l'Etat, parce que quand j'ai signé les papiers pour ton adoption, mon père m'a dit qu'il fournirait les documents pour l'Indian Child Welfare Act. A l'époque, je ne me suis pas rendu compte de ce que cela signifiait… mais plus tard, j'ai compris qu'il avait dû donner à l'agence d'adoption les papiers indiquant à quelle tribu elle appartenait.

Prenant la photo de Molly, Kaley la posa sur son cahier à spirale.

— Je vais me renseigner sur elle.

Ryan trouva d'autres photos de sa mère. Sur certaines d'entre elles, elle était avec lui et son père. Elle était un peu plus ronde, mais toujours aussi jolie.

Victoria eut un pincement au cœur en voyant Ryan tout petit, les yeux écarquillés et accroché à son père, un homme beaucoup plus jeune et au visage beaucoup plus doux que celui dont elle se souvenait.

— Comment s'appelait ton père ? demanda Kaley.

— Kevin. Kevin Gregory Nash.

Debout, Victoria continuait de regarder, songeuse. Les choses se seraient-elles passées différemment si la mère de Ryan n'était pas morte ? Molly les aurait-elle encouragés, Ryan et elle, à garder Kaley ? Victoria aurait-elle pu se confier à elle ?

Elle avait envie de croire que Molly les aurait soutenus et encouragés, ce que le père de Ryan et ses propres parents n'avaient jamais fait.

— Regardez ce que j'ai trouvé ! s'écria Kaley, l'arrachant à ses pensées.

Kaley avait déniché l'album de lycée de Ryan. D'après la couverture, c'était celui de son année de terminale. A l'époque, Victoria vivait déjà en Californie.

Leur fille feuilleta l'album et s'arrêta sur la photo de Ryan.

— Ouah ! Regarde-toi, Ryan !

— Oui… Regarde comme j'étais affreux.

Non, pensa Victoria. Il était jeune et beau, exactement comme dans son souvenir, très typé avec ses cheveux noirs et raides. Cependant, elle comprenait sa réaction : sur cette photographie, il avait un air un peu perdu et un sourire forcé.

— Ce n'était pas une période agréable de ma vie.

— A cause de ce qui s'était passé avec moi, dit Kaley.

Il acquiesça.

— Qu'a dit ton père quand il a appris que tu n'étais pas allé à l'hôpital ? demanda-t-elle avec douceur.

— Il est entré dans une colère noire. Il a trouvé que c'était horrible et, pour une fois, il a eu raison de me crier dessus… mais j'avais l'habitude, il était toujours énervé pour une chose ou pour une autre et s'en prenait toujours à moi.

— S'il était tout le temps de mauvaise humeur, c'était sûrement parce que ta mère lui manquait, mais il aurait dû être plus gentil avec toi. Mon père a toujours été gentil avec moi.

Refermant l'album, elle se tourna vers Victoria.

— Tu ne m'as jamais montré tes albums de lycée, toi…

— Parce que je ne les ai plus.

— Que sont-ils devenus ?

— Elle a dû s'en débarrasser volontairement, intervint Ryan sans laisser à Victoria le temps de répondre.

Elle soupira.

— C'est exactement ça. J'ai jeté tout ce qui avait un lien avec cette époque-là. Cela m'a aidée à repartir de zéro, surtout après avoir déménagé.

— Je n'ai pas gardé les albums dans lesquels tu étais, avoua Ryan. Celui-ci est le seul que j'aie conservé.

Kaley secoua la tête.

— Vous preniez vraiment tout au tragique, pour aller jusqu'à tout jeter, comme ça… mais vous êtes mignons, aussi, à votre façon bizarre.

Ryan eut un petit rire nerveux.

— Je t'ai toujours trouvée mignonne.

Victoria haussa les épaules avec une désinvolture feinte.

— Que dire ? J'étais une fille gentille.

— Et tu sentais merveilleusement bon.

— Ça n'a rien à voir.

— Je sais, mais tu avais toujours un parfum de dessert, ou quelque chose comme ça.

A l'époque, elle utilisait une lotion à la vanille.

— Je mettais trop de parfum.

— Je ne trouve pas.

Elle le revit soudain enfouir son visage dans son cou sucré. Puis d'autres souvenirs affluèrent : eux enlacés dans le lit de Ryan quand son père n'était pas là, elle glissant ses mains avides sous ses vêtements à moitié défaits, le plaisir avec lequel elle fermait les yeux quand il la déshabillait. Troublée, elle ferma les yeux, avant de les rouvrir subitement, en sentant le regard de Ryan sur elle. Elle s'efforça de se ressaisir, sans réussir toutefois à endiguer le flot de souvenirs.

— Je ferais mieux d'y aller…

Il eut une expression perplexe.

— D'aller où ?

— Dans ma chambre. Pour travailler un peu.

Elle avait besoin de s'éclipser. Si elle restait, son trouble risquait de s'accroître.

— Amusez-vous bien avec l'arbre généalogique…

— D'accord, dit Kaley. A plus tard !

Sans percevoir le malaise de Victoria, elle reporta son attention sur le contenu de la boîte. En revanche, Ryan sembla remarquer son trouble. Elle sentait son regard toujours posé sur elle. Elle s'éloigna en espérant trouver la force de tenir toute la semaine sans ressentir plus pour lui que ce qu'elle était censée ressentir.

Dans la cuisine, Ryan et Kaley continuèrent d'inspecter le contenu de la boîte.

— Je vais aller chercher mon album photo, maintenant ! annonça-t-elle.

— Bonne idée !

Il avait envie de passer davantage de temps avec elle, mais était déçu que Victoria soit partie. Il avait aimé qu'elle reste. Mais il la rendait nerveuse. Une simple petite remarque sur le fait qu'elle sentait bon avait suffi à la faire fuir.

Il profita que Kaley monte dans sa chambre pour se dégourdir les jambes. Quand, quelques minutes plus tard, elle revint avec son album photo, ils s'assirent de nouveau à table. Il se prépara à voir des photos d'elle bébé, songeant que les premières pages en seraient sans doute couvertes.

Il avait vu juste. Tandis qu'il observait le petit visage plissé et les cheveux noirs et hirsutes du bébé, il eut envie de remonter le temps et de prendre sa fille dans ses bras. Elle semblait si petite, si fragile !

— Tu étais très belle.

— Je trouve que j'avais une drôle de tête…

— Non, tu étais belle. Absolument parfaite.

Il leva les yeux vers elle.

— Tu l'es encore, d'ailleurs, ajouta-t-il.

— Merci…

Elle baissa la tête, peut-être un peu gênée. Il s'aperçut que, sans Victoria dans la même pièce qu'eux, ils ne savaient pas vraiment comment se comporter. Sa fille et lui étaient des étrangers l'un pour l'autre.

Elle tourna une page de son album.

— Là, c'est moi avec ma mère et mon père. Je devais avoir environ trois mois…

Ses parents adoptifs formaient un beau couple : elle était blonde et lui, grand et ténébreux. L'espace d'un instant, en voyant leur sourire rayonnant, il leur envia leur bonheur, puis il se rappela qu'elle était morte.

— Victoria m'a dit que ta mère s'appelait Corrine et qu'elle avait été adoptée, elle aussi…

Kaley hocha la tête.

— Elle n'a jamais connu ses parents biologiques, et a toujours eu le sentiment qu'il lui manquait quelque chose.

— Avait-elle essayé de les retrouver ?

— Oui, mais sans succès. Plus tard, quand elle a appris

qu'elle ne pourrait pas avoir d'enfants, elle a été très triste. Elle voulait un bébé plus que tout au monde. Mais finalement, elle est arrivée à la conclusion que cela signifiait qu'elle était destinée à adopter.

Il regarda de nouveau la photo et essaya d'imaginer Corrine et Eric, l'amour qu'ils éprouvaient l'un pour l'autre, leur détermination à devenir parents.

— Quand ils ont entamé les procédures d'adoption, ils voulaient une adoption simple... Etant donné ce que maman avait vécu, ils voulaient que la mère biologique joue aussi un rôle dans la vie de leur enfant... Le père aussi, s'il était présent. La plupart du temps, les pères ne sont pas là.

Sa remarque le fit se sentir coupable. En définitive, il avait été l'un de ces pères absents.

— Deux ans plus tard, ils attendaient toujours, mais on leur avait dit que cela risquait d'être long, continua Kaley. Finalement, l'agence d'adoption les a contactés pour les prévenir qu'ils recherchaient une famille amérindienne pour un bébé à moitié amérindien, et qu'ils seraient prioritaires s'ils étaient intéressés parce que mon père était cherokee, mais qu'ils devaient accepter une adoption plénière.

— Alors, ils ont accepté...

— Oui ! Plus tard, quand j'ai été assez grande pour comprendre, ma mère m'a dit qu'elle m'aiderait si je voulais chercher mes parents biologiques et mes racines.

— Mais cela ne t'intéressait pas avant aujourd'hui ?

— Je n'en voyais pas l'utilité. J'avais des parents géniaux... Pourquoi aurais-je eu besoin d'une autre famille ? Même après la mort de ma mère, je n'ai pas pensé tout de suite que cela présentait un intérêt.

— Alors, qu'est-ce qui a changé ? Pourquoi as-tu finalement décidé d'essayer de nous retrouver, Victoria et moi ?

— Quand j'ai eu dix-huit ans, tout m'a semblé différent. Peut-être parce que je suis devenue une adulte et que je m'apprête à entrer à l'université... J'ai l'impression d'être une autre personne, même si, parfois, je ne suis pas sûre de savoir qui est cette personne. C'est ridicule ? demanda-t-elle, fronçant légèrement les sourcils.

— Pas du tout. Parfois, moi non plus, je ne suis pas sûr de savoir qui je suis…

Le fils de deux parents décédés, un ex-mari, l'ancien petit ami de Victoria, le père biologique, un peu perdu, de Kaley : il ignorait comment se définir au mieux.

— Pour moi, la façon la plus simple de me définir est à travers mon travail.

Cet aspect de sa vie lui semblait stable.

— C'est un travail noble de s'occuper d'animaux.

La remarque de Kaley lui alla droit au cœur.

— Cela me rend heureux. Victoria m'a dit que tu allais faire des études de commerce et de genre, sur les rôles sociologique, historique et littéraire des femmes… Pourquoi as-tu choisi cette deuxième matière ? Qu'est-ce qui t'y a poussée ?

— Je trouve que l'on doit permettre aux femmes d'être plus fortes, et je veux contribuer à rendre cela possible. Mon point de vue est d'autant plus important que je viens de deux cultures différentes.

Soudain, sa fille lui paraissait mûre et forte.

— Tu sais ce que tu aimerais faire comme métier ?

— Pas encore. Le monde étant ce qu'il est aujourd'hui, comment le savoir ? C'est effrayant, mais malheureusement, ce n'est pas parce qu'on fait des études qu'on peut être sûr de trouver du travail, de nos jours.

— Quelque chose me dit que tu t'en sortiras très bien.

— Merci, dit-elle avec un grand sourire.

Il sourit lui aussi, et ils se plongèrent de nouveau dans l'album. Les pages suivantes montraient des photos prises après la mort de sa mère. Sur celles-là, Kaley était plus âgée.

— C'est moi qui ai ajouté ces photos-là… Ma mère a commencé l'album, et je l'ai continué.

Les photographies étaient révélatrices du lien fort qui existait entre Eric et Kaley.

Il repensa à ce que Victoria avait dit d'Eric, que c'était

un homme exceptionnel, bon et doux. Il repensa aussi à ce que Kaley avait dit : elle voulait que son père recommence à sortir et se trouve une nouvelle compagne.

Victoria envisagerait-elle un jour de sortir avec Eric ? Leur amitié pourrait-elle prendre cette tournure ? Cela semblait possible, voire logique. Ils étaient proches l'un de l'autre géographiquement et avaient certainement des centres d'intérêt communs.

Il imaginait mal qu'Eric ne soit pas intéressé. Quel homme n'aurait pas éprouvé de l'attirance pour Victoria ? Certainement pas celui qui avait élevé l'enfant qu'elle avait mise au monde. Un lien très fort existait forcément entre eux.

Tournant une page de l'album, son regard tomba sur une photo récente d'Eric. Il avait du mal à éprouver de la sympathie pour cet homme, qu'il enviait malgré lui.

Sur la photo suivante, Eric, Kaley et Victoria souriaient comme s'ils formaient une famille. Il sentit son estomac se contracter.

Il avait terriblement besoin de nouer des liens avec sa fille, et avec Victoria, aussi. Il voulait avoir le sentiment qu'ils formaient une famille. Avoir le même avantage qu'Eric.

Il regarda Kaley.

— Que dirais-tu d'aller acheter ces ours en peluche aujourd'hui ?

— Avec plaisir !

— Nous pourrions peut-être prendre quelques photos pour les mettre dans ton album, toi, Victoria et moi…

— Bonne idée ! Je vais aller lui dire, annonça-t-elle en se levant d'un bond. On va bien s'amuser !

Il doutait que Victoria partage l'enthousiasme de Kaley, mais il n'abandonnerait pas : il allait faire tout son possible cette semaine pour la reconquérir.

- 4 -

Pour se rendre au magasin, Victoria monta à l'avant dans le pick-up de Ryan, côté passager, et Kaley s'assit à l'arrière, le nez sur son Smartphone. Victoria aurait préféré être à l'arrière. Etre à côté de Ryan lui donnait l'impression d'être sa petite amie ou sa compagne. Cela lui faisait penser à son ex-femme. Ne rien savoir d'elle la rendait folle, mais elle n'osait pas poser de questions à Ryan à son sujet, de peur qu'il s'aperçoive du tour que prenaient ses pensées.

Ryan jeta un coup d'œil dans le rétroviseur.

— Tu envoies des textos ? demanda-t-il à Kaley.

— Non, je mets un Tweet sur nous.

— Sur nous ? répéta-t-il, ravi.

— Toi, Victoria et moi. Je dis aux gens qui me suivent que je passe la semaine avec mes parents biologiques !

Il sourit.

— C'est chouette…

Il tourna la tête vers Victoria.

— Elle met un Tweet sur nous.

— C'est ce qu'on fait, de nos jours…

— Tu as un compte Twitter ? lui demanda-t-il.

— Oui, mais je n'y mets rien de personnel, je m'en sers seulement pour le travail.

— Je devrais peut-être ouvrir un compte… Je pourrais te suivre, Kaley, dit-il en jetant un autre coup d'œil dans le rétroviseur.

— Ce serait super ! répondit Kaley.

Victoria n'était pas du même avis. *Sauf si cela fait plaisir à Kaley, bien sûr*, se reprit-elle aussitôt. Rendre leur fille heureuse était tout ce qui comptait, c'était même le seul but de leur présence ici.

Ils arrivèrent au magasin. Tandis qu'ils se dirigeaient vers le rayon jouets, elle imagina Ryan ici des années plus tôt, quand il avait acheté les premiers ours en peluche. Avait-il été nerveux en faisant son choix ?

Même maintenant, il semblait un peu troublé, comme s'il repensait lui aussi à ce moment-là, mais ses yeux pétillaient. De toute évidence, il tenait à faire plaisir à Kaley, qui marchait quelques mètres devant eux, ses longs cheveux se balançant doucement dans son dos.

— Je suis vraiment content que nous fassions ça, dit Ryan.

— Je le sais. Kaley aussi est contente.

— Mais pas toi.

— J'essaie.

Elle veilla à ne pas parler trop fort pour que leur fille ne l'entende pas.

— Je n'aurais jamais osé rêver de ce moment… Toi, moi et notre petite fille !

— Pour une semaine, lui rappela-t-elle.

Et non pour toujours.

— Une merveilleuse semaine.

Merveilleuse pour lui et Kaley, songea-t-elle. Pour sa part, elle avait le ventre noué en permanence.

Kaley trouva le rayon des peluches et leur fit signe de la suivre, avançant d'un pas énergique.

— Par ici !

Ils la rejoignirent. Kaley se tourna vers Ryan.

— A quoi ressemblaient les premiers ours ?

— Ils étaient marron avec un ruban rose autour du cou, et ils faisaient à peu près cette taille, répondit-il en lui montrant une petite girafe, mais ils étaient incroyablement doux.

Kaley arpenta le rayon, assistée par Ryan. Victoria resta en retrait, se contentant d'attendre et de les laisser choisir ce dont ils avaient envie.

Enfin, Ryan trouva ce qu'ils cherchaient.

— Voilà ! s'écria-t-il en prenant deux ours en peluche souriants.

Kaley lui en prit un des mains et le fit danser.

— Oh ! ils sont trop mignons ! En revanche, ils n'ont pas de ruban autour du cou…

— C'est vrai, mais en dehors de ça, ils sont presque pareils à ceux que j'avais achetés.

Kaley avait la solution.

— Nous pourrions aller au rayon mercerie et prendre du ruban rose !

Ils se dirigèrent vers le rayon en question, Kaley tenant son ours et Ryan celui qu'il donnerait ensuite à Victoria.

Après avoir mesuré et coupé deux morceaux de ruban, ils allèrent vers la caisse.

Une fois dans le pick-up, Kaley et Ryan mirent aux petits ours leurs nouveaux colliers, faisant de jolis nœuds avec les rubans, puis il offrit le sien à Victoria. Elle le remercia et posa l'ours en peluche sur ses genoux, s'efforçant de paraître détachée.

— Nous devrions les baptiser, dit Kaley. Pourquoi pas Pinky et Poppy ?

— Comme ton vernis à ongles ? demanda Victoria, qui savait qu'elle aimait porter une couleur appelée *pink poppy*.

— Oui ! Regarde…

Kaley agita ses doigts devant Ryan.

— C'est très joli.

Il s'était installé au volant, mais n'avait pas encore mis le contact.

— Ne laisse pas Perky et Pesky prendre Pinky et Poppy !

Kaley rit.

— C'est promis… Le tien sera Pinky, d'accord ? ajouta-t-elle en se tournant vers Victoria.

— D'accord.

Sans réfléchir, Victoria tapota doucement la tête de l'ours en peluche. Kaley lui mit Poppy sur l'épaule.

— Où vas-tu le mettre ?

— Comment ça ?

— Quand tu seras de retour chez toi, où vas-tu mettre Pinky ?

— Je ne sais pas…

— Je vais mettre Poppy sur mon lit.

— Tu as d'autres peluches sur ton lit ? demanda Ryan.

— J'en avais quand j'étais plus petite, mais plus maintenant. Poppy sera l'exception, il fera partie de ma vie d'adulte !

Elle se laissa aller en arrière sur son siège.

— Puisque nous avons Pinky et Poppy avec nous, nous devrions en profiter pour aller à la maternité.

Oh non ! Victoria redoutait cet endroit, ses couloirs d'une blancheur épouvantable. Elle ne voulait pas y aller, ni aujourd'hui, ni demain, ni aucun autre jour de la semaine, mais elle avait promis. Et Kaley semblait tellement heureuse, comment aurait-elle pu la décevoir ?

— C'est à Ryan de décider, répondit-elle, s'efforçant de cacher ses émotions. C'est lui qui conduit…

— Allons-y ! s'exclama-t-il avec enthousiasme.

Manifestement, il était aussi impatient que Kaley. Il cherchait à se créer de nouveaux souvenirs, tandis qu'elle voulait seulement laisser le passé enfoui.

Ils prirent la route de l'hôpital. Le trajet fut de courte durée. Le grand bâtiment de béton gris, avec ses parterres de fleurs impeccables, était le même que dans son souvenir.

— Rien n'a changé… d'après ce que je vois.

— Il y a un nouveau restaurant de l'autre côté de la rue, dit Ryan avec un geste vague.

Elle jeta un coup d'œil dans la direction qu'il indiquait. Cela ne comptait pas, du moins pas pour elle.

— Qu'y avait-il à la place, autrefois ?

— Je ne sais pas… Je ne m'en souviens plus.

— A quel étage se trouve la maternité ? demanda Kaley.

— Au troisième, répondit Victoria, sauf si cela a changé.

— Ton père est-il mort ici ? demanda Kaley à Ryan tandis qu'il cherchait une place pour se garer.

— Non, il est mort à la maison.

— Il était tout seul ?

— J'étais avec lui, j'ai appelé les urgences, mais il est mort avant l'arrivée de l'ambulance.

— Est-ce qu'il a souffert ?

— Je ne crois pas. On m'a dit que quand quelqu'un perdait connaissance comme il l'a fait, il ne sentait rien.

— Tant mieux. Ma mère a beaucoup souffert quand elle est morte.

— Je suis désolé, dit Ryan avec douceur.

Victoria aussi était désolée. Elle savait que Kaley adorait sa mère, et que Corrine lui manquait beaucoup.

— Elle a eu un cancer de l'utérus, expliqua Kaley.

— Je suis désolé, répéta-t-il. Je regrette qu'elle n'ait pas survécu.

Victoria serra machinalement Pinky contre elle. Elle n'avait jamais été confrontée à la perte d'un être cher, contrairement à Ryan, qui avait perdu ses deux parents.

Il se gara enfin. Ils descendirent tous les trois du pick-up et entrèrent dans l'hôpital, emportant leurs ours avec eux. La maternité était toujours au troisième étage, et ils prirent l'ascenseur pour s'y rendre.

Kaley la regarda.

— Tu te souviens du numéro de ta chambre ?

Jamais elle ne l'oublierait.

— 322.

— Y avait-il une autre patiente avec toi ?

— Non. On m'avait mise à l'écart parce que je donnais mon bébé à adopter.

— Avant d'aller à la nursery, nous pourrions peut-être passer voir la chambre ?

Victoria leur montra le chemin, le cœur martelant sa poitrine. Ils passèrent devant le bureau des infirmières, leurs pas résonnant dans le silence. La chambre 322 était à peu près au milieu du couloir.

Ryan se tourna vers Kaley.

— Nous y voilà, dit-il d'un ton solennel. C'est ici que j'aurais dû te prendre dans mes bras.

— Et maintenant, nous sommes ici ensemble !

Il hocha la tête.

— La vie nous réserve bien des surprises…

Il se pencha un peu vers Victoria.

— Merci d'avoir bien voulu faire ça, murmura-t-il.

Instinctivement, elle faillit prendre sa main, mais elle serra le poing, résistant à la tentation de le toucher.

Il y eut un long silence. Kaley semblait être aussi pensive qu'eux.

— Je crois que nous devrions aller voir les bébés, maintenant, dit-elle au bout d'un moment.

— Je ne sais pas où est la nursery…

Victoria ne s'en était pas approchée après qu'on lui eut pris son bébé. Ils se renseignèrent auprès des infirmières. L'infirmière qui leur indiqua où aller était trop jeune pour avoir été là à l'époque, mais Victoria se demandait si son médecin accoucheur travaillait encore à l'hôpital ou s'il avait pris sa retraite.

— Le docteur Jason Devlin fait-il encore partie du personnel ? demanda-t-elle à la jeune femme.

— Pas que je sache ! Je n'ai jamais entendu parler de lui.

— Simple curiosité… Il travaillait ici il y a longtemps.

— C'est le médecin qui m'a mise au monde ? demanda Kaley tandis qu'ils s'éloignaient tous les trois.

— Oui. Il était vraiment gentil avec moi, je l'aimais beaucoup.

Il avait pris soin d'elle dès le début de sa grossesse.

Sortant son téléphone de sa poche, Kaley chercha le nom du médecin sur Google. En quelques minutes, elle découvrit qu'il était mort près de dix ans plus tôt. Victoria en fut attristée. Ils marchèrent en silence jusqu'à la nursery.

— C'est trop mignon ! s'exclama Kaley en découvrant les nourrissons derrière la vitre. C'est exactement comme dans les films…

Il n'y avait que deux nouveau-nés, bien au chaud dans leurs couveuses.

— Les autres doivent être avec leurs mères, remarqua

Victoria en les observant. La plupart d'entre elles gardent leur bébé dans leur chambre.

— C'est quand même chouette, dit Kaley.

Ryan s'approcha de la vitre, l'air fasciné, lui aussi.

Victoria n'aurait pas su dire combien de temps ils restèrent là, à admirer les enfants d'autres personnes, en compagnie de la fille qu'ils avaient perdue et retrouvée, mais ils attendirent que Kaley décide qu'il était temps de partir.

Tandis qu'ils se dirigeaient vers la sortie, Victoria se félicitait intérieurement d'avoir survécu à cette visite tant redoutée de l'hôpital, quand quelqu'un appela Ryan. Ils se retournèrent et aperçurent une jeune femme vêtue d'un uniforme de couleur vive. Elle avait les cheveux bruns et brillants et de grands yeux noisette, et Victoria eut vaguement l'impression de la connaître.

— Pourquoi ai-je l'impression de la connaître ? demanda-t-elle à Ryan dans un murmure.

— Parce que c'est le cas. C'est Sandy, elle était au lycée avec nous.

Sandy Simmons. De toutes les personnes qu'ils auraient pu croiser par hasard, c'était l'une des plus sympathiques. Elle n'avait jamais dit de mal de Victoria et ne lui avait jamais fait de remarques blessantes au sujet de son ventre rond quand elle était enceinte, contrairement à certaines des filles du lycée.

Sandy les rejoignit, et Victoria s'aperçut que le nom sur son uniforme était McGuire et non Simmons. De toute évidence, elle était mariée. En jetant un coup d'œil discret à son annulaire gauche, Victoria vit qu'elle portait une alliance.

— Décidément, je te vois tout le temps ! déclara Sandy à Ryan. La semaine dernière, je t'amène mon vaurien de chat, et maintenant, te voilà ici…

Elle regarda Victoria et Kaley en souriant, mais ne sembla pas reconnaître Victoria. Ryan alla droit au but.

— Sandy, tu te souviens de Victoria Allen, n'est-ce pas ? Elle me rend visite cette semaine, avec notre fille, Kaley.

Déconcertée, Sandy cilla.

— Oui, bien sûr… Victoria ! Contente de te voir… et ravie de te rencontrer, ajouta-t-elle en se tournant vers Kaley.

Elle se demandait sûrement si Victoria avait changé d'avis et si, au lieu de donner son bébé à adopter, elle était allée s'installer en Californie pour y élever son enfant.

— Kaley et moi nous sommes retrouvées il y a quelque temps, et nous avons contacté Ryan pour qu'il puisse apprendre à la connaître aussi.

— C'est seulement notre deuxième journée dans l'Oregon, intervint Kaley, agitant Poppy tout en parlant. Je voulais voir l'hôpital où je suis née…

Sandy sembla se détendre.

— C'est merveilleux ! Je suis radiologue ici. J'ai épousé Joe McGuire, ajouta-t-elle en regardant de nouveau Victoria. Il était dans notre classe… Tu te souviens de lui ? Oh ! attends un peu… C'était en terminale, tu étais déjà partie. Tu sais ce qui serait sympa ? Que vous veniez tous les trois à notre barbecue, demain ! Je sais que je vous préviens à la dernière minute, mais si vous n'avez rien prévu d'autre, nous serions ravis de vous compter parmi nous. Nous organisons toujours de grosses fêtes en été, avec nos voisins. Je suis sûre qu'il y aura d'autres clients à toi, Ryan… Ce n'est pas le seul vétérinaire du coin, dit-elle sur le ton de la conspiration, mais il a toujours été mon préféré.

Elle regarda Victoria d'un air entendu, comme si elle était censée savoir qui étaient les autres vétérinaires, puis elle s'adressa à Kaley.

— Tu passerais un bon moment aussi… Je pourrais te présenter à ma nièce, elle a à peu près ton âge. Elle entre à l'université après les vacances.

Kaley semblait partante.

— C'est vrai ? J'aimerais bien la rencontrer, et nous n'avons rien prévu pour demain… si ? demanda-t-elle à Ryan en se tournant vers lui.

— Si tu as envie d'aller au barbecue, nous irons.

Sandy battit des mains. Elle avait toujours été d'un naturel joyeux.

— Génial ! J'ai hâte ! Ça me fait plaisir de vous revoir ensemble, tous les deux, dit-elle en regardant tour à tour Victoria et Ryan.

Victoria balbutia.

— Nous… Nous ne…

— … ne sommes pas ensemble, dit Ryan, finissant sa phrase pour elle.

— Je voulais dire ensemble ici, dans la même ville, avec votre fille, s'empressa de préciser Sandy. Pas ensemble, ensemble…

Il y eut un silence gêné, que Sandy finit par briser.

— Je ferais mieux de me remettre au travail, ma pause est presque terminée. Ryan, tu dois avoir mon numéro de téléphone quelque part dans tes dossiers, mais tiens, au cas où…

Elle sortit une carte de visite de sa poche qu'elle lui tendit.

— Le barbecue est à 14 heures. Ceux qui en ont envie apportent quelque chose, mais il n'y a aucune obligation !

Puis elle prit congé d'eux avec son sourire habituel et s'éloigna.

— Sandy a toujours été une vraie tornade, dit Victoria, un peu secouée.

Le barbecue aurait lieu moins de vingt-quatre heures plus tard. Les choses se précipitaient.

— Nous devrions apporter quelque chose, demain…

— Pourquoi pas le dessert ? suggéra Kaley. Tu allais m'apprendre à faire des gâteaux, de toute façon, et ce serait l'occasion de faire quelque chose de vraiment chouette !

— C'est une bonne idée.

— Alors, nous devrions peut-être passer au supermarché pour acheter tout ce dont vous aurez besoin, dit Ryan.

— Oui, répondit Victoria. Nous pourrons aussi faire des provisions. Nous n'allons pas nous nourrir exclusivement de sucreries.

Kaley sourit.

— Quelle belle journée !

Avec un enthousiasme plus modéré, Victoria songea

que ce n'était pas une mauvaise journée. Cependant, cela ne changeait rien au fait qu'elle refusait d'être trop proche de Ryan. Elle avait tout de même hâte que la semaine se termine pour rentrer chez elle.

Ryan se réjouissait de l'animation qui régnait dans la cuisine.

Après être revenues du supermarché et avoir déballé leurs courses, Victoria et Kaley s'étaient mises à la pâtisserie. Elles avaient décidé de faire des cupcakes, et Kaley voulait les décorer de façon créative. Elle avait demandé à Victoria si elles pourraient faire des têtes de chats et de chiens. Parce que Ryan était le vétérinaire préféré de tout le monde ici, avait-elle précisé. La remarque lui était allée droit au cœur, mais il soupçonnait Victoria de se demander pourquoi Sandy avait insisté sur le fait qu'il n'était pas le seul vétérinaire de la ville. Il avait bien vu le regard entendu que Sandy avait lancé à Victoria.

Aurait-il dû lui expliquer la situation ? Cela risquait-il de tout gâcher, ou valait-il mieux dire quelque chose avant que le sujet soit de nouveau soulevé ? Il ne voulait pas que Victoria et Kaley croient qu'il leur cachait des choses, et d'ailleurs, ce n'était pas si terrible que cela.

Cependant, après avoir longuement hésité, il décida de ne rien dire pour le moment.

— Ça sent bon, hein ? lui demanda sa fille tandis que les cupcakes refroidissaient sur le plan de travail.

Il hocha la tête.

— On se croirait dans une boulangerie !

Le parfum sucré qui flottait dans l'air lui rappelait celui de Victoria.

— A Noël, notre maison sentait toujours les gâteaux, dit Kaley. Ma mère faisait souvent des gâteaux… Quand pourrons-nous les recouvrir du glaçage ?

— Bientôt, répondit Victoria.

Le glaçage était déjà prêt, et Kaley l'avait goûté.

Elle s'assit à table et tria les ingrédients dont elles allaient avoir besoin pour faire des têtes d'animaux.

— Tu vas nous aider à les décorer ? lui demanda-t-elle, levant les yeux vers lui.

— Je veux bien essayer, mais le résultat laissera probablement à désirer. Je n'ai jamais eu un tempérament artiste… contrairement à toi, ajouta-t-il en regardant Victoria.

Parfois, quand ils se promenaient dans les bois, elle emportait son carnet de croquis. Elle trouvait toujours quelque chose d'intéressant à dessiner. Elle dessinait même des choses sorties tout droit de son imagination, comme des nymphes des bois, des fées ou des trolls effrayants.

— Eric est professeur d'arts plastiques au collège, dit Victoria, l'arrachant à ses pensées.

— Ah oui ? s'étonna-t-il.

— Oui… et Corrine était conseillère d'orientation.

Il jeta un coup d'œil à Kaley. Il n'était pas vraiment surpris d'apprendre que sa mère était conseillère d'orientation : d'une certaine façon, elle guidait encore sa fille.

— Eric fait aussi du graphisme en *free-lance*. Nous envisageons de travailler ensemble un jour.

Ryan se retint de froncer les sourcils. Eric et Victoria étaient-ils sur le point de devenir un couple ? Cette éventualité le mettait mal à l'aise.

— Nous allons pouvoir finir les cupcakes, maintenant, annonça Victoria.

Ryan les regarda étaler le glaçage sur chaque petit gâteau. Kaley décora ensuite le premier cupcake. Elle fit une petite tête de chien, avec des pépites de chocolat pour les yeux et le nez, une boule de gomme pour la bouche et des minicookies pour les oreilles. Le résultat était adorable, et c'était suffisamment simple à faire pour qu'il puisse l'imiter. Les motifs de Victoria étaient beaucoup plus sophistiqués, dignes d'une pâtissière professionnelle. Les motifs de Kaley ne tardèrent pas à devenir plus détaillés, ce qui prouva qu'elle aussi avait un certain talent artistique. Lui se cantonna à des versions plus simples, mais globalement, ils formaient une bonne équipe.

Finalement, il se décida à leur dire ce qui le tracassait. Ne sachant pas comment amener la chose subtilement, il alla droit au but.

— Mon ex-femme était vétérinaire, elle aussi.

Toutes deux levèrent les yeux vers lui, mais ce fut Victoria qui eut la réaction la plus forte. Elle s'immobilisa alors qu'elle était en train de réaliser une tête de chat rose.

— C'est donc à elle que Sandy faisait allusion ?

— Oui.

— Elle est de la région ?

Il secoua la tête.

— Elle est originaire de Seattle. Je l'ai rencontrée à l'université d'Etat de Washington, où nous avons tous les deux fait nos études. Après avoir obtenu notre diplôme, nous nous sommes mariés et avons décidé d'ouvrir notre clinique vétérinaire ici. Le vétérinaire de la ville prenait sa retraite, et il nous a proposé de nous revendre son cabinet. La transition s'est faite simplement.

— Vous travailliez ensemble ?

Il fit oui de la tête.

— Après le divorce, elle a conservé la clinique, et j'ai acheté cette maison pour en ouvrir une autre.

— Vous êtes encore amis ? demanda Kaley.

— Nous ne sommes pas véritablement amis, mais nous sommes cordiaux quand nous nous croisons lors des réunions de la chambre de Commerce, ou dans d'autres occasions professionnelles. Elle est fiancée à Don Compton, maintenant. Il est paysagiste et a son entreprise. Je le vois aussi aux réunions.

— Que s'est-il passé ? lui demanda encore Kaley. Pourquoi votre mariage n'a-t-il pas duré ?

Il fit une réponse vague.

— Je ne sais pas… Cela n'a pas marché, c'est tout.

Elle haussa les épaules négligemment.

— Ça arrive souvent.

— C'est vrai.

Il reporta son attention sur le cupcake qu'il était en train de décorer, et Victoria reprit la réalisation de son chat rose, mais il sentait qu'elle avait envie de lui poser davantage de questions sur son mariage raté. Cependant, elle n'en fit rien, et ils abandonnèrent le sujet. Pour l'instant.

- 5 -

La curiosité de Victoria s'intensifia. Elle s'était posé des questions au sujet de l'ex de Ryan, et maintenant qu'il avait abordé le sujet, elle était encore plus intéressée. Pourtant, il n'aurait pas fallu qu'elle s'y intéresse.

Etait-il triste qu'elle ait tourné la page, qu'elle soit fiancée à quelqu'un d'autre ? Etait-il encore amoureux d'elle ? S'était-il démené pour sauver son mariage ?

Les questions se bousculaient interminablement dans sa tête. Elle jeta un coup d'œil à Kaley, qui était de nouveau absorbée par la confection des cupcakes. Elle ne semblait pas se soucier de l'ex-épouse de Ryan, mais bien sûr, pour Victoria, c'était différent : elle avait espéré devenir la femme de Ryan.

Comme elle détestait ces souvenirs, ces sentiments. Elle aurait voulu pouvoir ne pas aller au barbecue, mais elle ne pouvait pas faire cela à Kaley. Le problème, c'était que les gens penseraient sûrement que Ryan et elle formaient un couple ou, du moins, ils se poseraient des questions puisqu'ils présenteraient Kaley comme leur fille.

Sandy avait précisé que d'autres clients de Ryan seraient là. Ils savaient sûrement qu'il avait divorcé, surtout s'ils l'avaient suivi quand il avait ouvert sa nouvelle clinique vétérinaire. Ne seraient-ils donc pas curieux quand ils le verraient arriver avec elle et leur fille ?

Avec un peu de chance, il n'y aurait pas d'anciens du lycée, sinon Sandy le leur aurait dit. Victoria n'avait pas envie de croiser d'autres personnes faisant partie de leur passé. Faire face au présent était suffisamment difficile comme cela.

— Je vais faire un cupcake qui ressemblera à Pesky, dit Kaley en souriant au bouledogue, couché en rond dans un coin de la cuisine. Ensuite, j'en ferai un qui ressemblera à Perky, ajouta-t-elle avec un sourire destiné cette fois au border collie, couché à côté de Pesky.

Ryan sourit.

— Ils en seront très flattés, j'en suis sûr !

Victoria se força à sourire, bien qu'elle n'en eût pas envie. Elle ne voulait pas que Kaley s'aperçoive qu'elle était préoccupée.

— Ils auront sûrement envie de les manger.

— C'est vrai, dit Ryan, mais ils n'ont pas le droit de manger de sucreries.

Kaley la regarda.

— Tu veux bien en faire qui ressembleront aux bébés du bougainvillier ?

— Bien sûr.

Contente de pouvoir s'occuper l'esprit, elle s'attela à la tâche. Elle fit deux chats tigrés et ajouta des fleurs en sucre.

— Oh ! s'exclama Kaley en voyant le résultat. Ils sont parfaits ! Je vais prendre des photos pour les envoyer à papa…

Prenant son téléphone portable, elle fit quelques photos.

— Nous devons aussi nous prendre en photo avec Poppy et Pinky, pour mon album, dit-elle ensuite.

Ils se placèrent tous trois côte à côte, Victoria avec son ours en peluche, Kaley avec le sien, entre elle et Ryan, qui tint l'appareil à bout de bras pour prendre les photos.

— Maintenant, on va en faire quelques-unes de moi avec chacun de vous séparément, annonça alors Kaley avec énergie.

L'idée plut davantage à Victoria, qui préférait ne pas être associée à Ryan. Elle fut tout de suite plus à l'aise. Cependant, alors même qu'elle croyait être au bout de ses peines, Kaley eut une autre idée.

— Je vais en prendre quelques-unes de vous deux ensemble !

Victoria avait envie de refuser, mais il était préférable de ne pas faire d'histoires. Mais quand Ryan vint se placer à côté d'elle et qu'il lui passa un bras autour des épaules, elle sentit son cœur se mettre à cogner dans sa poitrine.

Sa proximité et la chaleur qui émanait de son corps la troublaient profondément. Comme autrefois.

Elle savait très bien qu'il éprouvait la même attirance. La tension entre eux était palpable, oppressante, à tel point qu'elle peinait à respirer normalement.

Kaley prit plusieurs photos d'eux. Après un moment qui sembla durer une éternité, Ryan laissa retomber son bras et s'écarta un peu d'elle. Elle évita soigneusement de croiser son regard et eut l'impression qu'il en faisait autant. Par chance, Kaley sembla ne s'apercevoir de rien. Elle était trop occupée à regarder les photos qu'ils venaient de prendre.

— Je vais aller dans ma chambre et envoyer les photos des cupcakes à mon père… Je vais aussi lui envoyer celles avec les ours pour qu'il nous voie tous ensemble, et je vais l'appeler. Il est toujours content quand je l'appelle !

Elle disparut sur-le-champ, laissant Ryan et Victoria seuls face à leur trouble.

Il y eut un long silence.

S'apercevant qu'elle tenait encore Pinky contre sa poitrine, elle s'empressa de poser l'ours en peluche.

Le silence se prolongea.

Ryan regarda les cupcakes.

— Je peux en manger un ? finit-il par lui demander, sans doute pour faire diversion. Je pourrais peut-être prendre un de ceux que j'ai faits, ils sont moins élaborés.

Il avait une envie de sucre ? Là, maintenant ?

Elle repensa au lait pour le corps à la vanille qu'elle utilisait adolescente et que Ryan aimait tant. Y pensait-il aussi ?

Elle soupira.

— Bien sûr, répondit-elle, prends celui que tu veux.

Il se borna à choisir l'un des cupcakes qu'il avait décorés, en détacha un morceau et le mit dans sa bouche. Elle essaya de ne pas le regarder. Peine perdue.

Elle cilla, pour s'arracher à la fascination qu'elle éprouvait à le regarder et détourna le visage.

— Tu veux goûter ? lui proposa-t-il.

Elle se tourna de nouveau vers lui.

— Non, merci.

— Tu es sûre ? C'est délicieux…

— Sûre et certaine.

Elle l'imagina en train de lui donner un morceau du gâteau, comme il l'aurait fait avec un gâteau de mariage. Aussitôt, elle repensa à son ex-femme et fronça les sourcils. La cérémonie de leur mariage avait-elle été traditionnelle ? Leur lune de miel romantique ? Etait-il horrifié chaque fois qu'il voyait son ex-femme avec son nouveau fiancé ?

— Qu'est-ce qui ne va pas ?

— Rien.

Elle ne pouvait pas lui dire à quel point elle était blessée qu'il ait épousé quelqu'un d'autre.

Elle demanderait peut-être à Sandy ce qu'elle pensait de l'ex-femme de Ryan et, avec un peu de chance, elle aurait des réponses à ses questions sans jamais avoir à aborder le sujet avec lui.

Le lendemain, ils se rendirent chez Sandy et découvrirent qu'elle habitait dans l'ancien quartier de Victoria.

Ryan la regarda.

— Ça nous ramène des années en arrière…

Elle hocha la tête.

— Comme beaucoup de choses ici.

Elle ne parvenait pas à se débarrasser du sentiment de malaise qu'elle ressentait.

— De quoi parlez-vous ? demanda Kaley, assise sur la banquette arrière.

— J'ai grandi ici, répondit Victoria.

Kaley passa la tête entre eux.

— Où ?

— A quelques rues d'ici.

— Est-ce qu'on peut aller voir ta maison ?

Victoria n'en avait pas très envie.

— Elle n'a rien d'extraordinaire… C'est une maison de banlieue classique, comme toutes les autres maisons du quartier.

Il s'agissait de maisons construites à l'époque de sa naissance, avec des jardins bien entretenus et bordées de trottoirs d'une propreté impeccable.

— On les appelait : « les petites boîtes de couleur ».

— Tu plaisantes ? C'est là où tu vivais ! C'est ahurissant, surtout quand on pense que tu y as vécu avec moi dans ton ventre ! C'est aussi mon ancienne maison, en quelque sorte…

Victoria regarda Ryan, qui souriait. Apparemment, la remarque de Kaley l'avait amusé. C'était touchant. Elle lui fit signe de les conduire là où elle vivait autrefois. Il se souvenait du chemin.

Il s'arrêta bientôt devant la maison bleue et blanche, et laissa le moteur tourner.

— Je n'étais pas revenu ici depuis ton départ, Victoria… Ça me fait bizarre !

Elle éprouvait la même chose que lui. Elle n'aurait pas pensé revenir un jour.

— Il y a une nouvelle clôture… Cette jardinière aussi est nouvelle, ajouta-t-elle avec un geste vague.

— Où était ta chambre ? demanda Kaley.

— Tu ne peux pas la voir d'ici, elle donnait sur l'arrière.

— Je ne pouvais pas jeter de cailloux à sa fenêtre, dit Ryan. J'en ai toujours eu envie, pourtant ! J'ai toujours trouvé ça romantique…

Kaley rit.

— Tu es sérieux ? Personne ne fait ça !

— Je suis sûr que si.

— Oui, dans les films…

Victoria leva les yeux au ciel. Ils se comportaient comme deux gamins, à argumenter pour des bêtises.

— Vous êtes deux bêtas !

— Avoue, tu aurais aimé que j'apparaisse à ta fenêtre en plein milieu de la nuit…

— Comme un vampire ? Sûrement pas.

Kaley fit mine de se pâmer.

— Oh ! les vampires sont trop sexy !

Ryan afficha un air suffisant.

— Tu vois ?

— Berk ! dit Kaley avec une grimace. Je ne disais pas que toi, tu étais sexy.

— Je sais bien, petite maligne… mais Victoria me trouvait sexy, elle. J'étais canon, à l'époque !

Kaley fit une autre grimace.

— Arrêtez, c'est écœurant !

Victoria se garda bien d'intervenir. Pourtant, il disait vrai : quand ils étaient adolescents, toutes les filles du lycée rêvaient de Ryan.

— Je t'assure, insista Ryan, j'étais vraiment…

Kaley le fit taire d'une petite tape sur la tête.

— Allons au barbecue avant que tu nous fasses mourir d'ennui avec tes histoires de prétentieux !

Il redémarra en riant, mais ne tarda pas à retrouver son sérieux.

— En tout cas, une chose est sûre : tes parents ne m'ont jamais aimé, on ne peut pas dire le contraire. Cela les contrariait beaucoup que nous sortions ensemble.

C'était vrai, et l'antipathie qu'ils éprouvaient pour lui s'était intensifiée quand elle était tombée enceinte.

— L'opinion de mes parents importe peu.

— Alors pourquoi appréhendes-tu toujours leurs réactions ?

— Vous allez gâcher cette belle journée si vous continuez à parler de ce genre de choses, se plaignit Kaley.

— Je suis désolé, s'empressa de dire Ryan.

— Moi aussi, dit Victoria.

Elle fronça les sourcils. A force d'essayer d'analyser le passé, elle ne savait plus où elle en était.

Ils arrivèrent enfin chez Sandy, où elle s'efforça de donner le change. Mais des heures plus tard, elle était toujours aussi désorientée.

Le barbecue fut festif. Le buffet comprenait toutes sortes de mets appétissants : chips, sauces, abondance de petits fours, hot dogs, hamburgers et kebabs. Il y avait également des desserts à profusion, mais les cupcakes eurent beaucoup de succès. La plupart des autres invités étaient des couples avec des enfants en bas âge, qui raffolaient des cupcakes.

Victoria avait vu juste quand elle avait prédit la façon dont Ryan et elle seraient perçus. Ceux qui le connaissaient semblaient curieux, et ceux qui le rencontraient pour la première fois supposaient qu'ils étaient mariés. Ryan et elle s'empressèrent de clarifier la situation.

— Je n'ai pas parlé de vous aux invités, lui murmura Sandy à un moment donné, car cela aurait lancé des rumeurs, et tu en as été assez victime au lycée.

Naturellement, Victoria avait envie de questionner Sandy sur l'ex-femme de Ryan, mais l'occasion d'une conversation en privée ne se présenta pas tout de suite.

Kaley et la nièce de Sandy, June, une jeune fille blonde aux yeux pétillants, se lièrent tout de suite d'amitié. Elles semblaient avoir beaucoup de choses en commun, y compris leur intérêt pour les droits des femmes. Tout en les observant, Victoria s'émerveilla des différentes facettes de la personnalité de Kaley : la veille, elle avait manifesté son côté enfantin, en faisant des cupcakes en forme de têtes d'animaux et en prenant la pose pour des photos avec son ours en peluche, et aujourd'hui, elle se comportait avec grâce et maturité.

Victoria se demanda si elle était comme elle au même âge. A l'heure actuelle, elle peinait à savoir qui elle était vraiment.

Quant à Ryan, il était attablé avec un groupe d'hommes qui parlaient d'une partie de poker imminente à laquelle il avait été convié. Apparemment, il avait décliné l'invitation, mais il discutait et riait avec eux, à l'aise. Il lui jetait tout de même un coup d'œil de temps en temps, avec la même expression perplexe que celle qu'elle avait quand elle le regardait. Parce que les gens l'avaient prise pour sa femme, peut-être ?

Elle comprenait que Sandy n'ait pas exposé leur situation à l'avance aux autres invités : il devait y avoir une quarantaine de personnes présentes. Elle avait fait ce qu'il fallait en les laissant se débrouiller. Mais se débrouillaient-ils bien ?

Heureusement, Kaley passait un excellent moment. June et elle discutaient maintenant avec quelques-uns des plus jeunes enfants.

Alors que la fête touchait à sa fin, Sandy montra à Victoria son jardin potager. Au milieu des rangs de carottes, de betteraves et de tomates, Victoria aborda le sujet qui la taraudait depuis des heures.

— Tu connais bien l'ex-femme de Ryan ?

— Non, pas très bien, répondit Sandy, mais il m'arrivait de la voir à leur ancien cabinet vétérinaire, même si c'était déjà Ryan qui s'occupait de nos chats. Je n'ai jamais beaucoup échangé avec Jackie, en dehors des civilités d'usage.

Jackie ? Au moins, maintenant, Victoria connaissait son prénom.

— Ryan m'a dit qu'ils s'étaient connus à l'université et qu'ils étaient revenus vivre ici pour ouvrir leur clinique.

— C'est tout ce qu'il t'a dit d'elle ?

— A peu près. Alors, comment était-elle ? Que penses-tu d'elle ?

— Elle semblait normale quand ils étaient mariés, un peu effacée, mais assez gentille. Après leur rupture, en revanche, j'ai commencé à me poser des questions sur elle…

— Quel genre de questions ?

— Eh bien, j'ai trouvé qu'elle sortait un peu vite avec Don Compton… peut-être un peu trop vite.

— Tu crois qu'elle trompait Ryan ?

— Je ne sais pas… J'ai trouvé ça bizarre, mais peut-être simplement parce que je suis amie avec Ryan. J'ai toujours espéré qu'il se marierait avec toi… C'est bête, je sais, parce que vous n'étiez que des gosses, à l'époque.

Victoria ne put se résoudre à admettre qu'elle avait espéré la même chose.

— Je voyais bien que tu n'avais pas vraiment envie de faire adopter ton bébé… Tu avais l'air d'être complètement perdue, tu posais toujours une main sur ton ventre rond quand tu croyais que personne ne te regardait.

Ce souvenir lui serra le cœur. Elle se revit adolescente, essayant de calmer le bébé dans son ventre, avec le sentiment de porter sur le front la marque de la honte.

— Apparemment, tu voyais clair en moi.

— J'ai toujours aimé observer les gens, mais j'essaie de ne pas me mêler de ce qui ne me regarde pas… Tu ne me trouves pas indiscrète, n'est-ce pas ?

— Pas du tout.

Elle trouvait Sandy douce et observatrice.

— J'apprécie que tu m'aies parlé de ça, ajouta-t-elle.

— Je suis désolée de ne pas avoir pu te renseigner sur Jackie. Il faudra que tu t'adresses à Ryan si tu veux en savoir davantage sur sa relation avec elle…

Elle allait devoir s'y résoudre.

Sur le trajet du retour, Ryan parla du barbecue. Même s'ils avaient expliqué leur situation, les gens les avaient traités comme s'ils formaient une famille, Victoria, Kaley et lui. Entre Victoria et lui, cela avait été un peu délicat, comme d'habitude, mais ils s'en étaient bien sortis.

En entrant chez lui, ils furent accueillis par les chiens, Pesky sautillant autour de Kaley.

— Tout le monde a adoré nos cupcakes, dit-elle au bouledogue. Un garçon qui s'appelle Kirk a mangé celui qui te ressemblait… et une petite fille qui s'appelait Whitney a mangé celui qui te ressemblait, ajouta-t-elle en regardant Perky, mais elle s'en est voulu d'avoir croqué dans ta tête. Je lui ai dit de ne pas s'inquiéter pour ça, que c'était ce que tu aurais voulu.

Ryan ne put s'empêcher de sourire.

— Victoria se sentait toujours coupable quand elle mangeait des chocolats en forme de poussins, à Pâques !

— C'est faux, protesta Victoria.

— Non, c'est vrai ! Tu disais toujours « pauvre petit poussin » avant d'en manger un…

— Je plaisantais.

— Je sais, mais ça me faisait toujours rire. La deuxième année où nous sortions ensemble, je t'ai offert un grand panier plein de chocolats et d'œufs de Pâques, tu t'en souviens ?

— Oui. Il y avait des poussins de toutes les couleurs, et des bonbons, mais tu avais enlevé tous ceux à la réglisse.

— Parce que tu n'aimais pas ça.

Elle plissa le nez.

— Je n'aime toujours pas.

— Tu étais un petit ami prévenant, dit Kaley en se laissant tomber sur le canapé.

— En dehors du fait que je ne suis pas allé à la maternité, oui.

La plaisanterie était de mauvais goût, mais Kaley éclata de rire, ce qui le surprit. Victoria secoua la tête d'un air atterré.

— Vous n'êtes pas drôles.

Il s'assit à côté de Kaley et lui donna un petit coup dans l'épaule, dans une attitude qui se voulait paternelle.

— Non, mais apparemment, nous avons le même sens de l'humour tordu… ma fille et moi.

A son tour, elle lui donna un petit coup de coude, qui l'emplit d'un sentiment d'allégresse.

— Est-ce que je peux aller voir June, demain ? leur demanda-t-elle soudain. On s'est bien amusées, toutes les deux, et j'aimerais vraiment la revoir avant de rentrer chez moi.

Sa joie retomba aussitôt. Il était content qu'elle se soit fait une nouvelle amie, mais le temps filait déjà à toute allure, et voilà qu'elle voulait passer l'un des quatre jours qui leur restaient avec quelqu'un d'autre.

Que pouvait-il répondre ? Qu'il ne voulait pas qu'elle voie June ? Qu'il voulait la garder pour lui tout seul ?

— Bien sûr, répondit-il.

— D'accord, merci ! Elle m'a invitée à aller chez elle, et nous pensions aller voir un film.

— Eh bien, vous avez déjà tout prévu…

— Oui ! Son petit ami vient de la quitter. Il est jaloux parce qu'elle va entrer à l'université. Quel pauvre type, hein ?

En matière de mauvais petit ami, il estimait n'avoir de leçons à donner à personne. Il avait fait bien pire à Victoria, et maintenant il avait l'impression de perdre le peu de liens qu'il avait tissés avec sa fille.

— Les relations à distance sont souvent compliquées… Il a peut-être peur de ne jamais la voir.

— On peut s'envoyer des messages, des e-mails, se téléphoner ou se parler sur Skype !

Ses relations avec Kaley allaient-elles se décliner autour de ces moyens de communication modernes ?

— Ce n'est pas la même chose que de voir la personne…

— June reviendra ici pour les vacances.

Il risqua une suggestion.

— Tu pourrais peut-être venir passer des vacances ici, toi aussi, comme ça, tu pourrais voir June… et moi, évidemment.

— Bien sûr, c'est une bonne idée ! Mais tu sais ce qui serait super, dans un premier temps ? Que je reste plus longtemps que prévu ! Ça t'ennuierait que je prolonge mon séjour d'une semaine ?

Il était aux anges.

— Au contraire, ce serait merveilleux ! Nous pourrons faire beaucoup plus de choses ensemble, et tu pourras prévoir d'autres sorties avec June pendant que je travaillerai…

— Ah oui ! c'est vrai, tu vas devoir travailler !

— Oui, mais j'aurai quand même du temps pour toi.

Kaley se tourna vers Victoria, qui s'était assise dans un fauteuil et restait silencieuse.

— Tu resteras avec moi ?

Victoria blêmit.

— Je ne sais pas, ma chérie…

— S'il te plaît !

Il réfléchit. De toute évidence, Kaley voulait sa mère biologique auprès d'elle. Elle n'était pas encore assez à l'aise pour être seule avec lui, mais elle n'avait pas non plus envie de partir tout de suite. Elle avait mis Victoria face à un dilemme.

— Laisse-moi y réfléchir, répondit Victoria.

Kaley serra ses genoux contre sa poitrine.

— D'accord, mais si tu ne restes pas, je ne resterai probablement pas non plus… et ce pauvre Ryan va être triste, dit-elle en lui donnant un autre petit coup de coude. Il va se sentir seul, sans nous !

Victoria plissa les yeux.

— Ce n'est pas juste, Kaley…

Kaley eut un grand sourire.

— De quoi ? De te faire du chantage affectif ? Qu'est-ce qu'une semaine ? Tu as apporté assez de travail pour un mois entier !

— Oui, et je n'ai absolument rien fait, pour l'instant.

— Tu t'y mettras la semaine prochaine, quand Ryan aura repris le travail, lui aussi ! Ce sera presque comme dans une famille normale : le père et la mère travailleront pendant que leur fille s'amusera avec sa nouvelle meilleure amie !

Il ne put s'empêcher de rire. Kaley était douée, très douée.

— Ne l'encourage pas, l'avertit Victoria.

— Je n'ai rien dit, répondit-il avec un petit sourire satisfait.

Mais Victoria campa sur ses positions.

— J'ai besoin d'y réfléchir. Je vous dirai ce que j'ai décidé demain dans la journée.

Il sentit son cœur faire un bond dans sa poitrine. Le compte à rebours avait commencé.

- 6 -

Le lendemain matin, Victoria se réveilla avec des bourdonnements dans la tête, perturbée par la perspective d'une semaine supplémentaire chez Ryan. Elle avait compté les jours jusqu'à leur départ, mais maintenant Kaley avait changé la donne. Elle n'aurait pas dû la laisser faire, elle aurait dû refuser et ne plus y penser.

Cependant, elle devait prendre en compte certaines choses, notamment la remarque de Kaley au sujet d'une « famille normale ». Elle plaisantait, mais le message était clair : elle avait besoin d'éprouver un sentiment de normalité, de former un semblant de famille avec ses parents biologiques.

Victoria n'avait pourtant pas envie de rester. Certes, elle voulait poser à Ryan certaines questions au sujet de son ex-femme, mais elle n'avait pas besoin de toute une semaine pour cela. Elle aurait très bien pu l'interroger dans la journée, d'autant plus aisément que Kaley ne serait pas là.

Epuisée, elle jeta un coup d'œil au réveil. Au lieu de se lever, elle referma les yeux, redoutant la journée qui l'attendait, et elle ne tarda pas à se rendormir.

Quand elle se réveilla, il était près de midi. Regrettant de ne pouvoir rester au lit éternellement, elle se leva et se prépara. Enfin, elle descendit, vêtue d'une tenue décontractée : un jean moulant, un haut uni et une paire de Dr. Martens en faux crocodile abîmées. Le tout acheté dans une boutique d'articles d'occasion. A Los Angeles, acheter des vêtements de seconde main était considéré comme très tendance.

Ne voyant ni Ryan ni Kaley, elle savoura quelques minutes

de solitude supplémentaires. Il y avait du café sur le plan de travail. Elle s'en servit une tasse, y ajouta du lait et du sucre, et le but lentement.

Jetant un coup d'œil par la fenêtre de la cuisine, elle constata qu'il pleuvait. Un jour, il faisait beau, et le lendemain, il pleuvait : cela n'avait rien d'étonnant dans l'Oregon.

Soudain, elle entendit la porte d'entrée s'ouvrir. Elle s'aventura dans le couloir et vit Ryan arriver. Les gouttelettes d'eau accrochées à ses cheveux lui donnaient des airs de héros romantique.

— Salut ! Tu as fait la grasse matinée…

Elle hocha la tête et s'avança vers lui.

— Où est Kaley ?

— Je viens de la déposer chez June. Elle allait passer la prendre, mais je lui ai proposé la conduire chez elle. Chaque minute en sa compagnie est précieuse.

Elle le comprenait. Elle aussi avait tout fait pour profiter au maximum de Kaley quand elle l'avait retrouvée.

En penchant la tête, il regarda sa tenue. Elle craignait soudain que son jean soit un peu trop moulant, mais il ne fit aucun commentaire.

— Alors, as-tu décidé si tu restais une semaine de plus ?

— Non.

— Non, tu n'as pas encore décidé, ou non, tu ne restes pas ?

— Je n'ai pas encore décidé.

— Puis-je faire quoi que ce soit pour te persuader ? A part te supplier.

Elle serra sa tasse de café contre sa poitrine. Pourquoi fallait-il qu'il soit aussi charmant ? Qu'il la trouble à ce point ?

— Non, répondit-elle, tu ne peux rien faire. J'ai encore besoin d'un peu de temps pour y réfléchir.

Il glissa les pouces dans les passants de sa ceinture, lui rappelant l'adolescent qu'elle avait connu et qui la troublait tant. Cependant, elle avait encore plus de mal à faire face à l'homme qu'il était devenu, celui qui l'avait accusée de ne pas le voir tel qu'il était.

— Est-ce si difficile pour toi d'être près de moi ?

Elle releva un peu sa tasse.

— Honnêtement ? Oui.

— J'aimerais t'aider à te sentir mieux.

Elle aurait voulu ne l'avoir jamais aimé. Car maintenant qu'elle était là avec lui, qu'elle le voyait faire tout son possible pour être un bon père, elle comprenait que les années qu'elle avait passées à essayer de l'oublier avaient été inutiles. S'il la prenait dans ses bras et l'embrassait, elle fondrait certainement comme la lycéenne enamourée qu'elle avait été autrefois.

Décidément, elle était complètement déboussolée.

— Je vais me faire un sandwich.

Elle avait besoin de mettre de l'ordre dans ses idées, d'arrêter d'imaginer ce qui se passerait si elle se retrouvait dans ses bras.

— J'ai faim, moi aussi.

Pas de chance ! Il la suivit jusqu'au réfrigérateur.

Ils préparèrent des sandwichs au jambon et au fromage. Ryan sortit quelques crackers au beurre de cacahuète d'un placard, et ils prirent également une banane chacun.

— Tu veux manger sous la galerie avec moi ? lui demanda-t-il avec un sourire éclatant. Je te promets de ne pas te harceler pour que tu restes une semaine de plus !

Son cœur fit un bond dans sa poitrine. Comment résister à ce sourire irrésistible ?

— D'accord, mais tu as intérêt à tenir ta promesse.

Elle ne voulait pas qu'il lui force la main.

— Je serai sage.

Ils s'assirent dans les fauteuils usés par les intempéries. Même s'il était sage, elle resterait troublée par sa proximité. Elle se rendait compte de la très vive attirance qu'elle éprouvait pour lui.

Elle se concentra sur le paysage dans l'espoir de donner un autre tour à ses pensées. Il n'y avait aucune autre maison alentour. Ils étaient entourés de verdure, de champs verdoyants et de bois. L'air embaumait, et le sol était humide.

Elle sentait le regard de Ryan posé sur elle. Gênée d'être l'objet de son attention silencieuse, elle s'efforça de rester concentrée sur le paysage, mais sa présence la perturbait démesurément.

Ils mangèrent en silence.

— Nous devrions aller faire un tour dans les bois comme nous le faisions autrefois, dit-il enfin.

Elle tourna le visage vers lui.

— Maintenant ?

— Oui, maintenant. Nous n'avons rien d'autre à faire.

Elle indiqua le ciel d'un geste vague.

— Il pleut…

Et une agréable petite promenade avec lui était la dernière chose dont elle avait besoin.

— Quelques gouttes, répliqua-t-il, et cela va sûrement s'arrêter d'un instant à l'autre.

— Je ne crois pas que ce soit une bonne idée.

— Pourquoi ? Parce que tes cheveux risqueraient de frisotter ?

Il eut un sourire taquin. Combien de fois encore devrait-elle résister à ce sourire dévastateur ? Ou lutter contre d'anciens sentiments ?

— Ce ne sont pas mes cheveux qui m'inquiètent.

— Alors qu'est-ce qui t'inquiète ?

Mon cœur et cette façon qu'il a de s'emballer.

— Rien.

— Alors viens faire un tour avec moi.

Consciente que c'était une erreur, elle capitula. Refuser lui aurait paru puéril.

— Un petit tour, alors, et ensuite, j'irai dans ma chambre travailler.

En fait, elle avait encore beaucoup de temps devant elle pour terminer son travail en cours, mais la dernière chose à faire était de passer trop de temps avec lui.

— D'accord, dit-il en se levant. Tu es prête ?

— Je vais prendre un sweat à capuche, au cas où…

Il rit.

— Au cas où quoi ? Où la catastrophe capillaire dont tu prétends ne pas te soucier surviendrait ?

— Arrête de m'embêter avec mes cheveux.

— Je ne t'embêterais pas si tu n'en faisais pas tant d'histoires !

— Tant d'histoires ?

Elle lui ébouriffa les cheveux, et il lui saisit la main par jeu. Soudain, ils se comportaient comme deux adolescents, flirtaient et faisaient les imbéciles.

Elle espérait que cela ne lui inspirerait pas le baiser auquel elle avait songé un peu plus tôt. Elle se souvenait de nombreux baisers qui avaient commencé de la sorte, par des taquineries, quand ils étaient jeunes. La seule idée d'échanger maintenant avec lui un baiser comme ceux-là la troublait profondément.

Mais cela n'arriva pas.

— C'est fini, dit-il.

Elle cilla, décontenancée. Parlait-il de l'attirance qu'ils éprouvaient l'un pour l'autre ?

Non. Il parlait de la pluie.

Elle alla enfiler un sweat à capuche, puis, descendant les marches du porche, ils se dirigèrent vers les bois. Tandis qu'ils marchaient côte à côte, le baiser qu'elle avait imaginé continua de hanter ses pensées. Qu'aurait-elle ressenti à raviver ainsi la flamme du passé ?

Bien décidée à étouffer son désir pour lui, elle s'arma de courage et aborda le sujet qui la tourmentait.

— J'ai demandé à Sandy ce qu'elle pensait de ton ex.

— Comment ça ? s'étonna-t-il. Ce qu'elle en pensait ?

— Son opinion.

Il fronça les sourcils.

— Pourquoi ?

— J'étais curieuse, je me posais des questions sur ton ex, et Sandy était la seule personne à qui je pouvais les poser, en dehors de toi… Je ne voulais pas aborder le sujet avec toi.

— Mais tu le fais quand même.

— Après une journée de réflexion… Tu semblais prudent

quand tu l'as mentionnée, alors moi aussi, ajouta-t-elle après un moment d'hésitation.

Elle se tut, mais il ne répondit pas. Il se contenta de la guider jusqu'à la limite de sa propriété, puis ils pénétrèrent dans les bois.

— Alors, demanda-t-il enfin, quelle est l'opinion de Sandy ?

— Elle m'a dit que Jackie semblait calme et gentille, mais qu'elle avait des doutes quant à sa fidélité.

Il s'arrêta net.

— Sa fidélité ? Elle ne m'a jamais trompé, et je ne l'ai jamais trompée non plus.

— Sandy a trouvé que c'était étrange qu'elle soit avec quelqu'un d'autre aussi rapidement après votre rupture, et c'est ce qui l'a amenée à se demander s'il se passait déjà quelque chose avant votre divorce.

— Il ne se passait rien. Ce n'était pas le problème.

— Alors quel était le problème ?

— Je préférerais ne pas en parler.

— Très bien. Garde-le pour toi.

Agacée, elle s'éloigna à grandes enjambées, le laissant sur place.

— Attends ! s'écria-t-il en la rattrapant. Je ne cherche pas à provoquer une dispute entre nous… Je n'ai pas l'habitude de parler de choses aussi personnelles, c'est tout. J'aimais ma femme, et j'ai souffert de son départ. J'en souffre encore, parfois.

Ce n'était pas ce qu'elle avait espéré entendre. A quoi s'était-elle attendue ? Qu'il lui dise qu'il était secrètement amoureux d'elle, Victoria, et qu'il avait cherché une femme pour la remplacer ? Elle savait très bien que ce n'était pas le cas. S'il l'avait aimée, ne serait-ce qu'un peu, il serait venu à la maternité le jour de la naissance de Kaley.

— Tu n'es pas obligé d'en parler.

Il soupira profondément.

— Je ferais peut-être mieux de te dire ce qui s'est

passé… Jackie voulait des enfants. C'est pour cette raison qu'elle m'a quitté.

Perplexe, elle fronça les sourcils.

— Et tu n'en voulais pas ?

— Je ne me sentais pas prêt à être père.

— Alors, pourquoi te donnes-tu autant de mal avec Kaley ?

— C'est différent… C'est à cause de Kaley que je ne me sentais pas prêt à avoir d'enfant avec Jackie. Comment aurais-je pu avoir un autre enfant alors que j'avais abandonné le premier ? Si j'avais été là quand Kaley est née, si j'avais fait ce que j'avais à faire, cela n'aurait probablement pas posé de problème. Mais compte tenu des circonstances, j'avais besoin de plus de temps pour me faire à l'idée d'avoir d'autres enfants. Jackie a fini par se lasser d'attendre… Elle m'a dit un jour qu'elle en avait assez que je me serve de ma fille comme d'une excuse pour ne pas fonder de famille avec elle.

Eh bien, ça alors !

— Elle… avait peut-être raison.

Il tressaillit.

— Comment peux-tu dire ça, alors que tu sais que Kaley occupait toutes mes pensées ? La fille dont tu pleurais toi aussi la perte, la fille que tu as recherchée.

— Je ne dis pas que je ne comprends pas que Kaley a eu une incidence sur toi, et je sais que tu éprouvais un grand sentiment de culpabilité, mais je comprends le point de vue de Jackie.

Elle aussi aurait voulu avoir d'autres enfants avec lui si elle avait été son épouse.

— Combien de temps était-elle censée attendre ?

— Jusqu'à ce que je me sente prêt.

— Et combien de temps cela allait-il prendre ?

— Je croirais entendre Jackie !

— C'était ta femme, elle pensait que son avenir était avec toi.

— Et moi, j'avais besoin de plus de temps pour envisager d'être de nouveau père.

— Je sais, mais…

— Mais quoi ? Tu n'as pas d'autres enfants non plus. Tu ne t'es même pas mariée.

Elle n'appréciait pas du tout la comparaison. Elle l'irritait d'autant plus qu'elle avait fait tout son possible pour oublier Ryan et le bannir de son cœur.

— Mon célibat me convient parfaitement, je te l'ai déjà dit.

— Vraiment ? demanda-t-il d'un ton de défi. Tu en es sûre ?

— Ne retourne pas la situation. Ce n'est pas moi qui fais des crises de panique.

— Qu'est-ce que c'est censé vouloir dire ?

— Ça veut dire que tu as été pris de panique quand j'ai eu besoin de toi, et que tu as été pris de panique quand ta femme a eu besoin de toi.

— Merci pour ta compassion.

Il fit mine de se planter un couteau dans le cœur.

Elle tressaillit. Son mariage s'était délité parce qu'il éprouvait des remords à cause de ce qui s'était passé à la naissance de Kaley, et elle le tourmentait, alors qu'il en avait souffert pendant des années.

— Je suis désolée… Je n'aurais pas dû te juger ou te faire te sentir encore plus mal.

— Moi non plus, je n'aurais pas dû te juger et faire des remarques désobligeantes sur ton choix de rester célibataire.

— Nous avons tous les deux été mesquins… et ici, en plus !

Elle fit un large geste englobant les arbres alentour. Quand ils étaient jeunes, les bois étaient pour eux un endroit sacré. Aujourd'hui, ils en avaient fait un champ de bataille.

Une brise légère se leva, appelant un cessez-le-feu. Elle plongea ses yeux dans les siens.

— Vers la fin, Jackie m'accusait de ne pas l'aimer assez. Elle disait que si je l'aimais comme un mari devrait aimer sa femme, j'arrêterais d'être obsédé par le passé et j'aurais des enfants avec elle.

Ce n'était pas le moment idéal pour parler d'amour, mais elle l'écouta néanmoins.

— Au début de notre relation, continua-t-il, elle m'a encouragé à parler de toi et du bébé… Je crois que ma souffrance la touchait.

— L'idée de guérir un homme de ses blessures plaît à beaucoup de femmes.

— Elle avait aussi de la compassion pour toi… Elle disait qu'elle était désolée pour toi. Elle ne t'a jamais vue comme une menace.

— Pourquoi l'aurait-elle fait ? Pour elle, j'étais seulement la fille que tu avais laissée seule à l'hôpital.

— Je suis désolé de ne pas avoir été là pour toi.

— Tu n'as pas besoin de t'excuser tout le temps.

— Si.

Il la regarda droit dans les yeux et, aussitôt, elle sentit son cœur se mettre à cogner dans sa poitrine.

— Je me demande si Jackie sait que Kaley et moi sommes là, dit-elle avec douceur.

— Quelqu'un finira bien par le lui apprendre, mais je suis persuadé que cela la laissera indifférente… Elle est heureuse avec son fiancé. D'après ce que j'ai entendu dire, ils vont se marier à l'automne, aux environs de son anniversaire.

— Tu crois qu'ils auront des enfants tout de suite ?

— Je l'espère. Elle mérite d'avoir la famille dont elle rêve. Pour ma part, je suis heureux que Kaley fasse partie de ma vie, maintenant, que tu fasses partie de ma vie.

— Je ne fais pas partie de ta vie, Ryan.

— Tu en fais partie en ce moment même.

Elle soutint son regard. Le trouble dans lequel elle était plongée s'intensifia.

— Je ne me rendais pas compte à quel point tu me manquais, Victoria.

Le moment qu'elle avait tant redouté était arrivé. Il se pencha pour l'embrasser.

Elle n'aurait pas dû le laisser faire, mais elle s'approcha à son tour. Quand il posa ses lèvres sur les siennes, elle ferma les yeux, douloureusement consciente du manque terrible qu'elle avait éprouvé pendant toutes ces années.

La prenant dans ses bras, il l'attira vers lui. Elle laissa échapper un petit soupir, et leur baiser s'approfondit.

D'autres hommes l'avaient embrassée avec passion, mais aucun comme Ryan. Elle se sentait fondre dans ses bras. C'était compréhensible quand elle était adolescente, mais comment l'expliquer aujourd'hui ? De toute évidence, elle n'avait pas compris la leçon. Elle s'était brûlé les doigts une première fois, et elle en redemandait.

Il était tellement viril, tellement puissant ! Elle n'arrivait plus à raisonner normalement. Elle en voulait encore plus. Elle l'embrassait avec fougue, quand, soudain, il se mit à pleuvoir des trombes d'eau.

La fureur de dame Nature ! Les nuages leur faisaient-ils part de leur désapprobation ? Manifestement, il s'agissait de l'avertissement dont ils avaient besoin, puis qu'ils s'écartèrent vivement l'un de l'autre et restèrent à se regarder un instant, avant qu'il la prenne par la main.

— Allons-y !

Ils s'enfuirent en courant en direction de la maison sous une pluie torrentielle. Trempés, ils entrèrent par la porte de derrière donnant dans la buanderie. Il prit deux serviettes accrochées à une patère et lui en tendit une, mais cela ne suffit pas. Ils durent retirer leurs chaussures et leurs chaussettes.

— Je t'avais dit qu'il me fallait un sweat à capuche, grommela-t-elle.

Il éclata de rire.

— Désolé !

— Toi et tes promenades dans les bois…

Et son sourire irrésistible, et ses baisers passionnés !

Par jeu, elle lui donna un petit coup de poing dans le bras.

— Ça ne te donne pas envie de revenir vivre dans l'Oregon ? lui demanda-t-il d'un ton espiègle.

— Bien sûr, avec mes cheveux ! répondit-elle avec ironie. Il va me falloir une heure pour les lisser.

— Eh bien, ne les lisse pas…

Il arqua les sourcils d'un air malicieux.

— Tu n'auras qu'à prétendre que nous venons de prendre

une douche ensemble et que tu avais envie de laisser tes cheveux boucler !

— Bien sûr, c'est exactement ce que j'ai besoin de prétendre…

— C'était vraiment un baiser exceptionnel.

— Oui, et je ne l'emporterai pas au paradis.

Embrasser l'homme qu'elle avait aimé… Quelle idée stupide !

— Je vais monter me changer.

— Moi, j'ai des vêtements de rechange ici.

Il ouvrit un placard plein de vêtements.

— J'y vais, dit-elle avant qu'il commence à se déshabiller devant elle.

— Reviens, d'accord ?

— Quoi ?

— Ne reste pas cloîtrée dans ta chambre à travailler… Reste avec moi, je ferai du pop-corn et des sodas à la crème glacée.

C'était leur en-cas favori quand ils étaient adolescents. Bien sûr, elle aurait dû refuser.

— D'accord.

— Et laisse tes cheveux comme ça.

— D'accord, mais je veux une boule de glace supplémentaire.

Il sourit.

— Oui, madame !

Elle monta et, après s'être déshabillée à la hâte, enfila des vêtements secs. Elle jeta un coup d'œil à ses cheveux dans le miroir de la salle de bains. Elle ne les lissa pas, mais appliqua une grosse noisette de sérum anti-frisottis pour dompter les boucles qui se formaient déjà, puis elle leur donna un coup de sèche-cheveux. Ajoutant une touche de brillant à lèvres, elle rejoignit Ryan.

Il l'attendait dans la cuisine et l'accueillit avec un grand sourire.

— Dame Victoria, quelle petite espiègle vous faites !

Dame Victoria ? Voilà bien un surnom inédit. Il ne lui avait jamais dit non plus qu'elle était espiègle.

Elle le regarda de la tête aux pieds. Il s'était changé, troquant ses vêtements mouillés contre un jean et une chemise en tissu écossais, qu'il avait laissée déboutonnée.

— C'est Ryan le Vaurien qui m'y a poussée...

Il s'inclina comme l'aurait fait un chevalier du Moyen Age.

— J'aurais dû m'attendre que tu me donnes un titre infâme.

Elle s'efforça d'ignorer son torse nu sous sa chemise ouverte et la façon dont son jean bleu foncé mettait en valeur ses jambes.

— C'est un titre qui te va bien...

Il mit un sachet de pop-corn au micro-ondes et prépara les sodas à la glace, puis ils gagnèrent le salon pour déguster le tout.

Il ouvrit les stores. Il ne pleuvait plus.

— Le temps n'arrive pas à se décider, dit-il.

Elle non plus n'y parvenait pas. Tantôt elle voulait le fuir, s'en aller le plus loin possible, tantôt elle avait le sentiment de ne pas pouvoir se passer de lui.

— Je ne sais toujours pas quoi faire.

— Pour ce qui est de rester une semaine de plus ?

Elle hocha la tête.

— Etre ici avec toi me fait peur...

— Qu'est-ce qui te fait peur ?

Elle avait beaucoup à craindre : elle risquait de se laisser aller à coucher avec lui ou, pis encore, de retomber amoureuse de lui.

— Plus je reste longtemps, plus je risque de faire quelque chose de stupide.

— Comme quoi ? Coucher avec moi ? Qu'est-ce que ça aurait de stupide ?

— Tu ne devrais même pas me poser la question.

— Nous sommes adultes maintenant, Victoria.

— Ce serait vraiment irresponsable de notre part d'avoir une aventure. Si je reste, ce sera pour Kaley uniquement.

— Est-ce que cela signifie que tu vas rester ?

Elle pensa à sa fille, au plaisir qu'elle lui ferait en restant.

— Oui, mais je n'ai pas l'intention de faire l'inconcevable avec toi.

Elle ne coucherait pas avec lui et ne tomberait pas amoureuse de lui.

- 7 -

Ryan était heureux que Victoria ait décidé de rester, car cela signifiait que Kaley resterait, elle aussi, même s'il aurait aimé qu'elle voie les choses différemment. Il avait envie d'être avec elle, d'avoir avec elle l'aventure qu'elle venait de rejeter.

Il comprenait qu'elle ait peur : il l'avait fait souffrir. Cependant, maintenant, les choses étaient différentes, et elle était plus forte, plus indépendante. Si quelqu'un finissait par souffrir, ce serait sans doute lui.

Il mélangea son soda. Une grande partie de la glace avait fondu, mais il en restait encore quelques morceaux.

— Je peux te demander quelque chose ?

Elle leva les yeux vers lui.

— Quoi ?

— Je sais que tu préfères être célibataire, mais y a-t-il déjà eu quelqu'un d'important dans ta vie ?

— Je n'ai eu que des relations occasionnelles.

— J'en conclus qu'il t'est arrivé de faire l'amour au hasard de certaines de tes rencontres.

Elle le regarda d'un œil noir.

— Tu es injuste.

— Je ne fais que souligner l'évidence.

— C'est-à-dire ?

— Tu as beaucoup changé.

Il l'observa attentivement. Avec ses cheveux d'un roux flamboyant autour de son visage et ses yeux verts qui lançaient des éclairs, elle avait des airs de succube.

— Tu n'es plus la jeune fille innocente que tu étais autrefois, reprit-il. Tu es une citadine, une séductrice.

— C'est toi qui aimes séduire, Ryan.

— Vraiment ? Eh bien, c'est curieux, parce que je n'ai été avec personne depuis que Jackie m'a quitté.

Elle semblait étonnée.

— Pourquoi n'être sorti avec personne après ton divorce ?

— Parce que mon père était là et que j'essayais de l'aider à se rétablir, dans un premier temps. Ensuite, après sa mort, je n'avais plus la tête à ça, et être seul me paraissait plus simple… Je m'étais habitué à être célibataire.

Jusqu'à ce qu'elle resurgisse dans sa vie, jusqu'à ce que son désir pour elle renaisse brusquement de ses cendres.

Elle posa son verre sur la table basse, à côté du bol de pop-corn qu'ils partageaient.

— Je n'ai pas eu beaucoup d'aventures, moi non plus.

— Malgré tes relations courtes ?

— Je n'en ai pas eu beaucoup, et elles ont été très espacées les unes des autres.

Satisfait, il sourit. Il n'aimait pas l'imaginer s'amuser follement sur ce plan-là, à part avec lui bien sûr.

— Je n'oublierai jamais notre première fois… J'étais fou de désir pour toi.

Tout comme il l'était maintenant. Il avait envie d'elle, de la femme qu'elle était devenue.

— Tu étais tellement douce et timide…

— J'étais nerveuse, mais pas toi.

— Parce que j'avais un ange dans mon lit.

Elle eut un petit frisson.

— Je n'étais pas censée être dans ton lit avec toi…

— Mon père aurait été furieux s'il avait appris ce que nous faisions pendant qu'il travaillait !

Elle posa une main sur son ventre.

— D'autant plus que Kaley a été conçue comme ça…

Elle était tombée enceinte parce qu'ils avaient été à court de préservatifs et trop fougueux pour réfléchir aux conséquences de leurs actes.

— Nous n'étions pas très responsables. Je ne ferai jamais l'impasse sur la protection aujourd'hui, sauf si je voulais avoir un autre enfant, ce qui n'est pas à l'ordre du jour, comme tu le sais aussi bien que moi.

— Je ne coucherai pas avec toi, Ryan. Je ne me laisserai pas aller à avoir une aventure sans lendemain.

Il devinait pourtant qu'elle en avait envie, car il sentait la passion qui brûlait en elle.

— C'est dommage que ce soit aussi compliqué.

— Ça ne le serait pas si nous n'avions pas de passé ensemble.

Soudain, elle n'avait plus l'air d'un succube. Elle était redevenue la jeune fille innocente de leur adolescence.

Il y eut un silence gêné.

— Je n'en parlerai plus, dit-il enfin. Je ne ferai pas pression sur toi. Que dirais-tu d'apprendre à traire une vache ?

Elle cilla, déconcertée, puis sourit.

— Quelle transition !

— Nous n'allons tout de même pas rester là à ne rien faire.

Il n'avait pas non plus envie de la laisser s'éclipser pour travailler.

— Tu devrais peut-être m'apprendre à traire un jour où Kaley sera là… Tu as promis de lui montrer comment faire, je ne veux pas lui voler la vedette.

— Je lui ai déjà appris à le faire ce matin, quand tu dormais.

— Oh ! Et comment s'en est-elle tirée ?

— Elle s'est débrouillée comme un chef.

L'expérience avait été amusante pour eux deux, et maintenant, il voulait la vivre aussi avec Victoria.

— Je dois traire la vache deux fois par jour… Alors, qu'en dis-tu ? Tu es partante ?

— Pourquoi pas ? Si ma fille peut jouer les fermières, moi aussi !

— Ce n'est pas une ferme… J'ai une petite vache et quelques poules, c'est tout.

— Je sais, mais je ne verrai rien qui s'en rapproche

davantage. Je suis une citadine, ou du moins, c'est ce que l'on m'a dit…

Est-ce qu'elle flirtait ? Ou se montrait-elle simplement amicale ? Il l'ignorait, mais il n'allait certainement pas tout gâcher.

— Mabel sera ravie de faire ta connaissance, d'autant plus que tu es une citadine… et que tu es la mère de Kaley.

— Je présume que Mabel est ta vache.

— Oui… Elle rêve d'aller à Hollywood et de jouer dans une publicité pour du fromage.

Elle éclata de rire.

— Mabel t'a confié ses rêves ?

— Oui, mais dans le plus grand secret, alors ne lui dit pas que je t'en ai parlé.

— Eh bien, ça alors ! Je croyais que tu étais le docteur Nash, pas le docteur Dolittle…

— Que veux-tu ? Le docteur Dolittle était l'un de mes personnages de roman préférés quand j'étais petit… C'est peut-être même grâce à lui que j'ai eu envie de devenir vétérinaire.

— Dans ce cas, je suis contente que Mabel se confie à toi.

— Tu es prête à la rencontrer ?

Se levant, il lui tendit la main. Elle la prit dans la sienne et, l'espace d'un instant, le désir qu'il s'était efforcé de réprimer refit surface. Il dut résister à son envie de l'embrasser.

Presque aussitôt, elle lui lâcha la main. Si elle ressentait la même chose que lui, elle n'en laissait rien paraître.

— Je vais mettre mes chaussures.

— Moi aussi.

Ils se dirigèrent vers la buanderie, où ils les avaient laissées, et Victoria s'assit pour enfiler les siennes.

— Alors, d'où viennent ces chaussures ? Est-ce que Sid Vicious a dû se battre au corps à corps avec un crocodile pour les avoir ?

— Oh ! très drôle ! dit-elle d'un ton empreint d'ironie. Le docteur Dolittle fait des plaisanteries punk rock, maintenant… Pour ton information, ce n'est pas du vrai crocodile.

— Je m'en doute ! Elles te vont bien, au fait… et elles vont bien avec ta coiffure.

— C'est mon innovation du jour.

— Les chaussures ou la coiffure ?

— La coiffure. Je mets ces chaussures tout le temps.

Il boutonna sa chemise et en glissa les pans dans son jean. Tandis qu'il remontait sa fermeture Eclair, il s'aperçut qu'elle avait fini de lacer ses Dr. Martens et qu'elle l'observait.

Instantanément, il se demanda s'il devait s'excuser. Puis il s'aperçut que ce serait tout simplement étrange : qui s'excusait de rajuster ses vêtements ? Il continua donc ce qu'il faisait, et elle finit par détourner les yeux, comme si elle prenait conscience qu'elle le regardait fixement.

Enfin, elle se dirigea vers la porte et attendit qu'il mette ses chaussures.

— Combien de lait Mabel donne-t-elle ?

— Une dizaine de litres par jour, c'est-à-dire beaucoup moins qu'une vache de taille normale, mais beaucoup plus que ce dont j'ai besoin.

— Que fais-tu du surplus ?

— Je le donne à mes employés. L'une de mes assistantes fait du yoghourt, du fromage et de la crème glacée… C'est elle qui a fait la glace à la vanille que j'ai mise dans nos sodas. De temps en temps, elle m'en apporte une barquette !

— Elle était absolument délicieuse.

— Elle et son mari ont plein d'enfants, il y a toujours de la glace chez eux…

Ils sortirent de la buanderie et passèrent devant le poulailler.

— Kaley a ramassé les œufs avec moi, ce matin, et après lui avoir appris à traire Mabel, je lui ai montré comment séparer la crème du lait d'hier… Il faut une journée ou deux pour qu'elle remonte à la surface.

— Elle a dû se lever tôt pour faire tout ça avec toi.

— Oui.

— Certains des gamins qui étaient au lycée avec nous avaient des animaux de ferme, mais je ne me suis jamais vraiment intéressée à la question… probablement parce que je vivais dans le quartier résidentiel de la ville.

— Tandis que moi, j'ai toujours vécu près des bois, même à l'époque…

Il repensa à la maison modeste dans laquelle il avait grandi.

— … mais j'ai toujours eu envie d'habiter de ce côté-ci des bois.

Pour lui, cela revenait en quelque sorte à vivre dans les beaux quartiers.

Elle cala son pas sur le sien.

— Tu as vraiment tout ce qu'il te faut, ici ! Tu as bien réussi.

— Toi aussi, j'en suis sûr… Je parie que tu vis dans un bel endroit, à Los Angeles.

— Oui, mais je n'ai qu'un appartement.

— Tu habites près de chez Kaley et Eric ?

— A vingt-cinq kilomètres environ.

C'était certainement très pratique pour se voir. Une fois de plus, il se posa la question qui le taraudait : Eric et Victoria finiraient-ils par devenir plus qu'amis ? Cela lui semblait possible, et il détestait cette idée.

Tandis qu'ils approchaient du pré de Mabel, il se força à chasser ces pensées de son esprit.

— La voilà !

La petite vache avançait vers la barrière sans se presser. De couleur fauve, elle avait des taches blanches sur la tête et faisait environ un mètre au garrot.

— La future star de la télévision, dit Victoria en souriant. Elle est adorable !

Mabel leva la tête, comme si elle se croyait effectivement prête à conquérir Hollywood.

— Il faut la traire sur une estrade, il y en a une dans sa stalle.

Il ouvrit la barrière, et ils pénétrèrent dans le pré.

— Je peux la caresser ?

— Bien sûr ! Elle adore qu'on s'occupe d'elle.

Victoria caressa affectueusement le cou de la petite vache.

— J'imagine que tu la fais se reproduire quand c'est nécessaire… Je me demande si ses veaux lui manquent quand ils sont partis.

— Les vaches s'accommodent bien d'être pleines ou d'avoir un veau, mais quand leurs petits sont sevrés, elles ne s'en portent pas plus mal.

— J'avais envie d'allaiter Kaley, quand elle est née…

Il n'y avait jamais songé, mais maintenant qu'elle lui en parlait, il comprenait.

— Tu aurais peut-être dû le faire.

— Le personnel médical ne m'aurait probablement pas laissée faire… et ce qui est sûr, c'est que mes parents n'auraient pas approuvé. D'ailleurs, me séparer d'elle aurait été encore plus difficile si je l'avais nourrie.

Il le comprenait aussi.

— Il n'y a rien de plus fort que le lien entre une mère et son enfant.

Elle hocha la tête. Mabel la regardait avec une expression triste, mais bien sûr, ses grands yeux doux lui donnaient toujours cet air-là.

Entraînant la petite vache dans sa stalle, il la fit monter sur son estrade, puis il expliqua à Victoria comment s'y prendre.

— Le plus important est de veiller à ce que tout soit bien propre.

Ils se lavèrent les mains, puis il lui montra comment nettoyer le pis de Mabel. Enfin, il disposa deux tabourets côte à côte, plaça un seau sous le pis de la vache, et s'assit à côté de Victoria.

— Tu es confortablement installée ?

— C'est à moi que tu parles ou à Mabel ?

— A toi.

— Tout va bien.

— Tu en es sûre ?

Après la conversation qu'ils avaient eue, il voulait s'assurer qu'elle n'était pas triste.

— Sûre et certaine. Je veux vraiment apprendre à traire une vache, et j'aime bien Mabel.

— Elle aussi, elle t'aime bien… mais il faut que tu puisses t'écarter rapidement si jamais elle décide de donner un coup de sabot. Elle ne l'a encore jamais fait avec personne, et je crois qu'elle ne le fera jamais, mais on ne sait jamais… Même la vache la plus placide peut se mettre à donner des coups.

— C'est bon à savoir !

— Certaines personnes mettent un peu de lubrifiant sur leurs mains pour atténuer le frottement.

— Tu veux que j'en mette ?

— Oui, mais je vais t'aider.

Il savait bien qu'elle était tout à fait capable de le faire elle-même, mais il voulait un prétexte pour la toucher. Elle tendit les mains, et il fit pénétrer le lubrifiant dans ses paumes.

Elle semblait soudain nerveuse, et quelque chose lui disait que c'était sa proximité qui la troublait, plus que la perspective d'apprendre à traire la petite vache.

— Voilà ! Maintenant, referme tes mains autour des mamelles de Mabel, comme ça…

Il lui montra comment faire. Il l'entendit retenir son souffle, comme si elle était encore un peu troublée.

— Serre chaque mamelle entre ton pouce et ton index, et presse doucement mais fermement pour faire sortir le lait.

Elle fit une tentative, mais il ne se passa rien.

— Tu y vas trop doucement.

— Je ne veux pas lui faire mal.

— Tu ne lui feras pas mal, sauf si tu tires d'un coup sec au lieu de presser.

— Je ne ferais jamais ça !

— Alors, réessaie.

Elle fit une autre tentative et poussa un cri de joie quand le lait jaillit. Il éclata de rire. Kaley avait eu exactement la même réaction.

— Continue…

Elle remplit le seau à moitié, puis il lui dit de changer de pis, et elle acheva de le remplir. Il la félicita.

— Bravo, tu t'es bien débrouillée !

— Merci ! Qu'allons-nous faire du lait ?

— Nous allons le filtrer pour enlever les débris éventuels, puis nous le pasteuriserons. Certaines personnes le boivent cru, mais personnellement, je préfère le pasteuriser.

Quelques heures plus tard, alors qu'ils venaient de partager un dîner léger, Kaley rentra. Elle regarda Victoria et s'écria :

— Tes cheveux !

— J'ai été surprise par la pluie, tout à l'heure…

— J'aime beaucoup !

— C'est vrai ?

Victoria passa une main sur sa chevelure.

— Je crois que je me suis un peu emballée quand je me suis coiffée…

— Je trouve ça parfait, dit Kaley. Qu'en penses-tu ? demanda-t-elle en se tournant vers lui.

— C'est moi qui lui ai dit de les coiffer comme ça !

Victoria changea de sujet.

— Alors, comment s'est passée ta journée avec June ?

— C'était génial ! Oh ! et, vous savez quoi ? Elle va m'aider dans mes recherches sur la famille de Ryan et sur ses origines païutes pour l'arbre généalogique. Elle fait des études d'histoire, alors c'est vraiment son truc !

— C'est merveilleux, ma chérie.

Il était du même avis que Victoria, mais il aurait aimé être en mesure de lui parler de ses racines lui-même sans qu'elle soit obligée de faire des recherches.

— Et vous, qu'avez-vous fait de beau, à part vous laisser surprendre par la pluie ?

— Ryan m'a appris à traire Mabel.

— C'est vrai ? C'est super ! Elle est trop mignonne, hein ?

Tandis qu'elles parlaient de la vache et comparaient leurs impressions de traite, il se demanda quelle serait la réaction de Kaley si elle apprenait que ses parents biologiques s'étaient embrassés, aujourd'hui. Bien sûr, ils ne lui diraient jamais.

Enfin, Victoria annonça à Kaley qu'elle était d'accord pour rester une semaine de plus. Kaley eut un grand sourire et la serra dans ses bras chaleureusement, puis elle se tourna vers lui.

— Maintenant que nous sommes sûrs d'avoir plus de temps devant nous, nous pourrions peut-être faire un peu de tourisme ? June m'a parlé de Silver Falls, elle dit que c'est le plus grand parc naturel de l'Oregon, et qu'il y a un sentier de randonnée et des cascades magnifiques… Nous pourrions peut-être y aller ? Je n'ai encore jamais vu de cascade en vrai !

— June a raison, c'est un endroit superbe. Pourquoi n'irions-nous pas demain ?

Il jeta un coup d'œil à Victoria.

— Tous ensemble, ajouta-t-il avant de reporter son attention sur Kaley. Tu pourrais aussi inviter ton amie à se joindre à nous.

— Oh ! ce serait génial ! Je suis sûre qu'elle sera contente de venir avec nous, elle adore cet endroit… Merci, Ryan ! Je vais lui envoyer un message pour la prévenir et appeler papa pour lui dire que nous restons une semaine de plus !

Se levant d'un bond, elle monta l'escalier quatre à quatre.

— Tu crois qu'Eric sera contrarié qu'elle prolonge son séjour ? demanda-t-il à Victoria dès qu'ils furent seuls.

— Non, je crois qu'il sera ravi qu'elle passe un bon moment.

Lui aussi était ravi, heureux comme il ne l'avait jamais été. Restait le problème du désir brûlant qu'il éprouvait pour Victoria, et la frustration qui en découlait.

Victoria marchait à côté de Ryan sur le chemin de randonnée le long duquel on pouvait admirer dix cascades spectaculaires, au cœur de la nature.

Kaley et June étaient parties devant et avaient promis de les retrouver à l'endroit convenu pour le pique-nique.

— Je suis content que June connaisse bien ce chemin de

randonnée, dit Ryan. Autrement, je n'aurais pas été rassuré de les laisser partir toutes seules.

— Moi non plus, surtout avec ce sentier qui rétrécit et qui descend brusquement par endroits.

Il y avait des raccourcis pour les randonneurs moins expérimentés, mais elle appréciait que Ryan se montre aussi protecteur. Ces quelques jours passés dans l'Oregon avaient changé l'image qu'elle avait de lui, et il lui restait encore un peu plus d'une semaine. Quelle serait son opinion à la fin de son séjour ?

Ils continuaient à marcher, entourés de tertres herbeux et de troncs couverts de mousse. Le chemin se fit bientôt plus étroit, et ils furent obligés de marcher plus près l'un de l'autre. Enfin, ils s'arrêtèrent devant une cascade pour l'admirer.

Fascinée, elle ne pouvait détourner son regard de la chute d'eau, à la fois puissante et délicate.

— Oh ! murmura Ryan, à son côté. C'est un spectacle très engageant… Tu nous imagines batifoler dessous ?

Se tournant vers lui, elle lui effleura accidentellement la main.

— Pardon ?

— Tu sais… nous éclabousser, nous embrasser…

— Nous n'allons rien faire de tel.

— Je sais, je dis juste que ce serait merveilleux.

Elle n'avait vraiment pas besoin d'imaginer ce genre de choses, mais elle ne put s'empêcher de laisser ses pensées prendre bel et bien ce tour inavouable.

Ce serait tellement simple d'embrasser Ryan, de l'attirer vers elle et de goûter au parfum interdit de ses lèvres.

Tellement simple, et pourtant tellement compliqué. Tellement dangereux.

Elle avait déjà fait cette erreur une fois, dans les bois. Elle fit un pas en arrière, un peu trop rapidement, et glissa sur une pierre mouillée.

— Attention ! dit Ryan, tendant aussitôt le bras pour la retenir.

Ce simple contact la troubla encore davantage.

— Tu n'es pas censé faire pression sur moi.

— De quoi parles-tu ?

— Pour que je fasse l'amour avec toi.

— Ce n'est pas ce que je fais.

— Tu m'as mis des idées en tête.

— Des idées de baisers sous la cascade ? Ce n'est pas ce que j'appellerais faire pression sur toi.

Elle n'était pas d'accord.

— Tu n'étais pas obligé de parler de ça, pas après la conversation que nous avons eue.

— Dans ce cas, oublie ce que j'ai dit.

Elle n'était pas près d'oublier un scénario aussi séduisant. A vrai dire, elle passerait sûrement le reste de son séjour à y penser.

Toutes les cascades devant lesquelles ils passèrent ensuite lui donnèrent envie de l'embrasser, de se serrer tout contre lui pour sentir la chaleur de son corps.

Même lorsqu'ils eurent retrouvé Kaley et June, son désir pour lui ne retomba pas. Tandis qu'ils s'asseyaient tous les quatre à l'ombre d'un arbre, dont les feuilles bruissaient doucement dans la brise, elle ne put s'empêcher de l'observer, de regarder ses jambes allongées, son sourire, de le regarder parler aux filles et manger.

Elle se rappela que son attirance pour lui était une perte d'énergie et qu'elle serait folle d'y succomber. Elle se le répéta encore et encore, s'efforçant de se persuader qu'elle saurait être raisonnable.

Hélas ! elle avait beau essayer de s'en convaincre, de se réprimander intérieurement, rien n'y faisait : elle désirait Ryan, de toutes ses forces.

- 8 -

Deux jours plus tard, Victoria regardait Kaley faire son sac pour aller passer la nuit chez June, qui l'avait invitée au pied levé. Les deux adolescentes voulaient travailler à l'arbre généalogique de Kaley et essayer d'en apprendre davantage sur la mère de Ryan. Elles voulaient sans doute aussi se coucher tard, manger des cochonneries, et profiter de leur liberté. Les parents de June étaient partis en voyage d'affaires, laissant à leur fille le soin de garder la maison.

Assise au bord du lit de Kaley, June attendait. Ryan était là aussi, et il se comportait comme un vrai papa poule.

— Ne faites pas de bêtises, hein ?

— Tu plaisantes ? demanda Kaley en glissant un petit haut de couleur vive dans son sac de voyage. Nous allons faire des recherches, c'est tout.

— Oui, eh bien, quand j'étais avec Victoria, je disais à mon père que j'allais travailler à la bibliothèque !

— A la bibliothèque ! répéta June en riant. Ce n'était pas très crédible…

— Si, ça l'était. Nous n'avions pas d'ordinateur à la maison, à l'époque, et j'allais à la bibliothèque pour utiliser ceux qu'il y avait là-bas.

— Mince alors, ce devait être le Moyen Age ! le taquina Kaley en agitant son iPad avant de le mettre aussi dans son sac.

— Très drôle, répondit-il avec un grand sourire. Tu verras quand tu auras des enfants, ils trouveront que tu es dépassée, eux aussi…

— Et ils auront raison !

Elle ferma son sac.

— Je vous vois demain, probablement le soir…

— Mes parents rentrent demain soir, expliqua June en se levant.

— Amusez-vous bien, leur dit Victoria.

Cependant, elle était nerveuse et préoccupée. Après le départ de Kaley, Ryan et elle se trouveraient seuls et ne pourraient pas s'éviter. Depuis leur randonnée, elle était taraudée par le désir intense qu'elle ressentait pour lui.

Pourquoi ne pas céder à la tentation ? Après tout, elle était plus âgée, maintenant, et plus avisée. Elle serait sûrement capable de coucher avec Ryan sans retomber dans ses anciens travers. Elle ne confondrait pas sexe et amour, car elle n'était plus une adolescente enamourée. Elle était une femme forte et indépendante, et si elle avait envie de s'amuser un peu avec un homme de son passé, pourquoi pas ?

Toutes ces pensées étaient bien audacieuses ! Elle suivit les filles au rez-de-chaussée et resta près de la porte d'entrée tandis qu'elles s'éloignaient dans la MINI Cooper de June.

Il fronça les sourcils.

— J'espère qu'elles ne vont pas avoir l'idée brillante d'inviter des garçons.

— Je leur fais confiance.

Bien plus qu'elle se faisait confiance à elle-même. Elle était à deux doigts de lui dire ce qu'elle avait en tête.

— Je suis sûrement inquiet parce que je suis un homme, et que je sais de quoi les hommes sont capables.

— Tu ne devrais pas t'inquiéter pour Kaley, dit-elle en refermant la porte derrière eux, mais pour moi.

Il lui lança un regard de biais.

— Pourquoi ? Tu as l'intention d'inviter des garçons ?

— Je pense à un garçon en particulier.

A un homme, grand et ténébreux.

C'était le moment ou jamais pour elle de se jeter à l'eau.

— Je veux que nous ayons l'aventure dont nous avons parlé. Un bon moment entre deux anciens amants.

Il la considéra d'un air sceptique.

— Quand as-tu décidé ça ?

— A l'instant.

— Je croyais que tu avais des doutes. Peur de faire quelque chose de stupide, d'inconcevable avec moi.

— J'ai changé d'avis, mais si tu trouves que c'est une mauvaise idée…

— Je n'ai pas dit ça. Tu m'as pris au dépourvu, c'est tout. Je ne m'y attendais pas.

Il semblait intéressé, mais aussi déconcerté, comme s'il essayait de comprendre ce qui avait motivé sa décision. Elle se réjouissait de l'avoir pris de court. Cela lui donnait le sentiment de contrôler la situation, de lui imposer ses conditions.

— Si nous avons une aventure, nous devrons être discrets, dit-elle. Je ne veux pas que Kaley l'apprenne.

— Tu veux que nous nous voyions en cachette ?

— Je sais de quoi ça a l'air, mais étant donné les circonstances, c'est préférable. Ce n'est pas comme si nous allions avoir une relation à distance après mon départ… Nous aurons simplement une brève aventure pendant mon séjour, et ce n'est pas quelque chose dont nous pouvons faire part à notre fille. Nous nous devons de donner l'exemple.

— En faisant les choses en cachette ?

— J'essaie simplement de la protéger.

— Je sais, et j'accepte tes conditions.

Elle insista.

— Nous pourrons nous voir quand Kaley sera partie quelque part avec June, mais jamais quand elle sera là. Je ne me glisserai pas dans ta chambre la nuit alors que notre fille dort sous le même toit.

Cette fois encore, il acquiesça.

— D'accord.

Elle prit une profonde inspiration. Elle était de nouveau nerveuse. Allait-elle vraiment s'engager dans cette voie ? Elle le regarda lentement, de la tête aux pieds. Oui, elle était bien décidée.

Il passa la main dans ses cheveux noirs, les ébouriffant involontairement.

— Je devrais d'abord t'inviter à dîner.

Elle sursauta.

— Quoi ?

— T'emmener au restaurant. Nous devrions sortir ce soir.

— Ce n'est pas nécessaire.

Elle ne voulait pas donner à la situation plus d'importance qu'elle en avait.

— Si, c'est tout à fait nécessaire.

— Non, je t'assure…

— Je ne vais pas t'emmener dans ma chambre et te faire l'amour, Victoria, l'interrompit-il. Nous allons faire les choses correctement. Nous allons dîner en tête à tête, danser, nous embrasser au clair de lune… Tu aimes ce genre de choses. Tu te rappelles à quel point tu avais envie que je t'emmène au bal de fin d'année ?

Oui, elle s'en souvenait. Hélas ! quand le bal de fin d'année avait eu lieu, elle était enceinte et se sentait ridicule et effrayée.

— L'eau a coulé sous les ponts, depuis.

— Es-tu allée au bal de fin d'année de terminale, quand tu étais en Californie ?

— Non. Et toi ? se risqua-t-elle à lui demander.

— Non, surtout pas ! A l'époque, tout ce que je voulais, c'était quitter le lycée, certainement pas fêter l'une des années les plus dures de ma vie. Alors, nous allons y remédier, d'accord ? Nous allons nous faire beaux et prétendre que nous allons au bal de fin d'année ensemble ! Je t'offrirai même un petit bouquet à porter au poignet.

Elle sentit son cœur se mettre à battre la chamade. Soudain, elle était aussi excitée qu'une adolescente, mais elle protesta néanmoins.

— Le but de cette aventure est d'aller de l'avant, pas de revivre le passé.

— Nous allons de l'avant. Nous remplaçons des mauvais souvenirs par des bons, comme nous l'avons fait à l'hôpital.

Elle capitula.

— Tu vas mettre un smoking ?

— Non, mais je vais mettre un beau costume noir. J'en ai un dans ma penderie.

— Je n'ai pas apporté de robe de soirée, je vais devoir aller faire du shopping.

— Il y a un nouveau centre commercial à Meadow Creek. Je n'y suis jamais allé, mais il paraît qu'il est bien.

Meadow Creek était à une cinquantaine de kilomètres.

— Je vais aller y faire un tour.

Maintenant qu'elle avait accepté de passer la soirée avec lui, elle voulait trouver la robe idéale.

— Appelle-moi quand tu auras trouvé quelque chose.

— Pourquoi ?

— Pour me dire de quelle couleur est ta robe et que je puisse demander au fleuriste un bouquet assorti.

Pour deux personnes qui allaient de l'avant, ils donnaient certainement l'impression d'être des lycéens.

— Prends aussi une fleur à porter à ta boutonnière.

— Je n'y manquerai pas.

— Je te rembourserai ensuite.

— Ce ne sera pas la peine.

— C'est la fille qui est censée se charger de la boutonnière.

— Allez, dit-il en souriant, va te chercher une robe ! Je vais réserver une table au restaurant, et chercher un endroit où nous pourrons aller danser, plus agréable que les bars du coin.

— Bon courage…

— Je trouverai quelque chose.

Il avait tant d'assurance ! Cela lui plaisait. Il lui plaisait. Toutefois, elle n'irait pas jusqu'à éprouver de l'amour pour lui. Elle ne tomberait pas dans ce piège, même si leur soirée s'avérait merveilleusement romantique.

Elle lui demanda comment se rendre au centre commercial, prit son sac à main et se mit en route. Une fois à destination, elle entra dans toutes sortes de boutiques, essaya une multitude de robes, mais rien ne lui fit vraiment envie. Elles lui semblèrent soit trop apprêtées, soit trop simples, ou encore trop habillées, trop sages, trop courtes, trop pailletées ou pas assez brillantes. Elle trouvait à redire à chaque modèle.

Cela signifiait-il que, inconsciemment, elle n'était pas contente d'elle ?

Non. Ce n'était pas le problème. Elle ne trouvait pas la tenue adéquate, voilà tout.

Elle finit néanmoins par trouver la perle rare : une petite robe dorée, courte, avec un décolleté en cœur et un jupon en mousseline de soie.

Debout devant le miroir de la cabine d'essayage, elle sourit à son reflet. Le jupon fendu sur le côté flottait autour d'elle quand elle bougeait, la couleur allait bien avec ses cheveux et son teint, et le décolleté était élégant et sexy à la fois.

Elle était surexcitée et avait bel et bien l'impression de se préparer pour un bal de fin d'année. Au bout de dix-huit ans, ils allaient avoir une aventure. Elle en avait besoin, Ryan en avait bien besoin. C'était la meilleure chose à faire.

Elle paya la robe, puis chercha des escarpins assortis et une pochette pour parfaire sa tenue. Elle acheta également une paire de boucles d'oreilles.

Elle songea qu'elle avait terminé, mais se ravisa : elle allait aussi acheter un nouvel ensemble de lingerie. Après tout, il s'agissait d'une aventure, d'une nuit qui s'achèverait par des étreintes passionnées et des ébats torrides.

Cette seule idée la troublait au plus haut point.

Elle choisit un soutien-gorge sans bretelles, couleur chair, et la petite culotte assortie. L'ensemble, classique et élégant, serait parfait sous la robe dorée.

Tandis qu'elle se dirigeait vers l'Escalator, elle vit une parfumerie. Incapable de résister à la tentation, elle alla acheter une lotion pour le corps à la vanille. Elle voulait que Ryan retrouve le parfum qui lui plaisait tant lorsqu'ils étaient adolescents.

Se rappelant soudain qu'elle lui avait promis de l'appeler, elle s'assit sur un banc à l'intérieur du centre commercial, ses sacs à côté d'elle, et lui téléphona.

Il répondit à la première sonnerie.

— Salut ! Comment ça va ?

— Très bien. Ma robe est dorée et brillante.

— Elle doit être ravissante.

— J'attends ce soir avec impatience.

— Moi aussi. J'ai tout prévu… Le dîner est à 20 heures.

Elle jeta un coup d'œil à sa montre. Elle avait encore beaucoup de temps devant elle.

— Je rentre à la maison.

— A tout à l'heure !

— A tout à l'heure.

Après avoir raccroché, elle se rendit compte qu'elle avait dit qu'elle rentrait « à la maison ». Ce n'était pourtant pas sa maison. Elle se rassura en se disant que c'était simplement une façon de parler. Elle n'allait pas tout analyser, pas ce soir. Ce soir, elle allait simplement s'amuser et passer un bon moment.

Elle regagna le parking, mit ses achats dans le coffre de sa voiture de location, s'installa au volant et démarra. Sur la route, elle écouta de la musique et chanta avec Katy Perry, puis avec les Maroon 5, et enfin avec Rihanna. C'était Kaley qui avait choisi la station quand elles étaient arrivées dans l'Oregon. Victoria sourit en pensant aux chansons que Ryan et elle aimaient quand ils étaient plus jeunes.

Au bout d'une cinquantaine de kilomètres, elle arriva enfin chez Ryan. Il l'accueillit à son entrée.

— Je peux voir ta robe ?

Elle serra son sac contre elle.

— Tu la verras sur moi.

— Coquette ! dit-il avec un sourire irrésistible. J'ai commandé les fleurs, mais je ne suis pas encore allé les chercher. Tu veux que je profite d'aller en ville pour rapporter quelque chose à manger ? De quoi grignoter avant le dîner de ce soir ?

— Non, merci… J'ai mangé quelque chose au centre commercial.

— Dans ce cas, je vais aller chez le fleuriste… Je te verrai à mon retour.

— Non ! Tu ne me verras pas pendant un moment. Je vais prendre un bain et m'allonger nue sur mon lit pour me reposer un peu avant de me préparer.

Il y eut un bref silence.

— Cette fois, tu cherches vraiment à me tourmenter. Tu vas réellement faire ça ?

Elle prit un air faussement innocent.

— Faire quoi ?

— T'allonger nue sur ton lit.

— Oui, répondit-elle simplement.

Puis elle tourna les talons et monta l'escalier en balançant légèrement des hanches, consciente qu'il la regardait.

A 19 h 15, Ryan attendait Victoria dans le salon. Il était prêt à partir. S'il s'était vraiment agi d'un bal de fin d'année, il aurait été assis sous le regard scrutateur de ses parents. Il s'aperçut qu'il était tout aussi nerveux qu'il l'aurait été dans de telles circonstances.

Cependant, il était également enchanté. Il n'y avait aucune femme au monde avec laquelle il aurait préféré avoir une aventure que Victoria.

En revanche, il n'était pas convaincu que ce soit une bonne idée de le cacher à Kaley. Il comprenait et respectait le raisonnement de Victoria, mais quelque chose lui disait que ce serait un peu délicat quand Kaley serait là et qu'ils devraient faire comme s'ils n'avaient pas été intimes ou comme s'ils n'éprouvaient rien l'un pour l'autre.

Soit ! Ils feraient face à ce problème en temps voulu. D'ailleurs, ils n'auraient pas à jouer la comédie éternellement. Ils n'avaient qu'une semaine devant eux.

Quand Victoria entra dans la pièce, il se leva d'un bond et saisit la boîte qui contenait les fleurs. Victoria était absolument sublime. Sa robe était magnifique, tout en elle était superbe. Ses cheveux étaient lissés et, bien qu'elle les eût attachés, il en tombait de petites mèches autour de son visage. Elle portait aussi un rouge à lèvres terriblement sexy.

— Tu as l'air d'une déesse.

— Merci… Tu es très beau, toi aussi.

— Merci.

Il portait son costume, une chemise blanche et une cravate noire.

Ouvrant la boîte, il lui montra la fleur qu'il avait choisie pour elle. C'était une rose blanche, parsemée de paillettes dorées et ornée d'un ruban, doré lui aussi.

— C'est magnifique, Ryan… C'est parfait.

— Je peux te la passer au poignet ?

— Bien sûr.

Elle tendit la main. Quand la rose fut en place, ils se regardèrent, et il sentit son cœur cogner dans sa poitrine.

— Tu veux mettre la fleur à ma boutonnière ?

Elle hocha la tête, et il lui tendit la fleur. Elle l'épingla au revers de sa veste d'une main légèrement tremblante, comme l'aurait fait une adolescente. De toute évidence, elle était aussi nerveuse que lui.

— C'est ce que nous aurions dû faire il y a des années, dit-il, avec tes parents dans la pièce pour prendre des photos.

— A contrecœur !

— Oui… Ils étaient toujours mécontents quand je venais te chercher.

Elle retoucha la fleur à sa boutonnière.

— Elle est de travers… Je vais la remettre.

Elle s'approcha de lui et, soudain, il sentit le parfum de sa peau.

— Tu portes la lotion que tu portais autrefois.

— Ce n'est pas la même marque.

— L'effet est le même.

Il avait envie de la dévorer.

— C'est ce que j'espérais.

— Eh bien, c'est réussi !

Plus tard, il l'entraînerait dans sa chambre et lui ferait l'amour sauvagement.

— Nous ferions mieux d'y aller…

Avant qu'il perde le contrôle de lui-même et l'entraîne à l'étage.

Le début du trajet se fit dans le silence.

— Où m'emmènes-tu ? finit-elle par lui demander.

— Dans un nouveau restaurant méditerranéen. On y mange très bien, et le cadre est exceptionnel. Je connais le propriétaire, il fait partie du conseil d'administration de la chambre de Commerce. Quand j'ai appelé pour réserver, j'ai demandé à lui parler en personne et je lui ai demandé s'il pouvait nous donner l'une de ses meilleures tables… Je lui ai dit que mon ancienne petite amie était venue de Californie pour me rendre visite et que je voulais lui faire passer une soirée inoubliable.

— Qu'a-t-il répondu ?

— Que nous serions reçus comme des rois.

Elle sourit.

— C'est bien d'avoir des amis haut placés.

— Il avait déjà entendu parler de toi et de Kaley !

— Les nouvelles vont vite…

— Les gens aiment parler, surtout dans les petites villes.

— Cette ville n'est pas si petite que cela.

— Elle est assez petite.

Ils entrèrent enfin dans le restaurant somptueusement décoré. Il n'y avait pas trop de monde en ce soir de semaine, mais les autres clients les remarquèrent quand même. A cause de Victoria, songea Ryan, et de sa superbe robe.

Le propriétaire du restaurant, Isa, les conduisit à leur table, éclairée par des bougies et cachée derrière un rideau de soie retenu par des embrasses ornées de pierreries. Victoria le complimenta sur son établissement, et Isa la remercia chaleureusement.

Il leur conseilla un vin sec pour accompagner les plats épicés qu'ils choisirent. La soirée fut merveilleuse. Ils dégustèrent différentes entrées et salades sélectionnées par Isa, qui choisit aussi le plat principal pour eux.

— C'est délicieux. Je n'étais encore jamais allée dans

un restaurant aussi agréable… On nous traite réellement comme des rois !

Ryan sourit. Il appréciait énormément sa compagnie, et la remarque lui fit très plaisir.

— Le roi et la reine d'une petite ferme ?

— Avec une seule petite vache adorable ! renchérit-elle en riant. Si Mabel nous voyait en cet instant, elle serait impressionnée…

— A juste titre.

Elle jeta un coup d'œil autour d'elle.

— Dommage qu'il n'y ait pas de piste de danse ici…

— Ne t'inquiète pas, j'ai trouvé un endroit où aller pour danser.

Elle se pencha légèrement en avant.

— Où ça ?

— Tu verras le moment venu.

A la fin du repas, on leur servit un assortiment de pâtisseries avec un café au parfum exotique.

— Je n'oublierai jamais cette soirée, dit-il tandis qu'ils savouraient leur dessert.

— Moi non plus… Elle restera toujours gravée dans ma mémoire.

Et la soirée ne faisait que commencer, pensa-t-il. Brûlant de désir, il l'observa avec attention. Quand il posa les yeux sur sa bouche, elle s'humecta les lèvres.

— Comment s'appelle-t-elle ? demanda-t-il.

— Pardon ?

— La teinte de ton rouge à lèvres.

— Rouge miel.

— Et comment s'appelle ton parfum ?

— C'est du lait pour le corps, à la vanille.

Rouge miel et vanille. Difficile de faire plus appétissant.

- 9 -

En sortant du restaurant, Ryan emmena Victoria chez lui.

— Tu as oublié quelque chose ? lui demanda-t-elle, perplexe.

— Non.

— Alors que faisons-nous ici ? Tu as changé d'avis, tu ne veux plus aller danser ?

Abrégeait-il leur tête-à-tête pour l'entraîner plus tôt dans son lit ?

— Non, je n'ai pas changé d'avis.

— Serais-tu en train de ruser ?

— Peut-être.

Cela ne faisait pas l'ombre d'un doute. Il lui faisait faire un détour.

Ils descendirent du pick-up et entrèrent dans la maison. Là, il l'entraîna vers la porte de derrière. Elle eut le souffle coupé quand il l'ouvrit : il avait décoré la terrasse avec des guirlandes lumineuses, des lampions en papier et des ballons blancs et dorés, créant un décor féerique. Sur la table, au milieu de confettis brillants et près d'une grande bougie blanche, étaient posées deux coupes de champagne.

— Le champagne est au frais, dit-il. Nous n'en aurions pas bu au bal de fin d'année, mais maintenant, nous pouvons.

Il indiqua la chaîne stéréo qu'il avait installée.

— J'ai téléchargé des chansons de notre adolescence, des slows et des ballades pour que ce soit romantique.

— Tu as fait tout ça quand j'étais au centre commercial ?

Il hocha la tête.

— J'étais à peu près sûr de réussir à te surprendre : tu n'avais aucune raison de sortir sur la terrasse en revenant. Et puis, je me démenais pour trouver un endroit où nous pourrions aller danser dans le coin, quand j'ai eu l'idée de nous créer un endroit bien à nous… ici, à la maison !

— C'est magnifique… Merci.

Elle le prit dans ses bras. Il lui rendit aussitôt son étreinte, et ils s'embrassèrent avec tendresse. Quand elle se blottit contre lui, il la serra plus étroitement dans ses bras. La chaleur de son corps était grisante.

Enfin, ils s'écartèrent un peu l'un de l'autre pour reprendre leur souffle.

— Veux-tu une coupe de champagne maintenant ? lui demanda-t-il.

Elle acquiesça. Elle avait envie de fêter leur aventure, de faire fi de toute prudence, d'apprécier chaque instant en sa compagnie.

Il alla chercher la bouteille de champagne, puis il remplit les coupes et lui en tendit une.

— A la jeune fille de mon passé !

Elle fit tinter son verre contre le sien.

— Et au jeune homme de mon passé…

Ils burent, les yeux dans les yeux.

— Personne n'avait encore jamais rien fait d'aussi spécial pour moi, dit-elle.

— Personne ne t'a non plus fait souffrir comme je l'ai fait.

— Tu m'aides à m'en remettre.

Faire l'amour avec lui ce soir ferait partie de sa thérapie. Quand leur aventure se terminerait, elle retournerait chez elle avec une nouvelle sérénité, une nouvelle assurance.

Il se pencha pour l'embrasser de nouveau, et elle soupira. La semaine prochaine, tout serait terminé, mais pour le moment, elle faisait partie de son univers : sa ferme avec les animaux dont il s'occupait, les bois et leur beauté ensorcelante.

— Je me demande s'ils nous observent, dit-elle, songeuse.

— Qui donc ?

— Les nymphes des bois, les fées et les trolls… Les créatures qui vivent ici.

Elle avait toujours aimé prétendre que leur existence était bien réelle.

— L'idée que des nymphes nous observent me plaît assez… Tu pourrais être l'une d'entre elles, ajouta-t-il en faisant un pas en arrière pour la regarder plus attentivement.

— C'est vrai, je me sens comme une nymphe ce soir ! Sensuelle et libre.

— Tu veux danser ?

— Oui.

Elle avait envie de bouger dans ses bras, sous les lumières scintillantes, dans la clarté argentée de la lune, sous les étoiles.

Il alluma la chaîne stéréo. La première chanson était *Change The World*, d'Eric Clapton.

Il la prit dans ses bras, et ils échangèrent un sourire. De toute évidence, il se souvenait qu'elle adorait cette chanson.

— Quand je rentrais du centre commercial, je repensais à la musique que nous écoutions quand nous étions adolescents, et maintenant, je danse avec toi sur l'une de nos chansons préférées !

— C'est drôle de voir à quel point la musique peut nous rappeler des moments du passé, bons comme mauvais.

— Ce moment-là est indéniablement bon.

Elle le chérirait éternellement.

Chanson après chanson, ils dansèrent, s'embrassèrent, dansèrent encore. Enfin, sans avoir besoin de se le dire, ils se sentirent tous deux prêts à monter à l'étage.

Il éteignit la chaîne, et ils se dirigèrent vers sa chambre. Jusqu'à présent, elle ne l'avait pas encore vue. Elle n'avait même jamais passé la tête dans l'entrebâillement de la porte quand il n'était pas là. Elle était volontairement restée à l'écart de l'endroit où il dormait.

Elle regarda autour d'elle, remarqua le lit soigneusement fait et l'édredon au tissu foncé. Elle aperçut également l'intérieur de la salle de bains attenante, avec sa baignoire vintage et sa douche moderne.

— Enlève ta robe, dit-il. Je veux te voir l'enlever…

Soudain, elle eut un accès de timidité. Cependant, elle avait envie de faire preuve d'audace et de se mettre à nu devant lui.

Il s'assit sur le lit et la regarda avec une expression intense.

Elle retira d'abord ses boucles d'oreilles et les posa sur la commode, puis elle enleva ses escarpins, et enfin sa robe. Elle n'eut aucune difficulté à le faire, car il y avait une fermeture Eclair sur le côté. Le jupon de mousseline de soie tomba par terre, puis la robe forma une flaque dorée à ses pieds.

Vêtue en tout et pour tout de sa petite culotte et de son soutien-gorge, elle se tint devant lui, attendant un autre ordre sensuel de sa part.

A son tour, il se déshabilla, se mettant complètement nu devant elle. Une vague de désir la submergea. Mince et musclé à la fois, naturellement athlétique, il était absolument magnifique.

Il lui fit signe d'approcher.

— Viens t'allonger à côté de moi…

Elle s'exécuta bien volontiers et, se glissant dans le lit, dégrafa son soutien-gorge.

— Victoria, dit-il avec douceur.

Elle libéra sa poitrine.

— Appelle-moi Tore.

— Je croyais que je n'avais pas le droit.

— Ce soir, tu peux.

Ce soir, elle enfreignait toutes les règles.

— Tore, murmura-t-il en glissant une main sous l'élastique de sa petite culotte.

Elle se cambra vers lui et, tandis qu'il commençait à la caresser doucement, fut parcourue d'un frisson de plaisir. Cette sensation s'intensifia à mesure que ses caresses se faisaient plus irrésistibles et, cramponnée aux draps, haletante, elle finit par se laisser entraîner dans un tourbillon de plaisir.

Il l'embrassa avec fougue. Le goût de ses baisers l'enivrait, plongeait tous ses sens dans le trouble le plus profond.

Elle s'apprêtait à faire l'amour avec Ryan Nash.

— Je n'arrive pas à croire ce qui est en train de se passer, dit-il, se faisant l'écho de ses propres pensées. Toi et moi…

Elle se cambra de nouveau, s'abandonnant à ses mains expertes.

— Ne t'arrête pas…

— Je n'y songeais pas.

Cependant, il finit bel et bien par s'arrêter, quand elle fut secouée de frissons, le cœur battant à tout rompre. C'était une bonne chose, d'ailleurs, car elle avait besoin de quelques minutes pour recouvrer ses esprits. Elle avait l'impression d'avoir de nouveau seize ans tant elle était bouleversée.

Elle ferma les yeux, mais sentit le regard de Ryan sur elle, comme s'il essayait de lire dans ses pensées. Soudain, il posa ses lèvres sur les siennes et l'embrassa, comme le prince d'un livre de contes. Cependant, il n'était pas le héros d'un conte de fées, il était l'homme qui lui avait brisé le cœur.

Elle chassa ces pensées de son esprit, le prit dans ses bras et roula avec lui sur le lit. Leur baiser se fit plus ardent et, quand il se plaça sur elle et lui maintint les bras au-dessus de la tête, elle rouvrit enfin les yeux.

Il était tellement séduisant ! Ses cheveux tombaient sur son front, et la lumière dansait sur sa peau couleur de bronze.

— Je vais prendre un préservatif, dit-il.

Elle hocha la tête. Il la relâcha, tendit le bras et prit un préservatif dans le tiroir de la table de chevet. Tandis qu'il l'enfilait, elle se demanda quelle serait sa réaction si elle lui disait qu'elle avait espéré l'épouser quand ils étaient adolescents.

Il tourna le visage vers elle et la regarda droit dans les yeux.

— Ça va ?

— Pourquoi est-ce que ça n'irait pas ?

— Tu parais préoccupée… Tu es sûre de vouloir le faire ? Tu ne le regrettes pas déjà ?

— Je n'ai aucun regret.

— Tant mieux… parce que j'ai très envie de toi.

Il lui retira sa culotte, lui mordilla les tétons tout en murmurant qu'ils étaient adorables. Il lui disait déjà ce genre de choses quand ils étaient plus jeunes. Elle frissonna de nouveau lorsqu'il se plaça entre ses cuisses pour la caresser avec sa langue. Elle glissa ses mains dans ses cheveux, pour l'attirer vers elle, s'efforçant d'empêcher ses jambes de trembler.

S'il continuait, elle allait avoir un autre orgasme. Elle comprit soudain que c'était exactement ce qu'il voulait : la submerger de plaisir, lui faire perdre la tête.

Enfin, il se redressa et la pénétra d'un mouvement fluide. Elle eut aussitôt l'impression que tout tournoyait autour d'eux. Les yeux plongés dans les siens, il l'emmenait de plus en plus haut.

Elle ne savait pas si elle avait envie de miauler comme un chaton ou de feuler comme un chat sauvage. Finalement, elle fit un peu les deux, poussant des gémissements tout en lui griffant le dos.

— J'adore la façon dont tu bouges, murmura-t-il d'une voix rauque.

Elle se contentait de le suivre, lui rendant chacune de ses caresses. Elle l'attira à elle pour l'embrasser, et ils échangèrent un baiser passionné.

Ils firent l'amour avec fougue jusqu'à atteindre ensemble le point culminant du plaisir. A bout de forces, il s'effondra sur elle, et elle le serra contre lui.

Quand il eut retrouvé un peu d'énergie, Ryan s'éclipsa dans la salle de bains. De retour dans la chambre, il trouva Victoria assise dans le lit, le drap enroulé autour d'elle.

Il prit un instant pour l'admirer.

— Que dirais-tu d'une autre coupe de champagne ?

Elle sourit.

— Pour trinquer à ce que nous venons de faire ?

— Pourquoi pas ? Je n'ai qu'à descendre, prendre la bouteille et nos verres…

— Bien sûr, vas-y !

Il ramassa son jean par terre et l'enfila.

— J'apporte aussi des crackers et du fromage ?

— Tu as faim ? Après le repas que nous avons fait tout à l'heure ?

— Que puis-je dire pour ma défense ? demanda-t-il avec un sourire espiègle. Ça m'a mis en appétit !

— Dans ce cas, prépare-toi un petit en-cas, tu as bien raison.

— Je t'en prépare un, au cas où tu changerais d'avis.

Incapable de s'en empêcher, il s'approcha du lit et posa un baiser sur ses lèvres.

— Je reviens tout de suite !

Il quitta la pièce, descendit l'escalier et alla chercher le champagne sur la terrasse, puis il retourna dans la cuisine. Il plaça la bouteille dans un seau à glace, rinça les verres et les essuya, puis il déposa du fromage et quelques crackers sur une assiette.

Il sourit à l'idée qu'une femme l'attendait dans son lit, et pas n'importe quelle femme : Victoria. Leur aventure s'avérait merveilleuse.

Il remonta avec son butin. Elle était là où il l'avait laissée, confortablement installée, bien au chaud sous la couette. Il s'assit auprès d'elle et plaça le plateau entre eux. Ils burent chacun une pleine coupe de champagne. Il prit ensuite un cracker avec un morceau de fromage.

— C'est très appétissant, dit-elle en se servant à son tour, mettant un petit bout de cheddar sur un cracker. Il faut croire que j'ai de nouveau faim, moi aussi…

— Tant mieux ! Tu vas avoir besoin d'énergie.

— Pour quoi ?

— Pour le deuxième round.

Elle cilla, d'un air faussement innocent.

— Quel deuxième round ?

— Tu le sais très bien.

— Alors, nous n'en resterons pas là pour cette nuit ? demanda-t-elle en faisant mine de s'éventer. C'est merveilleux !

Il retrouva son sérieux.

— Tu sais ce dont je viens de m'apercevoir ? C'est la première fois que nous allons passer une nuit entière ensemble !

— Je sais… C'est agréable, n'est-ce pas ? De pouvoir se réveiller dans le même lit. J'en rêvais quand nous étions jeunes.

— C'est vrai ?

— Bien sûr que oui ! Je suis une fille… Je suis programmée pour les câlins.

Elle l'observait attentivement.

— Pourquoi me regardes-tu comme ça ? lui demanda-t-il, un peu gêné par son regard scrutateur.

— Je pensais à quelque chose.

— A quoi ?

Elle se resservit de champagne, en but une gorgée.

— Tu crois que tu te remarieras un jour ?

La question le perturba. Il n'aimait pas parler de ce genre de choses.

— Je n'en sais rien.

Elle resta silencieuse pendant quelques instants, comme si elle réfléchissait.

— Je crois que non, dit-elle enfin.

Aurait-il dû lui demander de développer ?

Non, il n'aurait pas dû. Il le fit tout de même.

— Qu'est-ce qui te fait dire ça ?

— Je crois que ce n'est pas seulement parce que tu ne voulais pas d'enfants ton mariage n'a pas marché.

Il aurait dû s'attendre qu'elle dise cela.

— Tu crois que je suis incapable de me consacrer à une seule personne ?

— Tu as été pris de panique quand Jackie a eu besoin de toi, et tu prétendais l'aimer. Cela en dit long sur ton aptitude à t'engager.

— Tout comme le fait que je ne sois pas venu à l'hôpital

prouve que je suis facilement pris de panique. N'avons-nous pas déjà eu cette conversation ?

— Je suis désolée. Je ne voulais pas déclencher une dispute.

— Nous ne nous disputons pas.

Puisqu'elle avait abordé le sujet du mariage, il lui retourna la question.

— Et toi, Tore ? Tu crois que tu te marieras un jour ?

Elle soupira.

— Honnêtement, je n'en ai pas la moindre idée. Après tout ce temps, j'ai peut-être peur de m'engager, moi aussi.

Il n'était pas de son avis.

— Tu m'as dit tout à l'heure que tu commençais à guérir des blessures du passé. Ce n'est pas le discours d'une femme incapable de s'engager.

— Oh ! c'est gentil… Merci. Maintenant, je m'en veux de t'avoir dit ce que je t'ai dit.

— Il n'y a pas de quoi. L'idée de me remarier me met un peu mal à l'aise, je dois le reconnaître.

Le simple fait d'en parler le mettait mal à l'aise.

— Je ne prendrai plus jamais un tel engagement à moins d'être absolument sûr de le respecter.

— Je suis contente que nous ayons pu en parler sans nous disputer.

Il écarta le plateau pour s'approcher un peu plus. Elle lui manquerait terriblement quand elle serait partie.

— Je veux juste que tu sois heureuse.

— Moi aussi, je veux que tu sois heureux.

Il ne savait pas ce que l'avenir lui réservait, mais il savait qu'il resterait dans l'Oregon et qu'elle continuerait à vivre en Californie.

— Promets-moi de ne pas te précipiter…

— Dans quoi ?

— Dans le mariage.

— Pourquoi le ferais-je ? Je n'ai même pas d'aventure en ce moment, à part avec toi, et c'est seulement passager.

— Ne prends pas le premier homme qui se présente, même s'il semble parfait.

— Je ne le ferai pas.

— Les hommes sont doués pour faire croire qu'ils sont parfaits.

— On ne me dupe pas aussi facilement…

Elle lui posa une main sur la joue avec douceur.

— Et maintenant, arrête de me dire ce que j'ai à faire. Je n'ai pas l'intention de me marier sur un coup de tête.

— Je l'espère.

Il souhaitait très sincèrement son bonheur, mais l'imaginer avec un autre homme lui était insupportable. Ses émotions le plongeaient dans la plus grande perplexité, et il ne savait plus vraiment où il en était.

S'efforçant de chasser ses pensées, il l'embrassa avec ardeur. Elle lui rendit son baiser avec la même de fougue, et ils tombèrent dans les bras l'un de l'autre, prêts pour de nouveaux ébats.

Le lendemain matin, Ryan regarda Victoria dormir. Elle était restée nue et ne s'était pas démaquillée avant de s'endormir. Son maquillage de la veille avait légèrement coulé, créant des ombres irréelles.

Incapable de résister à l'envie de la toucher, de sentir la douceur de sa peau, il lui effleura la joue du bout des doigts. Malheureusement, cela suffit à la réveiller. Elle ouvrit les yeux, cilla et le regarda avec une expression désorientée.

— Désolé, murmura-t-il. Rendors-toi…

— Quelle heure est-il ? demanda-t-elle d'une voix endormie.

— Il est tôt. Rendors-toi, répéta-t-il d'un ton enjôleur.

Elle plissa les yeux, comme pour mieux le voir.

— Tu es déjà habillé.

— Je dois m'occuper de quelques tâches ménagères. Ensuite, je reviendrai et je prendrai une douche.

— Je peux t'aider ?

— A faire quoi ? demanda-t-il avec un sourire. A m'occuper de ces tâches ou à prendre une douche ?

— Les deux.

Elle s'assit et se cambra pour s'étirer langoureusement.

— Je vais me dépêcher de me préparer.

Il attendit qu'elle se lève, rassemble ses affaires et se dirige vers sa chambre. Elle avait pris sa robe, ses sous-vêtements, ses escarpins et sa pochette, mais elle avait oublié ses boucles d'oreilles sur la commode.

Il songea à les garder, à les cacher dans un tiroir, mais il se ravisa. Ce n'était pas parce qu'il avait une aventure avec elle qu'il avait le droit de conserver des trophées.

Elle revint quelques minutes plus tard, le visage nettoyé et les cheveux attachés en queue-de-cheval. Elle avait enfilé un jean, un T-shirt, et ses Dr. Martens. Elle était jolie, fraîche, et ne faisait pas du tout ses trente et quelques années.

Il lui tendit ses boucles d'oreilles.

— Tu as oublié ça…

— Merci.

Elle les glissa dans la poche de son jean.

— Je dois m'occuper des animaux, comme d'habitude, annonça-t-il, mais il faut aussi que je range la terrasse.

— C'est dommage de devoir enlever toutes les décorations…

— Les lampions en papier ne sont pas éternels.

— Tu pourrais laisser les guirlandes lumineuses.

— C'est vrai, mais elles ne correspondent pas à mon style habituel.

— Elles correspondent au mien ! Si je vivais ici, je les laisserais tout le temps… Non que j'aie l'intention de rester, s'empressa-t-elle d'ajouter. Ce n'est pas ce que je voulais dire.

— Ce n'est pas ce que j'avais compris.

Ils sortirent et, après être allé chercher une échelle, il commença à décrocher les lampions et les guirlandes lumineuses. Elle s'occupa des ballons et de la table, jetant les confettis dans un sac-poubelle.

— Que dois-je faire de la bougie ? demanda-t-elle.

— Je ne sais pas… Je l'avais achetée pour l'ambiance, mais nous ne l'avons même pas allumée.

— Je peux la mettre dans ma chambre ?

— Bien sûr !

Elle la sentit.

— Tu savais qu'elle était parfumée ?

— Non.

Il n'avait pas fait attention en l'achetant. Pressé, il avait pris les articles à la va-vite et les avait jetés dans son Caddie.

— Qu'est-ce qu'elle sent ?

— Le gardénia, je crois… C'est un parfum de fleur, en tout cas.

Il lui sourit du haut de son échelle. Il avait presque terminé.

— Dans ce cas, garde-la, n'hésite pas !

— Je vais la monter dans ma chambre tout de suite.

Elle s'absenta quelques minutes et, quand elle revint, ils allèrent donner à manger aux chiens, aux poules et à la vache, puis ils s'occupèrent du cheval.

Victoria laissa le hongre manger dans la paume de sa main pendant que Ryan nettoyait la stalle.

— Comment s'appelle-t-il ?

— Thor.

— Oh ! ça me plaît ! Il est assurément assez grand pour être un dieu nordique.

Il s'arrêta de travailler pour la regarder.

— Vous faites la paire, tous les deux…

— C'est un bon gros bébé, dit-elle en donnant au cheval une autre poignée de grain. N'est-ce pas, mon chou ?

Le cheval secoua doucement la tête, comme pour acquiescer.

— Alors, qui parle aux animaux, maintenant ? la taquina Ryan.

— Moi ! répondit-elle en riant. Vous êtes prêt à prendre cette douche, docteur Dolittle ?

— Oui, du moment que ma fidèle assistante se joint à moi…

— Bien sûr.
— Dans ce cas, je suis prêt.
Il rangea son râteau, s'essuya les mains sur son jean, se réjouissant à l'avance de prendre sa douche avec elle.

- 10 -

Victoria s'avança sous la douche. L'eau était exquise, de même que la sensation d'être nue avec Ryan. Il la rejoignit et, une fois qu'ils furent tous deux délicieusement mouillés, ils se savonnèrent mutuellement. De la buée couvrit bientôt la cabine de douche, comme de la brume autour d'une cascade.

Une cascade. Ils n'étaient pas loin de réaliser leur fantasme. Il la plaqua contre le mur et l'embrassa avec fougue. Elle aurait pu passer le restant de ses jours à l'embrasser sans s'en lasser.

Le restant de ses jours ? Elle chassa cette pensée de son esprit. Elle savait bien qu'elle ne devait pas laisser de telles idées perturber l'insouciance de leurs moments ensemble.

Elle se concentra plutôt sur la cicatrisation de ses blessures passées, laissant Ryan l'entraîner dans un tourbillon de plaisir, la plonger dans l'oubli.

Ils continuèrent à s'embrasser, à se caresser. Ils partageaient une passion charnelle, une magie sensuelle.

— J'ai oublié de prendre un préservatif, lui murmura-t-il à l'oreille. Je vais devoir te faire autre chose…

Il joignit le geste à la parole, finissant sa phrase en s'agenouillant. Captivée, elle baissa les yeux vers lui et glissa une main dans ses cheveux mouillés.

La buée se faisait de plus en plus dense, et son désir pour lui de plus en plus violent. Elle ne put réprimer des gémissements. Il savait comment la conduire à l'extase. Il y parvint rapidement.

Quelques instants plus tard, elle se laissa aller contre le

mur, le souffle court. Il se redressa et lui déposa un baiser sur la joue, tout en délicatesse. *Ryan le Vaurien*, pensa-t-elle. Elle fondait malgré elle.

— A ton tour, murmura-t-elle faiblement.

Elle voulait absolument lui procurer le même plaisir. Elle commença par lui embrasser et lui mordiller le cou, puis elle descendit sur son torse, vers son nombril, et encore plus bas. Ses abdominaux se contractèrent quand, à genoux devant lui, elle l'attira vers elle.

Entre deux gémissements rauques, il répétait son prénom, ou plutôt son surnom, Tore, comme elle l'avait autorisé à le faire.

Leur fantasme d'étreintes sous une cascade prenait une toute nouvelle dimension.

Ryan et Victoria prirent le petit déjeuner, puis passèrent le reste de la matinée dans les bois. Maintenant que leurs appétits étaient rassasiés, il n'y avait rien qu'il ait davantage envie de faire.

— Tu crois qu'elles nous observent maintenant ? demanda-t-il tandis qu'ils s'asseyaient sur une couverture parmi les arbres.

— Les nymphes ? Je ne sais pas, répondit-elle en jetant un coup d'œil à leur abri boisé. Et toi ?

— Si elles nous observent, j'espère qu'elles passent un moment aussi agréable que nous.

Il allongea les jambes.

— La nymphe des bois n'est pas seulement une créature mythique… Il y a aussi un papillon qui porte ce nom, ainsi qu'un colibri.

Fasciné, il se pencha légèrement en avant.

— Alors, il y a peut-être bel et bien des nymphes des bois dans les environs.

— Cette espèce de colibri se trouve en Amérique centrale, alors il ne peut pas y en avoir ici.

— Et le papillon ?

— Il y en a aux Etats-Unis.

— A quoi ressemblent-ils ?

— Ils sont marron avec des points sur les ailes, mais le nombre de points varie selon les régions où on les trouve. Il y en a sûrement par ici.

— Comment sais-tu tout ça ?

— J'ai conçu un site internet pour une artiste qui peint des animaux des bois, réels et imaginaires. Etant donné mon amour pour ces créatures, c'était un travail très intéressant pour moi !

— J'aimais bien les dessins que tu faisais…

— Cette artiste est bien plus douée que je le serai jamais. Tu veux voir quelques-unes de ses œuvres ? lui demanda-t-elle en sortant son téléphone de sa poche. Voici le site que j'ai fait pour elle… Tu peux faire défiler ses tableaux.

Elle lui tendit le portable, et il regarda les photos, impressionné par le travail de Victoria.

— C'est magnifique ! Je vais essayer de repérer l'un de ces papillons… Ne serait-ce pas merveilleux si nous en voyions un aujourd'hui ?

— Tu as dû en voir un million de fois sans y faire attention.

Maintenant, il allait faire attention. Il regarda attentivement autour de lui, mais ne vit qu'une sauterelle qui se camouflait au milieu de la verdure. Il reporta son attention sur le téléphone.

— Quelle est ton œuvre préférée ?

Elle se pencha vers lui.

— J'aime beaucoup les créatures imaginaires…

Elle agrandit le tableau d'une nymphe à demi nue, d'une beauté saisissante, avec de longs cheveux ondulés et la peau étincelante.

— C'est une représentation de Daphné, la fille du dieu Pénée. Elle fut la victime d'une malédiction d'Eros, le dieu de l'amour.

Il n'avait jamais étudié la mythologie grecque ou romaine et ne connaissait donc pas cette histoire.

— Comment cela ?

— Tout commence avec Apollon, qui se moque d'Eros en lui disant qu'il ne manie pas l'arc aussi bien que lui. Pour se venger, Eros décoche deux flèches : une en or sur Apollon pour le faire tomber amoureux de Daphné, et l'autre de plomb sur Daphné pour la rendre indifférente à l'amour. Tandis qu'Apollon poursuit Daphné, elle cherche à le fuir, épouvantée par son affection.

Il repensa à la robe dorée qu'elle portait la veille au soir et dans laquelle elle avait l'air d'une déesse.

— Comment l'histoire se termine-t-elle ?

— Lasse d'essayer d'échapper à Apollon, Daphné demande à son père de lui venir en aide, et Pénée la transforme en laurier.

— Ça alors ! Voilà un père peu commode… Je ne prendrai pas exemple sur lui.

Elle sourit.

— C'est ce que Daphné voulait.

— Et Apollon ? Comment réagit-il ?

— Il est accablé de chagrin d'avoir perdu la femme qu'il aime. Il jure qu'il ne l'oubliera jamais, porte une couronne de laurier et orne son carquois et sa lyre des feuilles de cet arbre. Il déclare aussi qu'il s'agit d'un arbre sacré, et lui donne le pouvoir de rester toujours vert.

— C'est une belle histoire… du moment que Daphné est heureuse d'être un arbre !

— Elle ne voulait pas se marier, de toute façon. Même avant qu'Apollon tombe amoureux d'elle, elle voulait rester vierge.

— Dommage qu'il n'y ait pas de laurier dans cette région…

— La chose qui s'en rapproche le plus et qui pousse ici serait le myrte de l'Oregon, je crois, mais je ne sais pas si c'est vraiment une sorte de laurier, je ne suis pas experte en la matière.

— Tu en sais beaucoup plus que moi, en tout cas, alors que j'ai toujours vécu près des bois.

— Je ne connais que les arbres associés à la mythologie…

Si tu veux un laurier, tu peux aller dans une pépinière et acheter un laurier-sauce. Tu peux le mettre dans un pot si tu ne veux pas qu'il devienne trop gros.

— Tu irais avec moi ? Aujourd'hui ?

— Bien sûr. Ensuite, je pourrais faire un plat italien pour le dîner et en mettre quelques feuilles dans la sauce.

— C'est une très bonne idée, rien ne me ferait plus plaisir qu'un de tes bons petits plats !

Après le dîner, Ryan aida Victoria à débarrasser. Les pâtes avaient été délicieuses, la salade et le pain à l'ail qui les accompagnaient aussi.

— Je vais exploser, dit-il.

— Moi aussi ! Nous avons trop mangé.

Elle lui tendit leurs assiettes pour qu'il les rince avant de les mettre dans le lave-vaisselle. Debout devant l'évier, il regarda son laurier par la vitre. Il lui rappellerait toujours Victoria, et maintenant, il se demandait si c'était vraiment une bonne chose.

Cette fois encore, il repensa à sa robe dorée, et à la flèche d'or d'Eros. L'association d'idées était déplacée, bien sûr : Victoria ne le poursuivait pas de ses assiduités.

— Je suis un peu embrouillé…

— A quel propos ?

— Eh bien, tu m'as dit qu'Eros était le dieu de l'amour, et je croyais que c'était Cupidon.

— Cupidon est le nom qu'on lui donne dans la mythologie romaine, et Eros celui qu'on lui donne dans la mythologie grecque, mais c'est le même dieu.

— Si je comprends bien, ce sont tous les deux des fauteurs de troubles ?

Elle passa une éponge sur le plan de travail.

— On peut dire ça !

— Qui sont les dieux du sexe et du désir ?

— Il y en a plusieurs, et Cupidon ou Eros en font partie.

S'essuyant les mains sur un torchon, il s'approcha d'elle.

— Dans ce cas, Cupidon et Eros se jouent de moi… car j'ai constamment envie de toi.

Debout derrière elle, il se pencha par-dessus son épaule et respira le parfum de sa peau. Elle sentait encore la vanille.

— Moi aussi, dit-elle en se retournant. J'ai fait tout mon possible pour ne pas te désirer, et en fin de compte, nous avons cette aventure !

— Eh bien, rejettes-en la responsabilité sur Eros ou sur Cupidon !

— Plutôt que d'assumer la responsabilité de mes actes ? Ce ne serait pas très sage…

— Non, mais ce serait plus simple.

Il se pencha un peu pour l'embrasser. Elle ne lui opposa aucune résistance. Au contraire : elle lui passa les bras autour du cou et lui rendit son baiser avec ardeur.

Soudain, ils entendirent la porte d'entrée s'ouvrir et s'écartèrent vivement l'un de l'autre.

Victoria s'empressa de se ressaisir.

— Tu crois qu'elle nous a vus ?

— Non, on ne peut pas voir la cuisine depuis l'entrée… mais je crois qu'elle vient par ici.

— Dans ce cas, ne reste pas là, comme ça ! chuchota-t-elle. Fais quelque chose, prends un air occupé.

Retournant devant l'évier, il remplit d'eau la casserole qui avait contenu les pâtes.

Quelques instants plus tard, Kaley entra dans la pièce.

— Il me semblait bien vous avoir entendus !

— Oh ! Bonsoir, ma chérie, dit Victoria d'un ton un peu trop enjoué, digne d'une mère de famille dans une série télévisée des années cinquante. Nous ne t'avions pas entendue rentrer…

— Tu nous as fait peur, renchérit-il.

Victoria se dirigea vers le réfrigérateur.

— Tu as faim ? Il y a plein de restes.

— Non, ça va… J'ai déjà mangé.

Kaley inclina légèrement la tête sur le côté.

— Tout va bien ? Vous êtes bizarres.

De toute évidence, Victoria et lui étaient de piètres acteurs.

— Tout va bien, répondit Victoria.

— Très bien, dit-il.

Kaley plissa les yeux d'un air soupçonneux.

— On dirait que vous venez de vous disputer, ou quelque chose comme ça…

— Nous avons partagé un bon dîner, dit Victoria, et nous étions en train de faire la vaisselle. Ryan s'est acheté un arbre, aujourd'hui.

Kaley eut une expression perplexe.

— Il n'y en a pas assez par ici ? Dans les bois ?

— C'est un laurier-sauce, expliqua Victoria. J'ai utilisé quelques-unes de ses feuilles pour relever la sauce de nos pâtes.

— Il n'y a pas de laurier au supermarché ? Ryan était obligé d'acheter tout un arbre pour ça ?

— Je ne l'ai pas acheté pour le repas de ce soir, intervint-il, essayant de clarifier la situation, je l'ai acheté parce que Victoria m'a raconté une histoire qui m'a inspiré.

Kaley semblait toujours aussi déconcertée.

— Quelle histoire a bien pu te donner envie d'acheter un arbre ?

— L'histoire d'Apollon et de Daphné.

— Oh ! je vois ! Daphné est la nymphe qui a été transformée en laurier… C'est mignon que ça t'ait inspiré, dit-elle en le regardant attentivement.

— Merci, répondit-il, espérant de tout cœur qu'elle en resterait là.

Par chance, elle changea de sujet.

— Devinez ce que June et moi avons trouvé grâce à nos recherches ? Des informations sur ta mère, Ryan !

Surpris et intéressé, il l'entraîna dans le salon pour qu'elle lui fasse part de ses découvertes, et Victoria les suivit.

— Le nom de Molly apparaît sur un site de généalogie… Margaret Mary Dodd. J'ai su que c'était elle parce que le nom de ton père y est aussi.

— Qu'as-tu trouvé d'autre ?

— Sa mère s'appelait Georgia May Dodd, et son père était un inconnu. Cela doit vouloir dire que son nom ne figurait pas sur le certificat de naissance. Oh ! et tu sais quoi ? Georgia a eu Molly à l'âge de dix-sept ans !

Il jeta un coup d'œil à Victoria pour voir sa réaction et s'aperçut qu'elle le regardait, elle aussi, touchée par la nouvelle.

— Malheureusement, continua Kaley, Georgia est morte à dix-huit ans, seulement un an après la naissance de Molly.

— Oh ! c'est affreux ! s'exclama Victoria.

Kaley hocha la tête.

— Oui, moi aussi, j'ai trouvé ça triste, mais ça explique pourquoi le père de Ryan disait que Molly avait été élevée par une vieille tante.

— Comment Georgia est-elle morte ? demanda-t-il, curieux de connaître le sort de sa pauvre grand-mère.

— Je ne sais pas. Le site indiquait seulement l'année de sa naissance et celle de sa mort.

— As-tu trouvé à quelle tribu appartenait ma mère ?

— D'après les archives nationales, elle faisait partie des Païutes méridionaux, et d'une tribu de l'Utah.

— De l'Utah ?

Il était persuadé que sa mère était une Païute du nord et d'une tribu de l'Oregon, ce qui prouvait qu'il en savait bien peu sur elle et sur lui-même.

— Tu peux te faire recenser parmi eux, toi aussi, dit Kaley.

— As-tu trouvé quoi que ce soit qui indique que ma mère ou ma grand-mère ont vécu dans l'Utah ?

— Non, mais tout le monde ne vit pas près de sa tribu ou dans une réserve. Mon père est un Cherokee de l'Oklahoma et il n'a jamais mis les pieds dans l'Oklahoma.

— Oui, mais ton père a tout de même été élevé dans le respect de sa culture. Je ne connais rien à la mienne.

Il avait longtemps accepté son ignorance, et n'avait pas pensé à faire des recherches sur sa famille.

— Je n'ai même jamais assisté à un pow-wow.

— Vraiment ? s'étonna Kaley, stupéfaite. Même Victoria a assisté à un pow-wow !

Il se tourna vers son amante secrète.

— C'est vrai ?

Elle hocha la tête.

— Oui, il y a environ un an.

Il la regarda avec curiosité.

— Pourquoi ?

— Parce que c'était la période où je commençais à chercher Kaley, et j'avais envie de me sentir plus proche d'elle… Je regardais toutes les filles qui devaient avoir son âge en me demandant si elle pouvait être l'une d'entre elles.

— Tu as bien fait de faire ça, dit-il, alors même qu'il se sentait complètement dépassé. Alors, où et quand ont lieu la plupart des pow-wows ?

— Il y en a un peu partout, répondit Kaley, dans des réserves, dans des foires, dans des écoles, dans des parcs…

Elle se leva d'un bond.

— Tu veux que je regarde sur mon ordinateur s'il y en a un dans la région le week-end prochain ?

— Avec plaisir !

Il avait envie d'assister à l'un de ces rassemblements pour mieux comprendre son patrimoine culturel, et il voulait le faire avec Victoria et Kaley à côté de lui.

Le dimanche après-midi, Ryan était assis sur une chaise pliante, entre Victoria et Kaley, absorbé par son tout premier pow-wow. Le soleil filtrait à travers les nuages tandis que les danseurs tournoyaient au son du tambour.

Il jeta un coup d'œil à Kaley, qui lui sourit. Puis il regarda Victoria, qui lui sourit à son tour. En cet instant, il était le plus heureux des hommes.

— Autrefois, expliqua Kaley tandis qu'ils admiraient les danseurs, la danse de la guerre était soit un prélude à la guerre, soit une façon de célébrer le retour des guerriers après la bataille.

Il aimait que sa fille lui apprenne des choses, il aimait son entrain.

— La danse que ces hommes sont en train d'exécuter s'inspire de la danse de la guerre. On l'appelle la *Fancy Feather Dance*, ajouta-t-elle en indiquant d'un signe de tête les hommes qui portaient des coiffes aux plumes de couleurs vives.

— C'est impressionnant !

La vitesse, l'agilité et le style extravagant des danseurs le fascinaient. C'était sa danse préférée, jusque-là, la plus spectaculaire de toutes à ses yeux.

— Je suis sûre qu'il y a plein de Païutes ici aujourd'hui… y compris nous, dit-elle avec un grand sourire.

Nous. Elle et lui. Il lui rendit son sourire espiègle. Elle avait été élevée par un Cherokee, mais son sang Païute venait de lui.

— Je dansais tout le temps quand j'étais petite, remarqua-t-elle tandis qu'un enfant s'agitait au rythme de la musique, prenant un autre enfant par la main. Je ne danse plus beaucoup, mais j'apprendrai à mes enfants à danser aux pow-wows.

— Si cette culture était la mienne, je danserais, dit Victoria.

— Tu peux danser ! Il y a des danses ouvertes à tout le monde.

— Je t'imagine très bien sur la piste, dit-il en souriant à Victoria, parée de tes plus beaux atours !

Les vêtements des femmes, certains en peau de daim et d'autres en taffetas, étaient complétés par des accessoires aux couleurs vives, comme des châles à franges, des éventails ornés de perles, ou des mocassins. Il imaginait Victoria toute d'or vêtue.

— Et je t'imagine bien parmi les danseurs, répondit-elle. Je suis persuadée que tu participeras à bien d'autres pow-wows à l'avenir.

Il appréciait la confiance qu'elle lui témoignait.

— J'apprendrai peut-être à danser un jour.

— Tu danses déjà très bien, murmura-t-elle, de sorte que Kaley ne puisse pas l'entendre.

De toute évidence, elle faisait allusion au soir où ils avaient dansé sur la terrasse, chez lui.

— Merci, chuchota-t-il. Toi aussi.

Ils se turent, perdus dans leurs souvenirs.

Bientôt, Kaley brisa le silence pour leur suggérer d'aller se chercher des galettes de pain.

— Il faut absolument que tu y goûtes, Ryan !

Beaucoup de gens autour d'eux dégustaient les galettes de pain frit, garnies de haricots et de viande ou saupoudrées de sucre.

— Je suis partant !

— Tant mieux, le taquina-t-elle, parce que tu ne seras pas un véritable Indien tant que tu ne te gaveras pas de pain frit !

Il rit.

— Eh bien, dans ce cas, je t'en prie, fais de moi un véritable Indien !

Ils se dirigèrent tous les trois vers les étals où l'on vendait de la nourriture et firent la queue. Kaley et lui prirent une galette salée, et Victoria une galette au sucre.

Plutôt que de retourner s'asseoir sur leurs chaises, ils s'installèrent sur un banc à une table de pique-nique. Kaley l'observa tandis qu'il prenait sa première bouchée. Il lui sourit et leva le pouce en signe d'approbation. C'était absolument délicieux.

Kaley se tourna vers Victoria.

— Tu trouves qu'il a l'air différent ? lui demanda-t-elle d'un air faussement sérieux.

Victoria le jaugea du regard.

— Je ne sais pas… Il m'a l'air d'être le même qu'avant.

Il termina sa bouchée.

— Je suis toujours aussi beau, c'est ça ?

Elles rirent toutes les deux.

— Il est toujours aussi prétentieux, dit Kaley, mais nous l'aimons quand même !

La remarque lui alla droit au cœur. Même si elle l'avait

fait d'un ton badin, sa fille venait de dire qu'elle l'aimait. Lui aussi l'aimait. Elle s'était fait une place bien à elle dans son cœur.

Bouleversé, il jeta un coup d'œil à Victoria. Elle ne releva pas, sans doute pour éviter de lui donner l'impression qu'elle voulait faire partie de ce « nous » employé par Kaley.

Il savait bien qu'elle n'en faisait pas partie, mais cela le contrariait qu'elle se donne tant de mal pour le lui faire comprendre. Ne pouvait-elle manifester un peu de la tendresse qu'ils avaient partagée lors de leur soirée en tête à tête ?

Elle évita soigneusement de croiser son regard. Se serait-il senti mieux s'il lui prenait la main pour y déposer un baiser, s'il révélait leur aventure ?

Peut-être, mais il n'en fit rien malgré tout.

Bien décidé à se ressaisir, il se concentra sur la raison de sa présence ici.

— Prêt ? demanda Kaley lorsqu'ils eurent fini de manger.

— Pour quoi ?

— Pour marcher un peu et regarder les stands d'artisanat.

— Seulement si tu me laisses t'acheter un cadeau… un cadeau exceptionnel, pas une babiole.

Elle eut un grand sourire.

— Tu plaisantes ? J'adore les cadeaux !

— Et toi ? demanda-t-il à Victoria. Tu me laisseras t'offrir quelque chose ?

D'une certaine façon, il lui lançait un défi : celui d'accepter un souvenir du jour où Kaley avait dit « nous l'aimons ».

— Pour les Indiens, intervint Kaley avant que Victoria ait eu le temps de répondre, c'est malpoli de refuser un cadeau.

Parfait ! Maintenant, Victoria était coincée.

— Dans ce cas, j'accepte, bien sûr… Je ne voudrais pas rompre avec la tradition.

— Il faut que ce soit quelque chose de considérable, comme le cadeau de Kaley… un beau bijou, par exemple, ou un joli panier.

— Prends le bijou ! dit aussitôt Kaley.

— Je préférerais un panier.

— D'accord, répondit-il.

Cependant, quelques minutes plus tard, il songea qu'un panier était un cadeau un peu trop impersonnel, et regretta de n'avoir pas insisté pour que Victoria choisisse un bijou.

Ils se promenèrent entre les stands. Kaley s'amusa à choisir son cadeau. Elle opta pour un très beau bracelet qui convenait parfaitement à son style, et voulut aussi un bijou fantaisie, un pendentif sur lequel il était écrit : « Fière d'être Païute ». Il n'aurait rien pu imaginer de plus adorable. Sa fille était vraiment un amour.

Comme il s'y était attendu, Victoria se montra beaucoup plus réservée. Dans l'espoir de rendre son cadeau un peu plus personnel, il lui conseilla de prendre un panier païute.

Ils passèrent donc d'un stand à l'autre jusqu'à ce qu'ils trouvent un vendeur proposant des articles païutes de qualité. Tous les paniers se ressemblaient. L'absence de choix le décevait un peu. Victoria en choisit un rapidement, sans grand enthousiasme. Même Kaley s'éloigna pour regarder autre chose.

Il payait le panier quand le vendeur lui précisa son origine.

— Saviez-vous que quand les femmes païutes ont commencé à vendre leurs paniers, leurs principales clientes étaient des Navajos ?

L'information sembla intriguer Victoria. Enfin, une lueur d'intérêt éclaira son visage.

— Pourquoi donc ? demanda-t-elle en s'approchant de l'étalage.

— Parce que lors d'un mariage navajo traditionnel, les mariés se donnent mutuellement de la farine de maïs cuite qu'ils versent dans un panier de ce style, et les Païutes font de si beaux…

— C'est un panier de mariage ? l'interrompit Victoria, ses joues s'empourprant brusquement.

— Oui !

Tandis que l'homme se détournait pour l'emballer, elle resta parfaitement immobile. L'espace d'un instant, Ryan aussi. Il lui avait conseillé de ne pas se marier précipitamment, et maintenant, il lui offrait un objet qui symbolisait le mariage. Il n'aurait jamais fait une chose pareille délibérément, bien sûr, mais le résultat était le même.

Il était trop tard pour acheter autre chose sans accentuer le sentiment de gêne qu'elle éprouvait. Il songea à lui dire qu'il était désolé de l'avoir forcée à accepter un cadeau, mais cela n'aurait sans doute fait qu'aggraver les choses.

- 11 -

Le lundi matin, Victoria et Kaley accompagnèrent Ryan à son travail. Après avoir rencontré ses employés, qui les accueillirent avec enthousiasme, elles passèrent un moment à la clinique pour voir ses patients à fourrure.

Puis, une fois rentrées, Kaley avait rejoint June, et Victoria, seule dans sa chambre, essayait de se concentrer sur son travail, sans grand succès.

Elle regarda l'heure sur son ordinateur portable. Ryan ne tarderait pas à venir frapper à sa porte. Il lui avait promis de venir la voir entre midi et 14 heures, non pour déjeuner, mais pour faire l'amour. Ils n'en avaient pas eu l'occasion depuis le lendemain de leur soirée en tête à tête.

Bien sûr, ce n'était pas tout ce qui la préoccupait : ce panier de mariage païute l'avait replongée dans un passé douloureux. Adolescente, elle avait désespérément eu envie d'épouser Ryan, et maintenant, elle se trouvait avec cet objet symbolique. Ryan l'avait montré à Kaley, et ils avaient discuté de ses motifs. Comment auraient-ils pu savoir que c'était d'autant plus cruel pour elle qu'il avait épousé une autre femme ?

Un coup frappé à la porte la tira de ses pensées. Elle se leva d'un bond, lissa sa jupe d'été et alla ouvrir. Elle invita Ryan à entrer dans sa chambre et referma derrière lui. Il portait sa blouse blanche, qui lui donnait une allure follement séduisante.

Si elle avait eu un peu de bon sens, elle aurait immédiatement mis un terme à leur liaison, mais apparemment, elle en manquait : elle prit Ryan dans ses bras et l'embrassa, avec toute la fougue d'une femme dédaignée, transformant sa souffrance en passion.

Ravi par un tel accueil, il lui rendit son baiser et la plaqua contre le mur, puis il lui enleva son T-shirt, révélant son soutien-gorge en dentelle. Elle tira alors sa chemise du pantalon qu'il portait et ouvrit sa fermeture Eclair pour le caresser. Il eut un gémissement rauque et lui empoigna les fesses.

— Tu as un préservatif ?

— Dans ma poche.

En l'espace de quelques secondes, ils achevèrent de se déshabiller, et Ryan la pénétra.

Ils firent l'amour scandaleusement vite, sans chercher à faire durer le plaisir. Au contraire : on aurait dit qu'ils rivalisaient pour atteindre l'orgasme le premier. Enfin, ils jouirent ensemble, s'entraînant l'un l'autre dans un tourbillon de plaisir.

Quelques instants plus tard, essoufflés, ils se rhabillèrent. Les joues rosies de Victoria étaient la seule trace de ce qui venait de se passer entre eux. La prenant dans ses bras, Ryan déposa un baiser sur ses lèvres.

— De combien de temps disposes-tu avant de retourner travailler ?

— De suffisamment de temps pour parler un peu, si tu veux.

— Pour parler de quoi ?

— Je ne sais pas, répondit-il en se passant machinalement la main dans les cheveux. De tout et de rien.

Etant donné les circonstances, la proposition lui semblait un peu étrange, mais elle l'appréciait néanmoins. Cependant, elle ne savait pas trop quoi dire.

— Tes employés ont été très gentils, cela m'a fait plaisir de les rencontrer…

— Ils vous ont trouvées très sympathiques, Kaley et toi ! Betty m'a demandé si vous m'accompagneriez à la réunion de ce soir, mais je lui ai dit que je n'irais pas.

— Quelle réunion ?

— Celle organisée par la chambre de Commerce.

L'ex-femme de Ryan y assisterait-elle ? Naturellement, Victoria ne put s'empêcher de se poser la question.

— Avais-tu l'intention d'y aller avant que Kaley et moi décidions de rester une semaine de plus ?

— Oui, mais…

— Dans ce cas, tu devrais y aller et nous emmener avec toi.

— Vous risqueriez fort de vous ennuyer.

— Mais non ! Je serais ravie d'y aller, et Kaley aussi, si June peut l'accompagner, j'en suis persuadée…

— Jackie et Don seront probablement là, Victoria.

Elle prit un air dégagé.

— En tout cas, cela ne me dérange pas de la rencontrer si cela ne te dérange pas de faire les présentations.

— Très bien… Pourquoi pas ? Votre présence ici n'est pas un secret. D'ailleurs, cela me ferait plaisir qu'elle voie à quel point notre fille est jolie et mûre… et à quel point tu es belle et sophistiquée.

Parfait ! Elle était nerveuse et excitée à la fois, impatiente de faire la connaissance de Jackie.

Ce soir-là, Victoria, debout devant le miroir de sa chambre, finissait de se préparer. Ryan, assis sur le lit, l'observait, ce qui la mettait un peu mal à l'aise.

— Tu ne devrais pas être dans ma chambre.

— Ne t'inquiète pas, Kaley ne me trouvera pas ici… Tu sais aussi bien que moi qu'elle est sortie.

Kaley et June étaient allées dîner avec quelques-unes des amies de June. Elles retrouveraient Ryan et Victoria un peu plus tard, à la soirée.

— Tout de même, tu ne devrais pas être dans ma chambre.

— Pourquoi ? Parce que je te rends nerveuse ? Tu te pomponnes comme si tu allais à un bal de fin d'année…

Faisant volte-face, elle lui lança un regard furibond.

Elle avait enfilé une petite robe noire et ses nouveaux escarpins dorés.

— Tu préfères peut-être que j'y aille en jean troué ?

— Ne t'énerve pas, je ne me plains pas : tu es absolument superbe… mais je ne suis pas naïf, je sais que tu veux assister à cette soirée dans le seul but de voir Jackie.

— C'est naturel, non ?

— Oui, mais tu n'es pas en compétition avec elle.

— Si c'était vrai, tu ne m'aurais pas dit ce que tu m'as dit tout à l'heure… Que cela te ferait plaisir qu'elle voie à quel point notre fille est jolie et mûre, et à quel point je suis belle et sophistiquée.

— J'ai dit ça, c'est vrai, mais ce n'était pas mon idée de vous emmener à cette soirée, Kaley et toi. Je ne fais pas tout pour te montrer à mon ex.

— Non, mais l'occasion s'est présentée, et tu l'as saisie !

— C'est naturel, non ? dit-il à son tour, reprenant les termes qu'elle avait employés.

Touché !

— As-tu déjà envisagé de mettre un terme à ton association avec la chambre de Commerce ?

— Après le divorce, tu veux dire ? Non.

— Pourquoi ?

— Parce que j'aime me faire des amis et rencontrer toutes sortes de gens, et parce que la vie ne s'arrête pas avec le divorce.

— Cela a dû être dur, au début, de savoir que tu allais croiser Jackie en te rendant à ce genre de soirées.

— Cela aurait été plus simple de ne pas la voir, c'est certain, surtout parce que j'étais seul et qu'elle était avec Don, mais maintenant, j'ai l'habitude.

— D'être seul ou de la voir avec Don ?

— Les deux… mais en ce moment, je ne suis pas seul. Tu es ici, avec moi.

Elle repensa au restaurateur qui les avait reçus comme des rois.

— Isa sera-t-il à la soirée ?

— Probablement, il fait partie du conseil d'administration.

— Et s'il nous traitait comme un couple devant Kaley ?

— Et alors ? Les gens ont fait la même chose au barbecue, et puis, nous ne nous sommes pas embrassés devant lui, nous n'avons rien fait qui puisse lui donner à penser que nous formons un couple. Nous avons dîné en tête à tête dans son restaurant, c'est tout.

— Quand tu as réservé une table, tu lui as dit que tu invitais une ancienne petite amie à dîner… C'est très romantique !

— Non.

— Si.

— Si cette soirée te stresse à ce point, n'y allons pas. Je peux très bien appeler Kaley pour annuler.

— Non !

Elle se sentait prête à rencontrer Jackie. Annuler maintenant lui laisserait un sentiment d'inachevé désagréable.

— Ça va aller, ajouta-t-elle. Comme tu l'as dit toi-même, les gens savent déjà que Kaley et moi sommes venues te rendre visite. Il n'y a pas de secret.

— A l'exception de notre aventure.

Se tournant de nouveau vers le miroir pour finir de se préparer, elle y aperçut le reflet de Ryan. Jackie devinerait-elle qu'ils avaient une liaison ?

Probablement. Les femmes, les ex-épouses en particulier, sentaient ce genre de choses.

La soirée avait lieu dans les locaux d'un mont-de-piété ouvert récemment en ville. Au début, Victoria trouva le cadre assez inattendu pour une réception, mais en fin de compte, ce fut une réussite : la pièce était spacieuse, et il y avait beaucoup de choses intéressantes à regarder.

Kaley et ses amies n'étaient pas encore arrivées, mais Victoria s'était attendue qu'elles soient en retard. Jackie et Don n'étaient pas là non plus pour le moment. Elle ignorait à quoi ils ressemblaient, mais Ryan lui avait dit qu'il ne les avait pas vus.

Il jeta un coup d'œil dans sa direction et lui sourit. Aussitôt, elle sentit son cœur bondir dans sa poitrine. Il discutait avec le propriétaire d'une boutique d'articles de sport. Elle comprenait pourquoi il aimait les soirées comme celle-ci : il y était dans son élément.

Elle eut soudain envie de retourner en Californie le plus vite possible. Elle n'aurait pas dû s'autoriser à être aussi proche de Ryan, mais elle l'avait fait quand même, se répétant bêtement qu'elle parviendrait à gérer la situation. Elle s'était trompée.

Pourquoi tenait-elle tant à rencontrer son ex-femme ? Au lieu de faire table rase du passé, elle s'y embourbait.

Elle flâna un moment dans la pièce, puis s'arrêta devant une vitrine, curieuse de voir ce qu'elle contenait. Sur des présentoirs, elle aperçut quantité de bagues de fiançailles et d'alliances.

D'abord, un panier de mariage, et maintenant, ceci..., pensa-t-elle. L'ironie de la situation ne l'amusait pas du tout.

Pourtant, elle contempla les bagues, se penchant même un peu pour regarder de plus près une bague de fiançailles qui lui plaisait, avec un diamant.

La voix de Ryan l'arracha à ses pensées.

— Victoria ?

Elle se retourna, espérant qu'il n'avait pas remarqué ce qu'elle regardait dans la vitrine, mais il semblait penser à tout autre chose.

— Ils sont là, dit-il.

Elle prit une profonde inspiration.

— Jackie et Don ?

Il acquiesça.

— Tu veux que je te présente maintenant, ou après l'arrivée des filles ?

Elle ne voulait pas attendre. Cela n'aurait fait que la rendre encore plus nerveuse.

— Maintenant. Tu lui présenteras Kaley plus tard.

— D'accord. Allons-y…

Il l'entraîna en direction d'un couple qui se tenait près du buffet.

— C'est eux ? demanda-t-elle à mi-voix.

— Oui.

Jackie, une jeune femme brune et séduisante de taille moyenne, portait une robe fluide beige et des sandales à lanières. Ses cheveux étaient impeccablement coiffés, et son maquillage discret et élégant. Don était plus âgé que Victoria se l'était imaginé. Entre quarante-cinq et cinquante ans, les tempes grisonnantes, il avait l'apparence d'un homme qui passait ses journées au grand air.

Tous deux les regardèrent approcher, et Don passa un bras autour de la taille de sa fiancée. En arrivant devant eux, Victoria remarqua que Jackie avait les yeux bleu clair, et qu'elle portait une bague de fiançailles aussi éblouissante que celle qu'elle admirait quelques instants plus tôt.

Ryan lui avait-il offert une bague comme celle-là quand il lui avait demandé sa main ? Si tel était le cas, qu'en avait fait Jackie après le divorce ?

Ryan fit les présentations, et ils échangèrent tous les quatre de menus propos, jusqu'à ce qu'un autre invité vienne aborder les deux hommes. Victoria et Jackie se trouvèrent alors seules. Etonnamment, cela simplifia les choses.

— Quand Ryan et moi avons commencé à sortir ensemble, chuchota Jackie, il m'a confié ce qui s'était passé le jour de la naissance de votre fille… J'ai toujours éprouvé de la compassion pour vous.

— Je sais, Ryan me l'a dit. J'ai été désolée pour vous, moi aussi, quand il m'a expliqué pourquoi vous vous étiez séparés.

Jackie lança à Don un regard plein de tendresse.

— Plus rien de tout cela n'a d'importance, aujourd'hui… J'ai rencontré l'homme de ma vie.

— Je suis heureuse pour vous.

Jackie l'observa attentivement, la tête légèrement inclinée sur le côté. Son radar d'ex-épouse était-il en marche ?

— Merci, dit-elle enfin, c'est gentil de votre part. Je suis contente que Ryan ait pu rencontrer sa fille. J'ai entendu dire qu'elle était en ville, elle aussi…

— Elle devrait arriver d'une minute à l'autre, nous vous la présenterons.

— Oh ! avec plaisir ! Je serais ravie de la rencontrer. Don et moi aurons des enfants dès que nous serons mariés… Je ne veux pas attendre davantage.

— Je suis sûre que vous ferez une très bonne mère.

— Et Don sera un très bon père.

Victoria songea que leur histoire serait heureuse, très différente de celle qu'elle avait vécue.

— C'est une bonne chose que nous nous rencontrions et que nous discutions, reprit Jackie. Cela nous permet de tourner la page.

— Je suis bien d'accord.

Cependant, Victoria n'avait pas le sentiment de tourner la page. Ryan et elle devenaient bien trop proches pour cela.

Les hommes les rejoignirent, et Jackie et Don ne tardèrent pas à s'excuser et à se mêler aux autres invités. Ryan ne demanda pas à Victoria son opinion sur Jackie, mais elle la lui donna quand même.

— Elle est très gentille… Nous avons eu une conversation très sérieuse, ajouta-t-elle avec douceur.

— Don et moi n'avons jamais de conversations sérieuses. Ce n'est pas un truc d'hommes !

Il la regarda.

— Et toi aussi, tu es très gentille. Tu es l'une des personnes les plus gentilles que je connaisse. Je suis très honoré d'être là avec toi, ce soir.

Elle sentit son cœur faire un bond dans sa poitrine. Elle aurait voulu l'embrasser sur-le-champ, devant tout le monde. Preuve s'il en était de l'intensification de ses sentiments pour lui.

Il resta auprès d'elle toute la soirée et, quand Kaley arriva, ils retrouvèrent Jackie et Don pour la leur présenter. A première vue, tout se passa bien. Kaley se montra polie, chaleureuse, même, et Jackie s'émerveilla de la ressemblance entre Ryan et sa fille.

Cependant, Victoria remarqua bien que Kaley n'était pas dans son état normal. Peu de temps après avoir rencontré Jackie, l'adolescente rejoignit ses amies. Elle garda ses distances par rapport à Ryan et Victoria, mais elle lança régulièrement des coups d'œil dans leur direction, croyant vraisemblablement que personne ne s'en apercevrait.

Une fois de retour chez Ryan, Victoria prit les choses en main. Ryan ne semblait pas avoir remarqué l'attitude étrange de Kaley, et elle ne voulait pas attirer son attention là-dessus. Elle attendit donc qu'ils aillent tous se coucher pour aller voir Kaley dans sa chambre et lui parler.

Elles s'assirent côte à côte sur le lit.

— Dis-moi ce qui ne va pas, ma chérie. J'ai bien vu que quelque chose te tracassait, ce soir.

— Comment t'en es-tu aperçue ?

— Je l'ai deviné à la façon dont tu me regardais.

— Je vous trouve bizarres, Ryan et toi… J'en ai parlé à June, et elle a essayé de m'aider à comprendre ce qui se passait. Tout a commencé le jour où vous avez acheté le laurier… Depuis, vous avez un drôle de comportement. Parfois, ça a l'air d'aller, et parfois, non.

Victoria soupira. Le jour où ils avaient acheté le laurier était aussi le jour où Kaley avait failli les surprendre en train de s'embrasser dans la cuisine.

— Nous avons des soucis.

— Est-ce que ça a un rapport avec Jackie ? Parce que June et moi, on trouve ça bizarre que tu aies voulu la rencontrer…

— Ce n'est pas Jackie, le problème.

— Alors quel est le problème ?

A ce stade, elle devait dire la vérité à Kaley, mais elle prit un moment pour choisir soigneusement ses mots.

— Ryan et moi avons laissé le passé nous rattraper…

Nous sortons de nouveau ensemble, mais quand je repartirai, tout sera terminé.

— Nous nous demandions si c'était quelque chose comme ça, mais…

— Mais quoi ?

— Peut-être que Jackie…

Kaley laissa sa phrase en suspens.

— Dis-le, ma chérie. Dis-moi ce que tu penses.

— Peut-être que Jackie fait quand même partie du problème, non pas parce qu'elle tiendrait encore à Ryan ou quoi que ce soit, mais parce qu'elle était sa femme alors que tu étais la fille qu'il avait abandonnée à l'hôpital.

Sa fille était dangereusement proche de la vérité.

— Je ne suis pas jalouse de Jackie. Ce n'est pas de l'envie que j'ai éprouvée pour elle ce soir… A vrai dire, je l'ai bien appréciée. Mon problème, c'est que je ne sais plus où j'en suis quant à mes sentiments pour Ryan.

— Parce que tu l'aimes un peu trop, ou pas assez ?

— Un peu trop. Je l'aimais quand j'étais jeune, avoua-t-elle, mais je ne le lui ai jamais dit. Je ne l'ai jamais dit à personne. Encore aujourd'hui, il ignore ce que j'éprouvais à l'époque, et il ignore ce que j'éprouve maintenant. Plus nous nous rapprochons, lui et moi, plus je crains de souffrir de nouveau.

— Ce n'est pas une bonne chose de garder des secrets comme ceux-là, Victoria.

— Non, mais garder tout ça pour moi me semblait plus simple. Je n'ai pas d'avenir avec Ryan, et je préférerais ne pas l'aimer.

— Ce serait génial si vous vous remettiez ensemble pour de bon.

Son cœur fit un bond dans sa poitrine.

— Tu voudrais nous voir ensemble ?

— Evidemment ! Vous êtes mes parents biologiques… Pourquoi est-ce que je ne voudrais pas que ça marche, entre vous ?

— C'est gentil de ta part mais, comme je te le disais, je préférerais ne pas l'aimer.

— Parce que tu as trop souffert la dernière fois ?

— Oui… mais je devrais peut-être lui dire ce que je ressens.

Peut-être était-il temps de mettre un terme à tous ces secrets.

— Oui, tu devrais lui dire.

Kaley fronça les sourcils.

— Pourquoi m'avez-vous caché votre relation ? Pourquoi ne pas m'avoir tout simplement dit ce qui se passait quand j'ai remarqué que vous étiez bizarres, l'autre jour, dans la cuisine ?

— C'était ma décision, pas celle de Ryan. Je pensais que ce n'était pas la peine de te parler de notre relation, puisqu'elle allait se terminer aussi rapidement, et puis, je ne voulais pas que nous soyons un mauvais exemple pour toi.

— Un mauvais exemple ? répéta-t-elle. C'est ridicule.

— Non.

— Si ! Enfin, voyons, ce n'est pas comme si j'étais vierge, ou quoi que ce soit… et même si je l'étais, je n'irais pas coucher avec le premier venu uniquement parce que vous couchez ensemble !

Stupéfaite, Victoria se contenta de la regarder fixement. Jusque-là, elle ignorait complètement que Kaley avait une activité sexuelle.

— Avec qui as-tu couché ? lui demanda-t-elle enfin.

— Avec mon ancien petit ami.

— Tu étais amoureuse de lui ?

— Non, mais je l'aimais bien.

— La prochaine fois, tu devrais attendre d'aimer quelqu'un avant de coucher avec lui.

— Dixit la voix de la sagesse ? Tu n'es pas très bien placée pour prôner l'abstinence…

— Tu vois ? Quand je te dis que nous donnons un mauvais exemple !

— C'est hypocrite de le faire et de ne pas me le dire.

Décidément, Kaley était trop intelligente pour sa tranquillité d'esprit.

— Pense à ce que je t'ai dit, d'accord ? C'est toujours mieux de coucher avec quelqu'un quand on aime cette personne.

— Dans ce cas, tu devrais peut-être commencer à aimer Ryan au lieu d'arrêter de coucher avec lui…

— Ha ha ! très drôle !

Kaley rit.

— Désolée !

Elle ne tarda pas à retrouver son sérieux.

— En fait, je crois que tu devrais t'installer dans la chambre de Ryan pour le reste de notre séjour ici.

— Ah bon ? Pourquoi ?

— Parce que je préfère que vous vous comportiez normalement plutôt que bizarrement et sournoisement.

Ah oui ! la normalité ! Quelle que soit la façon dont on présentait les choses, rien de tout cela n'était normal. En revanche, Victoria était d'accord avec Kaley sur un point : il valait mieux ne pas garder de tels secrets.

— Je discuterai de tout ça avec Ryan.

— Quand ?

— Ce soir.

Même si elle devait le réveiller pour cela. Il fallait qu'elle le fasse pendant qu'elle s'en sentait le courage. Elle devait tout lui dire, sur le passé et sur le présent. Même si la vérité était douloureuse.

- 12 -

Ryan ne s'attendait absolument pas que Victoria entre dans sa chambre. Il ne dormait pas encore, mais il était à moitié nu et la pièce était plongée dans l'obscurité.

— Il faut que je te parle, dit-elle. Je peux allumer ?

Il aurait préféré laisser la lumière éteinte et l'attirer avec lui sous les couvertures, mais de toute évidence, elle n'était pas là pour faire l'amour.

— Bien sûr, vas-y…

Elle alluma le plafonnier plutôt qu'une lampe de chevet à l'éclairage plus doux. Ebloui, il plissa les yeux et s'assit sur son lit.

Debout dans l'embrasure de la porte, on aurait dit un ange, avec sa chemise de nuit blanche, toute simple. Il distinguait le contour de sa petite culotte, au-dessous.

Elle s'approcha. Elle semblait nerveuse, et il l'était lui-même de plus en plus. Quelque chose lui disait que cette conversation n'allait pas être agréable.

— Kaley est au courant de ce qu'il y a entre nous…

Il soupira.

— Elle est en colère ?

— Non. Elle trouve que je devrais dormir ici avec toi pendant le reste de notre séjour. Elle aimerait bien que nous nous comportions comme des parents normaux, pas que nous nous voyions en cachette.

En fin de compte, cette conversation n'avait rien de déplaisant. Il remercia sa fille intérieurement.

— Je n'aime pas que nous nous voyions en cachette, moi non plus.

— Je sais. Tu avais raison, nous aurions dû être francs avec Kaley dès le début.

Il tapota le lit à côté de lui.

— Ce qui est fait est fait ! Maintenant que c'est arrangé, tu peux venir te coucher, et nous allons pouvoir dormir un peu.

Elle ne bougea pas.

— Je n'ai pas terminé. J'ai d'autres choses à te dire, des choses qui me taraudent depuis longtemps.

Il aurait dû s'attendre que ce ne soit pas si simple.

— Je t'écoute.

Elle prit une profonde inspiration, hésita un moment.

— Allez, Victoria, lance-toi !

— D'accord. Premièrement… j'étais amoureuse de toi autrefois, Ryan.

Il était abasourdi, et ne savait que dire. Il y eut un long silence.

— Deuxièmement, finit-elle par ajouter, je n'arrive pas réellement à tourner la page, et si je ne me ressaisis pas, je risque de tomber de nouveau amoureuse de toi, mais j'essaie de faire en sorte que cela ne se produise pas. Je ne veux pas ressentir ça. Je ne veux pas éprouver ce genre d'émotions au moment de partir.

Il songea à sa robe dorée, à la flèche d'Eros, au manque qu'il allait éprouver lorsqu'elle serait partie. Les pensées se bousculaient dans sa tête, et il ne parvenait pas à se débarrasser de la peur qu'elle sorte avec Eric un jour.

Aurait-il dû lui dire ce qu'il ressentait, lui confier ses craintes ?

Oui, il aurait dû. Pourtant, il ne pouvait s'y résoudre.

Il ne pouvait pas non plus l'encourager à l'aimer. Il était plongé dans la plus grande confusion, et il ne savait pas vraiment ce qu'elle attendait de lui.

Il se risqua à faire une mauvaise plaisanterie.

— Est-ce que je devrais me comporter comme un sale type pour que tu ne tombes pas amoureuse de moi ?

— Ce n'est pas drôle.

Malgré tout, elle esquissa un sourire.

— Parfois, un peu d'humour aide à détendre l'atmosphère.

— C'est vrai.

— Est-ce que ça aide maintenant ?

Elle vint s'asseoir au bord du lit.

— Oui… mais je ne peux pas prétendre que ce n'était pas terriblement douloureux de t'aimer quand nous étions plus jeune. Je voulais t'épouser, Ryan.

Ses mots lui firent l'effet d'un coup de poing dans le ventre. Comment avait-il pu à ce point ne pas se rendre compte de ses sentiments ?

— Je suis désolé, je n'en avais pas la moindre idée.

— C'était stupide de ma part d'avoir cet espoir, cela n'aurait jamais marché, mais j'en rêvais.

— Tu dois vraiment détester ce panier païute.

— C'est encore une plaisanterie ?

— Non, Tore… Je suis sérieux, cette fois.

— Eh bien, tu as raison, d'une certaine façon, je le déteste, et je déteste le fait que tu aies été marié à Jackie, même s'il n'y a plus rien entre vous.

Elle avait toujours l'air d'un ange, et lui se sentait plus sombre que jamais.

— Je comprends ta méfiance.

Elle resta silencieuse.

— Je veux que tu guérisses de tes blessures passées, Victoria. Je veux que tu sois libérée de cette douleur.

Sa souffrance était bien plus profonde que ce qu'il avait cru. Et dire qu'elle l'avait aimé suffisamment pour vouloir l'épouser, qu'elle avait rêvé de devenir sa femme ! Il en était stupéfait.

Elle soupira.

— A vrai dire, je me sens un peu mieux maintenant que je t'ai tout dit.

— Tant mieux.

Lui, en revanche, se sentait beaucoup plus mal, mais il n'aurait pas su dire si c'était son amour-propre ou son cœur qui était le plus blessé. Il espérait que ce n'était pas son cœur, car il ne pouvait s'autoriser à l'aimer, pas si elle ne pouvait pas supporter de l'aimer.

— Tu veux venir te coucher à côté de moi, maintenant ? lui demanda-t-il.

En dépit de ses sentiments confus, il éprouvait le besoin de la serrer dans ses bras.

— Je suis trop tendue pour dormir.

— Pour me faire un câlin, je voulais dire…

— Ah ! d'accord ! Avec plaisir.

Elle éteignit la lumière et se glissa entre les draps, puis elle se blottit contre lui, appuyant la tête au creux de son bras.

— Cette journée a vraiment été bouleversante, dit-elle.

— Pour moi aussi.

Il en subissait encore les effets. Il éprouvait ce qu'il aurait qualifié de vertige émotionnel. Il n'avait jamais rien connu de tel.

Non, c'était faux. Il avait été dans le même état après avoir laissé Victoria seule à l'hôpital, dix-huit ans plus tôt.

— Pourquoi ne pas m'avoir dit que tu m'aimais quand nous étions jeunes ?

— J'avais peur, je n'osais pas… et puis, j'espérais voir les signes que tu m'aimais aussi.

— Quel genre de signes ?

— Le genre de signes auxquels s'attend une adolescente amoureuse.

— Comme quoi, par exemple ? insista-t-il.

— Comme la promesse d'un avenir ensemble, ou l'une de ces bagues que les autres garçons offraient à leur petite amie, à l'époque.

— Je me demande combien de ces couples sont encore ensemble.

— Je ne sais pas, mais il y a des gens qui se marient avec leur amour de jeunesse. Tu sais ce qui est bizarre ? J'ai regardé des bagues de fiançailles et des alliances, ce soir, au mont-de-piété, mais ce n'était pas intentionnel…

— Tu veux dire que tu t'es approchée d'une vitrine et que tu es tombée dessus par hasard ?

— Exactement. En fait, c'est ce que je regardais quand tu es venu me dire que Jackie et Don étaient là, mais j'ai bien vu que tu n'avais pas remarqué ce qu'il y avait dans cette vitrine.

— Je t'ai proposé de t'offrir un bijou, au pow-wow…

— Qu'aurais-tu fait si j'avais choisi une bague ?

Il sentit son cœur faire un bond dans sa poitrine.

— C'est ce que tu aurais choisi ?

— Non, mais je te pose la question… Qu'aurais-tu fait si j'avais choisi une bague ?

— Je te l'aurais offerte.

— Et s'il s'était agi d'une bague de fiançailles ?

— Y avait-il ce genre de bagues au pow-wow ?

— J'en ai vu quelques-unes pendant que Kaley choisissait son bracelet.

Lui ne les avait pas remarquées.

— Comment étaient-elles ?

— Modernes, avec des turquoises et des diamants.

— Intéressant…

— Oui, elles étaient magnifiques. Uniques en leur genre.

— Pour quelqu'un qui ne cherche pas activement une bague de fiançailles, on peut dire que tu as l'œil !

— Ce n'est pas vrai.

— Si, c'est vrai.

Elle fit un mouvement pour s'écarter de lui, mais il la serra plus étroitement dans ses bras.

— Ce n'était pas une critique, Tore.

— Alors qu'est-ce que c'était, au juste ?

— Je trouve que c'est normal que tu remarques ce genre de bagues, surtout en ce moment, alors que tu passes tout ton temps avec l'homme que tu voulais épouser autrefois. C'est tout aussi logique que tu aies choisi un panier de mariage, même si tu l'as fait inconsciemment.

— Pourquoi ? Parce que c'était le destin qui me forçait à affronter mes vieux démons ? Tu as insisté pour que je choisisse quelque chose, et c'est toi qui m'as conseillé de prendre un panier païute…

— Eh bien, peut-être que le destin cherchait à m'envoyer un message, à moi aussi, un message qui nous a conduits à avoir cette conversation.

— Je dois reconnaître qu'il y avait une bague qui me plaisait beaucoup, au mont-de-piété, dit-elle d'une voix douce, mais je n'ai pas pu m'empêcher de me demander comment elle était arrivée là… et je me suis aussi demandé ce que Jackie avait fait de la bague que tu lui avais offerte.

— A vrai dire, elle me l'a rendue pendant la procédure de divorce. Je lui ai dit de la garder, mais elle a refusé.

— Alors qu'en as-tu fait ?

— Je l'ai vendue, avec mon alliance, et j'ai donné l'argent à une agence d'adoption à laquelle j'avais déjà fait des dons.

Cela avait été sa façon à lui de soutenir une cause qui lui tenait à cœur.

— C'était une bonne idée.

Elle lui dessina une ligne imaginaire sur le bras, comme si elle lui faisait un tatouage invisible. Il avait l'impression qu'il s'agissait d'un cœur fait de tourbillons, mais il n'en était pas sûr, et il ne voulait pas se perdre en conjectures.

— Alors, Ryan, qu'aurais-tu fait si je t'avais avoué que je t'aimais, que je voulais garder notre enfant et t'épouser ?

Il aurait voulu revenir en arrière et lui faire une réponse sentimentale, mais ils savaient aussi bien l'un que l'autre que c'était impossible.

— Honnêtement, je n'en sais rien… mais étant donné la panique qui s'est emparée de moi quand Kaley est née, c'est probablement une bonne chose que tu ne me l'aies pas dit.

— Je suis contente que nous en parlions maintenant.

Lui aussi était content, pour elle, du moins. Pour lui, cela ne faisait que compliquer des sentiments déjà complexes. Il avait peur de la voir partir à la fin de la semaine, mais il avait peur aussi d'avoir envie de la garder auprès de lui.

Soudain, elle vint s'allonger sur lui. Aussitôt, il sentit son cœur cogner dans sa poitrine.

— Que fais-tu ? demanda-t-il d'une voix un peu rauque.

— A ton avis ?

Elle passa une main sur la ceinture de son caleçon, ce qui le troubla instantanément. Il ne s'était pas attendu qu'elle le séduise ce soir.

— Je ne laisserai pas cela arriver, dit-elle.

Il savait que c'était sa façon de lui dire que même s'ils faisaient l'amour sauvagement, elle ne répéterait pas ses erreurs passées et ne tomberait pas amoureuse de lui une seconde fois.

Il comprenait. Il ne pouvait pas supporter d'imaginer à quel point elle avait été blessée autrefois, et il voulait à tout prix éviter de la voir de nouveau souffrir.

Allumant la lampe de chevet, elle prit un préservatif dans le tiroir. Il l'observa tandis qu'elle le lui enfilait, admirant la détermination qui se lisait sur son visage.

Dans la lumière ambrée qui baignait sa peau, elle retira sa chemise de nuit et sa culotte. Elle s'assit sur son sexe en érection, et il se redressa pour l'embrasser, la serrer contre lui. Ensemble, ils ondulèrent d'avant en arrière, en un mouvement de plus en plus intense, une danse enivrante qu'ils ne s'autorisaient pas à appeler amour.

Pendant que Ryan était au travail, Victoria emporta ses affaires dans sa chambre. Kaley l'y aida, mais seulement parce qu'elle voulait en profiter pour discuter.

— Alors, tu lui as tout dit ?

— Oui.

— Tu lui as même dit que tu essayais de ne pas tomber de nouveau amoureuse de lui ?

— Oui.

— Qu'a-t-il répondu ?

— Il a d'abord plaisanté, puis il m'a dit qu'il comprenait ma prudence.

— C'est plutôt triste, quand on y pense…

— Comment ça ?

— De s'empêcher d'aimer quelqu'un.

— Je t'en prie, n'essaie pas de me faire prendre une autre direction.

Elle s'était persuadée que ne pas aimer Ryan était la bonne solution, et elle ne voulait pas que Kaley la convainque du contraire.

— Je ne pourrais pas supporter de revivre ce que j'ai vécu, surtout pas maintenant que je lui ai tout avoué et que je me sens enfin un peu mieux.

— D'accord, mais c'est quand même triste.

Victoria ne répondit pas. Elle finit de suspendre ses vêtements et gagna la salle de bains attenante pour ranger ses affaires de toilette. Comme elle s'y attendait, Kaley l'y suivit.

— Tu as vraiment beaucoup souffert, à l'époque ?

Elle soupira et caressa la joue de sa fille.

— Oh ! ma pauvre chérie, si tu savais… J'ai passé des années à essayer d'oublier Ryan, pas seulement parce qu'il n'est pas venu à la maternité, mais parce qu'il me manquait tellement que c'en était insupportable.

— Mon père aimait ma mère à ce point, et elle l'aimait tout autant.

— Ryan et moi ne sommes pas comme tes autres parents, tu ne peux pas nous comparer à eux…

Ryan et elle ne soutiendraient jamais la comparaison.

— Je sais, mais quand tu as quitté ma chambre, hier soir, j'ai commencé à espérer qu'il te dirait qu'il t'aimait, lui aussi, quand tu lui aurais tout avoué.

— Oui, eh bien, il ne l'a pas fait… et ce n'est pas grave.

Elle s'efforçait de ne pas souhaiter l'impossible, de ne pas rêver de partager plus avec lui.

— Il vaut mieux que nous fassions nos vies chacun de notre côté, lui et moi, reprit-elle. Je ne crois pas Ryan capable de s'engager aussi sérieusement que j'en aurais besoin. Je ne suis même pas sûre d'en être capable moi-même ! Je suis seule depuis si longtemps que je m'y suis habituée.

— Pourquoi la vie doit-elle être si compliquée ?

— Je ne sais pas… mais tâchons de profiter du reste de notre séjour ici, d'accord ?

— D'accord.

Kaley s'assit sur le bord de la baignoire.

— Tu sais ce qui pourrait nous aider ? Que papa vienne passer quelques jours ici pour rencontrer Ryan ! Ensuite, il pourrait repartir avec nous.

De toute évidence, Kaley essayait de donner un semblant de cohérence à sa famille en les rassemblant tous.

— Bien sûr, ma chérie. Si ton père a le temps, ce serait une bonne chose pour tout le monde.

— Tu veux en parler à Ryan, ou je le fais ?

— Comme tu veux.

— Dans ce cas, je vais le faire, dit Kaley. Vous avez assez discuté comme ça, tous les deux.

Quittant la clinique vétérinaire, Ryan entra dans la maison par la porte de derrière. La cuisine était calme, mais il semblait y avoir de l'animation dans le salon.

Quand il entra dans la pièce, il constata que Victoria regardait distraitement la télévision tout en travaillant sur son ordinateur portable, et que Kaley jouait bruyamment avec Pesky. Perky était là lui aussi, et il aboyait joyeusement.

Ryan resta un moment en retrait pour observer la scène, content que personne ne l'ait entendu arriver. Il avait l'impression de retrouver sa famille : la mère, l'enfant et les chiens.

Hélas ! cette famille n'existait pas réellement. La fin de la semaine approchait dangereusement, et Kaley et Victoria seraient bientôt parties.

Cependant, pour le moment, elles étaient là. Elles faisaient partie de sa vie.

Il jeta un coup d'œil à Victoria. Ses sentiments pour elle restaient confus. Loin de s'être apaisé, son trouble s'était intensifié depuis la veille au soir, mais il était bien décidé à ne plus jamais la faire souffrir, et bien sûr, cela signifiait qu'il devait la laisser partir.

Il retira sa blouse, la jeta négligemment dans un fauteuil, et s'avança dans la pièce. Perky fut le premier à remarquer son entrée. Le chien vint l'accueillir en agitant la queue. Ryan le caressa affectueusement.

Pesky le regarda mais resta où il était, continuant à tirer sur son jouet préféré jusqu'à ce que Kaley le lâche et lui tapote la tête.

— Tu as passé une bonne journée ? demanda-t-elle à Ryan en se relevant.

— Oui, répondit-il en lui ébouriffant les cheveux avec tendresse. Et toi ?

— Super ! J'ai aidé Victoria à s'installer dans ta chambre, j'ai lu un livre très intéressant, je suis allée sur Facebook, et j'ai joué avec les chiens…

— Une bonne journée de vacances, ma foi !

— Exactement.

Il reporta son attention sur Victoria, qui soutint son regard.

— Et toi, tu as passé une bonne journée ? lui demanda-t-il.

— J'ai surtout travaillé.

— J'ai quelque chose à te demander, Ryan, annonça Kaley.

— Bien sûr, je t'écoute.

— Je voudrais que mon père vienne te rencontrer… Je me disais qu'il aurait peut-être pu prendre l'avion demain pour nous rejoindre, et rester jusqu'à notre départ, à Victoria et à moi.

Il eut soudain l'impression de recevoir un coup de poing dans le ventre. Il savait qu'il aurait dû accepter de bon cœur de rencontrer Eric, l'homme qui avait si bien élevé Kaley et auquel il devait donc sa reconnaissance éternelle.

Mais pourquoi devait-il le rencontrer maintenant ? Il ne voulait pas qu'Eric s'immisce dans le temps précieux qu'il avait en compagnie de Kaley et de Victoria.

Cependant, il ne pouvait pas rejeter la requête de sa fille.

— En as-tu déjà parlé à ton père ?

— Non, j'attendais de t'en avoir parlé à toi pour l'appeler. Il ne pourra peut-être même pas venir, mais ce serait génial s'il pouvait... Ce serait l'occasion idéale pour toi de faire sa connaissance, et pour nous tous de passer du temps ensemble.

Il s'efforça de paraître enthousiaste.

— Dans ce cas, vas-y, appelle-le et vois ce qu'il en dit !

— Merci ! Je vais le faire tout de suite. Je me suis dit qu'il pourrait dormir dans la chambre de Victoria, puisqu'elle est installée dans la tienne, maintenant.

Il hocha la tête.

— C'est une bonne idée.

C'était sa seule consolation : si Eric venait, il verrait bien que Victoria et lui étaient amants.

Kaley quitta la pièce pour aller appeler son père, et les chiens la suivirent. Ryan s'assit à côté de Victoria, qui baissa le volume de la télévision.

— Comment Kaley a-t-elle eu l'idée d'inviter son père à se joindre à nous ?

— Elle commençait à se poser des questions au sujet de notre relation... Elle voulait que nous soyons comme ses autres parents, mais je lui ai dit de ne pas nous comparer à eux. Les choses sont trop compliquées entre nous.

— Et sa solution a été de faire venir Eric ?

— Nous avoir tous sous le même toit lui donnera probablement l'impression que nous formons une famille à peu près normale.

Kaley n'était pas la seule à être désorientée ; lui-même se sentait de plus en plus mal.

— Crois-tu que la présence d'Eric nous aidera ?

— Je ne sais pas.

Cela ne l'aiderait certainement pas, lui, mais dans l'intérêt de Kaley, il ne pouvait qu'accepter sa présence. En revanche, dans son intérêt personnel, il espérait qu'Eric ne pourrait pas venir.

Kaley réapparut bientôt dans le salon avec un sourire radieux et leur annonça que son père arriverait le lendemain.

- 13 -

Quelle journée! songea Ryan.

Kaley avait été surexcitée tout l'après-midi tant elle était impatiente de voir Eric. Elle voulait absolument aider Victoria à préparer le repas du soir. Elles avaient déjà fait cuire des cookies aux flocons d'avoine et aux raisins, les préférés d'Eric, apparemment.

L'arrivée de son père approchant, Kaley était sortie attendre sous la galerie, avec les deux chiens. Ryan, quant à lui, se sentait de plus en plus en plus mal à l'aise.

Il s'en voulait de ne pas se réjouir de la visite d'Eric, mais c'était plus fort que lui : son sentiment de rivalité était plus exacerbé que jamais. Personne ne lui avait demandé quels étaient ses cookies préférés, à lui. Victoria et Kaley ne l'avaient pas non plus consulté à propos du menu du dîner. Elles avaient opté pour un rôti accompagné de légumes, parce que c'était l'un des plats préférés d'Eric. Ryan aussi en raffolait, mais de toute évidence, cela n'intéressait personne.

Comment pouvait-il en arriver à penser à des choses aussi mesquines ? Décidément, il était grand temps qu'il se ressaisisse et qu'il arrête d'avoir des raisonnements aussi puérils.

Il aurait dû se réjouir que Kaley ait envie de lui présenter son père, se réjouir de voir Victoria lui sourire en disposant les cookies d'Eric sur une assiette.

Il l'attira dans ses bras avec un air malicieux et déposa un baiser sonore sur ses lèvres pulpeuses. Il aimait le fait qu'ils n'aient plus à se cacher.

Dans un éclat de rire, Victoria prit un cookie et le lui fit goûter. Le mélange de flocons d'avoine et de raisins était tout simplement délicieux. Il imaginait aisément que ces cookies puissent devenir ses préférés.

— Je boirais bien du lait avec ça.

— Je vais t'en servir un verre… Il se trouve que je connais la petite vache qui le donne.

Elle prit un verre dans le placard et ouvrit le réfrigérateur.

— A l'heure qu'il est, Mabel doit probablement être en train de faire ses valises dans l'espoir de monter discrètement dans l'avion avec vous quand vous repartirez pour Los Angeles.

Elle lui tendit son verre de lait.

— Tu l'imagines, assise en classe affaires avec une coupe de champagne ?

— Et des talons hauts, faisant de l'œil aux stewards !

Ils éclatèrent de rire.

Il allait se sentir tellement seul une fois que Victoria et Kaley seraient reparties. Cependant, il ne voulait pas s'appesantir sur la question. Il était bien décidé à rester de bonne humeur.

Ils allèrent s'asseoir dans le salon. La maison était d'une propreté absolue. En plus d'aider sa mère à préparer les cookies, leur fille avait fait la poussière, balayé et passé l'aspirateur.

— Kaley semble impatiente de voir son père, remarqua-t-il d'un ton faussement dégagé.

— C'était déjà une famille très soudée, mais Eric et elle se sont encore rapprochés après la mort de Corrine. Il représente beaucoup pour elle.

— C'est bien compréhensible… J'ai hâte de le rencontrer, ajouta-t-il pour ne pas avoir l'air envieux.

— Ça me fait très plaisir que tu dises ça. Je pense souvent à ce qui se serait passé si l'adoption avait été simple… Nous aurions connu Eric et Corrine dès le départ, nous aurions fait partie de leur vie et de celle de Kaley…

Elle tourna son attention vers la fenêtre, et il l'imita. Il vit leur fille qui patientait sous la galerie. Elle avait rassemblé ses cheveux en une natte unique ornée de rubans et restait assise, les coudes appuyés sur les genoux. Dans cette posture, elle faisait plus jeune que son âge. Il l'imagina petite fille, avec ces mêmes coudes et genoux éraflés à la suite d'une chute et ravalant ses larmes tandis que son père et sa mère pansaient ses blessures.

— Pendant des années, reprit Victoria, je me suis aussi demandé à quoi ma vie aurait ressemblé si j'avais pu garder Kaley. Aurais-je été capable de m'occuper d'elle convenablement ? Aurais-je été une bonne mère ? Aurais-je mérité d'entendre mes parents me répéter : « On te l'avait bien dit », ou leur aurais-je donné tort ?

— Je suis persuadé que tu les aurais surpris. Tu leur as déjà donné tort en te mettant à la recherche de Kaley… Sans compter qu'aujourd'hui tu as pris beaucoup d'importance dans sa vie.

— Toi aussi, tu comptes pour elle.

C'était vrai, mais il ne serait jamais comme Eric. Peu importait le nombre d'années qui s'écouleraient ou la proximité qu'il pourrait développer avec Kaley, jamais il ne pourrait rivaliser avec son père adoptif. Même Victoria avait dit à Kaley de ne pas les comparer, elle et lui, à Corrine et à Eric.

— Combien de temps as-tu passé à nous imaginer mariés en train d'élever Kaley nous-mêmes ?

— Beaucoup trop… mais seulement pendant la grossesse. Après la naissance de Kaley, j'ai cessé de nous imaginer en couple.

— Tu as eu raison de ne pas t'accrocher à ces rêves… Tu méritais mieux.

Surprise, elle se tourna vers lui.

— Tu n'as plus à te reprocher ce qui s'est passé, Ryan. Tu as fait tout ton possible pour m'aider à tourner la page.

Cependant, cela n'avait pas fonctionné, ni pour elle ni pour lui : elle n'avait plus envie de passer le restant de ses jours avec lui, et lui n'osait pas analyser ses sentiments pour elle.

Pourquoi ? Craignait-il de tout gâcher, une fois de plus ? N'avait-il donc jamais été doué pour aimer ?

La porte d'entrée s'ouvrit brusquement, et Kaley passa la tête à l'intérieur.

— Il arrive !

Ryan se leva d'un bond, et vit le taxi d'Eric qui se garait devant la maison.

— On arrive tout de suite, ma chérie, dit Victoria.

— Je vais l'accueillir ! répondit Kaley avant de dévaler les marches du porche.

Ryan et Victoria s'avancèrent sur le seuil. Eric descendit de la voiture, et Ryan reconnut l'homme qu'il avait vu sur les photos. Avec sa tenue de ville décontractée et ses cheveux courts ébouriffés, il avait bien l'air du professeur d'arts plastiques qu'il était.

Il devait avoir entre quarante et quarante-cinq ans, était de taille et de corpulence semblables à celles de Ryan. Sa peau mate, ses cheveux noirs et son visage émacié témoignaient clairement de ses origines métissées. Celles de Ryan étaient tout aussi visibles, mais Eric affichait les siennes avec l'assurance d'un homme à l'aise dans sa culture. Ryan était encore en train d'apprendre ce que signifiait le fait d'être de sang indien.

Kaley se jeta dans les bras d'Eric, qui la serra contre lui. Personne n'aurait pu soupçonner qu'elle n'était pas sa fille biologique.

Eric n'avait apporté qu'un petit sac de voyage, qu'il portait en bandoulière. Il resterait quelques jours seulement, puis tout le monde s'en irait, et Ryan se retrouverait seul.

— Kaley avait vraiment besoin de le voir, chuchota Victoria tandis que le père et la fille desserraient leur étreinte.

— Oui, je vois bien l'importance qu'il a pour elle…

De toute évidence, Kaley avait besoin d'une stabilité émotionnelle que seul Eric pouvait lui apporter.

Quelques instants plus tard, tous les quatre se retrouvèrent dans l'entrée. Les deux hommes se serrèrent la main et se présentèrent.

Ryan complimenta Eric.

— Vous avez vraiment bien élevé Kaley… On peut difficilement imaginer fille plus adorable !

— Merci. Je suis très fier d'elle, et très heureux qu'elle ait pu vous rencontrer, Victoria et vous. Sa mère aurait été ravie, elle avait toujours souhaité que l'adoption soit simple.

Hélas ! Corrine n'était plus, et Kaley était désormais adulte, mais ils avaient tous conscience du temps qui s'était écoulé et il était inutile de le mentionner.

Eric se tourna vers Victoria.

— Salut, Gigage !

— Salut ! répondit-elle en s'avançant pour l'embrasser.

Ryan s'interrogea sur l'étrange surnom qu'Eric avait employé, et il remarqua qu'ils s'embrassaient avec beaucoup d'aisance.

— Viens, papa, je vais te montrer ta chambre ! lança Kaley, rayonnante. Ensuite, on ressortira, et je te présenterai Mabel et Thor !

— Ah ! c'est vrai ! répondit Eric en riant. La vache miniature et le cheval de trait. Tu n'as pas arrêté de me parler d'eux au téléphone…

Il se tourna vers Ryan.

— Cet endroit est magnifique, au fait. Quel bonheur d'avoir une ferme !

— Merci. Je me plais beaucoup ici.

Toutefois, l'idée que sa maison serait bientôt déserte l'angoissait déjà.

Comme Kaley conduisait Eric à l'étage, il se tourna vers Victoria.

— Qu'est-ce que ça veut dire, Gigage ?

— Rouge, en langue cherokee.

— Il t'appelle comme ça à cause de tes cheveux ?

Elle acquiesça. Le rapprochement entre la couleur rouge et la rousseur n'était pas rare, mais l'emploi d'un mot cherokee conférait à ce surnom une touche unique.

— Quand t'a-t-il donné ce petit nom ?

— Quand nous avons commencé à nous lier d'amitié. Il

s'était toujours demandé si l'un des parents de Kaley était roux, à cause des reflets auburn de sa chevelure… On les voit bien au soleil.

— Oui, je sais, je l'ai remarqué le jour où je l'ai rencontrée, quand nous étions dehors. Elle a des cheveux magnifiques.

Ceux de Victoria, brillants et lisses, aujourd'hui, étaient superbes aussi.

— Toi aussi, d'ailleurs, quelle que soit la coiffure que tu adoptes, ajouta-t-il.

— Cela me fait toujours plaisir quand tu me complimentes sur mes cheveux… En fait, tu me fais souvent plaisir.

Cependant, il lui arrivait également de la faire souffrir. Désireux de chasser de son esprit toute pensée négative, il l'embrassa avec passion, se délectant du parfum de ses lèvres. Elle lui rendit son baiser avec la même ardeur.

— Tes lèvres ont un goût de dessert, murmura-t-elle quand ils s'écartèrent enfin l'un de l'autre.

Il songea au cookie d'Eric qu'il avait mangé, et fronça les sourcils, imaginant Victoria en train de l'embrasser avec ce même abandon voluptueux.

Kaley et son père redescendirent, mais ressortirent aussitôt pour aller voir les animaux de Ryan.

Une fois de plus, il se dit que quand Victoria et Kaley seraient parties, il se retrouverait à tourner en rond, plongé dans les souvenirs des deux dernières semaines. Non, pas seulement des deux dernières semaines : des vingt dernières années.

Il eut soudain envie de prendre Victoria dans ses bras et de la supplier de rester, mais de quel droit aurait-il pu lui demander d'abandonner pour lui la vie qu'elle menait ? Par ailleurs, la peur qu'il éprouvait l'empêchait de savoir s'il l'aimait vraiment, et il n'était même pas sûr d'être le genre d'homme qu'elle méritait. Et s'il lui brisait le cœur une seconde fois ?

— Tu as l'air pensif.

Je le suis, songea-t-il.

— Tu te souviens de notre première rencontre ?

— Quand je me suis penchée pour boire à la fontaine du lycée et que tu en as profité pour regarder mes fesses ?

Le souvenir lui arracha un sourire.

— Oui… Quelle vue !

Cependant, l'image qui lui restait en tête était celle du moment où elle s'était retournée et l'avait surpris en train de l'observer.

— Tu te rappelles le regard que nous avons échangé ?

— J'étais tellement embarrassée…

— Je n'avais jamais vu une fille aussi jolie, ou aussi timide.

— Ce jour m'a marquée à jamais. Je crois que je suis tombée amoureuse de toi instantanément.

Il aurait tellement voulu qu'elle le fût encore.

— Etre avec toi a tout changé pour moi aussi.

Elle était la fille avec laquelle il avait perdu sa virginité. Avec laquelle il avait eu un bébé.

Avant qu'il puisse lui voler un autre baiser, Eric et leur fille revinrent de la grange. Kaley tendit l'assiette de cookies à son père, qui en mangea quatre et s'extasia sur ses nouveaux talents de pâtissière.

— Il faudra que tu m'en refasses quand on rentrera à la maison.

— Seulement si Victoria peut venir m'aider !

— Bien sûr que je t'aiderai.

Ryan les écoutait faire des plans auxquels il ne prendrait pas part, le cœur lourd.

Plus tard, tandis qu'elles préparaient le dîner, Ryan et Eric allèrent s'asseoir sur la terrasse.

— Ma petite chérie a passé un moment merveilleux ici, dit Eric.

« Ma petite chérie ». L'espace d'un instant, Ryan eut l'impression qu'il parlait de Victoria, mais bien sûr il s'agissait de Kaley.

— Elle va me manquer… Ce ne sera plus pareil quand elle sera partie.

— Je vois ce que vous voulez dire. Elle me manquera

aussi quand elle partira faire ses études. Elle veut vivre sur le campus plutôt que de rester à la maison, faire l'expérience de tout ce que la vie universitaire a à offrir, et je souhaite qu'elle en profite, moi aussi. Et puis, je ne doute pas qu'elle reviendra le week-end pour faire sa lessive ! ajouta-t-il avec un sourire.

Ryan se prit à souhaiter qu'elle ait choisi une université dans l'Oregon et que ce soit chez lui qu'elle ait envie de revenir le week-end, mais elle avait choisi sa future université bien avant de le rencontrer.

— Je l'ai invitée à passer du temps avec moi pendant ses vacances.

— Elle me l'a dit… C'est une bonne idée.

Oui, mais le ferait-elle ? Les premières vacances de Kaley auraient lieu en hiver, à la période de Noël. Sans doute voudrait-elle passer ce moment en compagnie d'Eric et de Victoria.

Eric et Victoria.

On aurait déjà dit un couple. Cependant, ils n'en formaient pas un. Pour l'heure, Victoria partageait toujours son lit à lui.

Quand elle apparut sur le seuil pour les prévenir que le dîner était prêt, il eut le même coup de foudre que devant la fontaine à eau dix-huit ans plus tôt.

Mais une fois le repas entamé, il la sentit s'éloigner de lui, occupée à rire et à discuter de tout et de rien avec Eric et Kaley. Il se força à se joindre à la conversation en faisant mine de s'amuser lui aussi. Il ne voulait pas gâcher ce moment.

Même s'il se sentait complètement perdu.

Plus tard, tandis qu'il s'apprêtait à aller se coucher, il prit la décision de continuer à faire tout son possible pour dissimuler ses émotions et faire des derniers jours du séjour de Victoria et Kaley une expérience agréable.

En sortant de la salle de bains, il se dirigea vers sa chambre. Victoria était déjà couchée. Avec sa peau claire et sa chevelure brillante, elle lui fit penser à une sirène, ou à une nymphe. Il la verrait toujours de cette façon.

Comme sous l'effet d'un sortilège, il s'avança jusqu'au lit et s'allongea auprès d'elle. Etrangement, il se surprit à souhaiter l'avoir épousée lorsqu'il en avait eu l'occasion.

Non. Cela n'aurait pas été une bonne chose, il aurait fait un très mauvais mari. Il n'avait même pas su être un bon époux pour Jackie, alors qu'il était plus âgé et plus mûr quand ils s'étaient mariés.

— Eh bien, ça a été une belle journée, dit Victoria. C'est exactement ce dont Kaley avait besoin : voir toute sa famille prendre du bon temps.

— On voit qu'Eric et elle sont très attachés l'un à l'autre.

— Tu imagines ? Ce doit être merveilleux… Nous n'avons pas été aimés de cette façon par nos parents.

— C'est l'une des raisons pour lesquelles nous sommes aussi perturbés, Tore.

— C'est vrai, répondit-elle, les sourcils froncés. J'aurais toujours voulu être aimée de cette façon.

Il lui caressa la main avec douceur.

— J'aurais dû te donner ce dont tu avais besoin.

— Je parlais de mes parents, pas de toi, dit-elle d'une voix chargée d'émotion.

— Je sais… mais j'aurais dû.

— N'y pensons plus.

Lui y pensait constamment, et cela le faisait beaucoup souffrir. C'était étrange, d'ailleurs, car il ne s'était jamais torturé à ce point, même pendant son divorce.

— Je suis persuadé que tes parents seraient contrariés s'ils te savaient dans mon lit… Ils sont au courant que Kaley et toi me rendez visite ?

— Oui, et ils trouvent que c'est une très mauvaise idée. A vrai dire, ils ne me soutiennent jamais. Je me demande ce que ton père en aurait pensé, lui…

— Du fait que Kaley et toi veniez me voir ? Ou que tu sois dans mon lit ?

— Les deux.

— Il était bougon, mais je crois que Kaley lui aurait plu. Il se serait laissé charmer. Il t'aimait bien toi aussi, Tore. C'est seulement le fait que nous ayons attendu un enfant qui ne lui a pas plu.

Elle fronça les sourcils.

— Ce n'est pas nous qui avons attendu un enfant, Ryan, c'est moi.

— Pardon, répondit-il avec une grimace. J'ai entendu des gens dire ça.

Des couples soudés, pensa-t-il, *pas des gens ayant connu une relation chaotique comme la nôtre.*

— Excuse-moi. Je ne voulais pas te critiquer, lui assura Victoria. C'est un sujet sensible… Je ne veux pas continuer à m'appesantir sur le passé, ajouta-t-elle d'une voix plus douce, ni que nous nous disions des choses blessantes.

— Moi non plus.

Il s'était promis de dissimuler ses sentiments et de ne pas gâcher le reste de son séjour.

— Parlons d'autre chose, dit-il.

— Et si nous dormions, simplement ? suggéra-t-elle en se blottissant contre lui. Je suis fatiguée, et je me sens tellement apaisée entre tes bras.

Il se demanda comment elle pouvait trouver l'apaisement auprès d'un homme qu'elle refusait d'aimer, mais il se garda bien de le lui demander, se contentant de la serrer tout contre lui.

Le lendemain, Ryan eut une journée chargée à la clinique. Il ferma le cabinet vers 18 heures. Victoria et Kaley étaient allées faire visiter la ville à Eric, mais ils étaient certainement rentrés maintenant.

Comme il se dirigeait vers la maison, il aperçut Eric et Victoria à la lisière du bois. Kaley n'était pas là.

Il eut l'impression que son sang se glaçait. Ce bois était un endroit sacré pour lui et Victoria. Elle était sa nymphe. De quel droit Eric empiétait-il ainsi sur son territoire ?

Brusquement, toutes ses émotions, toute sa douleur et sa confusion le submergèrent avec la force d'un un raz-de-marée. Il fila dans leur direction.

Il essaya de se calmer, de s'arrêter, de prendre le temps de respirer et de réfléchir, mais sa colère était plus forte que tout. Son désarroi était trop profond. Il ne supportait soudain plus l'idée de renoncer à Victoria, pas sans se battre.

Il l'aimait.

La voir avec Eric à l'instant même où il comprenait qu'il était amoureux le rendit comme fou. Elle avait dormi dans ses bras la veille, s'était blottie contre lui. Eric marchait sur ses plates-bandes.

Il les rattrapa et le prit immédiatement à partie.

— Vous ne manquez pas de culot !

Eric eut un mouvement de recul.

— Pardon ?

— Partir dans les bois avec la femme d'un autre !

Victoria réagit immédiatement et intervint avant qu'Eric puisse répondre.

— Ryan, comment peux-tu dire une chose pareille ? Comment peux-tu même le penser ?

— Qu'est-ce que je devrais penser d'autre en te voyant seule avec lui ?

— Nous n'étions pas seuls. Kaley était avec nous, mais elle vient de rentrer à la maison. Et quand bien même nous nous serions promenés tous les deux, quel mal y aurait-il à cela ?

L'expression terriblement peinée dans son regard disait tout ce qu'il y avait à savoir. Elle était humiliée à l'idée qu'il ait une si piètre opinion d'elle.

Il regretta aussitôt son accès de jalousie. Cela n'empêchait pas son cœur de battre à tout rompre. Il était encore le jouet de ses émotions.

— Je suis désolé, dit-il d'une voix tremblante. L'idée que vous puissiez sortir ensemble un jour me fait très peur.

Il croisa volontairement le regard d'Eric pour lui faire comprendre que ses excuses s'adressaient aussi à lui.

— Je ressens des choses que je ne m'attendais pas à ressentir, reprit-il, et c'est très perturbant.

— Il faut toujours que tout tourne autour de toi, Ryan !

Il n'y avait ni pardon ni empathie dans la voix de Victoria. Elle était furieuse.

Ce fut Eric qui prit sa défense.

— Ce n'est rien… Il s'est excusé.

— Je me fiche de ses excuses ! Il n'a pas le droit de nous accuser de quoi que ce soit. Tu es toujours le même, Ryan, tu n'as pas changé !

Il aurait voulu disparaître tant il avait honte.

— Je suis désolé, je ne sais pas ce qui m'a pris…

— Alors tu n'aurais pas dû faire ça !

— Non, je n'aurais pas dû. Ce n'est sans doute pas une excuse, mais… je t'aime, Tore.

Elle le dévisagea, bouche bée.

— Depuis quand ?

Il sentit sa gorge se serrer.

— C'est seulement…

— Seulement quoi, Ryan ? Seulement maintenant que tu t'en rends compte parce que tu nous as vus ensemble, Eric et moi ? Parce que tu t'es dit qu'il risquait de m'emmener loin de toi ?

Elle semblait se retenir de le gifler.

— Je ne veux pas de ton faux amour, provoqué par la jalousie.

— Il n'est pas faux.

Il était tout ce qu'il y avait de plus réel.

— Je ne crois pas à ton amour, et je n'ai pas besoin que tu viennes me tourmenter de cette façon !

Tournant les talons, elle s'éloigna d'un pas vif.

Il se garda bien de la suivre. Il se rendait compte qu'il valait mieux la laisser partir.

Allié inattendu, Eric n'avait pas bougé.

— Vous savez, il n'y a rien entre Victoria et moi, et il n'y aura jamais rien.

— Je sais. J'ai fait n'importe quoi…

Son esprit jaloux lui avait joué des tours, il en avait conscience maintenant.

— Et je vous crois quand vous dites que vous l'aimez.

— Vraiment ?

— Oui, mais je ne vais pas essayer de la convaincre. Elle ne m'écouterait pas, de toute façon.

— Probablement pas.

Lui seul pourrait réparer ce qu'il venait de briser, si Victoria acceptait de lui donner une dernière chance.

- 14 -

Victoria se précipita à l'étage et fondit en larmes. Alors qu'elle s'apprêtait à se réfugier dans sa chambre, Kaley sortit de la sienne, la prenant au dépourvu.

— Que se passe-t-il ?

— Rien, ne t'inquiète pas…

— Je ne t'ai jamais vue pleurer comme ça… Je ne t'ai jamais vue pleurer, tout court. Dis-moi ce qui ne va pas, Victoria, s'il te plaît…

— Il s'est passé quelque chose, avec Ryan.

— Quoi ? Raconte-moi tout. Je veux savoir.

Elle ne savait pas vraiment comment raconter l'incident à sa fille sans s'humilier encore davantage.

— Il a cru qu'il y avait quelque chose entre ton père et moi.

Kaley écarquilla les yeux, abasourdie.

— Qu'est-ce qui a bien pu lui mettre une idée pareille dans la tête ?

— Il est jaloux depuis le début, il a eu peur que notre amitié débouche sur une relation amoureuse. Quand il a compris qu'il s'était trompé, il s'est excusé, mais le mal était fait !

— Mon père est en colère contre lui ?

— Non, il a accepté ses excuses.

— Tu veux que je fasse la tête à Ryan ? Parce que si c'est ce que tu veux, je le ferai, je prendrai parti pour toi !

Victoria essuya ses larmes.

— Oh ! ma chérie… Je ne veux pas que tu fasses la tête à qui que ce soit, il n'est pas question que tu prennes parti.

Kaley ne répondit pas. Les larmes de Victoria se remirent à couler.

— Il m'a dit qu'il m'aimait…

— Oh ! mon Dieu ! Où est le mal là-dedans ?

— Je ne crois pas que ce soit sincère. A mon avis, il s'est laissé emporter par sa jalousie et il croit qu'il m'aime, c'est tout.

— Et tu as peur de souffrir de nouveau une fois que ce prétendu amour se sera dissipé, c'est ça ?

— Oui.

— Je ressentirais probablement la même chose, à ta place. Ryan a fait beaucoup de choses qui t'ont blessée… Tu es sûre que tu ne veux pas que je lui fasse la tête ?

— Absolument sûre.

Kaley semblait perplexe.

— Si je ne peux pas lui en vouloir, que suis-je censée faire ?

— Tu n'es pas censée faire quoi que ce soit.

— Je devrais peut-être essayer de te convaincre de lui pardonner.

— Non, ma chérie, surtout pas.

— Et si tu étais trop bouleversée pour voir les choses telles qu'elles sont vraiment ? insista Kaley. Et s'il t'aimait réellement ? Comment le sauras-tu si tu ne lui laisses pas une chance ?

Victoria avait une réponse toute prête, même si la formuler lui était pénible.

— Je n'aurai pas la force de l'oublier une seconde fois si cela ne marche pas entre lui et moi. Je ne pourrai pas.

— Je suis sûre que si.

— J'apprécie ta confiance, mais il faut que je m'en aille. Je vais aller dans un motel jusqu'à ce que nous retournions en Californie.

Pour être seule avec ses larmes, avec ses peurs, avec ce passé qui refusait de rester à sa place.

— Que devons-nous faire, papa et moi ?

— Restez ici, avec Ryan… Tenez-lui compagnie.

Elle ne voulait surtout pas punir Ryan en le privant de sa fille. Elle lui en voulait, mais elle était aussi en colère contre elle-même. Elle n'aurait jamais dû coucher avec lui, mais elle avait cédé à la tentation, et maintenant elle en payait le prix.

— Tu m'appelleras quand tu arriveras au motel pour me dire que tout va bien ? lui demanda Kaley.

— Bien sûr.

Elle la serra dans ses bras, puis elle alla faire ses bagages et s'en alla.

Victoria était partie sans dire au revoir, laissant un vide béant dans le cœur de Ryan. Il était assis sous la galerie avec Eric et Kaley, dans la pénombre du crépuscule.

— Je viens de penser à quelque chose, dit Kaley, assise en tailleur par terre, devant lui et son père. Est-ce que je t'ai influencé ?

Il la regarda, perplexe.

— Comment ça ?

— Est-ce que je t'ai rendu jaloux de papa en disant que je voulais qu'il recommence à sortir avec des femmes ? Tu as cru que je voulais qu'il sorte avec Victoria ?

— Je suis seul responsable de ce qui s'est passé, répondit-il avec douceur. Tu n'y es absolument pour rien.

— Attends un peu, dit Eric, s'adressant à Kaley. Qu'est-ce que c'est que cette histoire ? Tu veux que je recommence à sortir avec des femmes ?

Elle soupira.

— Il faut bien que tu aies une vie, papa ! Tu as besoin de quelqu'un pour être de nouveau heureux.

— Par pitié, ne me dis pas ce que j'ai à faire.

— Ce que tu peux être têtu ! Vous êtes tous les deux têtus et stupides, vous êtes machos et vous gâchez vos vies.

— Je ne gâche rien du tout, protesta Eric.

— Ce n'est pas sain d'être seul comme tu l'es. Quant à toi, ajouta-t-elle en indiquant Ryan d'un geste du menton, je n'arrive pas à croire que tu restes assis là au lieu de courir après Victoria ! Je t'ai donné le nom de son motel, je t'ai même donné le numéro de sa chambre… Qu'est-ce qu'il te faut de plus pour te décider ?

— J'ai l'intention d'aller la voir, mais je lui laisse le temps de se calmer.

Il voulait être sûr de dire ce qu'il fallait, de faire ce qu'il fallait.

— Tu as peur, c'est tout.

C'était vrai. Il était terrorisé, au point d'en avoir le ventre noué. Il ne savait pas si elle lui parlerait de nouveau un jour, si elle accepterait de croire qu'il l'aimait réellement.

— Kaley, dit Eric, je comprends que tu t'inquiètes pour moi, et pour Ryan et Victoria, mais tu n'es pas en mesure de donner ce genre de conseils.

— Victoria m'a dit que c'était mieux de faire l'amour avec quelqu'un que l'on aimait.

Eric faillit s'étrangler.

— Je ne parlerai pas de sexe avec toi, pas ici, pas maintenant… mais Victoria a raison, c'est mieux pour les femmes quand elles sont amoureuses.

— Mais ce n'est pas mieux pour les hommes ? Quelle bonne idée de faire deux poids, deux mesures !

— Je ne… Ce n'est pas…

Il regarda Ryan comme pour lui demander son aide, mais ce dernier secoua la tête. Il n'avait pas l'intention de s'empêtrer davantage en se mêlant de cette conversation-là.

— Es-tu sorti avec quelqu'un depuis la mort de maman ? demanda Kaley.

Eric pâlit.

— Cela ne te regarde pas.

— Réponds-moi.

— Laisse-moi tranquille, Kaley.

Elle donna un coup de poing sur le sol, à côté de ses jambes repliées.

— C'est bien ce que je disais ! Têtu !

Elle se leva.

— Je vais faire un tour avant que toute cette stupidité masculine déteigne sur moi.

Elle appela les chiens, qui la suivirent aussitôt de leur démarche bondissante. Dès qu'elle fut hors de vue, Ryan regarda Eric, et ils se mirent à rire nerveusement. Ils se sentaient sûrement aussi bêtes l'un que l'autre.

— J'ai quelque chose à vous dire, dit Eric quand ils eurent retrouvé leur sérieux, quelque chose que je n'ai jamais dit à Kaley ou à Victoria. En fait, cela vous concerne, Victoria et vous…

Ryan se prépara à ce qu'il allait entendre. Il espérait que ce n'était pas quelque chose de terrible.

— Je vous écoute.

— Je ne voulais pas que Kaley recherche ses parents biologiques.

C'était terrible.

— Je croyais que Corrine et vous l'aviez encouragée à nous chercher, au contraire…

— C'est exact, mais tout remonte à l'adoption simple. J'avais des réserves, au début. Je n'étais pas sûr que ce soit une bonne idée de mêler les parents biologiques à tout cela. Et s'ils s'ingéraient dans l'éducation de notre fille ? S'ils nous compliquaient les choses ? Ou s'ils s'avéraient être des gens merveilleux avec lesquels notre enfant avait envie de passer plus de temps qu'avec nous ? A vrai dire, c'était ce qui m'inquiétait le plus. Je ne voulais pas rivaliser avec qui que ce soit pour obtenir l'affection de mon enfant. Corrine m'a aidé à mettre de côté mes réserves. Elle s'était démenée pour construire son identité, et elle ne voulait pas que sa fille connaisse un jour le sentiment de vide qui l'avait habitée. Elle m'a convaincu que ce serait mieux pour notre enfant de connaître ses parents biologiques, et que leur implication dans sa vie nous apporterait à tous un certain équilibre. Nous avons même rencontré des familles qui avaient fait l'expérience d'une adoption ouverte, et j'ai fini par comprendre que c'était la bonne solution pour nous.

— Mais le destin s'en est mêlé, et quand on vous a enfin proposé d'adopter un nouveau-né, la condition était que vous acceptiez une adoption plénière.

— Oui… Quand Kaley a été assez grande pour comprendre tout ça, nous en avons discuté avec elle et nous lui avons dit qu'elle pouvait chercher ses parents biologiques si elle en éprouvait le besoin.

Eric s'interrompit, fronça les sourcils.

— Seulement voilà, je n'avais jamais imaginé que ma femme serait morte quand cela arriverait, et que mes anciennes craintes resurgiraient. Je trouvais injuste de devoir accueillir des étrangers dans ma vie après tout ce que j'avais traversé.

— Je vous comprends.

— J'ai fini par me faire à cette idée, et c'est pour cette raison que je ne vous en ai pas voulu d'avoir été jaloux de moi. J'ai moi-même dû prendre sur moi pour ne pas vous envier, Victoria et vous, et pour partager ma fille avec vous de bonne grâce.

— Je suis content que ce soit vous qui ayez adopté Kaley, dit Ryan, touché par la franchise d'Eric, et je ne vous reprocherai plus jamais un moment passé en sa compagnie. Je ne vous reprocherai plus jamais non plus votre amitié avec Victoria… et puisque c'est la minute de vérité, j'avoue que j'ai d'abord pensé que vous lui conviendriez mieux que moi ! Vous avez l'air d'être parfait…

— J'ai fait croire à ma fille que j'étais heureux qu'elle cherche ses parents biologiques alors que ce n'était pas vrai… Cela n'a rien de parfait.

— Allez-vous lui dire la vérité, maintenant ?

— Je lui en parlerai tout à l'heure, répondit Eric en jetant un coup d'œil dans la direction que Kaley avait prise. Avec un peu de chance, elle sera de meilleure humeur à ce moment-là !

Il regarda le ciel.

— Les nuages commencent à s'amonceler… Je me demande s'il va pleuvoir.

— C'est difficile à dire, il y a beaucoup d'ondées, par ici.

— Est-ce qu'il pleuvait le jour où Kaley est née ?

— Non…

Il y eut un bref silence.

— C'était le pire jour de ma vie, ajouta Ryan.

— Et c'était le plus beau jour de la mienne… C'est terrible, n'est-ce pas ?

Ryan hocha la tête. Soudain, la clarté qui lui manquait se fit dans son esprit.

Le jour où Kaley était née. La raison pour laquelle il avait été pris de panique quand il aurait dû aller à l'hôpital.

La raison de toute chose.

Quand Victoria entendit frapper à sa porte, elle se leva d'un bond et alla regarder par le judas.

C'était Ryan.

Devait-elle lui ouvrir, ou l'ignorer ?

Il frappa de nouveau. Elle se contenta d'entrebâiller la porte. Les yeux gonflés par les larmes qu'elle avait versées, elle s'intima de ne pas pleurer en sa présence.

— Tu ne devrais pas être ici.

— Je ne pouvais plus rester loin de toi, dit-il avec une intensité qui la troubla profondément. J'étais sincère quand je t'ai dit que je t'aimais.

— Et moi, j'étais sincère quand je t'ai dit que je ne te croyais pas.

— Laisse-moi te le prouver… Donne-moi une chance.

Elle hésita, refusant de baisser sa garde.

— Tu crois pouvoir te racheter avec des paroles ? Les mots sont insignifiants.

— Pas les bons mots. Pas la vérité. Je t'en prie, donne-moi une chance…

Elle avait peine à respirer tant elle était bouleversée. Elle avait peur de lui laisser cette chance qu'il réclamait et de souffrir encore davantage.

Cependant, si elle le repoussait maintenant, comment pourrait-elle savoir si son amour pour elle n'était pas réel ?

Elle lui fit signe d'entrer, mais ne chercha pas à lui donner l'impression qu'il était le bienvenu. Elle ne l'invita pas à s'asseoir, et resta elle aussi debout.

De nouveau, il glissa les pouces dans les passants de sa ceinture, lui rappelant l'adolescent qu'il avait été.

— J'ai compris pourquoi j'avais été pris de panique, ce jour-là.

Elle sentit son cœur faire un bond dans sa poitrine.

— Tu as été pris de panique parce que tu ne pouvais pas affronter la situation.

— Oui, mais je ne pouvais pas l'affronter parce que je t'aimais, déjà à l'époque, et inconsciemment j'étais terrifié à l'idée de renoncer à notre bébé, parce que je savais que cela signifiait que je renonçais aussi à toi. Au fond, je voulais avoir un avenir avec toi et avec notre enfant. Je le désirais autant que toi... Seulement, j'étais trop jeune et trop effrayé pour m'apercevoir que c'était ce que je voulais, ou pour savoir comment rendre tout cela possible.

Elle croisa les bras sur son ventre. Elle aussi était jeune et terrifiée, à l'époque.

— C'est aussi pour cela que mon mariage s'est effondré, continua-t-il. Jackie avait raison quand elle disait que je ne l'aimais pas assez pour lui donner la famille dont elle rêvait. Comment aurais-je pu, alors que Kaley et toi ne quittiez jamais mes pensées ?

Il savait s'y prendre, c'était indéniable. Il savait trouver les mots. Les bons mots, avait-il dit, la vérité.

Etait-ce la vérité ? Ryan l'avait-il aimée quand ils étaient adolescents ? Avait-il secrètement rêvé d'être père, comme elle avait rêvé d'être mère ?

— Mon père me répétait sans cesse que c'était important que nous fassions adopter le bébé et que nous ne le voyions plus jamais... Il m'a persuadé que nous étions trop immatures pour devenir parents, qu'il valait mieux que notre enfant ne nous connaisse jamais. Alors j'ai réprimé l'amour que j'éprouvais pour toi et je me suis détaché du bébé… mais le jour de sa naissance, j'ai craqué et je me suis effondré.

Elle avait désespérément envie de le croire, mais restait encore sur ses gardes.

— Tu me rends faible.

— J'essaie de créer une force entre nous, Tore.

Pouvaient-ils être forts ensemble ? D'après elle, l'amour rendait les gens faibles. Elle-même avait été anéantie quand elle était tombée amoureuse de lui.

— Je veux tout te donner… Je veux te donner tout ce qu'un époux peut donner à son épouse, mais surtout, je veux que tu te sentes en sécurité avec moi. C'est le plus important.

Elle vacilla sur ses jambes.

— C'est une demande en mariage ?

— Oui. Je te fais le serment de t'aimer et de t'honorer pour le restant de mes jours.

A l'entendre, on aurait cru que c'était d'une simplicité extrême. Elle savait pourtant que ce n'était pas le cas.

— Je ne sais pas quoi dire… Je ne sais même pas ce que je ressens.

Elle avait l'impression que ses genoux allaient se dérober sous elle.

Il lui caressa la joue.

— Dans ce cas, réfléchis-y et viens me trouver avec une réponse. Quelle qu'elle soit, je l'accepterai. Je ne peux pas te forcer à être avec moi, à m'aimer de nouveau… Je peux seulement espérer.

Le contact de ses doigts sur sa joue la troubla profondément. Cependant, au lieu de lui tomber dans les bras, elle fit un pas en arrière.

— Tu ferais mieux d'y aller, maintenant.

— Prends tout le temps dont tu as besoin, j'attendrai.

Il se dirigea vers la porte, s'apprêtant à partir, mais il se retourna pour la regarder une dernière fois.

— Je t'aime, Victoria. Vraiment.

Elle le regarda s'éloigner. Elle fut tentée de le rappeler, d'accepter sa demande en mariage sur-le-champ, mais elle n'en fit rien. Elle n'allait pas prendre aussi précipitamment la décision la plus importante de sa vie.

- 15 -

Ryan passa le reste de la journée à attendre. Il attendit toute la soirée et toute la nuit, sans parvenir à dormir.

Après être sorti pour s'occuper de ses animaux, il rentra et trouva Eric et Kaley attablés dans la cuisine, en train de prendre leur petit déjeuner. Ils mangeaient des céréales et lui en avaient préparé un bol.

Il se sentait de plus en plus proche de sa fille et d'Eric. Dorénavant, seule Victoria manquait à sa vie.

Il avait besoin d'elle, mais avait-elle besoin de lui, elle aussi ? Il n'en était pas sûr du tout.

— J'ai fait du café, dit Eric.

— Merci.

Ryan s'en servit une tasse et y ajouta du lait et du sucre. Il remarqua que Kaley buvait un cappuccino.

— Tu as des nouvelles de Victoria ? lui demanda-t-elle.

— Non, aucune.

— Moi non plus, pas depuis que tu es allé la voir.

Elle prit une pleine cuillerée de céréales et versa du lait dans son bol.

Il avait dit à Victoria qu'il attendrait aussi longtemps qu'il le faudrait, et il le pensait, mais l'attente le minait.

Il comprenait encore mieux maintenant ce qu'elle avait dû éprouver quand elle l'avait attendu en vain. Il avait peine à imaginer comment elle avait fait pour tenir.

— J'ai l'impression d'attendre ma sentence.

Kaley agita sa cuillère dans sa direction.

— Tu dois rester positif ! Dégager une bonne énergie !

Enumérons les raisons pour lesquelles Victoria voudra t'épouser…

— D'accord. C'est toi qui commences !

Elle ferma les yeux quelques instants, comme si elle faisait un vœu, puis elle les rouvrit brusquement.

— Quand vous vous marierez, je serai votre demoiselle d'honneur ! Je porterai une robe païute, avec des franges et des perles.

— Ce serait bien… si Victoria était d'accord.

Si ce mariage avait lieu un jour. Il l'espérait de tout son cœur.

— Je crois que mon idée lui plaira, dit Kaley avec assurance, s'efforçant de le distraire, mais peu importent les détails : je mettrais un sac sur ma tête si c'était ce qu'elle voulait !

— Moi aussi, répondit-il en riant.

Eric rit, lui aussi.

— Je portais un smoking à mon mariage, et j'avais de l'allure…

— Papa m'a dit ce qu'il t'avait raconté hier, dit Kaley.

Elle faisait allusion au fait qu'Eric n'avait pas eu envie qu'elle cherche ses parents biologiques.

— Nous avons tous fait du chemin, et cela a été dur pour chacun d'entre nous.

— Oui, mais en fin de compte, j'ai vraiment de la chance ! Qui peut se vanter d'avoir deux pères un peu bizarres ?

Eric et lui rirent de plus belle, en échangeant un regard éloquent. Ils formaient effectivement une famille. Cependant, sans Victoria, il lui manquerait toujours quelque chose.

— Tu crois vraiment que tout va s'arranger ? demanda-t-il à Kaley.

— Oui, répondit-elle avec conviction.

Victoria avait l'impression de devenir folle. Elle pensait et repensait à sa décision, retournait dans sa tête tout ce que Ryan lui avait dit. Elle songea également à chaque aspect de sa vie, aux longues années pendant lesquelles il lui avait manqué, au long desquelles elle avait continué à l'aimer. Rien ne pourrait rattraper le temps perdu, à part le fait d'être de nouveau avec lui maintenant.

Elle prit soin d'arriver chez lui à l'heure de la traite du soir pour le trouver seul dans la grange. Elle l'y trouva bel et bien, mais il ne la vit pas arriver. Entrant sans bruit, elle prit un moment pour l'observer. Il était terriblement séduisant, avec ses vêtements de jean sombre et ses grosses chaussures de travail.

Enfin, il se leva et se retourna.

— Victoria ! s'écria-t-il.

Stupéfait, il faillit renverser le seau et se hâta de le poser par terre.

Elle aussi avait soudain le souffle coupé.

— J'ai quelque chose pour toi…

Elle lui tendit le paquet qu'elle avait à la main. Il l'ouvrit, découvrit le panier païute et la regarda avec une expression pleine d'espoir.

— Qu'est-ce que ça signifie ? Que tu veux m'épouser ? Ou que tu me le rends parce que tu ne veux pas te marier avec moi et que tu ne supportes pas de l'avoir en ta possession ?

Elle s'empressa de le rassurer.

— Cela signifie que je t'aime, que je veux t'épouser, et que je te crois quand tu me dis que tu m'aimes aussi.

Il ne la rendait pas faible. Il était sa force, son cœur, son avenir, le père de son enfant.

— Je comprends ce que tu as ressenti quand nous étions jeunes. Je comprends que tu aies eu peur et que tu aies été pris de panique, et je comprends comment cela a influé sur ton mariage avec Jackie. Nous avons tous les deux laissé le passé nous dicter notre conduite et nous rendre malheureux.

Maintenant, cependant, ils avaient une deuxième chance de bonheur.

Il s'approcha, serrant le panier contre lui.

— Où veux-tu vivre ? Tu veux que je m'installe en Californie, ou tu veux venir vivre ici ?

Elle n'avait jamais imaginé qu'il puisse aller vivre en Californie, et elle ne l'envisageait pas davantage maintenant. Elle ne voulait pas l'arracher à sa maison, à ses animaux, à la clinique vétérinaire qu'il avait établie. Elle voulait faire partie de sa vie.

— Je veux rester ici, dans cette ferme. La boucle sera bouclée… Nous deux, ensemble, dans la ville où nous avons grandi !

Il sourit.

— Kaley aimerait porter une robe païute à la cérémonie. Elle a tout fait pour me convaincre que tout finirait par s'arranger.

— Elle avait raison, et son idée me plaît beaucoup. Je la vois d'ici dans sa robe à franges, avec des plumes et des fleurs dans les cheveux… Notre bébé, devenue une grande personne ! Si seulement j'avais su à l'époque ce que je sais maintenant…

— A l'époque ? Le jour où elle est née, tu veux dire ?

Elle hocha la tête.

— Si j'avais eu une boule de cristal, j'aurais vu qu'elle allait faire partie de nos vies… et j'aurais vu que tu m'aimais aussi.

— Tu le vois maintenant.

— Oui.

Il s'approcha et la prit dans ses bras.

— Marions-nous ici, dit-elle, à la ferme.

— Quand ?

— Pourquoi pas l'été prochain ? Cela nous laisserait le temps de tout préparer. Je pourrais peut-être avoir une robe brodée et ornée de perles, moi aussi, en l'honneur de tes origines. Certaines de ces perles seraient dorées, et je porterais un bouquet de roses blanches parsemées de paillettes d'or.

— L'or est ta couleur, Victoria… C'est la couleur de la flèche d'Eros.

— Le dieu de l'amour…

Elle posa la tête sur son épaule. Elle l'avait aimé toute sa vie, même quand elle s'était efforcée de l'oublier.

— Quelle bague veux-tu ?

— Je ne sais pas…

Le simple fait de savoir qu'elle allait avoir une bague l'étourdissait merveilleusement. Elle allait épouser Ryan Nash, le garçon de ses rêves, l'homme de sa vie.

Elle se blottit contre lui, et il l'embrassa avec un mélange de passion et de tendresse. Quel mari terriblement séduisant elle allait avoir !

Enfin, à bout de souffle, ils s'écartèrent un peu l'un de l'autre.

— Voudras-tu d'autres enfants, Tore ?

Prise au dépourvu, elle cilla.

— J'espère que tu me comprendras, mais je crois que nous devrions attendre avant d'avoir d'autres enfants. Je crois que nous avons encore besoin de temps.

— Je suis content que tu dises cela, parce que je pense la même chose. Notre relation avec Kaley est encore toute fraîche, nous sommes encore de nouveaux parents, même si notre fille est née il y a dix-huit ans… Nous pourrons avoir d'autres enfants plus tard, mais pour le moment, nous n'avons besoin que d'elle, et l'un de l'autre.

Elle n'aurait pu mieux formuler ce qu'elle ressentait. Ils partageaient le même passé, le même amour tourmenté, ils avaient partagé la même angoisse, les mêmes blessures… jusque-là.

Victoria prolongea son séjour. Elle repartirait bientôt en Californie pour organiser son déménagement, mais pour le moment, elle n'était pas prête à quitter l'Oregon.

Eric et Kaley partaient, en revanche. Ils avaient appelé un taxi et attendaient son arrivée.

Kaley ne cessait de sourire et de la serrer dans ses bras.

— Je suis tellement heureuse pour toi, *mi otra madre* !

« Mon autre mère. » Victoria ne se lasserait jamais

d'entendre ces mots, et ils avaient un écho particulièrement merveilleux à son oreille aujourd'hui.

— J'espérais vraiment que Ryan et toi seriez réunis, continua Kaley. Les choses n'auraient pas pu mieux se passer !

Victoria lui prit la main et la serra tendrement dans la sienne.

— J'ai hâte de m'installer ici, mais tu vas me manquer…

— Ryan et toi pourrez venir nous voir quand vous voudrez, et je viendrai vous rendre visite le plus souvent possible… et papa aussi ! Hein, papa ? demanda-t-elle en regardant Eric.

— Absolument, répondit-il en rassemblant les bagages de Kaley près de la porte d'entrée. Vous ne pourrez plus vous débarrasser de moi… Vous finirez par me supplier de partir !

Victoria rit.

— Ça m'étonnerait ! Vous êtes inséparables maintenant, Ryan et toi…

— Je n'y peux rien si j'ai un faible pour l'homme qui a élevé ma fille, intervint Ryan.

— Moi non plus si j'ai un faible pour le père de mon enfant, dit Eric.

— Quels idiots, ces deux-là ! plaisanta Kaley.

— D'adorables idiots, remarqua Victoria.

Elle savait très bien que Kaley était enchantée d'avoir deux pères absolument fous d'elle.

Ryan s'approcha d'Eric.

— Blague à part, j'ai quelque chose à vous demander…

— Bien sûr, je vous écoute !

— Que diriez-vous d'être mon témoin ? Je sais que le mariage est encore loin, mais j'en serais très honoré.

— Moi aussi, répondit Eric.

Ils se serrèrent la main chaleureusement.

— Cette fois, c'est sûr : ils sont inséparables, dit Kaley en levant les yeux au ciel, même s'il était évident qu'elle était ravie.

Victoria aussi l'était. Sa fille rayonnait de bonheur. Bien

sûr, Kaley s'inquiétait encore pour Eric parce qu'il était seul, mais elle avait promis de ne plus le tourmenter à ce sujet.

Quand le taxi arriva, ils s'embrassèrent tous et se dirent au revoir avec tendresse. Ryan serra Kaley dans ses bras et lui déposa un baiser sur le front.

— A bientôt, dit Eric en embrassant Victoria. Porte-toi bien, Gigage !

— Toi aussi… et merci, Eric.

— Pour quoi ?

— Pour nous avoir permis de partager l'affection de Kaley.

— C'était un plaisir. Ryan est comme un frère pour moi maintenant, et toi, tu es ma petite sœur rouquine !

Par jeu, il tira doucement sur une boucle de ses cheveux. Elle les avait laissés sécher naturellement le matin même.

— Ryan est un homme bien, ajouta-t-il, il fera un bon mari.

— Je suis heureuse qu'il t'ait choisi comme témoin… Je vous verrai, Kaley et toi, quand j'irai récupérer mes affaires, dit-elle après un bref silence. J'ai déjà appelé mon propriétaire pour donner mon préavis.

Il sourit.

— Tu es pressée, hein ? Je te comprends…

Il se tourna vers Ryan. Les deux hommes se serrèrent une nouvelle fois la main, puis Eric dit quelque chose en cherokee, avant de se pencher vers Ryan pour lui en donner la traduction à voix basse. Elle ne parvint pas à l'entendre.

Tandis que le chauffeur de taxi chargeait les bagages dans le coffre, elle serra sa fille dans ses bras une dernière fois, puis Eric et Kaley montèrent dans la voiture.

Derrière la vitre, Kaley fit au revoir de la main à Ryan et à Victoria, qui agitèrent eux aussi la main en regardant le taxi s'éloigner.

— Eric m'a dit que toi et moi, nous marchons dans l'âme l'un de l'autre, dit Ryan quand il eut disparu au bout de l'allée. C'est ce qu'il a dit en cherokee, et c'est ce que les Cherokees disent quand deux personnes s'aiment, qu'elles marchent dans l'âme l'une de l'autre.

Elle sentit ses yeux s'embuer.

— Je marcherai dans ton âme pour toujours, Ryan.

Il la regarda intensément.

— Et moi dans la tienne.

Il l'embrassa avec une infinie tendresse, et elle s'abandonna tout entière à la sensation d'émerveillement qui l'envahissait.

Une brise légère souffla, les enveloppant de sa douceur. Derrière eux, les arbres se dressaient fièrement, dans les bois peuplés d'oiseaux, de papillons, de plantes luxuriantes pleines de vitalité.

Je suis de retour chez moi, pensa-t-elle. Ils étaient ici chez eux, et elle n'aurait voulu être ailleurs pour rien au monde.

SHERI WHITEFEATHER

Je t'aimerai toujours

Passions

HARLEQUIN

Titre original : LOST AND FOUND HUSBAND

Traduction française de MARION BOCLET

83-85, boulevard Vincent-Auriol, 75646 PARIS CEDEX 13.
Service Lectrices — Tél. : 01 45 82 47 47
www.harlequin.fr

- 1 -

Alors qu'il dînait dans un restaurant près de chez lui, en Californie du sud, Eric Reeves regardait Dana Peterson, la pétillante serveuse blonde, servir d'autres clients. Il en était à la moitié de son repas — pain de viande et purée de pommes de terre —, et ses yeux ne cessaient de se poser sur Dana. Avec son uniforme rose et sa silhouette aux courbes généreuses, elle était belle. Ils n'étaient pas amis à proprement parler, mais ils entretenaient des rapports amicaux et discutaient volontiers quand il venait dîner ici, ce qui arrivait souvent.

Quand sa femme était encore en vie, il mangeait toujours chez lui. A l'époque, tout était merveilleusement normal, mais Corrine était morte sept ans plus tôt et, depuis, il se sentait très seul.

Dana, qui se dirigeait vers la cuisine, passa près de lui d'un pas vif et lui sourit. Sa queue-de-cheval se balançait au rythme de ses pas. Elle avait vingt-six ans et travaillait à temps partiel pour financer ses études. Lui avait quarante-deux ans, un travail solide, et une fille de dix-huit ans, elle aussi étudiante. Dana et lui n'avaient pas grand-chose en commun.

Quand il eut fini de manger, elle s'approcha de nouveau de sa table en lui souriant. Aujourd'hui, elle avait un iris violet derrière l'oreille. Elle avait toujours des fleurs dans les cheveux, parfois des fleurs artificielles sur des barrettes, parfois de vraies fleurs.

Quelque temps auparavant, elle lui en avait donné une.

Quand il lui avait révélé qu'il était veuf, elle lui avait avoué qu'elle l'avait toujours cru divorcé. Aussi, pour se faire pardonner cette erreur, elle avait retiré la rose rouge veloutée qu'elle avait dans les cheveux et la lui avait placée dans la main avec douceur. Plus tard, il était allé la déposer sur la tombe de Corrine.

Au fil des ans, il avait pris l'habitude de parler à sa défunte épouse. Il lui avait donc expliqué d'où provenait la rose et lui avait parlé de la serveuse au grand cœur.

— Puis-je vous servir autre chose ? lui demanda Dana, l'arrachant à ses pensées.

Il secoua la tête.

— Non, merci.

— Vous êtes sûr ? La tarte aux pommes est toute fraîche !

Il songea qu'elle aussi était fraîche. D'après ce qu'elle lui avait dit, elle se considérait comme une « bohémienne moderne », qui n'avait pas encore choisi sa matière principale à l'université.

— Je préfère la tarte aux cerises, dit-il.

— Nous n'en avons pas aujourd'hui, mais la tarte aux pommes est un délice, je vous assure.

Il la regarda. Ses yeux étaient d'un bleu éclatant, ses cheveux d'un blond doré. Tout chez elle chatoyait.

Elle l'observa, la tête légèrement inclinée sur le côté.

— Qu'en dites-vous ? Je vous en apporte une part, avec une boule de glace ?

— D'accord.

— Je vous sers aussi un café ?

— Oui.

Elle s'éloigna, dans son uniforme rose, avec sa fleur violette dans les cheveux et sa queue-de-cheval qui se balançait, et il se surprit une fois de plus à la regarder.

Il aimait la regarder. Il aimait cela démesurément.

Il fronçait les sourcils lorsqu'elle lui servit son dessert et son café.

— Qu'est-ce qui ne va pas ? lui demanda-t-elle.

Ce que je ressens pour vous. Il ne voulait pas éprouver

de l'attirance pour une femme qui était plus proche en âge de sa fille que de lui.

— Tout va bien.

— Goûtez-moi cette tarte ! Elle va vous redonner le sourire…

Il s'exécuta. C'était ridicule, mais il aimait qu'elle soit près de lui. La part de tarte et la boule de glace qui l'accompagnait n'étaient qu'un plaisir supplémentaire.

Il prit une bouchée et se mit à sourire.

— Vous aviez raison.

— J'ai toujours raison ! Vous savez ce qui serait génial ? Il y a un vernissage auquel j'aimerais vraiment assister, demain soir… Vous pourriez m'y emmener, si vous êtes libre !

Il la regarda comme si elle avait perdu la tête. Sa suggestion ressemblait à s'y méprendre à un rendez-vous.

— Vous n'avez pas besoin d'un homme aussi âgé que moi pour vous emmener où que ce soit.

— Vous n'êtes pas âgé ! Vous avez à peine quarante ans, et puis, vous êtes terriblement séduisant…

Terriblement séduisant. Son cœur se mit à marteler dans sa poitrine.

Sa fille voulait qu'il recommence à sortir, mais elle n'avait certainement pas quelqu'un comme Dana en tête.

— Dites oui, Eric…

Il ne répondit pas. Il prit une deuxième bouchée de tarte, mais cette tentative de diversion ne fonctionna pas. La douceur du dessert lui donna envie de prendre Dana sur ses genoux et de l'embrasser. Il avala son café d'un trait.

— Allez, insista-t-elle, ce sera marrant ! En plus, vous êtes un artiste, vous serez le compagnon idéal pour assister à un vernissage…

Il minimisa l'importance de sa profession.

— Je suis professeur d'arts plastiques dans un collège.

— Peut-être, mais vous êtes quand même un artiste. Et si je vous donnais mon numéro de téléphone et que vous m'appeliez pour me tenir au courant ?

Sans lui laisser le temps de répondre, elle s'éloigna pour

servir d'autres clients, et il dévora sa part de tarte. Elle réapparut quelques minutes plus tard avec l'addition et son numéro de téléphone griffonné sur un bout de papier. Il le glissa dans sa poche. Il ne savait pas encore ce qu'il allait faire, mais au moins, il avait une journée entière pour y réfléchir.

— J'espère vous voir demain, dit-elle en posant une main sur son épaule.

Il aurait préféré qu'elle ne le touche pas. Ce simple contact lui donna de nouveau envie de l'embrasser. Il ne put s'empêcher de regarder ses lèvres.

— Je ne sais pas…

— Vous finirez bien par vous décider.

Vraiment ? Elle était la première femme qui l'attirait depuis la mort de Corrine. Ce qu'il éprouvait n'était pas approprié, étant donné l'âge de Dana et son attitude insouciante.

— Je ne suis sorti avec personne depuis la mort de ma femme.

— Notre rendez-vous sera une histoire d'un soir.

— Cela ne change rien à la différence d'âge entre nous.

— Elle n'est pas si importante que ça !

Elle l'était pour lui. Il avait beau éprouver de l'attirance pour elle, il ne s'était jamais imaginé sortir avec une jeune femme de moins de trente ans.

— Je vous appellerai pour vous tenir au courant.

— D'accord, merci ! Je ferais mieux de me remettre au travail, maintenant…

Elle lui toucha de nouveau l'épaule, et il sentit aussitôt son ventre se contracter.

Quand elle se fut éloignée, il paya en espèces et lui laissa un généreux pourboire. Tandis qu'il se dirigeait vers la porte, il se retourna pour la chercher des yeux dans la salle. Leurs regards se croisèrent, et elle lui adressa un sourire éclatant, comme pour lui dire : *n'oubliez pas de m'appeler.*

Comme s'il risquait de l'oublier !

*
* *

Après le travail, Dana rentra chez elle, tout excitée à l'idée de sortir avec Eric. Même s'il choisissait de ne pas l'accompagner au vernissage, elle était fière d'avoir osé l'inviter. Elle avait un faible pour lui depuis qu'elle l'avait rencontré, quand elle avait commencé à travailler au restaurant, près d'un an plus tôt. Un an était un record pour elle, non seulement pour s'intéresser à un seul et même homme, mais aussi pour garder le même emploi.

Aujourd'hui, elle avait enfin trouvé le courage d'inviter Eric à sortir. Elle y pensait depuis longtemps, et comme la Saint-Valentin approchait, elle s'était dit que c'était le moment ou jamais de se lancer. Par ailleurs, quand elle avait entendu parler du vernissage, elle avait su qu'elle avait trouvé l'occasion idéale.

Eric était un homme mystérieux, qu'elle avait envie de connaître davantage. Elle aimait le voir sourire. Il avait un sourire irrésistible, qu'elle ne voyait pas assez souvent à son goût.

Elle passa dans sa chambre pour se changer. Elle vivait dans une adorable pension de famille qu'elle avait trouvée sur Craiglist. Son côté du jardin, à l'anglaise, était entouré d'une clôture de piquets blancs. Il y avait une fontaine avec un chérubin, qui l'amusait beaucoup, car c'était l'un de ces petits anges malicieux qui semblaient faire pipi dans l'eau. Tout en ce lieu était parfait. La propriétaire, qui vivait dans la maison sur la rue, était une femme charmante. En fait, Candy McCall et elle étaient rapidement devenues amies. Avant de vivre là, elle vivait dans un appartement avec plusieurs colocataires.

Elle avait hâte de parler d'Eric à Candy. Après avoir troqué son uniforme contre un jean confortable et un vieux T-shirt, elle sortit. Il faisait doux en cette soirée de février. Elle sourit en passant devant le chérubin de la fontaine. Elle traversa le jardin et ouvrit la clôture qui donnait sur celui de Candy.

— Ohé ! cria-t-elle en approchant de la porte de derrière. Je peux entrer une minute ? J'ai du nouveau !

— Bien sûr, répondit Candy. Entre…

Elle entra et trouva Candy dans la cuisine encombrée, en train de préparer ce que la plupart des gens auraient cru être des cookies, mais qui était en fait, Dana le savait, des biscuits pour chien faits maison. Candy était professeur de yoga mais aussi de doga, le yoga pour chiens. C'était une belle brune qui mangeait exclusivement végétarien, faisait toujours brûler des bougies délicieusement parfumées et parlait évasivement de son mariage raté.

— Où est Yogi ? demanda Dana.

Yogi était la chienne de Candy, un labrador.

— Elle dort. Alors, quelles nouvelles ?

— Je l'ai invité à sortir !

— Ton client sexy ?

— Oui… Je lui ai même dit qu'il était terriblement séduisant.

Elle rapporta à Candy sa conversation avec Eric.

— Je vais prévoir ma tenue pour demain soir, au cas où.

— Bonne idée ! Emets de bonnes ondes, et ça marchera…

— Façon hippie ?

— Exactement !

Elles rirent. « Hippie » était un mot que la mère de Dana utilisait régulièrement pour décrire son mode de vie très libre. Sa mère était bien plus classique qu'elle, mais elle avait tout de même eu une aventure sans lendemain avec le père de Dana.

Candy retrouva son sérieux.

— Quand la femme d'Eric est-elle morte ?

— Il y a sept ans.

— Et il n'est sorti avec personne depuis ?

— C'est ce qu'il m'a dit.

— Il a des enfants ?

— Une fille, elle étudie le commerce et les rôles sociologique, historique et littéraire des femmes à l'université de Californie à Los Angeles.

— Intéressant ! Tu l'as rencontrée ?

— Non, il ne vient jamais au restaurant avec elle. Je ne connais même pas son prénom… mais il dit beaucoup de bien d'elle.

— Que sais-tu d'autre de lui ?

— A part qu'il est veuf, professeur d'arts plastiques et qu'il a une fille de dix-huit ans ? Rien, si ce n'est que j'ai envie de sortir avec lui et de le faire sourire.

— Tu ne chercherais pas à le sauver, par hasard ?

— Comment ça ?

— Eh bien, il a l'air d'avoir beaucoup souffert, et tu as tendance à t'intéresser aux gens en difficulté.

— Tu n'es pas en difficulté… Enfin, peut-être un peu, mais ce n'est pas pour ça que je suis amie avec toi.

Candy ne releva pas. Elles savaient aussi bien l'une que l'autre qu'elle ne s'était pas encore remise de son divorce.

— Eric t'a-t-il dit comment sa femme était morte ?

— Je sais qu'elle est morte d'un cancer, mais il ne m'a jamais dit de quel genre de cancer il s'agissait, ni combien de temps elle s'est battue contre la maladie.

— Tu crois qu'elle lui manque beaucoup ?

— Je ne sais pas, mais je vois bien qu'il souffre encore de son absence.

— Ça t'inquiète ?

— A vrai dire, je trouve ça beau qu'il l'ait aimée à ce point. Quel genre d'homme serait-il s'il n'avait pas aimé sa femme ?

— Pas un homme bien, en tout cas, répondit Candy, l'air vaguement mal à l'aise.

Dana observa attentivement son amie. Candy faisait-elle allusion à son ex-mari ? Elle n'en dit pas davantage, et Dana n'insista pas.

— J'espère vraiment qu'il va accepter de sortir avec moi.

— Eh bien ! Où est passée ta confiance en toi ?

— J'ai un peu peur qu'il refuse, j'avoue… mais je vais quand même sélectionner une tenue !

Au même instant, Yogi entra dans la cuisine en bâillant.

Apparemment, elle venait de terminer sa sieste. Dana lui caressa la tête.

— Bonjour, ma belle !

Remuant la queue, la chienne renifla les effluves de biscuit dans la pièce.

— Tu crois qu'Eric préfère les chiens ou les chats ? demanda Candy.

— Hmm… bonne question ! Les chats, je pense.

Il y avait en lui quelque chose de félin, un mélange de chaleur et de réserve.

— J'aimerais bien que tu le voies… Il est grand et ténébreux. Il est à moitié Cherokee.

— Comment le sais-tu ?

— Un jour, il portait un T-shirt sur lequel il était écrit « Fier d'être Amérindien », et je lui ai demandé pourquoi.

— C'est une chose de plus que tu sais sur lui.

Dana hocha la tête.

— Ce n'est pas grand-chose, hein ? En un an… Enfin, je ne lui ai pas non plus tout dit sur moi. Je me contente de lui resservir de l'eau plus souvent que nécessaire. C'est une excuse pour aller à sa table.

— Je suis sûre qu'il apprécie que tu sois aux petits soins pour lui.

— Il me regarde souvent, c'est certain… Je sens toujours ses yeux noirs posés sur moi quand je m'éloigne.

— Apparemment, lui aussi a un faible pour toi !

— Si tu savais combien de fois j'ai fantasmé sur lui, seule dans mon lit…

— Tu vas lui dire, ça ? demanda Candy en riant.

Dana rit, elle aussi.

— Bien sûr ! Pourquoi pas ? Tout le monde sait que je dis tout ce que je pense… Bon ! Je vais aller fouiller dans mon placard, maintenant.

Elle avait envie de choisir quelque chose qui plairait à Eric, une tenue décolletée, peut-être. La vie était trop précieuse pour perdre du temps.

*
* *

Eric ne pouvait pas sortir avec une femme aussi jeune que Dana. En fait, il ne pouvait sortir avec aucune femme. Il n'était pas prêt, même pour une histoire d'un soir. Rester seul était beaucoup plus simple.

Il prit son téléphone, s'apprêtant à appeler Dana pour décliner son offre, mais il se ravisa et composa le numéro de Kaley. Il avait besoin d'entendre la voix de sa fille.

Elle avait choisi de vivre sur le campus, même si son université n'était pas très loin de la maison. Il approuvait sa décision. Il voulait qu'elle élargisse ses horizons, qu'elle profite de son indépendance et de sa jeunesse. Elle lui manquait pourtant énormément. Elle revenait parfois le week-end, mais entre ses études et sa vie sociale, ses visites se faisaient de plus en plus rares.

— Salut, papa ! dit-elle en décrochant.

— Salut ! Que fais-tu de beau ?

— Je me prépare pour sortir… Je vais à une soirée sur le thème de la Saint-Valentin avec mes copines. Il y en a une autre demain, et les deux sont réservées aux célibataires ! C'est génial, non ?

La Saint-Valentin tombait le lundi. Il ne la fêtait plus, mais apparemment, Kaley et ses amies avaient bien l'intention de s'amuser. Il se força à prendre un ton enjoué.

— Génial !

Manifestement, elle ne rentrerait pas ce week-end-là.

— Et toi, que fais-tu ? lui demanda-t-elle.

Il faillit répondre « rien », mais il se ravisa. Il ne voulait pas qu'elle le prenne en pitié.

— J'ai été invité à assister à un vernissage, demain.

— C'est vrai ? Et tu vas y aller ?

— Je ne sais pas… Je ne me suis pas encore décidé.

Il valait mieux qu'il dise cela plutôt que d'avouer la vérité. Kaley ne lui demanda pas qui l'avait invité. Elle pensait probablement qu'il s'agissait d'un de ses vieux amis artistes.

— Si seulement tu me voyais, papa ! Je porte une robe

de soirée rose et un diadème, dit-elle en riant. C'est une soirée habillée, ce soir…

Il sourit. Elle adorait se déguiser quand elle était enfant.

— Prends une photo et envoie-la-moi !

— D'accord ! Je vais mettre du rouge à lèvres, d'abord…

— Rose, j'imagine.

— Bien sûr !

Elle lui envoya un baiser sonore.

— Je t'aime, papa… Amuse-toi bien au vernissage, demain !

— Je n'ai pas dit que j'allais y aller.

— Eh bien, tu devrais ! C'est tout à fait ton genre de truc.

Il ignora l'encouragement.

— Je t'aime aussi, ma chérie. Sois sage !

— Promis. A plus tard…

Ils se dirent au revoir et, dès qu'il eut raccroché, un terrible sentiment de vide l'envahit. Cependant, cela ne l'empêcha pas d'appeler Dana pour décliner son invitation.

— Allô ?

Son ton était enthousiaste. Peut-être espérait-elle que c'était lui.

— Bonsoir… C'est Eric.

— Oh ! je suis contente que vous m'appeliez, surtout maintenant ! J'essayais des tenues pour notre rendez-vous, au cas où vous diriez oui… Je veux être sensationnelle et vous épater !

Il fit la grimace. Elle était trop jeune et trop gentille pour lui.

— Je viens d'avoir ma fille au téléphone, elle m'a dit qu'elle portait une robe rose et un diadème pour une soirée sur le thème de la Saint-Valentin… Elle va m'envoyer une photo d'elle.

— Elle va bien s'amuser ! Les œuvres du vernissage tournent autour du même thème.

— Je ne vais pas venir, Dana.

— Allez… Ne me laissez pas tomber. S'il vous plaît ! J'ai vraiment envie de passer une bonne soirée avec vous.

— Je ne me sens pas d'attaque.

— Et si je vous envoyais une photo de ma tenue, moi aussi ?

Il ne put s'empêcher de rire.

— Je préfère avoir la surprise.

— Est-ce que ça signifie que vous viendrez ?

Il jeta un coup d'œil aux photos sur le dessus de la cheminée, en particulier à celle de son mariage. Corrine était une mariée incroyablement belle, dans sa robe blanche traditionnelle, avec son voile vaporeux. Ils s'étaient mariés sur une plage. Elle aimait la mer, le sable, et lui aussi.

— Vous m'embrouillez…

— En vous incitant à vous amuser un peu ?

En général.

— Où se trouve la galerie où aura lieu le vernissage ?

— C'est une galerie qui a ouvert récemment, près de la plage.

Il regarda de nouveau sa photo de mariage.

— Quelle plage ?

— Santa Monica.

Il sentit son ventre se nouer. C'était justement la plage où Corrine et lui s'étaient mariés. Quelle ironie du sort !

— Dana…

— S'il vous plaît, insista-t-elle, donnez-moi une chance. Un seul rendez-vous… suivi d'un baiser.

Un baiser ? Maintenant, il ne penserait plus à rien d'autre. Il y avait déjà pensé au restaurant. S'en était-elle aperçue ? S'était-il trahi ?

— Vous ne jouez pas à la loyale…

— Une petite idylle n'a jamais fait de mal à personne.

Son idylle à lui lui avait fait beaucoup de mal. Sur la photo de son mariage, il portait un smoking et se tenait pieds nus sur le sable, son pantalon retroussé sur ses chevilles, sa jeune épouse dans les bras. Il se rappelait l'avoir soulevée vivement et lui avoir arraché un petit cri de surprise.

— J'ai vraiment envie de vous embrasser, dit Dana.

Lui aussi en avait envie. Il aurait aimé poser ses lèvres sur les siennes et oublier un temps sa solitude.

— Vous jouez un jeu dangereux…

— C'est seulement un rendez-vous, Eric.

— Et un baiser, lui rappela-t-il.

— Un seul baiser, à la porte de chez moi.

Elle ne lui proposait pas une nuit de passion débridée. Ce n'était pas ce qu'il attendait, d'ailleurs. En revanche, peut-être était-il temps pour lui de recommencer à sortir un peu. Dana était adorable, et il n'aurait pas pu trouver jeune femme plus agréable avec laquelle passer quelques heures.

Il retint son souffle. *Un rendez-vous. Un baiser. Un vernissage à Santa Monica.*

Il espérait être à la hauteur.

— C'est d'accord. Je veux bien sortir avec vous.

— Vous ne le regretterez pas ! s'écria-t-elle, ravie. Nous allons passer une excellente soirée… Je suis tellement excitée ! Je vais vous donner mon adresse.

— Je prends un papier et un stylo, dit-il en se dirigeant vers la cuisine.

— C'est bon ?

— Oui, je vous écoute.

Elle lui donna son adresse.

— Ce n'est pas la maison sur la rue, c'est celle au fond du jardin. Il faut passer le petit portail sur le côté pour y accéder… Vous le verrez tout de suite, vous ne pouvez pas le rater.

— A quelle heure dois-je passer vous prendre ?

— Pourquoi pas 19 h 30 ? Le vernissage commence à 20 heures et se termine à 22 heures.

— Très bien.

Il était déjà nerveux.

— Ma propriétaire jettera sûrement un coup d'œil par la fenêtre pour voir à quoi vous ressemblez…

— C'est une vieille dame fouineuse ?

— Non, répondit Dana en riant. Elle est jeune et belle, et je lui ai dit à quel point vous étiez séduisant !

— Eh bien, merci ! Je ne suis pas mal à l'aise du tout, dit-il avec ironie, de plus en plus anxieux.

— Ne vous inquiétez pas, vous vous en sortirez très bien. Au fait, avez-vous parlé de moi à votre fille quand vous l'avez eue au téléphone, tout à l'heure ?

— Je lui ai dit que quelqu'un m'avait invité à un vernissage, mais je ne lui ai pas dit que c'était une femme.

— Et encore moins une femme de vingt-six ans ? Lui auriez-vous parlé de moi si j'avais eu votre âge ?

— Probablement pas. Je ne suis pas à l'aise pour parler de ma vie privée à ma fille, même s'il lui arrive de me tarauder à ce sujet.

— De quelle manière ?

— Elle insiste pour que je recommence à sortir.

— C'est une jeune fille brillante ! Comment s'appelle-t-elle ?

— Kaley.

— Vraiment ? Vous saviez que Kaley signifiait « fêtarde » d'après le dictionnaire d'argot ? C'est *le* prénom à avoir, de nos jours… Il correspond à une fille géniale !

— Dans ce cas, il lui va à merveille : c'est la fille la plus géniale du monde.

— Vous êtes assez génial, vous aussi.

Il secoua la tête.

— Vous plaisantez ? J'ai l'impression d'être de nouveau au lycée…

— A cause de moi ?

— Oui, à cause de vous.

— Donc, je vous fais vous sentir jeune… C'est une bonne chose, non ?

— J'étais un ringard, au lycée.

Elle rit.

— J'ai du mal à imaginer que vous ayez pu être un ringard un jour dans votre vie !

— Croyez-moi, j'en étais un.

— C'est incroyable que vous arriviez à vous souvenir d'une époque aussi lointaine…

Il sourit malgré lui.

— Petite maligne !

— A demain…

— A demain.

— Je vais vous sidérer avec ma tenue.

Lui porterait sans doute quelque chose de simple, comme un jean et une veste sport.

— Au revoir, Dana.

— Au revoir, beau mec !

Ils raccrochèrent. La facilité avec laquelle elle flirtait l'émerveillait. Il n'avait jamais connu quelqu'un comme elle.

Il releva ses messages pour voir si sa fille lui avait envoyé une photo d'elle. Elle l'avait fait : elle était drôle et adorable, avec sa moue faussement boudeuse. Sa robe rose et brillante était aussi kitsch qu'elle l'avait sous-entendu, tout comme son diadème, mais c'était sans doute volontaire.

Il repensa à Dana, se demandant comment elle comptait s'y prendre pour le « sidérer ». L'attente allait être longue jusqu'au lendemain soir.

Surtout avec la promesse de ce baiser.

- 2 -

Eric se gara devant chez Dana. La jeune femme vivait dans un quartier tranquille, dans une rue bordée d'arbres. Le petit pavillon de plain-pied avait le charme des années trente, avec son toit en pente, sa façade de stuc et son allée en pierre. C'était sans doute là que vivait la propriétaire. Il ne vit personne derrière les rideaux en dentelle, ce qui ne signifiait pas pour autant qu'on ne l'observait pas.

Comme Dana adorait les fleurs, il s'était arrêté en chemin chez le fleuriste pour lui en acheter. Prenant l'orchidée qu'il avait placée sur le siège passager, il descendit de voiture. Soudain, il s'aperçut qu'il avait commis un impair, non envers Dana, mais envers lui-même : le bouquet de mariage de Corrine avait été composé d'orchidées. Comment avait-il pu l'oublier ? Il s'en voulait terriblement.

Il se dirigea vers le portail que Dana avait mentionné, l'ouvrit et pénétra dans le jardin, un écrin de verdure absolument charmant, agrémenté d'une fontaine. La maison de la jeune femme se trouvait au fond.

Il frappa à la porte, et elle vint lui ouvrir. En la voyant, il eut le souffle coupé.

Elle portait une robe blanche avec des fleurs rouges, ajustée, qui avait un très joli décolleté et mettait ses formes en valeur. Ses chaussures à talons allongeaient ses jambes bien galbées. Toutefois, ce furent ses cheveux qui le séduisirent plus que toute autre chose. Il ne les avait encore jamais vus lâchés, mais ce soir, ils tombaient en une cascade dorée sur ses épaules. Il avait terriblement envie de les toucher.

Son maquillage aussi était superbe. Ses yeux étaient soulignés d'un trait d'eye-liner, comme ceux des stars de cinéma d'autrefois, et ses lèvres avaient la même couleur que les fleurs de sa robe, des dahlias, il s'en rendait compte maintenant.

— Vous êtes magnifique.

— Merci ! dit-elle en tournant sur elle-même. J'ai passé des heures à me pomponner…

— Cela en valait la peine.

Elle aperçut l'orchidée.

— C'est pour moi ?

— Oui, répondit-il en la lui tendant.

— Merci… Elle est très belle, dit-elle en la serrant contre son cœur. Entrez, Eric.

Il franchit le seuil, tandis qu'elle posait la plante en pot sur l'appui de fenêtre, à côté d'une jardinière d'herbes aromatiques qui embaumaient l'air de leur parfum. Tout dans son univers était coloré et joyeux. Une table au dessus en mosaïque était entourée de chaises dépareillées, et une causeuse vert menthe débordait de coussins. Des châles à franges étaient accrochés à un portemanteau de bois, et plusieurs lampes aux abat-jour de verre étaient drapées de foulards.

— Vous avez du style, remarqua-t-il. On se croirait dans la roulotte d'une gitane !

— Oh ! merci ! J'ai toujours pensé que ce serait palpitant d'être artiste, mais je n'ai aucun talent particulier, alors j'essaie de compenser en m'entourant d'objets artistiques.

S'entourait-elle également d'hommes ayant un sens artistique ? Etait-ce pour cette raison qu'elle éprouvait de l'attirance pour lui ? Il estimait être assez conventionnel, en dépit de cette fibre artistique qui avait fait de lui un professeur d'arts plastiques.

— Vous pourriez être décoratrice d'intérieur.

— C'est vrai ? Vous croyez ? Je devrais y réfléchir… Je ne sais pas encore ce que je ferai quand je serai grande, dit-elle avec un sourire éclatant, si je grandis un jour !

— Etre adulte n'est pas si intéressant qu'on le prétend…

Il était pourtant bel et bien adulte.

— Vous êtes prête ?

— Oui ! Je vais juste prendre un châle…

Elle en prit un sur le portemanteau. Ils n'étaient donc pas là pour la décoration seulement.

Ils traversèrent le jardin, et elle l'entraîna vers la fontaine.

— C'est adorable, non ? C'est pour ça que je veux aller à ce vernissage : j'adore les anges, en particulier les chérubins.

Il regarda la statue qu'elle lui montrait.

— Les gens confondent souvent les chérubins avec les *putti*… A moins de connaître leur origine, c'est difficile de faire la différence.

Elle fit la grimace.

— Je ne vois pas du tout de quoi vous parlez !

— Les *putti* sont des petits garçons nus et ailés.

— Quelle est la différence entre les *putti* et les chérubins, alors ?

— Les chérubins relèvent du registre religieux, tandis que les *putti* sont des créatures mythiques ou profanes, comme par exemple Cupidon.

— Et cet ange-ci, alors ?

— Je dirais que c'est un *putto*… Il fait pipi dans l'eau, et les *putti* sont connus pour leur espièglerie.

Elle rit.

— Et dire que pendant tout ce temps, je croyais que c'était un chérubin mal élevé !

Il rit, lui aussi.

— Je suis sûr que nous verrons plein de chérubins, et plein de *putti* aussi, à la galerie.

— Ce sera amusant d'essayer de les différencier les uns des autres ! Ce sera comme un jeu de devinettes…

Ils se dirigèrent vers sa voiture. Il lui ouvrit la portière, côté passager, et la regarda s'asseoir, admirant ses mouvements fluides et gracieux. Il espérait être à la hauteur.

Quand il se fut installé au volant, elle lui donna l'adresse de la galerie, qu'il entra dans le GPS. Enfin, il démarra.

Le trajet se fit dans le silence. Ils se contentèrent d'écouter les indications de la voix féminine.

— Je n'ai pas de GPS, finit par dire Dana. Je prends le risque de me perdre… Parfois, on découvre des endroits merveilleux, quand on se perd.

— Vous avez un mauvais sens de l'orientation ?

— Très mauvais, répondit-elle avec un sourire malicieux. Il faut croire qu'une partie de mon cerveau ne s'est jamais développée… Enfin ! Nous avons tous quelque chose qui cloche, j'imagine.

Ce qui clochait chez lui, c'était son attirance pour elle. Dana était trop jeune pour lui, trop libre, trop éloignée de sa norme.

Quand ils furent arrivés à destination, il chercha une place pour se garer.

— J'adore ce quartier, dit Dana.

Il ne répondit pas.

Lui aussi l'aimait beaucoup, autrefois. L'hôtel où avait eu lieu la réception de son mariage n'était pas loin.

Il se gara, puis ils marchèrent jusqu'à la galerie, à quelques rues de là. Dans le hall d'accueil, on servait à manger et à boire. Par respect pour les artistes dont les œuvres étaient exposées, ils ne se ruèrent pas sur le buffet. En revanche, tous deux prirent un verre de vin avant d'arpenter la galerie.

Le thème de la Saint-Valentin était abordé de différentes façons. Certaines œuvres étaient saugrenues et amusantes, d'autres profondes et épiques. Il y avait une collection intitulée *Sensualité* et une autre *Tragédie*. Ce fut cette dernière qui fit la plus forte impression sur lui. Le concept d'amour perdu lui évoquait bien des choses.

Dana était auprès de lui tandis qu'il regardait le tableau d'un homme tendant les bras vers le ciel, vers une femme qui disparaissait. Cette toile suscita en lui une émotion violente.

— Avez-vous déjà été amoureuse ?

— Non, mais j'espère tomber follement amoureuse un jour… Ce doit être un sentiment merveilleux.

C'était exact.

Elle l'observa tandis qu'il continuait d'admirer le tableau. Il sentait ses yeux bleus sur lui.

— Je suis désolée si c'est douloureux pour vous, dit-elle avec douceur.

— Ça va, prétendit-il, se détournant de l'œuvre en question. Que diriez-vous de goûter le buffet, maintenant ?

— Avec plaisir, mais ensuite, j'aimerais voir le reste de l'exposition.

Le reste de l'exposition. La collection qui n'était pas tragique.

— Et essayer de distinguer les *putti* des chérubins ? suggéra-t-il.

— Oui, mais je veux aussi aller voir les œuvres les plus osées, répondit-elle avec un sourire éclatant. Je ne m'attendais pas qu'il y ait une collection aussi audacieuse…

Il posa les yeux sur sa bouche pulpeuse. Troublé, il s'efforça de dire quelque chose d'intelligent.

— Le sexe est une part importante de l'amour.

— Et parfois, le sexe est simplement le sexe ! C'est tout ce que j'ai connu, personnellement. Non que je fasse autorité en la matière… Je n'ai eu que deux ou trois petits amis. Je les appréciais, mais de toute évidence, je ne les aimais pas.

— J'ai eu quelques relations sans lendemain avant de rencontrer Corrine… Je m'en souviens à peine, maintenant. C'était il y a si longtemps !

— Le temps passe vite.

— Oui.

S'approchant du buffet, ils prirent chacun une assiette, qu'ils garnirent de petits fours. Il s'efforça de ne pas la regarder manger, mais il était fasciné par sa bouche. Le baiser qu'elle lui avait promis occupait toutes ses pensées.

Elle savoura une brochette de fruits.

— Vous êtes vraiment superbe… Vous pourriez être la muse d'un artiste, dit-il, submergé par le désir.

— Merci, je crois que c'est le plus gentil compliment qu'un homme m'ait jamais fait.

— Jeune et nubile, comme on disait autrefois…

— Vous feriez mieux d'arrêter de me dire des choses comme ça, vous allez me changer en séductrice.

Elle en était déjà une, qui le tentait par sa beauté et son charme.

Il finit son verre d'un trait, s'efforçant de se ressaisir. Lorsqu'ils eurent terminé leurs amuse-gueules, ils se dirigèrent vers la collection *Sensualité*. Il n'avait pas particulièrement hâte de la voir, étant donné le trouble dans lequel Dana le plongeait.

Il se força à jouer au petit jeu qu'ils avaient inventé, comparant deux représentations accrochées côte à côte, l'une d'un chérubin et l'autre d'un *putto*.

— Alors, qui est qui ?

— Celui-ci est un chérubin, répondit-elle en montrant l'angelot, et ceux-là sont des *putti*, ajouta-t-elle en pointant le doigt vers les petits garçons joufflus.

— Et celui-là ? lui demanda-t-il en indiquant un autre tableau.

Elle l'observa un moment.

— Je n'en ai pas la moindre idée, finit-elle par répondre.

— Pour être honnête, moi non plus !

Les œuvres suivantes étaient plus suggestives. Dana s'approcha d'une photographie érotique.

— C'est magnifique… Regardez !

Il regardait. Le cliché montrait une jeune femme rousse ravissante, étendue sur un lit aux draps de satin, ses cheveux enroulés en forme de cœur sur l'oreiller. Un homme grand et musclé jetait des dahlias sur le lit, mais il était dans l'ombre, ce qui ajoutait à la photographie un air de mystère.

— Je crois qu'elle rêve de lui, dit Dana, qu'il n'est pas réellement là.

Il comprenait qu'elle soit attirée par cette photo, d'autant plus qu'elle portait une robe imprimée de dahlias. Il avait envie de l'embrasser, là, tout de suite, mais ce n'était ni le lieu ni le moment.

— Ce sont les mêmes fleurs que celles de votre robe…

— Oui, je l'avais remarqué aussi ! Je m'imagine bien à

sa place, allongée lascivement et pensant à mon amant… si j'avais un amant, précisa-t-elle.

Il fit un effort considérable pour ne pas l'imaginer dans la même pose que le modèle de la photo.

— Pourquoi mettez-vous toujours des fleurs dans vos cheveux au travail ?

— Avec, je me sens heureuse et jolie ! Je les mets toujours au-dessus de mon oreille droite parce que j'ai lu quelque part que cela signifiait pour une femme qu'elle était disponible. Quand je les porterai à l'oreille gauche, cela signifiera que je serai prise.

— Vous vous souvenez de la rose que vous m'avez donnée le jour où je vous ai dit que j'étais veuf ?

Elle hocha la tête.

— Je l'ai déposée sur la tombe de Corrine. Je lui apporte des fleurs le plus souvent possible. C'est un peu étrange, parce que je lui ai probablement offert plus de fleurs depuis sa mort que de son vivant.

— Je ne suis jamais allée sur la tombe de qui que ce soit, et je n'ai jamais assisté à des funérailles… Je n'ai jamais perdu quelqu'un de proche.

— Vous avez de la chance.

— Oui, et j'ai de la chance d'être avec vous ce soir… J'adore l'orchidée que vous m'avez offerte.

— Je ne devrais sûrement pas vous le dire, mais je crois que c'est mieux… Le bouquet de mariage de Corrine était composé d'orchidées. C'est peut-être pour cette raison que j'ai choisi cette fleur, inconsciemment, mais je n'en suis pas sûr.

— Vous m'avez dit que je vous embrouillais, hier, au téléphone… Apparemment, c'est encore le cas ce soir.

— Apparemment.

Elle sourit.

— Quoi qu'il en soit, j'aime beaucoup cette orchidée.

— Cela ne vous gêne pas que je ne sache plus vraiment où j'en suis ?

— Je veux simplement que vous passiez un bon moment.

Curieusement, il passait un très bon moment.

— Que diriez-vous d'aller nous promener sur la jetée, au retour ?

Il avait beau être troublé, il n'avait pas la moindre envie que la soirée se termine.

Dana inspira profondément l'air marin. Il y avait encore quelques restaurants ouverts, mais la plupart des boutiques étaient fermées, de même que le parc d'attractions.

— Saviez-vous que cette jetée a été construite en 1909 ? lui demanda Eric.

— Je savais qu'elle datait du début du siècle, mais j'ignorais l'année de sa construction… Tout devait être très différent.

— J'ai vu des photos de cette époque, avec des hommes en costumes et des dames en robes longues. Les gens pêchaient, ici… Enfin, c'est encore le cas !

Elle acquiesça d'un hochement de tête.

— Par temps clair, d'ici, on peut voir l'île de Santa Catalina. J'y allais souvent quand j'étais enfant, dit-il tandis que le vent jouait dans ses cheveux. Je me suis même marié près d'ici… La cérémonie a eu lieu sur la plage.

— Cela a dû être magnifique.

Elle regarda les vagues s'écraser sur le sable obscurci par la nuit, poussées par le vent. Cela ne la dérangeait pas qu'il lui parle de sa femme. Au contraire : elle était touchée de constater qu'il se confiait à elle avec aisance.

— Quel âge aviez-vous ?

— Vingt ans. Nous étions encore étudiants quand nous nous sommes mariés.

Elle essaya de l'imaginer à cet âge-là et se dit qu'il devait être à peu près le même. La plupart des gens ne changeaient pas de façon spectaculaire.

— Après avoir obtenu notre diplôme, reprit-il, nous avons pris des voies similaires… Je suis devenu prof, et Corrine conseillère d'orientation.

— Vous aviez beaucoup de choses en commun.

— Dès le début.

Le vent fit voleter les franges de son châle.

— Vous avez froid ? lui demanda-t-il.

— Non… J'aime bien respirer un peu d'air frais.

Auprès de lui, elle se sentait gagnée par une douce chaleur. Elle éprouvait une vive attirance pour lui. Cela lui plaisait qu'il soit grand et ténébreux, qu'il fasse preuve de prudence en toutes circonstances, et elle aimait la façon dont il la regardait quand il croyait qu'elle ne le voyait pas.

Elle imaginait comment il regardait sa femme. Elle n'avait jamais connu personne qui aime quelqu'un comme lui avait aimé Corrine. Il était tellement profond, tellement intense ! Elle avait remarqué à quel point les œuvres de la collection *Tragédie* l'avaient touché.

Leur rendez-vous prenait une tournure inattendue. C'était curieux qu'ils se trouvent sur la plage où il s'était marié.

— Que diriez-vous d'un dessert, lui demanda-t-il soudain, sa voix la rappelant à la réalité, d'une tasse de café, ou d'une autre boisson ?

— Je boirais bien un milk-shake au chocolat…

— Je crois que la boutique où l'on en vend va bientôt fermer, mais je vais me dépêcher d'aller vous en chercher un !

Il la laissa seule avec ses pensées. Elle songea au mariage d'Eric et de Corrine, mais aussi à sa propre vie et à son avenir, au sujet duquel sa famille se faisait tant de soucis.

Quand il réapparut avec son milk-shake, elle le remercia et en but une gorgée.

— Je veux me marier et avoir des enfants, un jour. J'ai promis à ma mère que l'histoire familiale ne se répéterait pas avec moi.

— Quelle histoire familiale ?

— Celle des mères célibataires. Ma mère en était une et ma grand-mère aussi. Ce n'est pas très romantique, comme héritage…

Il fronça les sourcils.

— Pourquoi les pères n'étaient-ils pas présents ?

— Je suis le fruit d'une nuit de passion sans lendemain, et je ne connais pas mon père. C'est la seule fois que maman a fait une chose pareille, et encore aujourd'hui, elle a honte de son comportement, dit-elle avant de boire une autre gorgée de milk-shake, savourant son parfum chocolaté. Elle m'adore, et c'est une bonne mère, mais ma naissance a toujours été entachée de ce sentiment de honte.

— Je suis désolé pour vous…

— L'histoire de ma grand-mère est encore pire. Elle a couché avec un homme marié, et c'est comme ça qu'elle est tombée enceinte de ma mère ! On lui prêtait des mœurs légères, mais c'était faux. Cet homme l'avait séduite et lui avait fait croire qu'il quitterait sa femme pour elle, pour finalement la rejeter et refuser de reconnaître le bébé. Vous comprenez pourquoi elles comptent sur moi pour avoir des enfants légitimes… Ma mère qualifie leurs expériences de « péchés du passé ».

— A mes yeux, ce n'est pas un péché d'avoir un bébé.

— Je suis d'accord, mais malgré tout, je ne voudrais pas être mère célibataire. Cela ferait trop de peine à mes proches. A vrai dire, cela me ferait de la peine aussi. Petite, je me suis toujours sentie mal à cause des circonstances de ma naissance, et je ne voudrais surtout pas que mon enfant éprouve la même chose.

— Je suis désolé, répéta-t-il.

Il esquissa un mouvement, comme s'il s'apprêtait à lui caresser la joue, mais il laissa retomber son bras le long de son corps.

— Les parents biologiques de ma fille n'étaient pas mariés quand elle est née, reprit-il après un silence. Ils n'avaient que seize ans, à l'époque.

Surprise, elle écarquilla les yeux.

— Ses *parents biologiques* ?

— Kaley a été adoptée.

Elle ne put cacher son étonnement.

— J'ai toujours cru qu'elle était votre fille !

— Elle l'est.

— Pardon, ce n'est pas ce que je voulais dire… Je ne m'attendais pas à ça…

— Ce n'est pas grave, vous ne pouviez pas savoir, dit-il d'une voix douce. Corrine avait été adoptée, elle aussi… Quand nous avons découvert que nous ne pouvions pas avoir d'enfants, nous avons décidé d'adopter, nous aussi. Seulement, Corrine voulait une adoption simple pour notre bébé… Son adoption à elle avait été une adoption plénière, et elle avait toujours regretté de ne pas connaître ses parents.

— L'adoption de Kaley a donc été une adoption simple ?

— Non, les choses ne se sont pas passées comme prévu… mais Corrine lui disait qu'elle pourrait toujours rechercher ses parents si elle en éprouvait le besoin. Récemment, Kaley l'a fait. Elle a trouvé sa mère biologique et, un peu plus tard, son père biologique.

— Eh bien ! Comment cela s'est passé ?

— Incroyablement bien, pour tout le monde ! Non seulement ils ont accueilli Kaley à bras ouverts et lui ont fait une place dans leur vie, mais ils se sont remis ensemble. Ils se marient cet été… Kaley sera leur demoiselle d'honneur, et je serai leur témoin.

— Quelle belle histoire ! Les choses se passent rarement comme ça… Enfant, je me demandais qui était mon père, et cela m'arrive encore, mais je n'ai jamais pu le rechercher. La seule chose que ma mère connaissait de lui était son prénom, John. Vous m'imaginez partir à sa recherche dans ces conditions ?

— Ce serait quasiment impossible… à moins que votre mère se souvienne d'autre chose.

— Elle n'aime pas parler de lui, et je ne veux pas la faire souffrir en abordant un sujet qui la met mal à l'aise. Enfin ! J'ai compensé en devenant bohémienne…

Elle le fit sourire en agitant son châle, et lui tendit son milk-shake pour le lui faire goûter. Il en but une gorgée et le lui rendit.

— Où avez-vous grandi ?

— Vous allez rire si je vous le dis.

— Pourquoi ?

— J'ai grandi à Freedom, dans l'Ohio…

Comme elle s'y était attendue, il rit.

— Vous venez d'une ville appelée Freedom ?

— Oui ! Il faut croire que j'étais prédestinée à être libre. En fait, il y a plusieurs villes qui portent ce nom aux Etats-Unis.

— Quand êtes-vous venue vivre en Californie ?

Elle regarda de nouveau l'océan. Les vagues étaient de plus en plus grosses.

— Après le lycée. Quand j'avais douze ans, je suis venue en Californie du sud pour les vacances, et je me suis juré que j'y vivrais un jour.

— Votre mère est toujours dans l'Ohio ?

Elle hocha la tête.

— Oui, et ma grand-mère aussi. Elles ne se sont jamais mariées… Elles vont probablement devenir folles quand je me fiancerai !

Il sourit.

— La mariée bohémienne…

— Me marier est probablement la seule chose traditionnelle que je ferai de ma vie.

Ils partagèrent le reste du milk-shake. L'idée de poser ses lèvres sur la même paille que lui l'émoustillait.

— Je suis content que nous soyons sortis ce soir, dit-il.

Son trouble s'intensifia.

— La soirée n'est pas terminée… Vous devez encore m'embrasser à la porte de chez moi.

— Je n'ai pas arrêté de penser à ce baiser.

— Moi aussi.

— J'espère ne pas vous décevoir.

— Je suis sûre que ce ne sera pas le cas.

Elle ne se trompait pas. Plus tard, il la raccompagna chez elle, et ils restèrent sur le seuil, dans la lueur argentée du clair de lune. Il s'approcha d'elle, et elle sentit les battements de son cœur s'accélérer. Quand il la prit dans ses bras, elle frissonna de plaisir.

Il allait l'embrasser comme elle rêvait d'être embrassée : tendrement et passionnément à la fois. Tous deux avaient attendu ce baiser toute la soirée.

Cela commença doucement, par un effleurement des lèvres. Puis elle lui passa les bras autour du cou, savourant la chaleur de son corps, et leur étreinte se fit plus fougueuse, leur baiser plus profond.

Avec un petit gémissement, elle se blottit contre lui, tandis qu'il glissait une main dans son dos, sur ses fesses. Quand elle le serra encore davantage, il interrompit un instant leur baiser pour jurer tout bas, puis il la plaqua contre la porte.

Dans le jardin, un coup de vent imprima un bruissement doux à la végétation. Elle eut soudain envie qu'il lui enlève sa robe.

— Reste, se surprit-elle à murmurer.

— Je ne peux pas.

— Mais si…

Il poussa un gémissement rauque, mais resta serré contre elle.

— Tu sais ce que tu me demandes ?

— Oui.

— Je ne pourrai pas te promettre plus d'une nuit, Dana…

— Ce n'est pas grave, du moment que je la passe avec toi.

Pour le moment, elle ne voulait qu'une seule chose : lui, nu, dans son lit.

— Ce serait comme ce que ta mère a vécu…

— Pas du tout. Tu n'es pas un inconnu pour moi, j'en sais plus sur toi que ton prénom, et nous allons nous protéger.

— Nous ne devrions pas faire ça.

— Pourquoi ? A cause de la différence d'âge ? Nous sommes tous les deux adultes, et j'ai envie de toi depuis que je te connais.

Bien décidée à réaliser ses fantasmes, elle se retourna et ouvrit la porte, puis elle le prit par la main et l'entraîna à l'intérieur pour partager avec lui une nuit de folle passion.

- 3 -

Eric entra avec Dana, mais il ne céda pas immédiatement à son désir. Il avait besoin de ralentir, d'être absolument sûr qu'elle comprenait bien qu'il ne pouvait pas s'engager. Il n'avait pas pour habitude d'agir de manière impulsive, et il n'allait pas commencer maintenant. Il ne pouvait pas supporter l'idée de profiter d'elle.

— Tu es sûre de vouloir faire ça ? lui demanda-t-il tandis qu'ils entraient dans le salon.

— Sûre et certaine. Sinon, je ne t'aurais pas proposé de rester.

— Et si nous ne sortons plus jamais ensemble ?

— Tu m'as déjà dit que tu ne pouvais pas me promettre plus d'une nuit.

— Et si j'arrête de venir au restaurant ensuite ?

Elle fit la grimace.

— Pourquoi le ferais-tu ?

— Parce que nous risquons d'être tentés de nous revoir si je continue à venir au restaurant, et je crois que ce ne serait pas une bonne idée.

Il se laissait une porte de sortie, il s'en rendait compte, mais il en avait besoin.

— Arrête de t'inquiéter, Eric. Je saurai faire face à la situation, quoi qu'il arrive. Tu ne veux pas d'une relation stable, je l'ai bien compris, mais franchement, tu peux quand même continuer à venir dîner au restaurant… Je ne te proposerai pas d'ébats torrides en accompagnement de ton pain de viande !

Il ne put s'empêcher de rire. Elle était vraiment amusante.

— Tu imagines si c'était au menu ?

— C'est au menu ce soir…

En séductrice qu'elle était, elle laissa tomber son châle et enleva lentement sa robe, lui donnant un aperçu de ce qu'il avait commandé.

Un accord sensuel. Elle lui avait assuré qu'elle accepterait une aventure d'un soir, et il ne pouvait plus résister à ses charmes. Elle était magnifique, et il avait hâte de poser ses mains sur son corps.

Elle jeta sa robe sur la causeuse et resta debout devant lui, vêtue en tout et pour tout de sa culotte et de son soutien-gorge, avec ses chaussures à talons. Son désir de la caresser, de sentir la douceur de sa peau, se fit encore plus forte.

Il peinait à respirer normalement. Elle semblait retenir son souffle, elle aussi.

— Tu es prêt ?

Il acquiesça. Il avait envie de la prendre dans ses bras et de l'entraîner dans son lit, mais il était chez elle et devait donc respecter ses règles.

Elle s'avança vers lui et l'embrassa avec une douceur infinie. Il dut faire un effort considérable pour ne pas se comporter comme un homme des cavernes. Il avait soudain l'impression d'avoir été seul et chaste pendant une éternité.

— Allons-y, murmura-t-elle en l'entraînant vers sa chambre.

Dans la pièce régnait un joyeux désordre. Il y avait des vêtements épars, une multitude de coussins brodés et de dentelles, le lit était défait et les draps froissés. Il n'avait jamais vu un aussi joli chaos !

Elle haussa les épaules en souriant.

— Je ne m'attendais pas à avoir de la compagnie ! Enfin… je fais rarement mon lit, de toute façon.

D'un geste vague, elle indiqua les vêtements éparpillés.

— Ce sont les tenues que j'ai essayées hier, quand je me préparais pour notre rendez-vous.

— Et nous voilà !

A quelques instants d'être nus ensemble. Il retira sa veste et la posa sur le dossier d'une chaise.

— Je vais mettre les préservatifs à portée de main.

Elle enleva ses chaussures et s'allongea à moitié sur le lit pour fouiller dans le tiroir de la table de chevet, les fesses en l'air. Il doutait que cette pose provocante soit délibérée, elle semblait simplement concentrée sur ce qu'elle faisait. Le spectacle n'en était que plus charmant.

— Zut ! Je ne les trouve pas…

Il s'apprêtait à lui proposer d'aller en acheter quand elle se retourna.

— Ils sont peut-être dans la salle de bains, donne-moi une seconde !

Elle sortit de la chambre. Elle était adorable… mais vraiment mal organisée.

Elle réapparut avec un grand sourire. Elle les avait trouvés et brandissait la boîte comme un trophée. A son tour, il retira ses chaussures, et tous deux s'allongèrent sur le lit. Il avait hâte de la toucher et, manifestement, c'était réciproque, car elle le déshabilla fébrilement.

Dès qu'ils furent nus dans les bras l'un de l'autre, il enfouit son visage au creux de son cou et inspira profondément. Etait-ce son imagination qui lui jouait des tours, ou avait-elle le parfum de son dessert préféré ?

— Est-ce que je deviens fou ?

— Pourquoi ?

— Je jurerais que tu sens la tarte aux cerises…

Elle eut un sourire lascif.

— C'est un parfum aux fleurs de cerisier… Je l'ai mis exprès pour toi.

— Je viens seulement de le remarquer. Si j'avais de la crème glacée en accompagnement, je te mangerais !

— Si tu avais de la crème glacée en accompagnement, je te laisserais faire…

Ils roulèrent sur les draps et s'abandonnèrent à des préliminaires délicieux. Enfin, il prit un préservatif et l'enfila.

Elle se cambra sous lui, impatiente, une lueur passionnée dans ses yeux d'un bleu étincelant.

Ils firent l'amour sauvagement. Quand bien même il l'aurait voulu, il n'aurait pas pu ralentir la cadence, et elle ne semblait pas en avoir plus envie que lui. Elle calait ses mouvements sur les siens, lui rendait chacune de ses caresses.

Ils jouirent ensemble ou, du moins, ce fut ce qu'il lui sembla. Il n'en était pas sûr : il était si submergé par son plaisir qu'il était bien en peine d'évaluer ce que ressentait Dana.

Lorsqu'ils s'écartèrent enfin l'un de l'autre, la sueur leur perlait au front, et ils s'allongèrent sur le dos, haletants, les yeux au plafond.

— Ouah ! s'écria-t-elle.

— Comme tu dis…

Il tourna la tête vers elle, et elle déposa un petit baiser sur son épaule. Maintenant qu'ils avaient couché ensemble, sa tendresse le mettait mal à l'aise. Bien sûr, la plupart des femmes manifestaient leur affection après l'amour ; pourquoi Dana aurait-elle été différente des autres ? Il se rassura en se disant que cela ne signifiait rien.

Il se leva et passa à la salle de bains, puis il retourna dans la chambre et sourit en voyant les cheveux blonds ébouriffés de Dana. Il l'avait complètement décoiffée.

— Tu veux passer la nuit ici ? lui demanda-t-elle.

— Bien sûr, répondit-il en se recouchant à côté d'elle. Pourquoi pas ?

Sa gêne s'était dissipée, et il estimait qu'elle méritait un câlin. La laisser seule maintenant aurait été un manque de respect.

— J'ai hâte de parler à Candy de mon rendez-vous avec toi…

— Candy ?

— Ma propriétaire.

— Tu ne vas pas lui dire que tu as couché avec moi, quand même ?

— Bien sûr que si ! C'est l'une des parties les plus intéressantes de l'histoire.

— Pourquoi les femmes ont-elles le droit de divulguer leurs secrets d'alcôve et pas les hommes ?

— Les hommes ne s'en privent pas !

— Je ne l'ai jamais fait.

— Tu fais partie des hommes bien.

Il ne se considérait ni comme un homme bien ni comme un homme mauvais. Il était lui-même, voilà tout.

— Je suis discret pour ce genre de choses, c'est tout.

— Candy n'est pas comme la plupart des femmes… Elle se confie très peu. Elle a divorcé, et je sais que cela a été très dur pour elle, mais elle ne m'a pas raconté les détails.

Il fronça les sourcils.

— Il faut du temps pour se remettre de la perte d'un être cher. J'ai lu quelque part qu'un divorce pouvait être aussi traumatisant qu'un décès.

— Je n'avais jamais réfléchi à ça. Evidemment, je n'avais jamais eu l'occasion d'y penser auparavant : Candy est la seule amie divorcée que j'aie… et tu es le seul veuf que je connaisse, ajouta-t-elle en se blottissant plus étroitement contre lui. Je suis désolée que tu aies perdu la femme que tu aimais.

— Je suis content de pouvoir en discuter avec toi sans que tu aies de réaction bizarre… J'ai appris très tôt à ne pas me confier sur le sujet, mais avec toi, je le fais naturellement.

— Peut-être parce que je suis naturelle ! s'exclama-t-elle en riant.

Il lui enviait sa joie et son innocence.

— Un jour, un homme jeune tombera follement amoureux de toi.

— Je l'espère…

— J'en suis sûr. Tu verras. Retiens bien ce que je te dis…

— Je vais l'écrire pour ne pas l'oublier !

Elle prit un stylo sur la table de chevet et écrivit le mot « amoureux » sur son ventre. De son doigt, il effleura son nombril.

— On dirait un tatouage raté…

— C'est ce que nous devrions faire si nous nous revoyons un jour : nous faire tatouer ! Un beau mec comme toi devrait avoir un tatouage tribal, et une bohémienne comme moi devrait avoir…

Comme elle semblait hésiter, il se risqua à quelques suggestions.

— Pourquoi pas des fleurs de cerisier ? Ou quelque chose de magique, comme une licorne ou une tigresse ailée ?

— Toutes ces idées me plaisent ! Ma préférée est la tigresse.

Elle fit mine de ronronner.

— C'est mignon, mais les tigres ne ronronnent pas, ils font ce bruit, dit-il avant d'imiter le feulement du tigre.

— Oh ! c'est très sexy… C'est toi qui devrais te faire faire un tatouage de tigre !

— Je crois que nous devrions dormir, maintenant.

Il bougea légèrement pour qu'elle puisse se blottir au creux de son bras. Elle accepta l'invitation tacite et ferma les yeux.

Il la regarda jusqu'à ce qu'elle s'endorme. C'était plus fort que lui : il aimait la regarder, tout simplement.

Dana s'était attendue qu'Eric se réveille avant elle, mais elle ouvrit les yeux la première et le trouva endormi auprès d'elle. Ses cheveux noirs étaient ébouriffés contre l'oreiller et une barbe naissante ombrait ses joues.

Elle se leva, enfila un peignoir soyeux aux motifs hawaïens, son préféré, et gagna la salle de bains pour retirer le maquillage qui lui restait de la veille. Elle en profita pour se brosser les dents et attacher ses cheveux en un chignon souple.

Elle retourna ensuite dans la chambre et s'assit au bord du lit pour regarder Eric se réveiller. Elle lui sourit quand il ouvrit les yeux.

— Bonjour !

— Je n'ai jamais été du matin, répondit-il avec une expression maussade après s'être longuement étiré.

— Je suis de toutes les heures de la journée, dit-elle sans se départir de son sourire.

Il se redressa un peu.

— Il faut que je rentre chez moi.

— Pas avant d'avoir pris le petit déjeuner !

Elle ne voulait pas qu'il parte tout de suite, elle avait envie de le dérider.

— Reste, mange quelque chose avec moi… Je suis bonne cuisinière, tu sais !

— C'est vrai ?

— Oui, monsieur. Je vais préparer des pancakes aux myrtilles en vitesse… Qu'en dis-tu ?

— J'en dis que c'est une excellente idée !

Parfait. Son humeur s'améliorait déjà.

— Et si je faisais aussi des œufs et du bacon ?

— Ce serait encore plus merveilleux. Je ne peux pas résister à un repas fait maison.

— Dans ce cas, je vais faire quelques pommes de terre sautées pour accompagner tout ça !

Il sourit, et elle en éprouva un vif sentiment de satisfaction. Il était toujours merveilleusement nu, et plus beau que jamais.

Il se passa la main dans les cheveux.

— Je peux utiliser ta salle de bains ? Je ne me sens jamais parfaitement réveillé tant que je n'ai pas pris de douche.

— Bien sûr, vas-y !

— Tu n'aurais pas une brosse à dents de rechange, par hasard ?

— Tu plaisantes ? Il y en a un plein tiroir sous le lavabo, et j'ai une foule de produits de beauté, aussi… Il y a un magasin où tout est à 1 dollar, au bout de la rue, et je perds un peu la boule quand j'y vais.

Il esquissa un sourire.

— Tu comptes faire du café avec le petit déjeuner ?

— Bien sûr, cela va de soi !

Elle le regarda se diriger vers la salle de bains, délicieusement nu et viril, puis elle alla préparer le petit déjeuner. Tout était prêt quand il la rejoignit dans la cuisine.

Apparemment, prendre une douche l'avait revigoré. Il avait l'air détendu. Il s'était habillé et avait même remis ses chaussures.

Elle lui tendit une tasse de café, dont il respira l'arôme avant d'en boire une gorgée.

— Il est meilleur que le café du restaurant, remarqua-t-il.

— C'est la même marque, pourtant.

— C'est vrai ? Il est plus fort.

— Peut-être parce que c'est plus agréable de le boire chez moi, dit-elle avec un grand sourire. Le café du lendemain matin…

— C'est peut-être ça ! Tu es très jolie, au fait.

— Merci.

Elle était restée en peignoir, ne voyant pas l'intérêt de s'habiller. Elle était à l'aise comme cela.

Ils s'assirent à table. Il la remercia pour tout ce qu'elle avait préparé et mangea de bon appétit. Elle sourit, contente qu'il ait accepté de prendre le petit déjeuner avec elle.

— Tu as prévu quelque chose, aujourd'hui ? lui demanda-t-elle.

Il secoua la tête.

— Moi non plus… C'est mon jour de repos.

Elle se demanda s'il allait lui proposer de passer l'après-midi avec lui, mais il n'en fit rien. Bien sûr, elle ne s'attendait pas réellement qu'il le fasse. Restant naturelle, elle s'en chargea.

— Nous devrions aller nous faire tatouer aujourd'hui, tout de suite après le petit déjeuner.

— Je ne vais certainement pas me faire tatouer, mais vas-y, toi.

— J'irai seulement si tu m'accompagnes !

— Je rentre chez moi après le petit déjeuner, Dana.

— Allez ! Faisons quelque chose de spontané ensemble… Tu pourras même m'aider à choisir mon tatouage.

Il secoua la tête.

— J'ai été assez spontané pour une seule journée.

— C'est la journée numéro 2 !

— Oui, et je vais rentrer chez moi.

Elle repensa à ce qu'il lui avait dit la veille : qu'ils ne se verraient peut-être plus après avoir passé la nuit ensemble.

— Dans ce cas, que vas-tu faire ? Disparaître et ne plus jamais me donner de nouvelles ?

— C'est mieux ainsi, Dana.

— Je suis persuadée que tu changeras d'avis, dit-elle en cillant. Tu reviendras au restaurant… et dans mon lit, ajouta-t-elle en ouvrant brusquement son peignoir pour s'exhiber.

Il éclata de rire.

— Tu es vraiment incroyable !

— Exactement.

Après le petit déjeuner, il l'embrassa pour lui dire au revoir, avec un mélange de tendresse et de passion. Elle était convaincue qu'il ne pourrait pas s'abstenir de revenir vers elle. Elle ignorait combien de temps durerait leur relation, mais une chose était sûre : ils étaient faits pour être amants.

Après son départ, elle s'assit dans le jardin, à côté de la fontaine, et songea au moment où elle le retrouverait.

Les jours passèrent, puis les semaines, et aucun signe d'Eric. Elle s'était trompée, elle ne l'avait pas charmé suffisamment pour lui donner envie de revenir au restaurant, et encore moins chez elle.

Cependant, ce n'était pas le pire. Aujourd'hui, elle était dans tous ses états ; elle venait de confier à Candy qu'elle n'avait pas eu ses règles, ce mois-ci. Cela ne lui était encore jamais arrivé.

— Tu ferais mieux de faire un test, dit Candy, assise en face d'elle dans son petit salon.

Dana secoua la tête. Il devait y avoir une autre explication à ce retard, elle ne pouvait pas être enceinte. Pas elle, qui était bien décidée à se marier avant d'avoir des enfants.

— Mais nous nous sommes protégés ! répéta-t-elle pour la énième fois.

Candy poussa un profond soupir.

— Parfois, cela ne suffit pas… Crois-moi, je sais de quoi je parle.

L'espace d'un instant, Dana se contenta de la regarder fixement, les yeux écarquillés.

— Tu sais de quoi tu parles ? Que veux-tu dire ? Tu as déjà été enceinte ?

Candy hocha la tête, s'apprêtant à lui dévoiler son passé.

— J'étais enceinte quand je me suis mariée… C'est parce que j'étais enceinte que mon ex m'avait demandé de l'épouser, dans l'intérêt de l'enfant. Il venait d'une famille très convenable et trouvait qu'il était important de bien faire les choses.

— Que s'est-il passé ?

Candy détourna le regard.

— J'ai fait une fausse couche.

— Je suis désolée…

— J'étais heureuse d'être tombée enceinte, mais quand j'ai perdu le bébé, notre mariage s'est délité.

Parce que son mari ne l'aimait pas comme elle l'aimait ? Parce que, sans le bébé, plus rien ne les liait l'un à l'autre ? Dana se garda bien de poser ces questions douloureuses à son amie.

— Pourquoi parlons-nous de moi, au lieu de nous concentrer sur ce test que tu devrais faire ? demanda soudain Candy.

Dana remua nerveusement sur son siège.

— Eric ne m'épousera jamais, même si je suis enceinte.

Il lui proposerait probablement de l'aider financièrement, de lui verser une pension alimentaire, ou quelque chose comme ça, mais il ne l'épouserait certainement pas.

— Enfin, je ne devrais pas me marier avec lui, de toute façon… Nous nous connaissons à peine, reprit-elle en se balançant d'avant en arrière, de plus en plus angoissée. Mais comment pourrais-je élever un enfant toute seule après avoir promis à mes proches que je ne serais jamais dans cette situation ?

— Tu pourrais peut-être te faire avorter, suggéra Candy avec douceur, si c'est la meilleure solution pour toi.

Dana posa une main sur son ventre et se rappela y avoir écrit le mot « amoureux » la nuit où elle avait couché avec Eric.

— Je crois que je ne pourrais pas…

Pourtant, la perspective d'être mère célibataire la terrifiait.

Candy l'accompagna à la pharmacie et regarda avec elle les différents tests de grossesse en vente. Incapable de se décider, Dana laissa son amie choisir pour elle. Elle n'arrivait plus à réfléchir.

De retour chez elle, elle ouvrit la boîte et lut les instructions. Apparemment, c'était un test fiable à quatre-vingt-dix-neuf pour cent. Les mentions « enceinte » ou « pas enceinte » devaient s'afficher sur le bâtonnet.

Laissant Candy dans le salon, elle gagna la salle de bains pour faire le test, puis elle rejoignit son amie et attendit auprès d'elle le résultat, qui devait s'afficher au bout de trois minutes. Ce court laps de temps lui sembla durer une éternité.

Quand, au bout des trois minutes, elles regardèrent le bâtonnet, le mot « enceinte » était affiché. Dana sentit les larmes lui monter aux yeux, mais elle parvint à les réprimer.

Elle était au bord de la panique. Comment allait-elle annoncer la nouvelle à sa mère et à sa grand-mère ? Comment allait-elle faire face à cette situation ?

— C'est peut-être un faux positif, dit-elle, pleine d'espoir. Ça arrive, non ? Je ferais mieux d'aller chez le médecin avant d'en parler à Eric.

Elle appela son médecin pour prendre rendez-vous, mais il ne pouvait la recevoir que trois jours plus tard.

Les jours passèrent lentement. Elle espérait de tout cœur avoir ses règles. En vain. Elle avait toutes les peines du monde à se concentrer sur son travail, allant jusqu'à se tromper dans les commandes des clients, et elle ne faisait pas beaucoup mieux chez elle : elle passait le plus clair de son temps assise, à attendre et à s'inquiéter.

A ce stade, elle doutait que le résultat du test ait été un faux positif, mais elle comptait néanmoins se rendre chez le médecin pour en avoir le cœur net. Le jour de son rendez-vous, Candy l'accompagna, ce qui lui mit un peu de baume au cœur, car elle ne se sentait pas le courage d'y aller seule.

Dans la salle d'attente du cabinet médical, elles s'assirent et feuilletèrent de vieux magazines, jusqu'à ce qu'on l'appelle enfin. On lui fit une prise de sang, et une heure plus tard, elle avait les résultats : elle était bel et bien enceinte.

Elle allait avoir un enfant alors qu'elle n'était pas mariée.

Sur le chemin du retour, Candy lui jeta régulièrement des coups d'œil inquiets, comme si elle s'attendait à la voir fondre en larmes. Dana dut prendre sur elle pour ne pas s'effondrer, mais dès qu'elles eurent franchi la porte de chez elle, elle se mit à pleurer, incapable de se retenir plus longtemps. Candy la prit dans ses bras, essayant de la tranquilliser. Mais Dana ne parvenait pas à se calmer. Comment allait-elle s'en sortir ?

Quand elle eut pleuré tout son soûl, elle essuya ses joues et se ressaisit.

D'une façon ou d'une autre, elle allait devoir faire face et réussirait à se débrouiller. S'efforçant de se ressaisir, elle se prépara psychologiquement à appeler Eric pour lui donner rendez-vous. Lui annoncer la nouvelle au téléphone ne lui semblait pas correct. Elle voulait l'avoir en face d'elle pour lui dire qu'il allait avoir un enfant.

- 4 -

Eric n'arrivait pas à comprendre pourquoi Dana l'avait appelé et avait insisté pour qu'il aille la voir chez elle. Elle avait prétendu que c'était extrêmement important. A vrai dire, elle lui avait paru nerveuse, affolée même, et il n'avait pas reconnu la jeune femme pétulante et détendue qu'il savait qu'elle était. Son ton l'avait inquiété, toute cette histoire l'inquiétait. Il n'avait pas envie de la revoir.

Non. Ce n'était pas vrai. Il avait beaucoup pensé à elle depuis leur rendez-vous et avait été tenté de retourner au restaurant, mais comment aurait-il pu le faire sans voir aussitôt renaître son désir pour elle ? Et s'ils avaient de nouveau couché ensemble, ils se seraient sûrement lancés ensuite dans une relation pour laquelle il n'était pas prêt. Il avait donc décidé délibérément de garder ses distances.

Alors qu'il se garait devant chez elle, il espérait, vaguement inquiet, qu'il ne s'agissait pas d'un stratagème.

Un stratagème ? Pour le séduire et l'attirer de nouveau dans son lit ? Non, Dana n'était pas manipulatrice.

Quelque chose n'allait pas, quelque chose que, manifestement, elle éprouvait le besoin de partager avec lui.

Il pénétra dans le jardin et la trouva assise à la table du patio. Elle était pâle et semblait anxieuse, fragile. Il eut le souffle coupé en la voyant. Elle lui fit penser à Corrine quand elle avait appris sa maladie. Dana était-elle malade ? Etait-ce pour cela qu'elle l'avait appelé ?

Il réprima sa soudaine envie de tourner les talons et de s'en aller en courant.

— Bonjour, dit-elle d'une voix douce.

— Bonjour.

Il remarqua une cruche et deux verres sur la table. De toute évidence, elle n'avait pas l'intention de l'inviter à entrer. Elle allait lui dire ce qu'elle avait à lui dire dehors.

Il s'assit en face d'elle. Elle lui servit un verre d'eau, se servit et but une gorgée.

— Que se passe-t-il, Dana ?

— Je…

Son inquiétude s'intensifia.

— Dis-le-moi, s'il te plaît.

Elle remua nerveusement sur sa chaise.

— D'accord. Voilà… Je suis enceinte, Eric.

Ses mots lui firent l'effet d'un coup de poing. Suggérait-elle qu'il était le père du bébé ?

Non. C'était impossible. Ils s'étaient protégés, ils avaient fait attention.

Il ne pouvait pas être le père du bébé. Cependant, si c'était le bébé d'un autre, pourquoi Dana lui en parlait-elle à lui ?

Il prit son verre d'eau et le vida d'un trait.

— Le préservatif que nous avons utilisé a dû se déchirer, reprit-elle.

Il resta immobile, le cœur martelant dans sa poitrine. La tête lui tournait.

— C'est *moi* le père ?

— Oui, bien sûr. Qui veux-tu que ce soit ? Je ne suis sortie avec personne depuis notre rendez-vous… ni avant. Je suis enceinte de cinq semaines.

Ils étaient sortis ensemble cinq semaines plus tôt.

— Tu vas le garder ?

— Oui. Je n'ai pas encore prévenu ma mère et ma grand-mère… Je n'ai pas trouvé le courage de le faire, pour l'instant.

Abasourdi, il hocha lentement la tête. Il était hébété. Il ne savait que dire ou que faire. Il avait quarante-deux ans, et allait avoir un bébé avec une jeune femme de vingt-six ans. Lui non plus n'avait pas envie d'en parler à qui que ce soit.

— Je te verserai une pension alimentaire quand le bébé sera né, finit-il par dire, et je paierai pour ta mutuelle.

Il s'interrompit, réfléchissant au métier qu'exerçait Dana.

— Tu as une mutuelle, au moins ?

— Non, mais je vais faire une demande d'aide sociale pour voir si je remplis les critères requis.

Cela lui semblait assez incertain. Que ferait-elle si elle n'avait pas droit à cette aide ? Ou si elle n'avait droit qu'à une couverture médicale partielle ?

— Je préférerais que tu aies une mutuelle. Choisis-en une, et je la paierai. Je veux être sûr que tu sois bien couverte.

Il avait des économies et puiserait dedans.

— Merci. Je savais que tu me proposerais de m'aider financièrement, dans la mesure du possible. Tu es un homme responsable.

— Pas assez, apparemment. Je m'en veux horriblement de t'avoir mise dans cette situation…

— Nous avons vraiment fait n'importe quoi, hein ? Moi, surtout !

— Tu n'es pas plus responsable que moi, Dana… mais je ne peux pas te proposer de t'épouser. J'aimerais pouvoir créer le scénario idéal pour toi, mais comment pourrions-nous nous marier alors que nous nous connaissons à peine ? Ce serait une situation très délicate.

— Je sais, j'y ai pensé. Nous nous connaissons à peine, c'est vrai… Je ne m'attendais pas que tu me demandes ma main, le mariage ne serait pas la solution.

Il plongea ses yeux dans les siens. Aujourd'hui, une lueur d'affolement se lisait dans leur immensité bleue. Il voyait bien qu'elle appréhendait d'avoir à élever un enfant seule.

— Tu t'étais promis de ne jamais être mère célibataire.

— C'est curieux, n'est-ce pas ? Cette façon dont nos plus grandes peurs se réalisent parfois. La vie nous lance des défis !

C'était injuste qu'elle se retrouve dans cette situation. Il aurait voulu arranger les choses, mais ils étaient d'accord sur le fait que le mariage n'était pas une solution, et en dehors de cela, il ne voyait pas comment il aurait pu l'aider.

— Je suis vraiment désolé, Dana…

— Ça va aller. Je vais faire tout mon possible pour me débrouiller. Je vais simplement me concentrer sur le fait que je vais être mère.

Il ne savait pas comment il allait accepter de devenir père à ce stade de sa vie.

— Je vais devoir trouver un moyen d'annoncer la nouvelle à Kaley, tout comme tu vas devoir le faire avec ta famille.

— Je vais attendre un peu, j'ai besoin de temps pour me faire à cette idée.

— Tu l'as déjà dit à quelqu'un ?

— Candy est au courant. Elle était avec moi quand j'ai fait le test, et ensuite, elle m'a accompagnée chez le médecin.

S'attendait-elle qu'à l'avenir ce soit lui qui l'accompagne ? Il espérait le contraire. Il avait vu assez de médecins et d'hôpitaux pendant la maladie de Corrine. Il savait que c'était différent, bien sûr, mais malgré tout, il ne se sentait pas le courage de faire face à tout cela.

— Je suis content que Candy t'ait accompagnée chez le médecin.

Elle posa une main sur son ventre.

— Tu crois que je serai une bonne mère ?

— Bien sûr.

Il était soulagé qu'elle ne fasse pas de remarque sur le père qu'il serait. Il n'avait pas l'intention de s'impliquer sur le plan affectif avec le bébé, pas comme il l'avait fait avec Kaley. Il craignait de ne plus avoir ce qu'il fallait pour être ce genre de père. Kaley avait été désirée, mais pas ce pauvre bébé.

— Candy veut que je continue à vivre ici… J'ai envie de rester, moi aussi. Je serai un peu à l'étroit après la naissance du bébé, mais c'est un endroit agréable et sans danger. Je pourrai transformer ma chambre en chambre d'enfant et dormir dans le salon.

Il savait qu'il aurait dû lui proposer de prévoir une chambre chez lui également, pour pouvoir accueillir l'enfant, mais il ne s'imaginait pas s'occuper de nouveau d'un bébé.

Il n'imaginait rien de tout cela. Il voulait agir honorablement envers Dana, mais il se sentait dépassé.

— Je vais continuer à travailler, bien sûr, reprit-elle. Je vais aussi continuer mes études, mais je vais suivre mes cours en ligne pour ne pas avoir à prendre de baby-sitter. J'ai repensé à ce que tu m'as dit, je vais voir si je peux devenir décoratrice d'intérieur.

— J'étais sincère, tu serais douée pour ça. Ce serait une bonne carrière pour toi.

— C'est vrai, et je pourrais continuer à travailler comme serveuse en attendant.

Il songea à ses collègues et se demanda ce qu'ils penseraient de sa situation. Il n'était vraiment pas le genre d'homme qu'ils s'attendraient à voir dans une situation aussi fâcheuse.

Il pensa à Dana et à ce à quoi elle allait devoir faire face. Ce serait bien plus difficile pour elle que pour lui. C'était elle qui allait porter le bébé, lui donner naissance, s'en occuper.

— Je ne me leurre pas, dit-elle, comme si elle pensait à la même chose que lui, ce ne sera pas facile, mais je crois qu'il y a une raison à toute chose. Tu ne crois pas ?

Non. S'il y avait une raison à toute chose, sa femme serait encore en vie.

— Ma fille voit les choses comme ça… Depuis qu'elle a retrouvé ses parents biologiques, elle croit au destin.

— Tu crois qu'elle pensera que notre bébé est un signe du destin ?

« Notre bébé ». L'expression donnait presque l'impression qu'ils formaient un couple, mais ce n'était pourtant pas le cas. Dana et lui vivraient chacun de leur côté, et ce serait elle qui élèverait l'enfant qu'ils avaient conçu involontairement. Comment cela aurait-il pu être le destin ?

— Je ne sais pas du tout comment elle va réagir, répondit-il.

Il savait seulement que ce serait terriblement embarrassant de lui révéler ce qu'il avait fait et avec qui.

— Quand vas-tu lui annoncer la nouvelle ?

— Je ne sais pas. Peut-être ce week-end… Elle est censée venir me voir, et j'avais l'intention de l'emmener dans son bar à sushis préféré.

— C'est sympa… Je peux voir une photo d'elle ?

— Quoi ? Pourquoi ?

— Parce qu'elle va être la grande sœur de notre bébé.

Il ne pouvait pas contester son raisonnement. C'était vrai : elle et le bébé qu'elle portait étaient liés à Kaley. En une seule nuit de passion, Dana et lui avaient conçu un enfant. L'idée le stupéfiait. Quand il était jeune et impatient de fonder une famille, il aurait été enchanté d'avoir un enfant aussi facilement et aussi rapidement, mais maintenant, il était plus âgé et dans un état d'esprit différent. Rien de tout cela n'avait de sens, ni pour lui ni pour Dana.

Il lui montra une photo de Kaley sur son téléphone portable.

— Elle est belle ! On croirait vraiment ta fille biologique.

— Son père biologique est amérindien aussi.

— Je me demande comment sera notre bébé…

Il la regarda. Une mèche de cheveux lui caressait la joue. Elle était vraiment très jolie.

— Il te ressemblera peut-être, ou peut-être nous ressemblera-t-il à tous les deux.

Elle esquissa un sourire.

— Je vais passer une échographie la semaine prochaine, et j'en aurai une image.

— Est-ce normal de passer une échographie aussi tôt dans la grossesse ?

— Pour mon médecin, oui ! Il aime bien en faire une dans les premières semaines, puis une autre quand le bébé est plus développé.

A ce stade, le fœtus devait ressembler à une cosse de pois, ou à quelque chose ayant une forme aussi bizarre.

— Candy va-t-elle t'accompagner ?

Dana hocha la tête.

— Elle était enceinte quand elle s'est mariée, mais elle a perdu le bébé… Elle me l'a dit le jour où nous avons appris que j'étais enceinte.

— Je suis désolé pour elle.

Candy semblait être une bonne amie pour Dana.

— Je te la présenterai, un jour.

— Je suis content qu'elle soit là pour toi.

— Moi aussi. Elle m'aide à me sentir moins seule.

S'efforçant de la réconforter, il tendit le bras sur la table pour lui prendre la main, mais le geste n'était pas aussi chaleureux qu'il aurait dû l'être. Il n'était vraiment pas doué pour tout cela.

— Tu es sûre que ça va aller ?

— Je vais tout faire pour que ça aille, en tout cas.

Lui ignorait ce qu'il allait faire, sinon lutter contre le sentiment de panique qui l'assaillait.

— Je suis vraiment désolé, Dana.

— Tu n'as pas à t'excuser encore et encore.

— J'ai l'impression d'avoir fait vraiment n'importe quoi.

— Parce que tu es angoissé… Je le suis aussi. Nous avons seulement besoin d'un peu de temps pour nous faire à cette idée.

— Dans ce cas, si nous ne devons discuter de rien d'autre pour l'instant, je ferais mieux de rentrer chez moi.

Il avait besoin d'être seul et de se calmer. Son cœur martelait dans sa poitrine.

Elle dégagea sa main de la sienne.

— D'accord… Je t'appellerai.

— Tiens-moi au courant du prix de la mutuelle.

— Je le ferai.

Elle le raccompagna jusqu'au petit portail du jardin. Ils ne s'embrassèrent pas pour se dire au revoir, ne se serrèrent pas dans les bras l'un de l'autre. Ils se contentèrent de rester là, les bras ballants, aussi mal à l'aise l'un que l'autre. De toute évidence, il n'avait pas réussi à la réconforter. La douceur qu'il lui avait témoignée avait été bien trop fugitive. Il avait vraiment envie de rentrer chez lui, mais il s'attarda encore quelques instants.

Enfin, il passa le portail, tournant une dernière fois la tête pour regarder la belle jeune femme qui portait son enfant.

*
* *

Kaley arriva le samedi. Eric l'emmena manger des sushis et, tout le temps du repas, se demanda comment lui annoncer la nouvelle. Sur le chemin du retour, il regarda droit devant lui, plongé dans ses pensées.

Il était dans tous ses états. Peut-être n'aurait-il rien dû dire à sa fille pour l'instant. Peut-être aurait-il dû attendre que la naissance du bébé soit plus proche.

Non. Ce n'était pas une bonne idée. Ce ne serait pas bien de cacher quelque chose de cette ampleur à sa fille, mais il regrettait amèrement de s'être mis dans une telle situation.

Et Dana, l'adorable Dana ! Cela devait être très dur pour elle. Elle lui avait bien dit que sa famille serait accablée, qu'elle-même serait accablée si elle était un jour mère célibataire.

Il était l'homme qui l'avait mise dans une situation accablante.

Il se gara dans l'allée, et Kaley et lui entrèrent dans la maison. Il l'observa, songeant qu'elle était ravissante et très mûre pour son âge.

Etait-elle assez mûre pour entendre ce qu'il s'apprêtait à lui annoncer ? Il l'espérait de tout cœur.

Il la regarda encore et remarqua que son style était proche de celui de Dana ; ses vêtements étaient un peu moins excentriques, mais elle aussi avait quelque chose d'une bohémienne. Bien sûr, Dana et elle n'avaient que huit ans d'écart. Elles étaient pratiquement de la même génération.

— Kaley…

— Oui ?

Elle retira ses ballerines ornées de paillettes et les rangea à côté de la porte d'entrée. Son pull aussi était pailleté.

— J'ai quelque chose à te dire.

Elle coinça une mèche de cheveux derrière son oreille. Sa longue chevelure noire était lisse et brillante, aux reflets auburn — sa mère biologique avait les cheveux d'un roux flamboyant.

Elle fronça les sourcils.

— Quelque chose ne va pas ? Tu as l'air d'être ailleurs, depuis tout à l'heure.

— Il vaut mieux que tu t'asseyes.

— Cette fois, tu me fais peur…

— Tu n'as aucune raison d'avoir peur.

Il savait qu'elle pensait à la maladie de sa mère. Elle s'assit lourdement sur le canapé, et il prit le fauteuil en face d'elle.

— Très bien, papa, je t'écoute !

Il commença doucement.

— Je suis sorti avec quelqu'un.

— C'est vrai ? C'est génial !

Non, pas du tout.

— J'ai eu des rapports avec elle.

— Des *rapports* ? répéta-t-elle en riant. Sérieusement ? Quelle expression ringarde ! Donc, tu as couché avec elle… C'est super.

Cela n'avait rien de « super » non plus.

— Elle est enceinte, Kaley.

Sa fille écarquilla les yeux. Elle resta muette de stupeur.

— Nous nous sommes protégés, s'empressa-t-il de préciser, mais cela n'a pas suffi.

Kaley resta silencieuse. Il se sentait de plus en plus mal. Il avait mis Dana dans une situation délicate et, maintenant, il plongeait sa fille dans la perplexité.

— Tu vas avoir un bébé ? lui demanda-t-elle enfin.

— Oui. Elle veut le garder.

— Deux personnes d'un certain âge qui vont avoir un enfant ! Qui aurait cru…

— Elle n'est pas très âgée, elle n'a que vingt-six ans.

De nouveau, Kaley ouvrit de grands yeux.

— Papa ! Oh ! mon Dieu… Papa !

— Je sais, c'est insensé. Elle est serveuse dans un restaurant où j'avais l'habitude d'aller, elle m'a invité à sortir un soir, et nous avons passé la nuit ensemble. C'était une histoire sans lendemain, je savais dès le début qu'elle était trop jeune pour moi.

— Quand doit naître le bébé ?
— Je ne sais pas.
— Comment peux-tu ne pas le savoir ?
— Elle ne me l'a pas dit, et je ne le lui ai pas demandé. Tout ce que je sais, c'est qu'elle est enceinte de cinq semaines environ, et qu'elle va passer une échographie la semaine prochaine.
— C'est tout récent…
— Nous sommes sortis ensemble la semaine de la Saint-Valentin… C'était le soir du vernissage dont je t'avais parlé.
— Ah oui ! Je m'en souviens. Alors, comment s'appelle la maman de ton bébé ?
La maman de ton bébé ? La formulation ne lui plaisait pas, il la trouvait trop légère.
— Dana, répondit-il.
— Elle est gentille ? Tu crois que je vais bien l'aimer ?
— Oui, je le crois.
Il vit l'expression de Kaley changer à mesure qu'elle réfléchissait. Une lueur intriguée brillait dans ses yeux.
— C'est plutôt excitant, papa… D'abord, je retrouve mes parents biologiques, et maintenant, je vais avoir un petit frère ou une petite sœur ! Dana et toi allez-vous recommencer à sortir ensemble ?
— Non, Kaley, absolument pas.
Elle resta un instant bouche bée.
— Vous allez avoir un bébé, mais vous n'allez pas sortir ensemble ?
— Elle est trop jeune pour moi, je te l'ai déjà dit.
— Oh ! je t'en prie ! L'âge c'est dans la tête.
— Je déteste cette expression.
— Parce que tu es grognon. Essaie au moins de te réjouir, tu vas avoir un bébé !
— Je ne sais pas comment être de nouveau père d'un nourrisson.
— Bien sûr que si ! Fais exactement ce que tu as fait avec moi.

— Ce n'est pas la même chose…

— Comment peux-tu dire ça ? Tu m'as adoptée, tu m'as aimée et tu t'es occupé de moi. Comment pourrais-tu ne pas aimer et ne pas t'occuper de l'enfant que va avoir la mère de ton bébé ?

— Arrête de l'appeler « la mère de mon bébé ».

— Très bien. Dana. Que pense-t-elle de tout ça ?

— Elle a peur. Elle s'était toujours dit qu'elle ne serait jamais mère célibataire.

Puisqu'il s'était lancé à parler ouvertement, il alla jusqu'à lui raconter l'histoire de la famille de Dana. Il ne voyait pas pourquoi la lui cacher.

— C'est aussi terrible pour elle que cela l'est pour moi.

— *Aussi terrible pour elle* ? C'est *pire* pour elle, bien pire !

— C'est vrai, tu as raison… mais je ne peux pas arranger les choses. J'aimerais pouvoir, mais ce n'est pas le cas.

— Tu pourrais l'épouser, si elle acceptait.

Il n'en croyait pas ses oreilles.

— Le mariage n'est pas la solution.

— Tu devrais peut-être y songer. Ce bébé va peut-être combler un vide dans ton cœur… Maman n'est plus là, papa, et elle ne reviendra jamais.

— Je le sais très bien. Je ne suis pas amoureux de Dana, et je n'ai pas l'intention d'épouser une femme que je n'aime pas profondément.

— Les gens disent que l'on peut apprendre à s'aimer.

— Je n'en suis plus capable. J'ai connu l'amour véritable.

— Et tu vas te complaire là-dedans pour le restant de tes jours ? Ça n'aurait pas plu à maman.

— Ne me dis pas ce qui aurait plu ou déplu à ta mère, s'il te plaît…

Il savait pertinemment ce que Corrine lui aurait dit de faire si elle avait pu communiquer avec lui en cet instant. Quand elle s'était résignée à l'idée de sa mort imminente, elle lui avait demandé à plusieurs reprises d'aller de l'avant. Ils s'étaient même disputés à ce sujet.

Kaley poussa un profond soupir.

— Pauvre Dana ! Et si un homme me faisait un jour ce que tu lui fais à elle ? S'il gardait ses distances vis-à-vis de moi et de mon bébé ?

Il espérait que cela n'arriverait jamais.

— Je vais l'aider financièrement, je vais faire tout mon possible.

— Ce n'est pas la même chose qu'être là pour quelqu'un. Je parie qu'elle t'épouserait si tu le lui proposais !

— Je lui ai déjà dit que je ne pouvais pas l'épouser, et elle était d'accord pour dire que nous ne devrions pas nous marier.

— Je suis sûre qu'elle serait prête à reconsidérer la question.

— Tu ne la connais même pas, Kaley.

— Je connais les femmes. Dois-je te rappeler que j'en suis une ? Si la pire chose au monde pour moi était d'être mère célibataire et que le père de mon bébé me proposait de l'épouser, j'accepterais.

— On ne devrait jamais se marier précipitamment, quelles que soient les circonstances.

— Ce n'est pas juste que ce soit toi qui contrôles la situation.

— Je ne contrôle rien du tout. Tu n'as pas la moindre idée de ce que je ressens…

Il ne savait plus où il en était, ne savait pas quoi faire.

— Je crois que tu fais passer tes besoins avant les siens.

— Tu n'as pas le droit de me juger !

— Parce que tu te comportes comme un sale type ?

— Très bien, d'accord ! Je suis un sale type, je suis le pire futur père que la terre ait porté, mais pour l'amour du ciel, Kaley, fiche-moi la paix !

— Je commence vraiment à te détester, là…

— Eh bien, vas-y !

Lui aussi se détestait.

— Très bien, si c'est ce que tu veux, je te déteste.

Elle se dirigea vers sa chambre avec raideur et claqua la

porte derrière elle. Il resta assis dans son fauteuil, accablé par le désordre qu'il avait semé dans la vie de tout le monde.

Au bout d'une heure, il alla frapper à la porte de la chambre de Kaley.

— Entre ! lui cria-t-elle.

Il s'exécuta. Elle avait la même chambre depuis l'enfance. Le décor avait changé au fil des ans, mais la pièce lui rappelait toujours l'époque où Kaley était petite.

Elle était assise sur son lit, les genoux ramassés contre sa poitrine, son iPad posé à côté d'elle. Elle avait toujours un appareil électronique à portée de main.

— Je suis désolé.

— Moi aussi, dit-elle en lui faisant signe d'approcher. Je ne te déteste pas, papa. Je t'aime.

— Je t'aime aussi. Tu es tout pour moi.

— Le nouveau bébé devrait avoir sa place dans ton cœur, lui aussi.

— J'ai appris la nouvelle il y a seulement quelques jours, j'ai besoin d'un peu de temps pour me faire à cette idée.

— Je comprends, mais ça me fait de la peine que tu aies l'air aussi détaché.

— Je vais essayer de m'investir davantage.

— Je persiste à penser que tu devrais demander à Dana de t'épouser.

Il s'assit lourdement sur la chaise du bureau.

— Oh ! Kaley… La vie n'est pas si simple.

— Elle peut l'être, quand on s'en donne les moyens. Regarde ce qui est arrivé à Victoria et à Ryan !

Victoria et Ryan étaient ses parents biologiques, et ils avaient effectivement fait du chemin ensemble, mais les circonstances étaient très différentes.

— Ce n'est pas la même chose.

— Ryan s'est détaché de Victoria et de moi quand je suis née.

— Parce qu'il avait peur.

— Toi aussi, tu as peur.

— Cela ne signifie pas pour autant que je devrais épouser Dana, et comme je te l'ai déjà dit, elle ne trouve pas que ce soit la bonne solution, elle non plus.

— Peut-être, mais tu n'as même pas fait ta demande. Tu ne lui as pas donné l'occasion d'y réfléchir.

— Elle y avait probablement déjà réfléchi par elle-même.

— Oui, et elle avait dû se dire que ce ne serait pas une possibilité qui s'offrirait à elle. Si tu lui proposes de l'épouser, vous aurez au moins l'occasion d'étudier la question, vous pourrez au moins en discuter et voir si cela peut être une solution.

Il ne répondit pas. Rien de ce qu'il aurait pu dire n'aurait changé quoi que ce soit : Kaley était bien décidée à le faire changer d'avis, et quand elle voulait quelque chose, elle n'abandonnait jamais.

— Tu es un homme traditionnel, papa, un homme d'honneur. Tu ne devrais pas avoir un enfant né hors des liens du mariage, surtout pas avec une femme qui s'était juré de ne jamais être mère célibataire.

— Très bien. Alors, imaginons que je la demande en mariage et qu'elle accepte de m'épouser, mais que nous soyons horriblement malheureux ensemble... En quoi cela aiderait le bébé ?

— Eh bien, quand il sera plus grand, il pourra au moins se dire que vous avez essayé de former une famille.

— C'est une belle idée, et je sais que tes intentions sont bonnes, tu as bon cœur, mais je...

— S'il te plaît, promets-moi seulement d'y réfléchir. Même si Dana refuse, au moins, tu lui auras proposé de t'épouser, et elle pourra dire à sa famille que le père du bébé était prêt à se marier avec elle.

— Tu défends cette jeune femme alors que tu ne la connais même pas, Kaley.

— Elle va donner naissance à mon petit frère ou à ma petite sœur... J'ai envie de lui faciliter l'existence, c'est bien normal.

— Toi et tes causes féministes !

— Je te rappelle que j'étudie les rôles sociologique, historique et littéraire des femmes. A quoi t'attendais-tu ? Que j'aie un point de vue masculin sur la question ?

— Et si l'homme concerné est ton père ?

— C'est justement parce que l'homme concerné est mon père que je suis intransigeante. Je veux être fière de toi et de la façon dont tu auras géré la situation.

Pour l'instant, elle avait honte de son détachement. Il la regarda droit dans les yeux. Il avait envie qu'elle soit fière de lui. Il avait envie d'essayer d'être l'homme qu'elle décrivait pour Dana et pour leur bébé.

Il se leva, prit une profonde inspiration et se dit qu'il pouvait y arriver, même s'il était terrifié.

— Je vais en parler à Dana.

Kaley se leva d'un bond et se jeta à son cou.

— Merci, papa !

Il enfouit le visage dans ses cheveux, songeant à l'enfant que portait Dana et qui l'appellerait aussi « papa » un jour.

— Tu ne le regretteras pas, ajouta-t-elle.

Il la serra étroitement contre lui. Il espérait de tout cœur qu'elle avait raison, car dans le cas contraire, il s'apprêtait peut-être à faire la plus grosse erreur de sa vie.

- 5 -

Sortant du restaurant, Dana se dirigea vers sa voiture. Elle était épuisée, physiquement et moralement. Elle ne souffrait pas de nausées matinales tous les jours, mais il lui arrivait souvent d'avoir mal au cœur. C'était sans doute les prémices de ce qui l'attendait.

Elle avait envie de rentrer chez elle et de dormir, alors même qu'il n'était que 18 heures. Jusque-là, être enceinte n'avait rien d'amusant. Bien sûr, personne ne lui avait dit que ce le serait. Elever un enfant n'allait certainement pas être une partie de plaisir non plus, mais à quoi bon se le répéter ? Cela ne ferait que générer davantage de stress, et si elle était stressée, son bébé en souffrirait.

Mon adorable petit bébé illégitime. Elle était bien placée pour savoir ce qu'était la honte d'être mère célibataire. L'histoire se répétait, mais qui aurait-elle bien pu blâmer ? Elle-même ? Eric ? Il n'était pas plus responsable qu'elle.

Tandis qu'elle approchait de sa voiture, elle aperçut à côté un homme grand et ténébreux.

Eric ! Au moment même où elle pensait à lui, il apparaissait. Sa voiture était garée à côté de la sienne.

Près d'une semaine s'était écoulée depuis qu'elle lui avait annoncé la nouvelle. Il était toujours aussi beau, avec son visage fin, ses cheveux noirs et ses vêtements décontractés, sa virilité intense.

Elle éprouvait encore de l'attirance pour lui, ce qu'elle déplorait. Ce n'était pas dans son intérêt d'éprouver quoi que ce soit pour lui.

Etait-il là pour discuter de la mutuelle dont ils avaient parlé ? Elle n'avait pas eu le temps de se pencher sur la question.

Elle n'avait eu le temps de rien, pas même d'appeler sa mère et sa grand-mère.

Non. C'était faux : elle avait soigneusement évité de les appeler. Elle pratiquait la politique de l'autruche.

— Bonjour, lui dit Eric. J'espérais pouvoir te parler…

— Ici ?

— Nous pourrions nous asseoir dans ma voiture.

Il lui tendit un gobelet avec une paille.

— Je t'ai acheté un milk-shake… Le meilleur de la ville, je crois !

Etait-ce sa première envie irrépressible de femme enceinte ? En tout cas, elle avait soudain envie de ce qu'il lui offrait précisément : un milk-shake au chocolat, épais et crémeux.

— Encore meilleur que celui que nous avons partagé sur la jetée ?

— Aussi bon. Je l'ai acheté dans une boutique près de chez moi.

Elle prit le gobelet et but une grande gorgée de milk-shake. Eric s'approcha un peu. Elle se sentit aussitôt oppressée et fronça les sourcils.

Il s'éclaircit la voix.

— Je suis désolé de ne pas t'avoir offert la stabilité que le bébé et toi méritez.

Perplexe, elle but une autre gorgée de milk-shake avant de répondre.

— Tu m'as proposé de m'aider financièrement et de me payer une mutuelle.

— Je ne parle pas de ça… Je parle de stabilité affective. J'ai parlé de toi à Kaley, et elle m'a ouvert les yeux sur ce que j'aurais dû voir de moi-même. Elle trouve que je devrais te faire une proposition, et je suis d'accord avec elle… Je suis désolé de ne pas l'avoir fait plus tôt, ajouta-t-il avec douceur.

Son cœur fit un bond dans sa poitrine. Oserait-elle lui demander de quoi il parlait ? Le forcer à expliciter sa pensée ?

— Quelle proposition ?

— Celle de m'épouser.

— C'est pour ça que tu es là ? Pour me demander en mariage ?

— Oui, c'est exactement pour cela que je suis là.

— Je crois que j'ai besoin de m'asseoir.

Elle se sentait soudain un peu étourdie. Eric ouvrit la portière côté passager, elle s'assit et s'efforça de respirer normalement tandis qu'il s'installait derrière le volant. Elle porta le gobelet à son front pour se rafraîchir.

— Ça va ?

— Ça va aller, répondit-elle en abaissant le gobelet. As-tu *envie* de te marier, Eric ?

— J'ai envie de faire ce qu'il faut, d'agir honorablement, et tu ne devrais pas être obligée d'être mère célibataire, pas si je peux y faire quelque chose.

Il s'interrompit, comme s'il se concentrait.

— Je veux te faciliter les choses.

— Tu hésitais à sortir avec moi le temps d'une soirée, et maintenant, tu parles mariage… C'est un grand bond en avant, Eric.

— Oui, et je ne vais pas te mentir, l'idée d'être de nouveau un mari et un père m'effraie, mais cela ne signifie pas que je ne ferai pas tout mon possible pour que ça marche entre nous et pour que notre enfant ait ses deux parents auprès de lui.

Elle l'observa attentivement. Son expression montrait sa sincérité, son regard trahissait son empressement. Cependant, comment pouvait-elle être sûre qu'il avait ce qu'il fallait sur le plan affectif pour faire ce qu'il lui promettait ?

D'après ce qu'il lui avait dit, sa fille l'avait encouragé à lui demander de l'épouser.

— Pourquoi Kaley pense-t-elle que nous devrions nous marier ? Parce qu'elle croit que c'est le destin ?

— Oui, et aussi parce que je lui ai raconté l'histoire de ta famille et qu'elle est désolée pour toi. Et puis, elle est excitée à l'idée d'avoir un petit frère ou une petite sœur, elle s'attache déjà au bébé…

Elle posa une main sur son ventre.

— Oh ! c'est mignon ! Je l'aime déjà, moi aussi. J'ai peur de ce que l'avenir me réserve, mais je l'aime.

— J'espérais que ma demande en mariage te rassurerait, mais tu as encore peur, comme moi.

Oui, elle avait peur, mais elle avait quand même envie d'accepter sa proposition, de faire de leur enfant un enfant légitime, mais elle savait pertinemment qu'elle n'aurait pas dû se précipiter dans un mariage à l'initiative d'une jeune fille de dix-huit ans idéaliste.

— Je n'ai pas encore parlé du bébé à mes proches.

— Maintenant, tu peux leur dire que je t'ai demandé de m'épouser.

— Ils vont penser que je suis folle si je refuse, surtout si je leur dis que tu es un homme séduisant, travailleur et responsable qui a déjà élevé une fille adoptive.

Ils penseraient qu'Eric était un très beau parti.

— Tu dois faire ce qui est bien pour toi, pas pour ta famille.

— Je ne veux pas être mère célibataire, tu le sais bien… mais j'ai peur que nous souffrions tous les deux si nous prenons une telle décision à la hâte. Le mariage est quelque chose de difficile en soi, et qui le serait encore plus dans une situation comme la nôtre.

— Kaley nous a comparés à Victoria et à Ryan, ses parents biologiques. Nous ne sommes pas comme eux, mais ils ont eu des obstacles importants à surmonter, eux aussi.

Il lui avait déjà dit que les parents de Kaley s'étaient retrouvés et qu'ils allaient se marier en été. Elle se souvenait aussi qu'ils étaient très jeunes lorsqu'ils avaient eu Kaley.

— Ryan et Victoria étaient encore lycéens quand elle est tombée enceinte, continua-t-il, confirmant ce qu'elle savait déjà. Leurs familles respectives étaient persuadées que l'adoption était la seule solution, mais Victoria rêvait secrètement de garder le bébé et d'épouser Ryan.

— Etait-elle amoureuse de lui ?

— Oui. Il l'aimait, lui aussi, mais il lui a fallu des années pour en prendre conscience. Il était trop déboussolé pour démêler ses sentiments. Il lui avait seulement promis d'être là à la naissance du bébé, mais le moment venu, il a été pris de panique et n'est pas allé à l'hôpital. Victoria ne lui a pas pardonné avant d'avoir retrouvé Kaley.

— Leur histoire n'a rien à voir avec la nôtre... Nous ne sommes pas des adolescents transis d'amour, tu étais mon client au restaurant, et nous avons passé une seule nuit ensemble.

— Je sais, mais eux aussi ont eu un bébé alors qu'ils ne s'y attendaient pas, et ils n'ont même pas pu le garder. Nous, au moins, avons la possibilité de nous marier et d'élever notre enfant ensemble.

C'était vrai, mais la comparaison entre eux et les parents biologiques de Kaley ne l'aidait pas à se sentir mieux : Victoria et Ryan s'aimaient, tandis qu'Eric et elle n'étaient pas amoureux l'un de l'autre. Cette constatation aurait dû suffire à la convaincre de ne pas l'épouser, mais la perspective d'être mère célibataire l'angoissait terriblement.

— Je te suis reconnaissante de ta proposition, mais j'ai besoin d'un peu de temps pour y réfléchir. Je préférerais ne pas prendre de décision hâtive, dans notre intérêt à tous les deux.

— Je comprends, et je serai là pour toi quelle que soit ta décision. Je ferai de mon mieux.

De son mieux. Elle n'était pas en droit d'espérer davantage, n'est-ce pas ? Elle était sûre qu'il serait un bon père pour le bébé. Pourrait-il aussi être un bon mari pour elle ? Elle l'ignorait.

— Quel genre d'épouse crois-tu que je serais ?

Il réfléchit quelques instants.

— Eh bien... je crois que tu serais douce et amusante, très occupée, toujours à te lancer dans des projets de toutes sortes, et tu serais désordonnée, ajouta-t-il avec un sourire. Tu laisserais probablement tes vêtements éparpillés dans notre chambre.

Elle leva les yeux au ciel.

— A t'entendre, je te donnerais du fil à retordre.

— C'est ce que je crois !

Il se pencha vers elle et, pour la taquiner, lui donna un petit coup d'épaule.

— Bien sûr, tu as la grande qualité de bien cuisiner…

— C'est un bon point pour moi.

— Un *très* bon point.

Il y avait au moins une chose qu'il admirait chez elle, mais cela lui semblait tout de même un peu machiste.

— Je devrais sans doute te remettre à ta place tout de suite.

— Parce que j'apprécie ta cuisine ? Qu'y a-t-il de mal à cela ?

— Rien. Je dois être un peu susceptible… Je ne voulais pas avoir de réaction excessive, et je suis contente que tu aimes ma cuisine.

De toute façon, la question qu'elle lui avait posée était ridicule, elle s'en rendait compte maintenant : il ne pouvait pas savoir quel genre d'épouse elle ferait, pas plus qu'elle ne pouvait savoir quel genre d'époux il ferait.

Il y avait beaucoup de choses à prendre en considération, notamment le passé douloureux d'Eric. Si elle se mariait avec lui, essaierait-elle de le sauver ? Candy l'avait accusée de s'intéresser aux gens en difficulté.

— Je ferais mieux de rentrer, dit-elle, accablée par le poids de la décision qu'elle avait à prendre. J'ai eu une longue journée, je suis fatiguée.

Elle avait trop d'incertitudes quant à son avenir pour se demander si elle devait ou pouvait sauver Eric.

— Quand passes-tu l'échographie ? lui demanda-t-il alors qu'elle s'apprêtait à ouvrir la portière. Ce n'est pas déjà fait, n'est-ce pas ?

— Non, c'est demain.

— Candy t'accompagne ?

— Oui.

— Tu me diras comment ça s'est passé ?

— Je te montrerai l'image.

— Quand tu m'as parlé de l'échographie, j'ai imaginé à quoi ressemblerait le bébé.

— Et qu'as-tu imaginé ?

— Une cosse de pois.

— Oh ! C'est mignon… Je pourrais peut-être le surnommer « Petit pois ».

Elle regarda son ventre.

— Qu'en penses-tu, bébé ? Tu veux que je t'appelle « Petit pois » ?

Il la regarda d'un drôle d'air, et elle s'aperçut que c'était aussi nouveau pour lui que cela l'était pour elle. Il avait un enfant, mais sa femme n'avait jamais été enceinte.

— Le surnom « Petit pois » irait mieux à une fille, dit-il. Tu crois que c'est une fille ?

— Je n'en ai aucune idée, mais dans Popeye, P'tit pois est un garçon.

— C'est vrai… Notre bébé est peut-être un garçon.

— Nous le découvrirons plus tard. Tu aimerais le savoir à l'avance ?

— Et toi ?

— Si tu veux le savoir, moi aussi.

— Nous déciderons le moment venu.

— Nous allons devoir décider de beaucoup de choses…

Avant tout, elle devait décider si elle acceptait sa demande en mariage.

— Je vais y aller, je suis vraiment fatiguée.

Elle prit congé et descendit de la voiture, emportant ce qui restait de son milk-shake. Tandis qu'elle montait dans sa voiture et qu'elle s'éloignait, Eric resta assis au volant de la sienne et la regarda partir.

— Tu es nerveuse ? lui demanda Candy dans le cabinet du médecin.

— Un peu, répondit Dana.

Elle savait que l'échographie ne serait pas douloureuse, mais elle n'était pas très à l'aise.

— Ça va bien se passer, ne t'inquiète pas.

Elles se regardèrent en souriant. Dana était installée sur la table d'examen et son amie était assise sur une chaise, auprès d'elle.

La sage-femme prépara le matériel, puis elle lui couvrit le ventre de gel et fit glisser la sonde dessus. Dana regarda l'écran et, lorsqu'elle aperçut enfin son bébé, elle se couvrit la bouche d'une main pour étouffer un petit rire. Il ressemblait davantage à un haricot rouge qu'à une cosse de pois, mais elle le surnommerait quand même « Petit pois ».

— Regarde-moi ça ! s'écria Candy, émerveillée, elle aussi.

— Je sais… Petit pois se fait prendre en photo !

La sage-femme sourit. Elle devait avoir à peu près le même âge que Dana.

— Vous avez des enfants ? lui demanda Dana.

— Pas encore.

— C'est mon premier bébé, et mon amie Candy va être sa marraine.

— C'est vrai ? s'étonna Candy.

Dana tourna le visage vers elle.

— Bien sûr ! Je ne sais pas ce que je ferais sans toi. Tu as largement mérité ton statut de marraine.

— Eh bien, c'est un honneur, mais ne te sous-estime pas… Tu te débrouilles très bien, et tu vas continuer comme ça. Je suis sûre que Petit pois est d'accord avec moi.

Toutes deux reportèrent leur attention sur l'écran et s'émerveillèrent en regardant le bébé. Après l'échographie, on lui donna deux images en noir et blanc. Pendant le trajet du retour, Candy et elle discutèrent d'abord du bébé, puis de la demande en mariage d'Eric, même si elles en avaient déjà longuement parlé plus tôt. A cet égard, Candy ne lui était pas d'un grand secours : elle se bornait à lui répéter de faire ce qui lui semblait être le mieux.

Candy la déposa, puis alla travailler. Après avoir tourné en rond un moment, Dana se décida à aller au supermarché, où elle acheta deux cadres. De retour chez elle, elle encadra les deux photos de Petit pois et en plaça une sur la commode. L'autre était pour Eric. Elle ne savait pas comment il réagirait quand elle la lui donnerait, mais quelque chose lui disait que sa fille apprécierait le geste. Elle était contente que Kaley se réjouisse à l'avance d'avoir un petit frère ou une petite sœur.

En revanche, elle ne savait pas quoi répondre à la demande d'Eric. En fait, elle ignorait ce qui était le mieux. Si elle appelait ses proches pour leur demander conseil, ils lui diraient de l'épouser. Pour eux, cela tomberait sous le sens.

Cela aurait-il dû être une évidence pour elle aussi ? Elle avait promis à sa mère et à sa grand-mère de ne jamais mettre au monde un enfant illégitime. Elle se l'était promis à elle-même. Alors pourquoi hésitait-elle ? Parce que c'était Kaley et non Eric qui avait eu l'idée de cette demande en mariage, peut-être ? Ou parce que ce n'était pas un mariage d'amour ?

Cela n'aurait pourtant pas dû avoir d'importance. Elle ne s'attendait pas qu'Eric tombe amoureux d'elle, et elle n'avait pas non plus l'intention de tomber amoureuse de lui. L'idée était d'élever leur enfant ensemble, du mieux possible, tant que durerait leur union.

Alors, fais-le ! Va le voir, donne-lui la photo et accepte sa demande en mariage.

Sa décision était prise. Elle s'assit sur son lit et rit de la folie de la situation. Elle n'avait pas l'adresse d'Eric. Elle ne savait même pas où habitait le père de son bébé.

Elle jeta un coup d'œil au réveil. Il était un peu plus de 16 heures. Eric serait-il déjà rentré du travail ? Au lieu de l'appeler, elle décida de lui envoyer un texto :

J'aimerais te parler, je peux passer ce soir ?

Elle reçut une réponse quelques minutes plus tard :

Oui, quand ?

Quand tu veux.

Vers 18 heures ?

D'accord. Il me faut ton adresse.

Il lui envoya son adresse et des indications pour se rendre chez lui, en précisant :

Pour que toi et Petit pois ne vous perdiez pas.

Touchée, elle répondit par un smiley. Elle pressa un instant le téléphone contre son cœur, mais l'en éloigna presque aussitôt, s'interrogeant sur sa réaction.

Bien sûr, elle avait le droit de se réjouir de constater qu'Eric commençait à s'intéresser à leur bébé. Cela la confortait dans l'idée qu'elle avait raison de lui apporter la photo encadrée et, surtout, de l'épouser. Elle se sentait un peu plus assurée.

Elle était terrifiée, mais elle n'allait pas revenir sur sa décision. Elever un enfant seule aurait été plus effrayant encore. De plus, si elle acceptait de l'épouser, sa famille serait fière d'elle, comme Kaley serait fière d'Eric. Ils auraient la bénédiction de leurs proches.

Elle prit de nouveau son téléphone et envoya un message à Candy. Elle savait que son amie ne le recevrait qu'après ses cours, mais elle voulait tout de même lui annoncer la nouvelle.

Je vais chez Eric ce soir. Je vais accepter sa proposition. Envoie-moi de bonnes ondes ! J'appellerai ma mère et ma grand-mère demain.

Vers 17 heures, elle se prépara à partir. Bien décidée à être jolie pour l'occasion, elle mit un peu de poudre sur ses joues, du rouge à lèvres, et fit bouffer ses cheveux. Elle égaya ensuite sa tenue en glissant un foulard de couleur vive dans les passants de son jean, puis elle enfila des chaussures en daim et une veste à franges.

Debout devant le miroir, elle regarda son reflet et repensa à ce qu'Eric avait dit lorsqu'ils étaient sortis ensemble :

« la mariée bohémienne ». Seulement, à ce moment-là, il l'imaginait comme l'épouse d'un autre homme.

Quel genre de mariage organiseraient-ils ? Combien de personnes inviteraient-ils ? Sa mère et sa grand-mère prendraient-elles l'avion pour assister à la cérémonie ? Elles trouveraient certainement un moyen de se payer le voyage. Elle n'imaginait pas qu'elles puissent rater la cérémonie.

Bien sûr, il y avait aussi la question de la robe. Elle achèterait une robe vintage, originale, qui refléterait son style et son esprit libre.

Elle allait suggérer à Eric de se marier le plus tôt possible. Elle ne voulait pas remonter l'allée centrale avec le ventre rond. La mariée bohémienne n'aurait pas l'apparence d'une mariée enceinte, même si c'était exactement ce qu'elle serait.

A 17 h 45, elle prit la route. Il y avait beaucoup de circulation, et elle arriva chez Eric un peu plus tard que prévu, mais elle supposa que ce n'était pas grave puisqu'il lui avait dit de passer vers 18 heures et non à 18 heures précises. Par ailleurs, grâce à ses indications détaillées, elle ne s'était pas perdue.

La maison de plain-pied était située dans un lotissement pavillonnaire bien entretenu, typique de la banlieue. Le manque d'originalité du lieu la décevait, mais ne la surprenait pas. Elle avait imaginé Eric vivre dans un quartier comme celui-là. En revanche, ce qu'elle n'avait pas imaginé avant cet instant, c'était qu'elle y vivrait avec lui. La maison grise et blanche avec ses jardinières de brique et sa pelouse soigneusement tondue allait pourtant devenir aussi la sienne.

Elle appuya sur la sonnette. Elle avait placé l'image de l'échographie dans une pochette-cadeau.

Eric ouvrit la porte et, aussitôt, son cœur fit un bond dans sa poitrine.

— Entre.

La maison était terriblement silencieuse. Elle aurait préféré qu'il y ait un fond sonore, comme celui d'une radio ou d'une télévision.

Elle jeta un coup d'œil autour d'elle, remarqua les meubles

de chêne cirés, les touches de beige et de bleu çà et là. Elle se doutait qu'une femme s'était occupée du décor, une femme traditionnelle et ordonnée.

— C'est la maison que tu avais avec Corrine ?

— Oui. Nous l'avons achetée quelques années après notre mariage.

— Alors c'est ici que Kaley a grandi ?

Il hocha la tête.

— Elle a encore sa chambre ici. Il y en a quatre, en tout. L'une d'elles me sert d'atelier… J'ai toujours travaillé en *free-lance* en plus du collège, je fais des illustrations, des logos, ce genre de choses. Autrefois, nous faisions aussi de l'artisanat amérindien et nous le vendions lors de pow-wows.

— Nous ?

— Corrine, Kaley et moi.

— Corrine était-elle amérindienne, elle aussi ?

— Non. Elle était comme toi, blonde aux yeux bleus.

— Les blondes aux yeux bleus ont toujours été ton type ?

Il la regarda intensément. Aussitôt, une vague de désir la submergea.

— Je n'avais jamais pensé avoir un type de femmes, mais apparemment, je me trompais.

La tension entre eux était palpable, et tout à fait inopportune étant donné les circonstances. Comme elle, il semblait chercher ses mots. Gênée, elle détourna les yeux et regarda de nouveau autour d'elle.

Elle remarqua cette fois des photos encadrées sur la cheminée. Elle était trop loin pour bien les voir, et le moment était mal choisi pour s'en approcher.

— Tiens, c'est pour toi, dit-elle en tendant à Eric la pochette-cadeau.

Il en sortit l'image de l'échographie, l'étudia sous tous les angles, comme l'aurait fait n'importe quel futur père. Il passa même le doigt dessus.

— Il ressemble plus à un haricot qu'à une cosse de pois, dit-il enfin.

— Je sais, c'est ce que j'ai pensé, moi aussi… Je ne pourrai pas l'appeler Petit pois, en fin de compte !

Il esquissa un sourire.

— C'est dommage, ça me plaisait.

Elle étouffa un rire, comme elle l'avait fait quand elle avait vu le fœtus apparaître sur l'écran de l'échographe.

— Ce ne serait pas un prénom facile à porter…

— Dans la tradition amérindienne, on change facilement de prénom. « Petit pois » décrit plutôt bien le bébé en ce moment, et plus tard, il aura un autre prénom.

Comment argumenter contre sa douceur et son enthousiasme ?

— Très bien, dans ce cas, appelons-le Petit pois pour le moment !

Il alla déposer la photo encadrée sur la cheminée, avec les autres. Elle le suivit, heureuse de constater qu'il donnait à leur bébé ce qui semblait être une place d'honneur, et curieuse de voir les autres photos. La plupart d'entre elles étaient des photos de Kaley au fil des ans. Elle était adorable enfant et ravissante adulte. La seule photo d'Eric était celle de son mariage, sur la plage, avec sa jeune épouse dans les bras. Il était jeune et avait fière allure, rayonnant de bonheur, tel qu'elle l'avait imaginé. Corrine semblait tout aussi heureuse. Elle était svelte et bronzée dans sa robe de satin et de dentelle, son voile flottant joyeusement dans la brise.

— Vous formiez un beau couple.

— Merci. C'était l'un des plus beaux jours de ma vie… comme celui où nous avons adopté Kaley.

Aujourd'hui, après toutes ces années, il allait avoir un bébé avec quelqu'un qu'il connaissait à peine. Cependant, elle ne pouvait rien y faire. Elle ne pouvait pas ramener Corrine à la vie ou faire en sorte que leur bébé n'ait jamais été conçu. La seule chose qu'elle pouvait faire était d'aller de l'avant et d'essayer de leur donner une chance à tous les deux.

— Eric ?

— Oui ?

Elle se détourna de la photo de mariage.

— J'ai pris ma décision.

Il la regarda.

— Au sujet de ma proposition ?

— Je l'accepte, si cela tient toujours.

Il ne répondit pas tout de suite et, l'espace d'un instant, elle se demanda s'il allait l'inciter à y réfléchir davantage, à prendre plus de temps pour être vraiment sûre d'elle.

— Ça tient toujours, bien sûr, finit-il pourtant par dire, d'une voix douce. Je suis heureux que tu acceptes de m'épouser, et je vais faire tout mon possible pour que ça marche. Je vais essayer d'être le meilleur mari possible pour toi et le meilleur père possible pour notre bébé.

— Merci, je t'en suis très reconnaissante.

Il la serra dans ses bras, et elle appuya la tête contre son épaule, s'agrippant à sa chemise comme si sa vie en dépendait.

- 6 -

Eric avait l'impression d'être dans un état second. Il tenait dans ses bras la femme qu'il allait épouser et sentait son cœur battre contre le sien. Lorsqu'ils s'écartèrent l'un de l'autre, le silence s'abattit sur eux. Ils se regardèrent, absorbés par le sérieux de leurs fiançailles.

Ne sachant comment réagir à la tendresse qu'elle lui inspirait, il donna à la conversation une tournure pragmatique.

— Au moins, maintenant, nous n'avons plus à nous préoccuper de ta mutuelle : une fois que nous serons mariés, tu bénéficieras de la mienne.

Elle semblait soulagée qu'il ait brisé la glace.

— Tant mieux, cela m'évitera d'avoir à en chercher une, dit-elle en tripotant nerveusement le foulard qui lui servait de ceinture. En plus, cela te fera sûrement faire des économies…

Il acquiesça d'un hochement de tête, content qu'ils fassent tous les deux un effort pour parler. C'était sans doute mieux que de rester là à se regarder sans rien dire.

— Si nous parlions de la date ?

— Si cela ne te dérange pas, j'aimerais que nous nous mariions le plus tôt possible. Je serais trop nerveuse si nous faisions traîner, et surtout, je ne veux pas que l'on voie que j'attends un enfant quand nous sauterons le pas.

— Et les alliances ? Nous devrions peut-être nous en occuper.

Il jeta un coup d'œil à sa main gauche, au doigt auquel il avait porté sa première alliance. Il l'avait retirée peu de temps après la mort de Corrine, préférant que les gens qu'il ne connaissait pas ne pensent pas qu'il était encore marié.

S'arrachant à ses pensées, il reporta son attention sur Dana.

— Je préférerais une alliance toute simple, c'est ce que j'avais autrefois… mais je peux t'offrir quelque chose de sophistiqué, si tu veux.

Il avait offert un diamant à Corrine, et cela ne lui semblait pas juste de ne pas en faire autant pour Dana.

— Les alliances sophistiquées coûtent très cher, Eric.

— Je pourrais payer en plusieurs fois.

— Tu ne devrais pas faire ça, pas avec tout ce que nous allons avoir à payer d'autre. Une alliance toute simple me conviendra très bien, à moi aussi. Nous pourrions même chercher en ligne, nous ferions peut-être une bonne affaire.

Quand Corrine et lui s'étaient mariés, internet n'en était qu'à ses débuts. Ils étaient allés dans une bijouterie et avaient choisi leurs alliances ensemble.

— Nous devrions aussi organiser une cérémonie simple, reprit-elle. Il y a beaucoup de choses à prendre en considération, bien sûr : le lieu, les invités, le menu, le gâteau, nos tenues… J'ai déjà pensé à la robe. J'aimerais avoir quelque chose d'original. La mariée bohémienne, ajouta-t-elle avec un sourire. Tu te rappelles quand tu m'as donné ce surnom ?

Il sourit, lui aussi. Il s'en souvenait très bien.

— Tu peux choisir tout ce que tu veux de simple ou d'original, pas seulement pour la robe, mais pour tout le reste. Tu peux tout organiser, si tu veux.

Elle le regarda, la tête légèrement inclinée sur le côté.

— Tu ne vas pas m'aider ?

— Je risquerais de tout gâcher.

Il préférait que leur mariage reflète son style à elle. Par ailleurs, il était trop bouleversé pour se charger de planifier quoi que ce soit.

— Je vais avoir beaucoup à faire si je dois me débrouiller toute seule…

Essayait-elle de l'inciter à organiser le mariage avec elle ? Ou craignait-elle simplement que tout ne soit pas prêt en temps et en heure ? Il trouva une solution qui fonctionnerait dans un cas comme dans l'autre.

— Je pourrais demander à Kaley de venir pour te rencontrer, le week-end prochain par exemple… Elle serait sûrement ravie de t'aider.

— C'est une excellente idée ! Son aide me serait très précieuse.

— Je suis sûr qu'elle saura se rendre disponible quand tu auras besoin d'elle.

— Et toi, que vas-tu faire pendant que ta fille et moi nous occuperons des préparatifs ?

— Je me ferai discret et je vous écouterai.

Et je m'efforcerai de garder la tête froide.

— Je vais commencer à me renseigner sur ce qu'il y a à faire pour être prête quand je verrai Kaley… Notre première rencontre ne sera certainement pas commune !

— Vous allez avoir des choses à vous dire.

— Nous allons sûrement papoter pendant des heures.

— C'est ce que font la plupart des filles.

La différence d'âge entre sa fille et Dana étant peu importante, elles seraient sans doute assez proches l'une de l'autre. C'était lui qui serait à l'écart. Il n'était pas vieux, mais par rapport à Dana et à Kaley, c'était tout comme.

— Je ferai de mon mieux pour que ce soit un mariage simple et raisonnable, avec la famille et les amis proches.

— Du moment que tu fais en sorte que ce soit un beau moment pour toi…

— Et pour toi.

— Je suis persuadé que tu organiseras quelque chose de bien pour nous deux.

— Tu veux que nous cherchions des alliances maintenant ? Ce serait amusant de commencer…

— Avec plaisir. Je vais chercher mon ordinateur portable.

Et rendre nos fiançailles officielles.

*
* *

Le dimanche, Eric regarda Kaley s'affairer dans la cuisine. Elle préparait des petits sandwichs accompagnés de salades du traiteur. Elle semblait nerveuse à l'idée de rencontrer Dana.

— Dommage que je ne sache pas mieux cuisiner ! J'aurais pu nous préparer un vrai déjeuner…

— Tu sais faire des tas de choses, tu as fait des cupcakes et des cookies, l'été dernier.

— Oui, parce que Victoria m'a aidée ! Je n'aurais jamais réussi toute seule. Est-ce que Dana sait cuisiner ?

Il repensa au copieux petit déjeuner qu'elle lui avait préparé le lendemain de la soirée qu'ils avaient passée ensemble.

— Oui.

— Aussi bien que Victoria ?

— Je crois.

Il lui avait même dit qu'elle ferait une bonne épouse grâce à ses talents culinaires !

— Et aussi bien que maman ?

— Pour autant que je sache. Je n'ai mangé que quelques repas préparés par Victoria, et qu'un seul préparé par Dana, tandis que ta mère cuisinait pour moi tous les jours.

— Je suis contente que Dana soit jeune, j'aurais plus l'impression de me faire une nouvelle amie que d'avoir une belle-mère. Je n'ai pas besoin d'une autre mère… J'ai eu maman, et j'ai Victoria. Et puis, si Dana avait le même âge que toi, vous n'auriez probablement pas d'enfant. Une femme de quarante ans ne serait sûrement pas tombée enceinte aussi facilement.

Leur bébé avait été conçu facilement, c'était indéniable. Il leur avait suffi d'une fois. Il n'en revenait toujours pas.

Soudain, on sonna à la porte. Kaley sursauta.

— Elle est là ! s'écria-t-elle en le poussant hors de la cuisine. Va ouvrir…

— J'y vais.

Il jeta un coup d'œil par-dessus son épaule et vit sa fille placer soigneusement l'assiette contenant les sandwichs sur la table de la salle à manger. Quand il ouvrit la porte, il remarqua tout de suite que Dana était particulièrement charmante, avec ses cheveux blonds tombant en cascade sur ses épaules.

— C'est très joli, dit-il en indiquant d'un geste vague sa barrette ornée d'une fleur.

— C'est une fleur de frangipanier, comme on en porte à Hawaii. Je l'ai mise à l'oreille gauche… Tu as vu ?

Oui, il avait vu. La première fois qu'ils avaient parlé des fleurs qu'elle mettait tous les jours dans ses cheveux, elle lui avait expliqué que lorsqu'une femme portait une fleur au-dessus de son oreille droite, cela signifiait qu'elle était célibataire, et que lorsqu'elle la portait à l'oreille gauche, cela signifiait qu'elle était prise.

Aurait-il dû l'embrasser ? Aurait-il dû faire quelque chose pour montrer qu'il était sien et qu'elle était sienne ?

Sans doute. Non seulement parce que c'était ce qu'il convenait de faire, mais aussi parce qu'il avait envie de sentir la douceur de ses lèvres tout contre les siennes. Cependant, il ne parvint pas à s'y résoudre. Il se contenta d'énoncer l'évidence.

— Tu es prise, maintenant.

— Oui, et je suis même enceinte ! s'exclama-t-elle en riant.

Il sourit et secoua la tête, se demandant quel genre de mari un homme aussi sérieux que lui allait faire. Il aurait vraiment dû l'embrasser, mais maintenant, c'était trop tard.

— Tu es vraiment farfelue, Dana…

— J'essaie !

Il sentit derrière lui la présence de Kaley. Il se retourna et la vit, qui attendait de rencontrer Dana. Elles se présentèrent et s'embrassèrent sans hésiter. Kaley alla même jusqu'à toucher le ventre de Dana.

— Je suis tellement excitée à l'idée que tu vas avoir un bébé, dit sa fille. J'adore l'image de l'échographie que tu as encadrée… On dirait un haricot !

— Je l'appelle Petit pois… Ton père a dû me convaincre que c'était un prénom convenable.

— C'est *parfait* ! Oh ! ça me rappelle que j'ai un cadeau pour toi… Ne bouge pas, je vais le chercher !

Kaley courut vers sa chambre et en revint avec un petit ours.

— C'est un ours rempli de billes, dit-elle en le serrant entre ses mains pour prouver ses dires. Ceux de cette marque-là ont une date d'anniversaire, j'en ai choisi un qui devrait avoir la même que le bébé !

— Oh ! merci ! C'est un cadeau exceptionnel et très original.

— Quand devrait naître le bébé ? demanda-t-il.

C'était lui le père, mais, comme un imbécile, il avait oublié de poser la question à Dana.

— Le 19 novembre.

Dana et Kaley échangèrent un sourire. Elles se connaissaient depuis quelques minutes seulement, mais de toute évidence, elles allaient s'entendre à merveille.

— Je peux voir l'ours ?

Dana le lui tendit, et il tint le petit jouet dans le creux de sa paume. En novembre, il tiendrait entre ses mains son fils ou sa fille. L'idée le terrifiait.

Il savait ce qu'avoir un enfant impliquait : l'amour, l'épuisement, les larmes, les sourires, les rires, le Père Noël, les cloches de Pâques, la perte de la première dent de lait, les rhumes, les disputes pour faire terminer une assiette et faire faire les devoirs, les lessives, le bal de fin d'année au lycée et les examens d'entrée à l'université.

Il avait connu tout cela, et maintenant, il allait de nouveau en faire l'expérience. Il n'y avait rien d'étonnant à ce qu'il ait peur.

Il jeta un coup d'œil à sa fille, mais elle ne faisait pas attention à lui. Elle se concentrait sur Dana, et elle avait bien raison.

— Tu as faim ? lui demanda-t-elle. J'ai préparé des sandwichs, et deux ou trois autres choses…

— C'est appétissant ! J'ai toujours faim, en ce moment.

Ce n'était pas le cas avant, mais c'est comme ça. Manger m'aide à ne pas me sentir nauséeuse.

Tous trois se dirigèrent vers la salle à manger. Il se prépara une assiette, mais ne s'assit pas à table, se dirigeant à la place vers le coin salon. De cette façon, il verrait et entendrait ce qui se passait, mais ne participerait pas directement à la conversation. Il préférait qu'il en soit ainsi.

Il posa l'ours sur la table basse et l'un de ses chats tigrés sortit de sous le canapé pour l'examiner.

— Tu as donc des chats ! s'écria Dana depuis la salle à manger. Candy m'avait demandé si tu préférais les chiens ou les chats… J'avais deviné que tu préférais les chats.

— Nous en avons deux, dit Kaley sans lui laisser le temps de répondre, le frère et la sœur de la même portée. Papa les appelle : « les bébés du bougainvillier », parce qu'ils se cachaient dans les fleurs du patio, quand ils étaient petits.

— Oh ! c'est mignon !

Le chat donna un petit coup de patte à l'ourson, puis sauta sur les genoux d'Eric, qui avait commencé à manger.

— Pour information, j'aime aussi les chiens.

— Candy sera ravie de l'apprendre. Elle est prof de yoga, et de *doga*, le yoga pour chiens ! Candy est ma propriétaire et ma meilleure amie, expliqua-t-elle à Kaley. Quand je lui ai dit que nous allions nous marier, Eric et moi, elle m'a proposé d'organiser la cérémonie et la réception chez elle. Elle sait que j'aimerais me marier dans un endroit fleuri, et elle a un jardin magnifique… Qu'est-ce que tu en penses ? demanda-t-elle à Eric après un instant d'hésitation.

— Bien sûr, ça me va.

La profusion de fleurs conviendrait indéniablement à Dana, et la fontaine qu'elle aimait tant s'y trouvait.

— Merveilleux ! Dans ce cas, nous ferons ça là-bas, dit-elle avant de se retourner vers Kaley. Les dames pourront s'habiller chez moi… J'aimerais que Candy et toi soyez mes demoiselles d'honneur.

— C'est gentil, merci ! Je serais ravie d'être l'une de tes

demoiselles d'honneur. Quand voudrais-tu que le mariage ait lieu ?

Dana sortit une feuille de son sac à main.

— Dans un mois, à peu près… J'ai trouvé une liste sur internet de tout ce qu'il faut faire pour organiser un mariage en trente jours.

— Ça va être génial ! s'écria Kaley, surexcitée. Je peux la voir ?

Dana lui tendit la liste, et Kaley lut les instructions à haute voix.

— Premièrement : trouver le lieu. Super, c'est déjà fait ! Deuxièmement : dresser la liste des invités, préparer les invitations et les envoyer le plus tôt possible. Hmm… Nous ferions mieux de nous mettre au boulot. Troisièmement : s'occuper des papiers, notamment de la publication des bans. Apparemment, il faut s'en occuper dans les cinq premiers jours. Tu ferais mieux de t'en charger, papa, ajouta-t-elle en le regardant.

Il haussa les sourcils. Manifestement, Kaley avait pris sur elle de déléguer les responsabilités, mais cela ne semblait pas déranger Dana. A vrai dire, elle avait l'air d'être ravie d'avoir de l'aide.

— Quatrièmement : trouver un pasteur ou toute personne susceptible de célébrer la cérémonie, reprit Kaley. Ensuite, engager un photographe, et chercher les alliances.

— C'est déjà fait ! dit Dana. Nous avons commandé nos alliances le jour où j'ai accepté la demande de ton père. Nous pouvons rayer ça de la liste !

Kaley cocha joyeusement la feuille et reprit sa lecture.

— Cinquièmement : choisir les robes des demoiselles d'honneur. Ensuite, acheter le costume du marié et la robe de la mariée. Si c'était mon mariage, je chercherais une robe avant toute autre chose !

— Oh ! crois-moi, j'en ai bien l'intention ! Je vais faire les boutiques vintage.

— C'est vrai ? J'adore ça !

— Tu peux faire les boutiques avec moi, si tu veux.

Nous trouverons peut-être aussi des robes de demoiselles d'honneur… Candy pourra nous accompagner, et nous nous déciderons ensemble.

— Génial ! s'écria Kaley avec enthousiasme. Les dernières choses sur la liste sont : commander le gâteau, engager un traiteur et un fleuriste. Bien sûr, tout est censé être simple… Tu ne peux pas avoir des compositions florales compliquées ou un gâteau personnalisé en si peu de temps.

— Je veux que tout soit simple, mais joli, aussi.

— Ce sera très joli, promit Kaley. Nous pourrions même faire nos propres décorations… Ce serait beau et économique à la fois.

Il restait silencieux, mais il était heureux de voir que Kaley et Dana se réjouissaient à l'avance des festivités.

— As-tu annoncé la nouvelle à tes proches ? demanda-t-il enfin à Dana.

— Oui ! Ils ont été ravis d'apprendre que nous allions nous marier et avoir un bébé.

— Ils ne s'inquiètent pas de la différence d'âge entre nous ?

— Pas du tout. A vrai dire, ils pensent que ce sera une bonne chose pour moi d'être mariée à un homme d'une quarantaine d'années, que cela m'aidera à me calmer un peu.

Apparemment, il était le seul à trouver que leur différence d'âge posait un problème.

— Je me vois mal te dompter…

— J'imagine mieux Dana te ragaillardir, intervint Kaley. Je t'aime plus que qui que ce soit au monde, papa, mais tu peux être un peu tristounet, parfois…

— Eh bien, merci ! répondit-il avec ironie. Peut-on changer de sujet, maintenant ?

— Et toi, as-tu annoncé la nouvelle à ta famille ? lui demanda Dana.

— Kaley est ma seule famille. Mes parents sont morts, et j'étais fils unique. Je n'ai pas d'autres proches.

— A part Ryan et Victoria, dit Kaley, lui rappelant ses parents biologiques.

— C'est vrai. Ils sont un peu comme un frère et une sœur, pour moi… Je vais demander à Ryan d'être mon témoin.

— C'est incroyable, non ? s'écria Kaley. Finalement, tu vas te marier avant eux ! Qui l'aurait cru ?

Certainement pas moi, songea-t-il.

— Victoria et Ryan ont-ils l'intention d'avoir d'autres enfants ? demanda Dana.

— Pas dans l'immédiat. Notre bébé sera le seul de la famille pendant quelques années au moins.

Kaley eut un grand sourire.

— Mon premier petit frère ou ma première petite sœur ! Qui veux-tu inviter, à part Victoria et Ryan, papa ? lui demanda-t-elle en prenant un papier et un stylo.

— Quelques collègues, des connaissances des pow-wows et des amis artistes.

Il ne fréquentait pas beaucoup de gens. Ses invités seraient peu nombreux. Il devrait néanmoins se dépêcher de leur annoncer la nouvelle de son mariage avant d'envoyer les faire-part.

Encore une raison d'être nerveux !

Il jeta un coup d'œil à Dana. Elle ne semblait pas nerveuse. Elle s'était adaptée facilement à son rôle de future mariée.

L'après-midi se poursuivit, et les préparatifs du mariage allèrent bon train. Puis Dana et Kaley s'embrassèrent pour se dire au revoir, et se promirent de s'appeler pour prévoir une journée de shopping. Il joua son rôle, proposant de payer tout ce qui entrait dans l'organisation de la cérémonie, les robes et les décorations. Dana le remercia avec un sourire. Enfin, il lui tendit l'ourson que Kaley lui avait offert et la raccompagna jusqu'à sa voiture.

— J'adore ta fille, dit-elle sur le trottoir. Elle est géniale !

— Manifestement, elle pense la même chose de toi.

— Forcément : je vais être la mère de son petit frère ou de sa petite sœur.

— La famille est ce qu'il y a de plus important pour elle, c'est vrai, mais tu lui aurais fait bonne impression de toute façon… On t'apprécie facilement.

— Toi aussi.

— On m'appréciait plus facilement autrefois.

Il ne pouvait pas reprocher à Kaley d'avoir dit de lui qu'il était « tristounet », même si cela l'avait blessé.

— Je trouve que tu t'en sors très bien, Eric.

Il ne s'en sortait pas aussi bien qu'elle. Elle était charmante, optimiste, tout ce qu'il n'était pas.

— Pas aussi bien que toi.

— Tu fais de ton mieux, c'est tout ce qui compte.

Elle n'aurait pas pu se montrer plus compréhensive.

— Tu vas faire une épouse merveilleuse, Dana.

Elle eut un sourire éclatant et posa ses mains sur ses hanches.

— Alors comme ça, je ne serai pas seulement désordonnée ?

— Non, loin de là…

Elle s'avérait déjà une compagne irréprochable. Il tira doucement sur la fleur qu'elle avait dans les cheveux. Enfin, il se pencha vers elle, et ils échangèrent un baiser, bref et chaste, comme ils se trouvaient devant chez lui, en plein jour. Malgré tout, il apprécia de sentir ses lèvres contre les siennes, et il resta troublé longtemps après son départ.

Le lendemain, Eric appela Ryan. Il alla droit au but.

— Je sais que tu vas être stupéfait, mais je me marie dans un mois, et je voulais te demander d'être mon témoin.

— Quoi ? Tu vas *te marier* ? Effectivement, je suis stupéfait… mais c'est une excellente nouvelle, et je serai ravi d'être ton témoin. Qui est l'heureuse élue dont tu es tombé amoureux ?

— Je ne suis pas amoureux d'elle, et elle n'est pas amoureuse de moi, répondit-il honnêtement. Elle est enceinte, et nous avons décidé de tenter le coup pour le bébé.

Il y eut un silence.

— Tu es sûr que c'est la bonne solution ? lui demanda enfin Ryan.

— Je crois que oui. C'est la meilleure façon pour que je fasse partie de la vie du bébé et que j'apporte à Dana le soutien dont elle a besoin.

— Dana ? C'est le prénom de ta fiancée ?

— Oui.

Pour faire comprendre à Ryan l'importance que ce mariage avait pour elle, Eric lui raconta l'histoire de sa famille.

— Je comprends que cela complique les choses, dit Ryan lorsqu'il eut terminé, mais ne pourrais-tu pas attendre un peu pour être sûr d'avoir pris la bonne décision ?

— Elle veut se marier avant qu'on puisse voir qu'elle attend un enfant. De toute façon, attendre quelques mois de plus ne changera rien… Je lui ai proposé de l'épouser avant la naissance du bébé, et c'est ce que je vais faire. Kaley et Dana se sont déjà lancées dans les préparatifs.

— Je présume que Dana et Kaley s'entendent comme larrons en foire.

— Elles se sont rencontrées hier pour la première fois, et elles se sont entendues à merveille.

— Eh bien, tout se passe très vite !

— Oui. Dana et moi ne sommes sortis ensemble qu'une seule fois, nous n'avons passé qu'une seule nuit ensemble… Nous nous connaissons à peine.

Plus il en disait, plus cela lui semblait insensé.

— Elle est plus jeune que moi… J'hésitais à sortir avec elle à cause de la différence d'âge entre nous.

— Et maintenant, tu l'épouses ? Tes arguments ne sont pas très solides. Tu ferais peut-être mieux de remettre à plus tard.

— Je ne reviendrai pas sur mes engagements.

Il ne ferait jamais cela à Dana ou au bébé, et il n'en avait pas envie.

— Dana fera une très bonne épouse et une très bonne mère. C'est moi qui ne suis pas prêt.

— C'est bien ce que je sous-entends. Mon premier mariage n'a pas marché, comme tu le sais…

— Tu ne t'étais pas marié dans l'intérêt d'un enfant.

— Je me suis marié avec elle parce que je l'aimais, mais je ne l'aimais pas assez pour que notre couple dure. Victoria était toujours dans mes pensées, dans mon cœur.

De la même façon, Corrine occupait toujours les pensées d'Eric.

— Je ne suis pas l'adolescent que tu étais quand Victoria est tombée enceinte… Je suis adulte, et j'ai la chance de pouvoir épouser la mère de mon enfant.

— Une femme que tu n'aimes pas.

— C'est une femme merveilleuse. Elle est intelligente, belle et amusante. Souhaite-moi d'être heureux et arrête d'essayer de me persuader de changer d'avis.

— Bien sûr que je te souhaite d'être heureux ! Je vous souhaite d'être heureux, Dana, toi, le bébé… et Kaley. Elle doit être enchantée à l'idée d'avoir bientôt un petit frère ou une petite sœur.

— Elle est aux anges ! Elle pense que Dana et moi sommes faits l'un pour l'autre.

— Elle a peut-être raison… Elle est très intuitive. Corrine et toi ne pouviez pas avoir d'enfants, et maintenant, tu rencontres cette jeune femme qui tombe enceinte après avoir passé une seule nuit avec toi. Vous êtes peut-être faits l'un pour l'autre, après tout.

— Je crois entendre Kaley…

— Tu voulais que je te soutienne !

— C'est vrai. Je suis désolé, je ne sais plus où j'en suis. C'est tellement bizarre de penser que je vais avoir un enfant à mon âge !

— Tu es un très bon père pour Kaley, et tu seras un très bon père pour ce bébé.

— Dana m'a donné une photo de l'échographie…

— Tu nous la montreras quand nous viendrons pour le mariage. Victoria va être aussi étonnée que moi en apprenant la nouvelle !

— Je vous rappellerai pour vous en dire plus. Merci d'avoir accepté d'être mon témoin, Ryan.

— Je t'en prie. Embrasse Kaley de notre part !

— Je n'y manquerai pas.

Ils se dirent au revoir et raccrochèrent.

Eric était plus angoissé que jamais. Parler à Ryan n'avait pas suffi à l'apaiser. Il avait besoin de se confier à Corrine.

- 7 -

Eric prit sa voiture et alla chez le fleuriste le plus près du cimetière. Il y achetait toujours ses fleurs pour Corrine. C'était plus simple ainsi : tous les clients étaient des gens qui venaient fleurir une tombe, il n'avait pas à expliquer pourquoi il voulait des fleurs et ne croisait que des personnes dans le même cas que lui. De plus, maintenant, le fleuriste le connaissait bien.

Après avoir choisi le bouquet qu'il voulait, il se dirigea vers la tombe de sa femme, empruntant le long sentier bordé d'arbres. Il s'agenouilla devant la pierre tombale et déposa les fleurs.

— Je t'ai pris des orchidées, dit-il à haute voix, comme celles que tu portais le jour de notre mariage.

Comme celles qu'il avait offertes à Dana le soir de leur rendez-vous.

— Tu ne croiras pas ce qui m'arrive…

Cette conversation ne serait pas comme celle qu'il avait eue avec Ryan, il n'y avait personne pour réagir à ses paroles, mais il avait pris l'habitude de parler à Corrine, et cela lui semblait naturel, maintenant.

La dernière fois qu'il était venu sur sa tombe, c'était pour lui dire que Kaley avait retrouvé ses parents biologiques. Cette fois, c'était très différent : il devait lui parler de Dana.

— J'ai beaucoup de choses à te dire. Tu te souviens de la serveuse qui m'a donné la rose que je t'ai apportée ? Eh bien, je vais l'épouser, Corrine… Nous sommes sortis ensemble un soir, j'ai passé une nuit avec elle, et elle est tombée enceinte.

Il déplaça légèrement les orchidées.

— Tu penses probablement que c'est une bonne chose pour moi… C'est aussi ce que pense Kaley. Elle n'est pas au courant de la conversation que nous avons eue avant ta mort, toi et moi, mais elle semble savoir que tu approuves. Dès que je lui ai parlé du bébé, elle a insisté pour que j'épouse Dana. C'est aussi important pour Dana, parce que sa mère et sa grand-mère étaient mères célibataires, et elle ne voulait pas avoir un enfant illégitime. J'aimerais pouvoir dire que je suis heureux de me remarier, mais je suis complètement dépassé. Tout s'est passé si vite… Je ne suis pas sûr de savoir comment réagir. J'en ai parlé à Ryan, tout à l'heure, et je lui ai demandé d'être mon témoin. Quand je lui ai dit ce que je ressentais, il a essayé de me dissuader de me marier aussi rapidement, mais il faut que je fasse ce qu'il faut pour Dana et pour le bébé, même si cela m'angoisse terriblement…

Il s'interrompit, le souffle court.

— Ça paraît raisonnable, n'est-ce pas ? Kaley pense que c'est le destin, que Dana et moi sommes faits l'un pour l'autre. Elles s'entendent très bien, toutes les deux… Elles organisent le mariage ensemble.

Il resta silencieux un moment.

— J'ai peur d'être de nouveau père, reprit-il. J'étais jeune et plein d'espoir quand nous avons adopté Kaley. Ce n'est plus pareil, aujourd'hui… Enfin, nous avons quand même donné un surnom mignon au bébé, ajouta-t-il avec un sourire. Petit pois. Dana a encadré la photo de l'échographie pour moi, je l'ai mise sur la cheminée…

Son sourire mourut sur ses lèvres.

— … à côté de notre photo de mariage. Que dois-je faire de cette photo, maintenant, Corrine ? Je ne pourrai pas la laisser sur la cheminée quand Dana et moi serons mariés, ce ne serait pas juste pour elle, mais je n'ai pas envie de l'enlever. Je n'arrive pas à croire que je vais avoir une autre épouse et un autre enfant… Dana gère la situation bien mieux que moi, mais il faut dire que la vie ne l'a pas malmenée autant que moi. Elle n'a jamais été amoureuse, elle n'a jamais perdu un être aimé.

Il s'accroupit pour cueillir un brin d'herbe.

— Ce qui est bien, c'est qu'elle comprend ce que j'ai partagé avec toi. J'ai pu lui en parler. C'est une jeune femme extraordinaire, elle est douce et compréhensive… Le problème vient de moi. J'ai peur de ne pas être à la hauteur de mes promesses et de ses espérances, de ne pas réussir à la rendre heureuse malgré mes efforts. Et si je n'y arrivais pas ?

Il leva les yeux vers le ciel et remarqua qu'il était de la même couleur que les yeux de Dana.

— C'est incroyable, dit-il à Corrine. Tes yeux aussi étaient bleus, mais aujourd'hui, ce sont les siens que je vois… Crois-tu que ce soit bon signe ?

C'était sûrement le cas. Dana était en vie, tandis que Corrine n'était plus. Il regarda de nouveau la pierre tombale. C'était peut-être un heureux présage, mais il demeurait angoissé.

Il se releva, prêt à rentrer chez lui. Il ne pouvait pas rester là éternellement.

— A bientôt, Corrine…

Il reviendrait, bien sûr, mais pour le moment, il devait se faire à l'idée qu'il allait épouser Dana.

La cérémonie devait avoir lieu deux semaines plus tard. Dana était très reconnaissante à Kaley et à Candy de leur aide. Aujourd'hui, elles allaient une fois de plus faire du shopping toutes les trois dans l'espoir de trouver leurs robes. Leurs précédentes sorties n'avaient rien donné, mais cette fois, elles prévoyaient de faire davantage de magasins.

Les couleurs du mariage seraient déterminées par les robes que Kaley et Candy choisiraient. Elle ne s'inquiétait pas pour cela : elle avait confiance en elles et savait qu'elles feraient preuve de bon goût, que leurs tenues soient ou non assorties. Peu lui importait, du moment qu'elles étaient toutes les trois à l'aise dans leur robe.

En début d'après-midi, Candy trouva son bonheur : une robe turquoise au col brodé, dans le style des années soixante-dix. Cela donna envie à Kaley de chercher une robe du même genre, et elle poussa un cri de joie lorsqu'elle en trouva une jaune avec un col similaire.

Les couleurs du mariage étaient donc le turquoise et le jaune. Dana était ravie. C'était une merveilleuse association, et ses demoiselles d'honneur allaient être radieuses.

— Maintenant, dit Candy, nous devons trouver la robe idéale pour toi… C'est ton mariage, tout de même !

Mon mariage, songea Dana. *Ma nouvelle vie.*

— Je vais la trouver, je le sens.

Après avoir fait deux autres boutiques, elle trouva une longue robe de soirée blanche du même style que celles des demoiselles d'honneur, qui pouvait aisément servir de robe de mariée. Elle l'essaya et poussa un soupir de ravissement. Des fleurs faites de minuscules diamants fantaisie ornaient la robe, qui avait quelque chose d'aérien.

Candy et Kaley s'agitaient autour d'elle, lui répétant avec enthousiasme qu'elle était superbe. Elle allait l'acheter, c'était une certitude : non seulement elle lui allait à merveille, mais en plus son prix était très abordable.

— Tu vas porter un voile, un peigne, un diadème ou une couronne de fleurs ? lui demanda Kaley. Tout ira bien avec cette robe !

— Je ne sais pas…

Elle avait l'embarras du choix.

— Allons déjeuner, suggéra Candy. Ensuite, nous nous occuperons des accessoires !

Surexcitées, elles continuèrent à parler du mariage pendant leur déjeuner. Dana était bien décidée à rester aussi enjouée que d'habitude, à se réjouir d'épouser Eric, même s'il se montrait particulièrement circonspect. Elle comprenait ce que ce mariage avait d'effrayant pour lui, mais pour elle, c'était une aventure merveilleuse. De plus, elle n'en était pour l'instant qu'aux préparatifs. Comment aurait-elle pu ne pas s'amuser, surtout avec des demoiselles d'honneur aussi enthousiastes ?

Après le déjeuner, elles continuèrent leurs emplettes. Elle essaya des voiles, des bandeaux pour les cheveux, et toutes sortes de peignes.

— Regarde ! s'écria soudain Kaley, attirant son attention sur des barrettes ornées de fleurs, de toutes les couleurs imaginables, délicates, absolument parfaites.

— Oh ! Dana, murmura Candy. On dirait qu'elles ont été faites pour aller avec ta robe…

— C'est vrai, c'est incroyable !

— Tu pourrais simplement relever tes cheveux d'un côté, avec plein de petites barrettes comme ça, dit Kaley.

— C'est une bonne idée !

Elle avait de plus en plus l'impression d'être Cendrillon qui se préparait à aller au bal.

Quand elle eut acheté les barrettes, elles se mirent en quête de décorations de tables.

— J'ai réussi à persuader papa de nous aider à faire des décorations, dit Kaley.

— C'est vrai ? s'étonna Dana.

— Il a essayé de refuser, mais je lui ai fait remarquer qu'il devait nous faire profiter de son talent d'artiste et nous donner un coup de main.

— Bien joué ! Nous allons acheter des tas de choses intéressantes et le laisser se débrouiller.

Elle était ravie d'apprendre qu'il allait prendre part aux préparatifs. Elle voulait qu'il se réjouisse de leur mariage.

Le jour où Eric, Dana et Kaley avaient prévu de préparer les décorations des centres de tables, Kaley appela pour prévenir de son retard et leur dire de commencer sans elle.

Eric était assis à l'une des tables de travail de son atelier, à côté de Dana, et il triait avec elle ce qu'elle avait acheté pour fabriquer les décorations : des fleurs en tissu, des rubans turquoise et jaunes de différentes largeurs et de différentes matières, des diamants fantaisie de toutes les couleurs, de longues plumes, des coupes à champagne, des bougies dorées, et un assortiment de paniers à paillettes.

— Qu'en penses-tu ? lui demanda-t-elle.

Il pensait qu'elle avait acheté bien plus de choses que nécessaire, mais il avait accepté de participer à la création des décors de tables, alors il allait se servir de son imagination et coopérer.

— De combien de centres de tables avons-nous besoin ?

— Quatre, mais je me suis dit que nous pourrions utiliser ce dont nous n'aurons pas besoin pour décorer la table où sera servi le gâteau.

— Dans ce cas, pourquoi ne pas faire quatre centres de tables différents ? Un avec des fleurs, un autre avec les plumes, un troisième avec les coupes à champagne, et le dernier avec les bougies. Il nous resterait un peu de tout, et nous pourrions décorer la table du gâteau avec chacun de ces éléments.

— C'est une très bonne idée, dit-elle avec un sourire radieux. J'avais pensé apporter ma robe pour te la montrer et que tu t'en inspires, mais en fin de compte, j'ai décidé que ce serait mieux pour toi de ne la voir que le jour de notre mariage !

— Je suis sûr que tu seras très belle… Tu es toujours très belle.

— Merci.

— Avant de commencer, veux-tu voir ton alliance et l'essayer pour vérifier qu'elle te va ? J'ai déjà essayé la mienne, elle est à ma taille.

— Bien sûr que je veux l'essayer ! Je ne savais pas que tu les avais déjà reçues…

— Elles sont arrivées hier.

Il quitta l'atelier pour aller chercher l'alliance, revint et lui tendit le petit écrin de velours. Elle l'ouvrit et passa la bague à son annulaire.

— Elle me va parfaitement !

Elle bougea la main et l'or accrocha la lumière. Effectivement, l'alliance lui allait, mais cela ne changeait rien au fait qu'elle était très ordinaire. Elle avait accepté de bonne grâce d'avoir une alliance toute simple, mais il persistait à penser qu'elle aurait dû avoir quelque chose de plus sophistiqué, et la quantité de décorations qu'elle avait achetées pour les tables le confortait dans cette idée.

Il regarda les fleurs en tissu.

— Pourquoi as-tu choisi des marguerites ?

— Il y en a sur ma robe.

— Je pourrais peut-être demander à un bijoutier d'en graver sur ton alliance…

Le visage de Dana s'éclaira.

— Tu ferais ça ? Oh ! ce serait merveilleux ! Cela me plairait beaucoup.

Quand elle retira l'alliance et qu'elle la lui redonna, il songea à un aspect du mariage dont ils n'avaient pas encore discuté.

— Puisque nous sommes en pleins préparatifs, qu'aimerais-tu faire pour notre lune de miel ?

Elle semblait étonnée.

— Nous allons avoir une lune de miel ?

— Nous ne pourrons pas partir en voyage, je ne pourrai pas prendre de congés, mais nous pourrions prendre quelques jours pour faire quelque chose dans la région.

— Et si nous allions au zoo ?

Il n'aurait pas su dire ce à quoi il s'était attendu, mais certainement pas à cela.

— Au *zoo* ?

Elle hocha la tête.

— C'est l'un de mes endroits préférés.

— Dans ce cas, nous y irons ! Nous flânerons, nous mangerons une glace et nous ferons tout ce que les gens font lors de ce genre de sorties.

— Je prendrai une glace au chocolat, dit-elle avec un sourire.

Il sourit, lui aussi. Il connaissait son faible pour le chocolat.

— Qu'aimerais-tu faire d'autre ?

— Pour notre lune de miel ? Ce serait bien si nous allions à l'hôtel…

Elle se mordilla la lèvre inférieure, trahissant une timidité qui ne lui ressemblait pas.

— Tu sais, reprit-elle, ce serait plus romantique…

Il sentit son cœur faire un bond dans sa poitrine. La situation avait beau être étrange, l'attirance entre eux était indéniable.

— Est-ce que tu mettras ton parfum aux fleurs de cerisier ?

— Je l'ai mis aujourd'hui…

Aurait-il dû s'approcher d'elle ? Enfouir son visage au creux de son cou et respirer le parfum de sa peau ? Ou devait-il résister à la tentation ?

Il choisit de s'abstenir. Cela lui semblait plus excitant encore.

— Je ne t'embrasserai pas avant que nous soyons mariés. Je ne ferai rien avant que nous soyons mariés.

De nouveau, elle se mordit la lèvre.

— Maintenant, j'ai vraiment hâte d'être seule avec toi cette nuit-là…

Lui aussi avait hâte, mais ils n'en parlèrent pas davantage. Kaley arriva, et ils se mirent à la confection des centres de tables.

Eric finit par trouver un bijoutier susceptible de graver l'alliance de Dana. En entrant dans la boutique, il ressentit un sentiment d'angoisse. Il n'était pas entré dans une bijouterie depuis que Corrine et lui avaient choisi leurs alliances, et ce souvenir le saisit à la gorge.

Il était soudain très mal à l'aise. Il n'avait pas envie de se présenter comme un futur marié. Il n'avait pas envie qu'on le félicite, et il n'avait pas envie non plus de répondre aux questions qu'on ne manquerait pas de lui poser. Il espérait que la jeune femme derrière le comptoir ne s'intéresserait ni à lui ni aux fleurs qu'il voulait faire graver sur l'alliance.

Malheureusement, sa requête ne laissa pas la vendeuse indifférente. Elle lui dit qu'elle trouvait son idée excellente.

— Saviez-vous que les marguerites étaient un symbole de pureté et d'innocence ? Autrefois, les jeunes filles en cueillaient pour se les mettre dans les cheveux… Votre fiancée en aura-t-elle dans les cheveux ?

— Je ne sais pas… mais elle met souvent des fleurs dans ses cheveux, se surprit-il à ajouter. Elle a choisi des marguerites parce qu'il y en a sur sa robe, mais je ne l'ai pas encore vue.

— Oh ! c'est bien ! Vous êtes fidèles à la tradition.

Il avait peine à croire qu'il avait cette conversation avec une étrangère. C'était exactement le contraire de ce qu'il voulait.

La vendeuse eut un grand sourire.

— Lui avez-vous offert une bague de fiançailles assorties à l'alliance ?

— Non, nous avons décidé de faire simple.

— Eh bien, si jamais vous changez d'avis, nous avons quelque chose qui irait à merveille avec…

— Non merci, ça ira.

— Il s'agit d'une bague sertie de diamants du début du XXe siècle… Nous disposons aussi de bijoux anciens.

Elle avait piqué sa curiosité. Dana aimait tout ce qui était vintage, et il ne put s'empêcher d'hésiter. Depuis le début, il avait envie de lui offrir quelque chose de spécial.

— Elle coûte moins cher que la plupart des bijoux de cette époque-là, reprit la vendeuse, mais je suis sûre que vous pouvez obtenir un prix encore plus intéressant si vous la voulez… Elle est magnifique, je vous assure !

— Après tout, pourquoi pas ? J'aimerais la voir.

La jeune femme brune se dirigea vers une vitrine et revint avec la bague, incrustée de diamants disposés en forme de marguerite. Il devait bien l'admettre : elle était belle, délicate et éclatante. Elle avait quelques défauts, mais cela importait peu : elle avait quelque chose d'unique.

— N'irait-elle pas merveilleusement bien avec l'alliance

que vous faites graver ? Cela ferait un ensemble très original et de très bon goût !

Pour prouver ce qu'elle avançait, elle plaça la bague de fiançailles à côté de l'alliance, sur un petit tapis de velours.

— On pourrait aisément les souder l'une à l'autre, ajouta-t-elle. Cela se fait souvent.

Il hocha la tête. Corrine avait fait souder sa bague de fiançailles et son alliance après leur mariage. Faire la même chose avec ces deux bagues-là n'aurait pas été une mauvaise idée, car il aurait alors passé les deux à l'annulaire de Dana le jour de la cérémonie.

Les deux ? Il ne s'était pas engagé à acheter la bague de fiançailles, il ne faisait que la regarder. Cependant, maintenant qu'il l'avait vue, il s'imaginait mal ressortir sans de la boutique. Offrir à Dana un ensemble de bagues aussi éclatant que sa personnalité lui semblait n'être que justice.

Il observa la fleur de diamants.

Une fleur parfaite pour un mariage imparfait. Cette pensée lui fit froncer les sourcils.

— Elle ne vous plaît pas ? demanda la jeune femme.

— Si, beaucoup.

— Est-ce le prix qui pose un problème ? Comme je vous le disais, je peux vous faire une offre intéressante.

Il ne pouvait pas lui dire quel était le problème.

— Il n'y a pas de problème. Je suis preneur…

La jeune femme appela son patron, et ils se mirent d'accord sur un prix raisonnable. On lui promit de graver l'alliance, de mettre la bague de fiançailles à la bonne taille et de les souder l'une à l'autre bien avant le mariage. Il décida de ne rien dire à Dana, pour lui faire une surprise le jour J.

Cependant, le sentiment de satisfaction que lui donna son achat ne dura pas. Il rentra chez lui, de nouveau nerveux, angoissé à l'idée de se marier.

- 8 -

C'était le grand jour. Le jour du mariage.

Devant le miroir en pied de sa chambre, Dana, vêtue de sa robe de mariée, observait son reflet. Sa mère et sa grand-mère étaient auprès d'elle, tout comme Kaley et Candy.

— Tu fais une très jolie mariée, lui dit sa grand-mère, les larmes aux yeux.

Sa mère aussi était émue. Elles étaient arrivées deux jours plus tôt, et elles logeaient dans sa petite maison, mais le soir même, tout allait changer. Dana irait à l'hôtel avec son mari, puis elle emménagerait chez lui pour commencer sa nouvelle vie.

Elle regarda dans le miroir le reflet de sa mère et celui de sa grand-mère. Sa mère portait une robe bleu métallisé, sa grand-mère une robe rose. Sa grand-mère avait les cheveux blancs, sa mère les cheveux blonds parsemés de mèches argentées. Elle avait à peine cinquante ans, mais paraissait plus âgée. Dana ne se rappelait pas lui avoir un jour trouvé l'apparence ou l'attitude jeune. La folle de nuit de passion où Dana avait été conçue était pourtant la preuve que sa mère avait été jeune.

En souriant, elle regarda sa mère et sa grand-mère dans le miroir. Par chance, elle les rendait heureuses en épousant le père de son enfant. Elle toucha son ventre encore plat. Bientôt, elle serait enceinte de trois mois, et d'après ce qu'elle avait entendu dire, les nausées matinales s'arrêteraient. Elle avait hâte !

— Nous ferions mieux d'aller nous asseoir, dit sa grand-mère, et de te laisser te préparer à remonter l'allée…

Sa mère lui prit la main et la serra tendrement dans la sienne.

— Avant d'y aller, je veux te dire que j'apprécie beaucoup Eric.

— C'est réciproque.

Il lui avait déjà dit qu'il trouvait ses proches charmants.

— Je lui ai fait promettre de prendre bien soin de toi.

— Oh ! maman… Je n'ai pas besoin que l'on prenne soin de moi.

— Je crois que si. Je voulais qu'il me fasse cette promesse, et il me l'a faite, très sincèrement, c'était évident.

La requête de sa mère était vieux jeu, mais il n'y avait rien d'étonnant à ce qu'Eric y ait accédé : lui aussi était de la vieille école, sinon, il ne se serait pas senti obligé de l'épouser. Elle savait à quel point c'était difficile pour lui, certainement beaucoup plus difficile que pour elle. Elle envisageait leur mariage avec enthousiasme. Si elle ne l'avait pas fait, elle se serait probablement rendue malade à force de se faire du souci, et elle était bien décidée à rester forte et joyeuse, quoi qu'il arrive.

— Il avait l'air un peu nerveux, reprit sa mère, mais la plupart des futurs mariés le sont. On ne peut pas le lui reprocher.

C'était vrai. Eric était un homme bien, et ses intentions étaient honorables.

Sa mère et sa grand-mère sortirent, la laissant seule avec Kaley et Candy. Elle se tourna vers ses demoiselles d'honneur, toutes deux rayonnantes.

— Tu es magnifique, lui dit Kaley. On dirait une princesse, avec tes fleurs et tes bijoux.

— C'est aussi mon avis ! renchérit Candy en lui tendant son bouquet, des marguerites blanches entourées de rubans jaunes et turquoise.

— Nous allons faire partie de la même famille, maintenant, reprit Kaley. Je suis vraiment heureuse !

— Moi aussi, répondit Dana en la serrant dans ses bras avec tendresse. Tu as vu ton père, aujourd'hui ?

— Oui, et je ne l'avais encore jamais vu aussi anxieux… Il ne m'a pas dit qu'il l'était, mais je m'en suis rendu compte.

— Je suis un peu nerveuse, moi aussi.

— Tu n'as aucune raison de l'être, tu es la plus belle mariée du monde.

Dana expira lentement. Son cœur battait la chamade.

— J'espère être une bonne épouse…

— Tu le seras.

— C'est bientôt l'heure, intervint Candy.

Elle ouvrit la porte et, bientôt, les premières notes de la *Marche nuptiale* s'élevèrent. Le cœur de Dana martela dans sa poitrine avec encore plus de force.

Les demoiselles d'honneur prirent leurs bouquets, la complimentèrent une dernière fois, et s'en allèrent ensemble. Dana attendit seule. Elle n'avait pas de père, personne qui pût la conduire à l'autel.

Enfin, le moment venu, elle s'avança dans le jardin, où serait célébrée la cérémonie. Tandis qu'elle remontait l'allée fleurie, son regard se posa sur son futur époux, déjà tourné vers elle. Il était beau et élégant dans son smoking noir, avec le soleil qui brillait derrière lui. Elle devina à son expression qu'il la trouvait belle aussi. L'attirance qu'ils éprouvaient l'un pour l'autre était palpable.

Elle continua à avancer, consciente des regards posés sur elle. Elle aperçut sa mère et sa grand-mère et remarqua qu'elles étaient de nouveau émues.

Une fois devant l'autel, elle plongea ses yeux dans ceux d'Eric. Submergée par sa beauté virile, elle eut un faible sourire. Il le lui rendit, mais sans conviction. Elle avait envie de le faire sourire pour de vrai. Elle voulait le rendre heureux, le plus longtemps possible.

Espérait-elle le sauver, en fin de compte ? Elle n'était pas censée avoir de telles attentes et, pourtant, elle ne pouvait pas épouser un homme brisé sans essayer de lui redonner goût à la vie.

Le juge de paix qui célébrait la cérémonie était un homme aux cheveux blancs et aux yeux pétillants. Tout se déroula comme prévu jusqu'à l'échange des anneaux, quand Eric lui passa à l'annulaire son alliance et une bague à laquelle elle ne s'était pas attendue, sertie de diamants disposés en forme de marguerite, absolument magnifique.

Elle le regarda, bouche bée. Il sourit, heureux de l'avoir surprise. Cela ne signifiait pas nécessairement qu'ils seraient heureux toute leur vie, mais c'était un début merveilleux.

Elle sentit des larmes lui monter aux yeux.

Ils échangèrent des vœux simples et brefs. Le sourire d'Eric s'évanouit, et elle se rappela qu'il était nerveux. Puis vint le moment où ils devaient s'embrasser. Leur baiser lui parut un peu trop rapide et lui donna envie de plus. Elle aimait tant sentir ses lèvres contre les siennes... Ses pensées se tournèrent vers la lune de miel, pleine de délicieuses promesses.

Enfin, le juge les déclara mari et femme. L'espace d'un instant, ils se regardèrent, puis ils se tournèrent vers leurs invités, qui les applaudirent et les acclamèrent. Elle était enchantée, et Eric lui-même souriait de plus belle.

Au cours de la réception, elle prêta une attention toute particulière aux parents biologiques de Kaley, les invités les plus proches d'Eric. Victoria et Ryan formaient un très beau couple et, à en juger par les regards pleins de tendresse qu'ils échangeaient, ils étaient très amoureux l'un de l'autre. Ils avaient tous les deux dans les trente-cinq ans, Ryan avait les yeux et les cheveux noirs, un sourire charmeur, Victoria avait la peau claire et les cheveux d'un roux flamboyant. Kaley leur ressemblait à tous les deux.

Dana ne pouvait s'empêcher de les envier. Elle était persuadée qu'ils seraient très heureux ensemble. Elle jeta un coup d'œil à Eric. Il discutait avec ses proches, mais il n'avait sans doute pas vraiment le choix, puisque sa mère et sa grand-mère ne le quittaient plus. Il avait même promis une danse à sa grand-mère, mais d'abord, il danserait avec elle.

On passa toutes sortes de musique, de Tony Bennett aux

Beatles en passant par Beyoncé. La première chanson fut *What a Wonderful World* de Louis Armstrong, et c'était elle qui l'avait choisie. Eric la prit dans ses bras et la fit tournoyer. Il dansait merveilleusement bien, avec une élégance nonchalante. Elle se demanda quel effet cela ferait de tomber amoureuse de lui.

Oh non ! Elle n'aurait pas dû s'imaginer cela.

S'imaginer quoi ? Tomber amoureuse de l'homme qu'elle venait d'épouser ? Bien sûr qu'elle pouvait se l'imaginer. Ne pas y penser aurait été ridicule : il était terriblement séduisant, et elle portait son bébé.

— J'aime beaucoup ta coiffure, dit-il tandis qu'ils continuaient à danser.

— Merci. C'est Kaley qui me l'a suggérée.

— Tu me laisseras te détacher les cheveux ce soir et t'enlever toutes ces petites barrettes ?

Elle frissonna de plaisir. *Ce soir. A l'hôtel.*

— Oui, bien sûr, répondit-elle.

— La jeune femme qui m'a vendu ta bague m'a dit qu'autrefois, les jeunes filles cueillaient des marguerites et se les mettaient dans les cheveux en signe de pureté et d'innocence…

— J'adore ma bague, merci mille fois. Je n'en espérais pas tant.

— C'est une bague datant du début du XXe siècle, j'ai pensé qu'elle te plairait, puisque tu aimes tant ce qui est un peu vintage.

— C'est très gentil de ta part.

— Tout le monde nous regarde… Je n'aime pas ça.

— Tu te débrouilles très bien, Eric.

— Toi aussi… mais dans un monde parfait, tu aurais épousé un homme dont tu serais amoureuse, pas un homme brisé comme moi.

Ainsi, il se considérait comme un homme brisé.

— Je t'ai épousé parce que je porte ton enfant.

Elle se garda bien d'ajouter qu'elle rêvait déjà de tomber amoureuse de lui. C'était un bon début.

— Comment va Petit pois ?

— Très bien, même s'il me donne des nausées matinales.

Il eut l'air désolé.

— Vilain bébé ! Tu embêtes ta maman…

Elle rit et, pour son plus grand plaisir, lui aussi.

— Tu as mis le parfum aux fleurs de cerisier que j'aime tant, dit-il quand la chanson se termina.

— Je me demandais si tu l'avais remarqué.

— Oh oui ! je l'ai remarqué…

Elle fut de nouveau parcourue d'un frisson.

— Notre gâteau est fourré à la cerise.

— C'est vrai ?

— Je l'ai commandé spécialement pour toi, dit-elle d'un ton espiègle. Je t'en donnerai un morceau tout à l'heure, comme je suis censée le faire.

— Devant tout le monde ? Ne pourrions-nous pas plutôt le garder pour plus tard, pour accompagner la surprise que j'ai prévue ?

— Tu as prévu une surprise ?

— Oui, pour quand nous serons tout seuls.

Cela devait avoir un rapport avec la nuit de noces, et cette pensée la troubla profondément.

Ils dansèrent encore sur quelques morceaux, puis se séparèrent pour danser avec d'autres personnes, mais elle continua à l'observer discrètement. Comme promis, il dansa avec sa grand-mère, qui semblait ravie. Il dansa ensuite avec sa fille, et Ryan vint la trouver pour l'inviter. Au début, elle se sentit un peu mal à l'aise, se demandant s'il voulait voir si elle était à la hauteur d'Eric.

— Kaley t'adore, dit-il.

Elle se détendit aussitôt.

— C'est réciproque !

Tous deux jetèrent un coup d'œil dans la direction de la jeune fille, qui continuait à danser avec son père.

— Elle m'a aidée à organiser le mariage… Je ne m'en serais pas sortie sans elle et Candy.

— Vous avez fait du bon travail, c'est un très beau mariage.

— Merci. Je suis contente de vous avoir rencontrés, Victoria et toi.

— Eric t'a dit que j'étais jaloux de lui la première fois que nous nous sommes rencontrés ?

— Non, il ne m'a rien dit à ce sujet !

— Je m'étais fait tout un scénario ridicule dans ma tête… J'étais persuadé qu'il allait sortir avec Victoria, qu'ils allaient tomber amoureux l'un de l'autre et que je la perdrais pour de bon, alors qu'ils étaient simplement amis. Il n'y a jamais rien eu entre eux !

Elle appréciait sa sincérité, la façon dont il se confiait à elle.

— C'est gentil de me raconter ça… Je ne connais pas encore très bien Eric.

— Avec le temps, vous apprendrez à vous connaître.

Il y eut un silence. Elle n'avait pas le courage d'admettre qu'elle avait imaginé tomber amoureuse d'Eric. Elle ne l'avouerait qu'à Candy.

— Il souffre toujours de l'absence de Corrine, finit-elle par dire.

— Il a traversé beaucoup de choses avec elle… sa maladie, l'espoir qu'elle se rétablisse, la douleur de s'apercevoir que cela n'arriverait pas.

— Tu sais où elle est enterrée ?

— Non, mais je sais qu'Eric va régulièrement sur sa tombe. Kaley y va aussi, mais moins souvent.

— Il ne m'a jamais dit comment Kaley a réagi quand sa mère est morte, et elle ne m'en a jamais parlé non plus.

— Elle nous en a parlé, à Victoria et à moi, quand nous avons été réunis pour la première fois. Elle a été aussi malheureuse qu'Eric, mais elle a peu à peu retrouvé le sourire. Les enfants sont plus résistants… Ma mère aussi est morte quand j'étais petit.

— Je suis désolée.

— J'étais trop jeune pour me souvenir vraiment d'elle, mais c'était dur de ne pas avoir de mère. Mon père m'a élevé tout seul… Il est mort il y a quelques années. Nos relations étaient tendues, mais je l'aimais.

— Je n'ai jamais connu mon père… Je ne sais rien de lui, à part son prénom. Enfin, Eric t'a probablement déjà raconté l'histoire de ma famille.

— Oui… Il y a beaucoup de pères absents. J'ai été l'un d'eux, dit-il, les sourcils froncés. Je ne me suis pas bien comporté envers Victoria à la naissance de Kaley.

— Je suis contente que tout se soit bien terminé pour vous.

— Moi aussi.

Elle réfléchit à ce qu'il venait de lui dire.

— C'est intéressant que tu aies utilisé le terme d'« absents »… C'est exactement le mot que j'emploierais pour décrire mon père, même s'il n'a rien fait de mal, puisqu'il ne sait même pas que j'existe. Bien sûr, s'il l'avait su, il ne se serait peut-être pas davantage intéressé à moi. On ne peut pas savoir ce qui se serait passé.

— Ton bébé va avoir un bon père… et une bonne mère, dit Ryan en souriant.

Touchée par ses paroles, elle sourit, elle aussi.

— Merci.

La chanson se termina, et ils se séparèrent. Elle était heureuse de leur échange, et avait bien l'intention d'apprendre à connaître Victoria ; peut-être pas dans l'immédiat, mais dès que l'occasion se présenterait.

Les réjouissances se poursuivirent, et l'on ne tarda pas à annoncer que le moment était venu de couper le gâteau. Elle fit signe à Eric d'approcher.

— Sois sage, lui dit-il à voix basse quand il l'eut rejointe.

— Moi ? chuchota-t-elle en retour. Je suis aussi innocente que le soir où nous sommes sortis ensemble…

Il haussa les sourcils. Cette nuit-là, elle l'avait séduit, et elle le séduisait de nouveau maintenant.

Ils coupèrent ensemble le gâteau, magnifique avec son glaçage blanc et ses fleurs en sucre. Elle sentait son cœur battre la chamade, et Eric semblait aussi troublé qu'elle. Tous les regards étaient tournés vers eux.

— Tu es censé m'en donner un bout en premier, dit-elle.

— Je sais.

Il prit un petit morceau de gâteau et le lui donna à manger.

— C'est délicieux…

Elle passa sa langue sur ses lèvres. L'espace d'un instant, Eric regarda sa bouche, puis il détourna les yeux et s'essuya les mains avec une serviette en papier. Maintenant, c'était à elle de lui donner un morceau de gâteau. Elle en prit un plus gros que celui qu'elle venait de manger, s'en mettant volontairement sur les doigts, et le lui glissa entre les lèvres. Cela n'avait sans doute rien de sensuel pour leurs spectateurs, mais en entendant Eric retenir son souffle, elle en conclut qu'il avait deviné ses intentions.

— C'est bon ? lui demanda-t-elle.

Il acquiesça.

Pensait-il à la nuit de noces, qu'ils allaient passer ensemble dans un grand lit somptueux ? Elle y pensait assurément.

Elle l'embrassa alors qu'il avait encore du glaçage sur les lèvres, et tout le monde applaudit. Passant un bras autour de sa taille, il la serra plus étroitement contre lui et lui rendit son baiser avec fougue.

Bientôt, les invités commencèrent à s'en aller, chacun les félicitant avant de prendre congé. Sa mère et sa grand-mère reprenaient l'avion le lendemain matin, mais elles lui avaient promis de revenir à la naissance du bébé.

Elle se tourna vers son mari. La voiture qu'il avait réservée les attendait pour les conduire à l'hôtel. Le chauffeur mit leurs bagages dans le coffre, tandis qu'ils montaient à l'arrière. Elle n'avait pas voulu se changer, elle avait envie qu'Eric lui enlève sa robe blanche lui-même, et quelque chose lui disait que lui aussi avait hâte de la déshabiller. Ils savaient déjà qu'ils s'entendaient à merveille sexuellement, et ils attendaient tous les deux avec impatience la nuit de noces.

- 9 -

Quand Eric et Dana entrèrent dans le hall de l'hôtel, le personnel et les clients les accueillirent avec des sourires et des félicitations.

Ayant déjà été marié, Eric savait à quoi s'attendre dans ce genre d'établissement, mais il était quand même un peu mal à l'aise. Ce n'était pas seulement l'attention qu'on leur apportait qui le gênait, c'était le rappel à l'engagement qu'il venait de prendre, à savoir aimer, honorer et protéger la femme qu'il venait d'épouser.

Il n'aurait aucun mal à l'honorer et à la protéger, mais saurait-il l'aimer ? Il ne prenait pas l'amour à la légère, et il était bien placé pour savoir ce que cela supposait : de la joie, du bonheur, de la douleur.

Il regarda Dana. Debout auprès de lui à la réception, elle semblait ravie. Elle était tellement douce, pleine de vivacité ! Incapable de se retenir, il lui caressa la joue du bout des doigts. Elle déposa un baiser dans la paume de sa main, et il se dit qu'autour d'eux les gens devaient sûrement les croire très amoureux l'un de l'autre.

Une chose était indéniable : il avait envie de faire l'amour avec sa nouvelle femme, de s'abandonner entre ses bras. Elle lui adressa un sourire sensuel, comme pour lui faire comprendre qu'elle aussi le désirait.

Enfin, ils prirent l'ascenseur pour gagner leur suite.

— Tu vas me porter pour franchir le seuil ? lui demanda-t-elle lorsqu'ils arrivèrent devant la porte. Je te conseille de me soulever pendant que tu peux encore le faire, ajouta-t-elle, plaisantant au sujet de sa grossesse.

Il rit, content de sa bonne humeur contagieuse, et la prit dans ses bras. Elle poussa un petit cri de surprise et déposa un baiser sonore sur sa joue.

— C'est gentil d'obéir à la mariée !

— Maintenant, il faut simplement que j'arrive à ouvrir la porte… J'aurais dû le faire d'abord.

— Pas de problème, dit-elle en lui prenant la carte magnétique des mains, je vais t'aider !

Elle déverrouilla la porte et appuya même sur la poignée, ce qui lui facilita grandement la tâche. Il se dirigea droit vers la chambre et la déposa sur le lit.

— Regarde-moi cet endroit ! s'écria-t-elle, admirative. C'est magnifique, très chic…

C'était vrai. Il avait vu des photos de la suite sur internet quand il avait réservé. Cependant, pour le moment, il ne se souciait pas du décor. Tout ce qui l'intéressait, c'était de la voir nue.

Soudain, il se rappela que le groom devait leur monter les bagages, et que le garçon d'étage n'allait pas tarder à venir leur souhaiter la bienvenue.

— C'est une suite nuptiale ?

— Pas à proprement parler… L'hôtel n'a pas de suite nuptiale, mais ils proposent des forfaits lune de miel et week-end romantique qui incluent ce genre de suites.

— Qu'y a-t-il d'autre dans le forfait ?

— Un petit déjeuner raffiné, un massage pour deux au spa…

— Oh ! c'est merveilleux !

— Le forfait comprend aussi des fraises enrobées de chocolat et du champagne, mais j'ai demandé qu'on nous apporte également une bouteille de cidre.

Elle eut un grand sourire.

— Pour ta femme enceinte !

Pendant la réception, quand ils avaient trinqué, elle s'était contentée de boire de l'eau.

— J'ai aussi demandé que les fraises soient remplacées par des cerises…

— C'était donc ça, la surprise dont tu me parlais tout à l'heure ! C'est délicieusement décadent…

Au même instant, on frappa à la porte. Avant d'aller ouvrir, il lui fit signe de l'attendre là où elle était, sur le lit.

Après s'être assuré qu'ils ne seraient plus interrompus, il retourna dans la chambre avec le plateau que le garçon d'étage avait apporté.

— Veux-tu grignoter quelque chose maintenant ou plus tard ?

— Maintenant, répondit-elle en se redressant.

Il ouvrit la bouteille de cidre, lui en servit un verre, puis il ouvrit le champagne et se servit à son tour. Ils burent tranquillement et dégustèrent leurs cerises.

— Elles sont absolument délicieuses ! s'exclama Dana avec un petit soupir de satisfaction qui le troubla profondément.

Il avait hâte de la serrer contre lui. Entre eux, il n'était peut-être pas question d'amour, mais il était indéniablement question de désir. C'était l'un des avantages du mariage.

Il se pencha pour l'embrasser. Elle s'inclina vers lui et leurs lèvres se rencontrèrent. La sensualité de cet instant le fit frissonner.

Il entreprit d'enlever les barrettes qu'elle avait dans les cheveux, les retirant une à une avec précaution. Ses boucles blondes, douces et chaudes, tombèrent en cascade entre ses doigts.

— Levons-nous pour que je puisse te déshabiller, murmura-t-il.

Il avait envie de sentir sa peau contre la sienne.

Elle obtempéra et se retrouva debout devant lui, dans sa robe de mariée bohémienne. Il fit glisser la fermeture Eclair de sa robe, qui s'ouvrit doucement, révélant la cambrure de ses reins et sa lingerie de dentelle blanche. Tandis qu'il achevait de lui enlever sa robe, elle le regarda en souriant. Il n'avait jamais rencontré personne qui sourît autant qu'elle.

Il l'embrassa avec douceur, pour le plaisir, tout simplement, et elle lui rendit son baiser, l'attirant vers elle. Sa robe formait maintenant un petit tas à ses pieds. Il la ramassa et la passa sur son bras, puis alla la suspendre à un cintre dans la penderie. Il remonta même la fermeture Eclair. Il savait qu'elle s'était donné du mal pour trouver cette robe, et il tenait à en prendre soin.

— Tu es tellement galant, dit Dana lorsqu'il s'approcha de nouveau d'elle.

— Pas tant que ça…

Il était trop empressé pour traiter ses sous-vêtements avec le même soin. Il dégrafa son soutien-gorge et s'en débarrassa, puis il referma les mains sur ses seins. Ils s'embrassèrent de nouveau, un baiser qui ne fit qu'accroître le désir violent qu'il éprouvait. Sans interrompre leur baiser, il glissa une main entre eux et, après quelques instants, il lui retira sa culotte.

Enfin, elle était nue, délicieusement nue. Il reprit ses caresses, se délectant de la voir s'y abandonner, les yeux mi-clos.

Ses caresses se firent plus audacieuses, et bientôt elle se mit à gémir. Incapable de résister davantage, il se déshabilla à la hâte, l'entraîna vers le lit et s'allongea au-dessus d'elle. Enfin, s'abandonnant complètement l'un à l'autre, ils firent l'amour avec une passion débridée.

Etendue, merveilleusement comblée, Dana songeait qu'Eric était le plus passionné des amants.

— Je ne serai plus jamais la même…

Il s'appuya sur un coude.

— C'était insensé.

— C'était scandaleusement bon, dit-elle en se redressant. Nous devrions recommencer !

— Tu crois ?

— J'avoue que j'ai l'impression que je vais mourir…

Le regard d'Eric s'assombrit.

— Ne dis pas ça, Dana.

Elle sentit son cœur se serrer.
— Oh ! je suis désolée ! Je voulais dire…
— Je sais, mais c'est dur à entendre, même si c'est une plaisanterie. Je ne pourrais pas supporter de perdre une deuxième épouse.
Elle ne sut que répondre. Il n'avait pas eu envie de se marier, il l'avait épousée par devoir. Et pourtant, il avait peur de la perdre ? Cette pensée l'émut.
— Tu ne vas pas me perdre.
Aussitôt, il fit machine arrière.
— Excuse-moi… Tu peux faire toutes les plaisanteries que tu veux. Si tu as l'impression que tu vas mourir après avoir fait l'amour, nous pouvons très bien en rire.
C'était vrai, et pourtant, ni lui ni elle ne riaient. Elle ne savait comment réagir, comment faire face aux émotions qu'il ressentait. C'était leur première nuit ensemble en tant que mari et femme et, déjà, elle se demandait comment se comporter avec lui.
Elle changea de sujet.
— J'ai hâte d'aller au zoo, demain…
— Tant mieux. Je veux que tu passes du bon temps.
— J'adore le zoo ! Ce sera amusant quand nous pourrons y emmener Petit pois, d'ici quelques années, n'est-ce pas ?
— Nous y allions souvent avec Kaley, quand elle était petite.
« Nous. » Lui et sa première épouse. En temps normal, cela ne la dérangeait pas qu'il fasse allusion à Corrine, mais à ce moment précis, elle aurait voulu l'avoir pour elle toute seule. Cependant, elle aurait été bête de s'attendre qu'il ne parle plus de son passé alors qu'il l'avait toujours fait, et ne valait-il pas mieux qu'il en parle ouvertement, au lieu de garder ses souvenirs pour lui ?
— Quels étaient les animaux préférés de Kaley ? lui demanda-t-elle.
Il sourit.
— Les singes… Elle les imitait.
— Je l'imagine bien faire ça, même maintenant !

Il eut un petit rire.

— Elle est très expressive, c'est sûr.

— Et Corrine ? Quels animaux aimait-elle ?

Il réfléchit quelques instants.

— Les félins, répondit-il enfin.

— Ça ne m'étonne pas. Tu as toi-même quelque chose de félin.

— Seriez-vous en train de flirter avec moi, mademoiselle Cerise ?

Elle agita la main gauche devant lui, mettant son alliance en évidence.

— C'est « madame », et la réponse est oui, je flirte avec toi.

— C'est bizarre, hein ? De penser qu'il faut t'appeler madame, maintenant… Madame Reeves. Tu vas prendre mon nom ou garder le tien ? lui demanda-t-il avec sérieux, la tête légèrement inclinée sur le côté.

— Pour être honnête, je n'y ai pas vraiment réfléchi. Je me ferai peut-être appeler Peterson-Reeves… Ce n'est pas mal.

Il ne fit aucun commentaire, mais il lui caressa le bras avec douceur.

— Quels sont tes animaux préférés, au zoo ?

Cela lui fit plaisir qu'il lui pose la question.

— Les pingouins. J'adore leur façon de se dandiner !

— C'est toi qui vas te dandiner, bientôt…

Elle lui enfonça son doigt dans les côtes.

— Tu oses me taquiner ? Où sont passées tes bonnes manières ?

— J'aime bien te taquiner.

— Dans ce cas, je t'en prie : taquine-moi !

Elle aimait beaucoup cette facette de sa personnalité. Il lui arrivait d'être espiègle, et dans ces moments-là, elle le trouvait adorable.

— Je t'achèterai un pingouin en peluche, demain. Je suis sûr qu'il y en a à la boutique de souvenirs du zoo.

— Merci ! Cela rendra la journée encore plus spéciale.

Encouragée par sa gentillesse, elle se blottit contre lui. Après tout, peut-être parviendrait-elle à le sauver. Peut-être s'habituerait-il à être son mari, parce qu'il était fait pour être marié.

— Dana ?

— Oui ?

— Je voulais juste te dire que j'avais enlevé la photo de mon mariage avec Corrine de la cheminée.

— C'est vrai ? s'étonna-t-elle. Où l'as-tu mise ?

Elle s'était attendue qu'il la laisse où elle était.

— Dans une boîte, avec d'autres vieilles photos. Je savais que ce ne serait pas correct de la laisser sur la cheminée. J'ai dit à Corrine que je devais l'enlever, par respect pour toi… Je lui en ai parlé quand je suis allé sur sa tombe.

— C'est gentil d'avoir pensé à moi.

— Tu es prête à dormir, maintenant ?

Elle acquiesça d'un signe de tête, et il éteignit la lumière. Elle ferma les yeux et, tandis qu'elle se pelotonnait contre lui, elle songea avec plaisir au moment où elle s'éveillerait au côté de son mari.

Eric se réveilla avant Dana et alla prendre une douche. Il s'apprêtait à commander le petit déjeuner, mais lorsqu'il retourna dans la chambre et qu'il vit son épouse, il s'immobilisa. Elle était blême.

— D'habitude, je garde des biscuits salés à portée de main, dit-elle, mais j'étais tellement bien avec toi hier soir que j'ai oublié de les sortir de ma valise, et maintenant, je me sens tellement nauséeuse que je n'ai pas le courage de bouger.

— Je vais te les apporter.

Il ouvrit sa valise et fouilla dedans, mais sans succès.

— Je ne les trouve pas…

— Continue à chercher.

Il finit par trouver les biscuits et les lui apporta. Il repensa aux nausées de Corrine quand elle était sous traitement, mais il se dit qu'il n'avait aucune raison de s'inquiéter. Les nausées de Dana étaient associées à la vie, pas à la mort. La voir comme cela l'affectait, pourtant, et lui rappelait d'horribles souvenirs. Il avait envie de l'aider à se sentir mieux, de faire autre chose que rester assis là à la regarder manger un biscuit du bout des dents.

— Combien de temps est-ce que ça va durer ? lui demanda-t-il.

— Trois mois, paraît-il, mais je n'en suis pas sûre.

— Je voulais dire, ce matin.

— Je ne sais pas, ça dépend des jours. Certaines femmes sont malades plusieurs fois dans la journée… Je n'imagine même pas ce qu'elles ressentent.

Il lui toucha le front. Il se sentait désarmé, et cela ne lui plaisait pas du tout.

— Tu veux quelque chose d'autre ?

— J'aimerais bien un thé…

— Je vais en faire.

Il se hâta de lui en préparer une tasse et la lui tendit. Elle but plusieurs petites gorgées.

— Tu auras tout intérêt à t'écarter de mon chemin si je me lève pour courir à la salle de bains…

— Je n'y manquerai pas, mais si tu as besoin de moi pour te tenir les cheveux pendant que tu vomis, je serai là.

Elle esquissa un sourire.

— C'est la chose la plus dégoûtante et la plus gentille qu'on m'ait jamais dite.

— Je veux simplement t'aider.

— Dans ce cas, dis à Petit pois d'arrêter son cirque !

— Arrête ton cirque, dit-il en se penchant sur son ventre.

Elle rit, puis poussa un gémissement plaintif.

— Oh ! Rire n'était pas une bonne idée.

— Je suis désolé.

— Ne me parle plus pendant un petit moment.

Il s'assit sur une chaise à côté du lit. Elle resta quelques instants recroquevillée, puis elle se leva précipitamment et courut à la salle de bains.

Il dut se rappeler que c'était le bébé qui la rendait malade et non quelque chose de grave, mais le souvenir de ce qu'il avait vécu avec Corrine ne l'aidait pas à rester logique.

Elle revint dans la chambre quelques minutes plus tard, toujours aussi pâle. Apparemment, elle s'était passé le visage à l'eau.

— Ça devrait aller, maintenant.

Cela n'avait pourtant pas l'air d'aller.

— Nous n'irons pas au zoo aujourd'hui.

— Ne joue pas les trouble-fête… J'ai juste besoin de me reposer un peu, dit-elle en se recouchant. J'étais dans le même état hier matin, et hier après-midi, je me mariais ! Je t'assure, Eric, ça va aller.

Elle avait raison. Une heure plus tard, elle avait envie de prendre son petit déjeuner. Il le commanda, et quand on le leur apporta, elle mangea de bon appétit. Profondément soulagé, il la regarda se régaler.

— Je te l'avais dit ! Je respire la santé.

Quant à lui, il était complètement affolé.

— Je n'imagine même pas ce que ce sera plus tard…

— Comment ça ?

— Quand tu seras sur le point d'accoucher et que tu auras ces horribles contractions… Je ne sais pas si je pourrai supporter de t'entendre hurler de douleur.

— Je suis bien trop facile à vivre pour faire une chose pareille.

— Tu crois que tu seras l'exception qui confirme la règle ?

— Exactement ! répondit-elle en lui lançant un petit bout de pain.

Il secoua la tête. Elle était vraiment unique en son genre.

— Je ne vais pas faire une bataille de nourriture avec toi.

— Alors, par pitié, bois quelque chose !

Elle ouvrit le minibar, prit une mignonnette de vodka et en versa un peu dans son jus d'orange.

Ils se regardèrent et éclatèrent de rire. C'était absurde de prendre une vodka-orange à cette heure-là de la journée, mais il la but quand même, comme une récompense pour avoir survécu à cette première matinée aux côtés d'une épouse enceinte.

Dana et Eric se promenèrent dans le zoo, mais même si elle appréciait le cadre, elle demeurait consciente de l'effet que sa grossesse avait sur lui. Elle ne savait pas quoi faire pour l'aider à se détendre vraiment. Avec lui, elle sentait toujours une tension sous-jacente.

— Que dirais-tu d'une glace ? lui demanda-t-il.

— Je suis toujours partante pour quelque chose de sucré !

— Je vais aller nous en chercher une, attends-moi ici et repose-toi, dit-il en indiquant d'un geste vague le banc devant l'enclos des zèbres.

— Tu n'as pas besoin de me materner…

— Je ne te materne pas, je te propose simplement d'aller chercher ta glace.

Elle décida de ne pas argumenter. Parfois, il valait mieux se ranger à sa décision.

— Je voudrais deux boules de chocolat, s'il te plaît.

— D'accord.

Tandis qu'il s'éloignait, elle s'assit sur le banc et regarda les zèbres. Elle apercevait leurs rayures noires et blanches à travers la verdure de leur enclos.

Eric revint avec deux cornets de gaufrette. Lui avait choisi de la glace à la vanille. Ils mangèrent en silence pendant quelques minutes.

— Je sais quelque chose d'intéressant sur les zèbres, dit-il soudain.

— C'est vrai ? Quoi donc ?

— Ils ne vivent pas tous en troupeau. Au sein d'une de leurs espèces, les mâles sont solitaires et les femelles vont et viennent. Quand un petit naît, sa mère tourne autour de lui pour qu'il ne voie que ses rayures à elle, pour qu'il la reconnaisse, parce qu'aucune autre femelle ne l'adoptera.

— Heureusement que ce n'est pas la même chose chez les humains !

— Si c'était le cas, Kaley ne ferait pas partie de ma vie, et c'est quelque chose que je ne peux imaginer.

Elle non plus ne l'imaginait pas sans sa fille.

— Les zèbres m'ont toujours fait penser aux manèges.

— Quand j'étais petit, ils me faisaient penser aux chewing-gums Fruit Stripe, parce qu'il y a des zèbres sur l'emballage.

Elle sourit.

— Ils ne sont pas vendus avec des décalcomanies, maintenant ?

— Je n'en ai pas la moindre idée… Je n'ai pas mâché de chewing-gum depuis des années, mais quand j'étais petit, je les enfournais l'un après l'autre !

— C'est amusant de t'imaginer enfant… Qu'aimais-tu d'autre, quand tu étais petit ?

— Eh bien, j'ai grandi dans les années soixante-dix et quatre-vingt, et comme tous les jeunes de l'époque, j'ai fait du skateboard et du surf.

— Je te vois bien faire les deux !

— Parfois, le surf me manque…

— Tu devrais en refaire.

— Je ne sais pas… Ça fait longtemps que je n'en ai pas fait, mais j'ai toujours aimé la mer, et cela ne changera jamais.

Elle hocha la tête.

— Tu es un vrai Californien.

— Et toi, une vraie Californienne, maintenant.

— Une Californienne venue de l'Ohio… Corrine était née en Californie ?

— Oui, à Los Angeles, comme moi.

— Vous aviez vingt ans quand vous vous êtes mariés et vingt-quatre quand vous avez adopté Kaley… Quand avez-vous su que vous ne pouviez pas avoir d'enfants ?

— Nous avons essayé d'avoir un enfant pendant environ deux ans, puis nous avons décidé d'aller voir un médecin et de faire des tests, et c'est là que nous avons découvert qu'elle était stérile. Elle était anéantie, au début, mais elle a fini par se dire qu'elle était destinée à adopter un enfant, elle qui avait justement été adoptée.

— Pourquoi ne pouvait-elle pas avoir d'enfants ?

— Elle était stérile à cause d'une infection qu'elle avait eue étant plus jeune, même si elle n'avait jamais mesuré la gravité de la chose auparavant. Elle avait souvent des problèmes féminins, elle avait l'habitude de ce genre de choses. Je crois que c'est pour ça qu'elle n'a pas reconnu tout de suite les symptômes du cancer, conclut-il, les sourcils froncés.

Elle ne savait toujours pas de quel type de cancer il s'agissait.

— Tu ne m'en as jamais vraiment parlé…

— C'était un cancer de l'utérus. Elle avait été ménopausée très tôt, et elle croyait que les symptômes étaient liés à cela. Elle n'est pas allée consulter tout de suite comme elle l'aurait dû, mais elle était bien décidée à se battre contre la maladie. Elle a tenu bon le plus longtemps possible, mais c'était horrible de la voir malade.

— C'est pour cette raison que mes nausées matinales te mettent si mal à l'aise ?

Il hocha la tête.

— Je sais que cela n'a rien à voir, mais ça m'y fait penser.

— Effectivement, cela n'a rien à voir. Dans quelques semaines, je me porterai comme un charme… Je me dandinerai comme un pingouin, mais c'est normal !

Il rit doucement.

— C'est le prix à payer pour être mère.

— Exactement !

Elle était contente que la conversation ait pris une tournure plus légère, et qu'ils aient abordé le sujet de ses nausées matinales.

— Alors, arrête de t'inquiéter pour moi…

— C'est moi qui déciderai quand il sera temps d'arrêter de m'inquiéter.

Elle agita sa glace d'un air faussement menaçant.

— Ce que tu peux être têtu !

— Et toi, tu es vraiment farfelue… Tu as du chocolat sur le bout du nez, Dana.

— Ce n'est pas vrai !

— Si, c'est vrai.

Elle prit la serviette en papier qui entourait le cornet et se tamponna le nez, puis elle la regarda : effectivement, elle était tachée de chocolat. Elle éclata de rire.

— Tu aurais pu me le dire avant !

— Tu n'avais rien, avant ! Tu veux aussi un peu de glace à la vanille sur le nez ? demanda-t-il en lui tendant son cornet.

— Pourquoi pas ?

Elle mordit dans sa glace.

— Hé !

Il écarta son cornet, et tous deux se mirent à rire comme des gamins. Mais pourquoi ne se seraient-ils pas comportés comme des enfants ? Ils étaient au zoo, après tout.

— Nous avons encore plein d'animaux à voir…

— Et un pingouin en peluche à acheter, lui rappela-t-il.

Elle sourit et déposa un baiser sur ses lèvres. Il l'embrassa à son tour, prenant soin de lui faire un baiser sonore. Même si la matinée avait mal commencé, la journée commençait à ressembler à l'escapade amusante qu'elle avait espéré partager avec lui.

Le week-end fut merveilleux, et Dana en apprécia chaque instant, mais maintenant, elle était de retour chez elle et s'apprêtait à emménager avec Eric. La plupart de ses effets personnels étaient déjà emballés, mais elle avait encore des choses à mettre dans des cartons.

Eric travaillait, mais Candy était là et lui tenait compagnie en attendant l'arrivée des déménageurs. Comme il n'y avait pas de place pour ses meubles chez Eric, elle les mettait au garde-meuble avant de les vendre.

— Mes affaires vont me manquer…

Elle aimait sa table aux couleurs vives, ses chaises

dépareillées, sa causeuse désuète, le portemanteau auquel elle accrochait ses châles et la commode de sa chambre.

— Le mobilier d'Eric est joli, mais il ne reflète pas mon style.

— Ajoute ta touche personnelle à son intérieur ! Mets quelques-uns de tes bibelots çà et là…

— Je ne peux pas le faire sans le consulter. Tu imagines, s'il rentrait chez lui et s'apercevait que j'ai changé des choses ?

— C'est lui qui t'a conseillé de devenir décoratrice d'intérieur… Il doit bien s'attendre que tu modifies un peu la décoration.

— Il s'attend surtout que je mette le désordre ! Il pense que je vais laisser mes vêtements traîner partout.

Candy eut un petit sourire moqueur.

— Il a sûrement raison.

— Merci de ton soutien !

— Je ne disais pas ça méchamment, tu le sais très bien…

Prenant le pingouin en peluche qu'Eric lui avait offert, Dana le serra distraitement contre elle.

— J'ai envie de lui rendre le sourire, c'est plus fort que moi.

— Ça ne m'étonne pas.

— A certains moments, il est tendre et sentimental, à d'autres, il est préoccupé et distant. J'ai imaginé tomber amoureuse de lui… Ça ne t'étonne pas non plus ?

— Honnêtement ? Non, répondit Candy avec un soupir. Quelle femme ne voudrait pas tomber amoureuse d'un mari beau et ténébreux, tourmenté, terriblement séduisant ?

— Evidemment, présenté comme ça… Tu trouves étrange qu'il aille sur la tombe de Corrine aussi souvent ? demanda Dana, un peu mal à l'aise à cette idée.

— Pas si cela lui apporte un peu de réconfort.

— Je devrais peut-être y aller et me confier à elle, moi aussi…

— Et lui dire quoi ? Que tu rêves de tomber amoureuse de son mari ? C'est ton mari, maintenant.

— Je me dis simplement que je me sentirais mieux si elle était au courant.

— Tu crois vraiment qu'elle pourrait t'entendre ?

— Je n'en sais rien, répondit-elle en reposant le pingouin en peluche. Tu crois que je saurai gérer la situation si je tombe amoureuse de lui ?

— Tu saurais gérer n'importe quelle situation, Dana.

— Est-ce que je supporterai d'être amoureuse d'un homme qui ne m'aime pas ?

La question était délicate : Candy avait fait cette expérience. Elle aussi s'était mariée parce qu'elle était enceinte, mais hélas ! elle avait perdu le bébé, et le mari qu'elle aimait l'avait quittée.

— Tu sais ce que c'est…

— Oui, et c'est justement pour ça que je ne suis pas objective, mais tu es plus forte que moi, alors je vais répondre oui… Et puis, tu es tellement charmante que si tu tombes amoureuse de lui, il ne pourra pas faire autrement que de tomber amoureux de toi !

Candy n'aurait rien pu dire de plus gentil. Dana la serra dans ses bras.

— Tu vas terriblement me manquer…

— Toi aussi.

— Loue cette maison à quelqu'un de sympa, d'accord ?

— Personne ne sera aussi sympa que toi.

Elles s'étreignirent de nouveau, et les déménageurs arrivèrent. Lorsque le camion fut plein, Dana dit au revoir à Candy, puis elle suivit les déménageurs jusqu'au garde-meuble. Ils allèrent ensuite chez Eric, où ils déchargèrent le reste de ses affaires.

Une fois seule, elle erra sans but d'une pièce à l'autre. Déjà, elle se sentait oppressée et avait envie de s'enfuir. Cependant, Candy avait raison : c'était ici qu'elle habitait, maintenant. Elle devait se détendre et affirmer sa présence autrement que par le désordre qu'elle ne manquerait pas de mettre un peu partout, de l'avis général.

Elle appela donc Eric à un moment où elle était sûre

qu'il n'aurait pas cours, et elle lui demanda si elle pouvait changer deux ou trois choses dans la maison. Comme il lui donna son accord, elle commença à fouiller dans ses cartons, impatiente d'apporter une touche de gaieté à son nouvel intérieur.

- 10 -

Eric ouvrit la porte et entra dans une maison beaucoup plus colorée que celle qu'il avait quittée le matin même. Il ne s'était pas attendu à cela.

Un plaid à motifs était posé sur le dossier du canapé et un vase irisé trônait sur la table basse. Partout où il regardait, une babiole de bohémienne semblait avoir été ajoutée : une bougie, un brûleur d'encens, une petite statue de verre. Cependant, ce furent les tableaux bien en évidence au-dessus de la cheminée qui le surprirent le plus : ce n'étaient pas les tableaux de Dana, mais ses tableaux à lui. Il les avait entreposés dans le garage, mais manifestement, elle les avait trouvés. Perplexe, il n'aurait pas vraiment su dire ce qu'il pensait de tout cela.

Non seulement Dana avait apporté des changements à la décoration, mais en plus, elle avait fait à manger. Une délicieuse odeur flottait dans l'air. Il se réjouissait à l'idée de partager un bon repas avec elle. La présence de ses tableaux l'enchantait beaucoup moins.

Au même instant, Dana sortit de la cuisine pour l'accueillir. Elle avait attaché ses cheveux en queue-de-cheval et portait un tablier années cinquante au-dessus de son jean et de son T-shirt. Il l'imagina lui dire : « Bonsoir, mon chéri, tu as passé une bonne journée au travail ? »

— Qu'en penses-tu ? lui demanda-t-elle en l'observant attentivement.

Il devina qu'elle parlait de la décoration, mais comme

il ne se sentait pas prêt à faire des commentaires sur les tableaux, il fit mine de croire qu'elle parlait de sa tenue.

— Ça te va bien… Tu l'as acheté dans une friperie ? Récemment ?

— Quoi ? Oh ! ça ? dit-elle en regardant son tablier. Je l'ai depuis des années… Allez, Eric… Que penses-tu des changements que j'ai apportés à la décoration ? Si tu n'aimes pas, je remettrai tout en place, mais j'espère que ça te plaît.

— J'aime bien tes affaires, elles se fondent bien dans le décor… mais pourquoi es-tu allée accrocher ces tableaux ?

— Parce que Kaley m'a envoyé un message tout à l'heure, et quand je lui ai dit que je décorais un peu, elle m'a dit d'aller voir les tableaux dans le garage, qu'ils me plairaient sûrement. Elle avait raison, je les adore ! Ils sont magnifiques.

— A-t-elle précisé que c'était moi qui les avais peints ?

— Tu es sérieux ? Non, elle ne me l'a pas dit ! C'est encore mieux… Oh ! Eric ! Ils sont superbes.

Il fit la grimace.

— Ce sont des paysages très moyens.

— *Très moyens* ? Tu plaisantes ? Ils sont nébuleux et lunaires… Quand je les ai vus, j'ai eu l'impression d'être transportée dans les ombres d'un royaume enchanté peuplé de chevaliers et de belles dames.

Il fronça les sourcils, flatté, mais un peu mal à l'aise.

— Je croirais entendre Corrine… Elle aussi les trouvait magiques. Elle n'a jamais compris pourquoi je ne les trouvais pas dignes d'être exposés.

— C'est vrai ? Elle disait quasiment la même chose que moi ?

— Oui.

— Eh bien, voilà ! Deux femmes ne peuvent pas avoir tort.

— Trois femmes. Kaley aussi a toujours voulu que je les accroche.

— Ah ! voilà pourquoi elle m'en a parlé ! Elle adore les changements que j'ai apportés à la décoration, au fait… Je lui ai envoyé des photos.

Il n'était pas surpris. Kaley n'était pas du genre à s'enfermer dans ses habitudes. Elle aimait le changement.

— Je suis content que cela lui plaise.

Kaley serait toujours chez elle ici, elle aussi. C'était la maison où elle avait grandi.

— Tu aimes les coquillages ?

— Pardon ?

— Sous tes tableaux, dit-elle en indiquant la cheminée d'un geste. Je les ai mis là pour te rappeler la plage que tu aimes tant…

Il comprit son allusion. Elle avait placé des coquillages à la place de son ancienne photo de mariage. Elle avait rempli l'espace vide avec quelque chose qui lui rappelait son passé mais qui était aussi lié au présent, puisque son premier rendez-vous avez Dana avait eu lieu au bord de la mer.

— C'est bien pensé, dit-il. Tu feras une excellente décoratrice d'intérieur.

Elle eut un sourire rayonnant.

— Merci. J'ai mis un souvenir romantique de notre mariage dans la chambre…

Il ne s'agissait probablement pas d'une photographie, car ils n'avaient pas encore reçu celles du photographe professionnel qu'ils avaient engagé, et celles prises par leurs proches n'étaient pas très réussies. D'ailleurs, s'il s'était agi d'une photo, elle n'aurait pas parlé d'un souvenir.

— Tu veux voir ce que c'est ? lui demanda-t-elle.

— Oui, bien sûr.

Elle avait piqué sa curiosité.

Il découvrit que la chambre était une zone sinistrée. Il y avait des cartons ouverts un peu partout, et une partie de leur contenu était éparpillée sur le sol.

— Je n'ai pas fini de déballer mes affaires, expliqua-t-elle.

Il avait beau chercher, il ne voyait aucun souvenir de leur mariage dans la pièce. En revanche, il remarqua qu'elle avait entassé ses vêtements dans la penderie. La tringle ployait sous leur poids, et les cintres étaient tout tordus.

Elle suivit son regard.

— Je n'ai pas encore sorti tous mes vêtements… Je ne sais pas où je vais mettre les autres.

— Nous achèterons une armoire. Alors, où est ce souvenir romantique ?

— Sur la commode.

Il regarda dans la direction qu'elle lui indiquait. Elle avait accroché ses barrettes ornées de fleurs les unes aux autres et les avait disposées en cercle autour des figurines de leur gâteau de mariage.

Son cœur fit un bond dans sa poitrine. Elle avait réussi à créer un souvenir à la fois touchant et sexy de leur mariage et de leur nuit de noces. Il n'oublierait jamais le moment où il avait retiré toutes ces barrettes de ses cheveux.

— C'est un très joli souvenir.

— C'est ce que je me suis dit…

Elle s'approcha de lui. Ils auraient sans doute dû s'embrasser, mais ils ne le firent pas. Il y eut un moment de gêne. Ils n'étaient mariés que depuis quelques jours, et maintenant que la lune de miel était terminée et qu'ils se trouvaient seuls au calme, chez eux, ils ne savaient pas comment se comporter l'un avec l'autre.

Elle brisa le silence.

— Il y a du poulet et des pommes de terre dans le four… C'est le menu du dîner.

— Ça sent délicieusement bon.

— Le repas devrait être prêt d'ici une vingtaine de minutes.

— Je vais me changer, je te rejoins dans la cuisine.

— D'accord, dit-elle avant de sortir de la pièce.

Il contourna les cartons, se dirigea vers la commode et prit des vêtements confortables dans l'un des tiroirs. Quand il le referma, les petites figurines du gâteau de mariage vacillèrent puis tombèrent.

Etait-ce un présage de ce qui les attendait, Dana et lui ? Le signe qu'ils se berçaient d'illusions en croyant que leur mariage pouvait marcher ? Il ne savait que penser, et il était trop tôt pour le dire.

Il remit les figurines à leur place, puis il enfila son pantalon de jogging et son T-shirt. Il tenta ensuite de mettre un peu d'ordre dans les cartons, les écartant du passage, tout comme leur contenu éparpillé au sol.

Enfin, il rejoignit Dana dans la cuisine. Elle s'affairait dans son tablier démodé, préparant une salade pour accompagner le plat principal. Il s'aperçut qu'elle faisait toujours un millier de choses à la fois. En l'espace d'une seule journée, elle avait emménagé chez lui, défait une partie de ses bagages, redécoré la maison et mitonné un repas copieux.

Il s'approcha de la fenêtre, à laquelle elle avait accroché un petit vitrail. Il regarda au-dehors. Elle avait également suspendu des carillons au toit de la galerie. Elle avait dû se servir d'une échelle.

— Je n'arrive pas à croire que tu aies pris un risque pareil, dit-il.

Elle se tourna vers lui.

— Quel risque ?

— Tu es montée sur une échelle.

— Ce n'est pas parce qu'on est enceinte qu'on est invalide.

— Tu aurais pu tomber.

— Tu t'inquiètes pour rien.

Il ignora la remarque.

— Tu devrais commencer à lever un peu le pied. Entre ton travail, tes études et tes efforts à la maison, tu vas vite être épuisée.

— J'aime m'occuper, et je me ménagerai quand ce sera nécessaire.

— Tu devrais peut-être démissionner…

Cela éliminerait au moins les heures qu'elle passait debout au restaurant.

— Sérieusement ? Tu exagères.

— Je veux juste que tu fasses attention à toi.

— Je vais le faire, je te le promets. Je prendrai un long congé de maternité en fin de grossesse.

— Ce n'est pas pour tout de suite, tu n'es même pas à la fin du premier trimestre…

— Le bébé sera là bien assez tôt, dit-elle en sortant le poulet du four. D'ailleurs, ce serait une bonne idée de chercher des prénoms.

— Autres que Petit pois ?

— Oui !

Il l'aida à mettre le couvert dans la salle à manger, et elle plaça les plats sur la table.

— Qu'en penses-tu ? lui demanda-t-elle tandis qu'ils s'asseyaient l'un en face de l'autre.

— Tout a l'air délicieux.

Elle avait même fait un dessert auquel il avait hâte de goûter.

— Merci, mais je parlais des prénoms pour le bébé.

— Dans la tradition cherokee, on dit que les garçons sont des arcs et les filles des tamis.

— Des tamis ? Comme ceux que l'on utilise pour tamiser la farine ?

Il hocha la tête.

— Les hommes sont censés être des chasseurs et subvenir aux besoins de leur famille, et les femmes la nourrissent et donnent la vie. Il existe même une incantation sur ce thème à prononcer pendant l'accouchement.

— A quoi est-elle censée servir ?

— A faciliter l'accouchement.

Elle sourit.

— Eh bien, tu devrais peut-être l'apprendre au lieu de t'inquiéter pour moi !

— Ce n'est pas au père de la réciter. C'est le chaman ou la sage-femme qui s'en charge, quand le bébé est mis au monde. Je ne connais pas les termes exacts de l'incantation, mais elle encourage le petit garçon ou la petite fille à se hâter de sortir.

— Un accouchement rapide serait appréciable.

— Une grossesse plus courte aussi.

Elle sourit de nouveau.

— Une grossesse dure neuf mois, Eric, c'est comme ça… Tu dois faire preuve de patience.

— J'essaie, je t'assure.

Cependant, il craignait que les mois à venir lui semblent durer une éternité.

Elle se coupa un bout de poulet.

— Je sais que je t'ai déjà posé cette question, mais je me demandais si tu avais changé d'avis… Est-ce que tu veux savoir à l'avance si c'est un petit garçon ou une petite fille ? Veux-tu le savoir lors de la prochaine échographie, ou attendre pour le découvrir le jour de la naissance ?

— J'aimerais le savoir à l'avance, je crois…, dit-il. Comme ça, nous pourrions faire une liste de prénoms, et tu pourrais aussi commencer à décorer la chambre d'enfant en conséquence.

— Je pensais la décorer avec des animaux, ce serait aussi bien pour une fille que pour un garçon.

— Dans ce cas, optons pour des animaux ! Nous verrons bien ce que l'échographie nous montrera.

— Elle ne nous montrera peut-être pas grand-chose… Parfois, si le bébé est dans une drôle de position, on ne voit rien.

— J'espère qu'on verra quelque chose.

— Moi aussi.

Ils se regardèrent en souriant.

— Tu vas m'aider à décorer la chambre du bébé ? lui demanda-t-elle.

— Tu veux que je t'aide ?

— Bien sûr ! J'aimerais que nous fassions ça ensemble.

Il songea à ce qu'il pourrait faire pour se rendre utile, à part assembler les meubles.

— Je pourrais peut-être peindre des animaux à même les murs…

Elle se pencha en avant.

— Quelle bonne idée ! Ce serait bien mieux que d'utiliser des pochoirs ou des frises.

— Nous pourrions aussi nous inspirer de ce que chaque animal symbolise dans la tradition cherokee.

— Ce serait génial ! s'écria-t-elle avec enthousiasme.

Elle faillit renverser son verre mais le rattrapa de justesse.

— Bons réflexes ! remarqua-t-il.

— Merci.

Se laissant aller contre le dossier de la chaise, elle posa sa serviette sur ses genoux.

— Comment t'occupais-tu de Kaley quand elle était bébé ?

— Comment ça ?

— Est-ce que tu te levais en pleine nuit pour lui donner le biberon ? Est-ce que tu changeais ses couches ? Ou est-ce que c'était Corrine qui faisait ce genre de choses ?

— Nous nous partagions les tâches… mais j'aurais été ravi de ne pas avoir à changer les couches, ajouta-t-il en fronçant le nez.

Elle rit.

— Comme tout le monde ! Mais si tu l'as fait pour Kaley, tu le feras aussi pour Petit pois…

— Oui, mais rappelle-toi que j'étais beaucoup plus jeune à l'époque.

Elle leva les yeux au ciel.

— Et alors ? Qu'est-ce que c'est que cette excuse ? Tu n'es pas trop vieux pour nettoyer les fesses d'un bébé, Eric !

— Très bien, madame l'Experte… Combien de couches as-tu changées ?

— Aucune, à vrai dire, mais…

— Aucune ? Zéro ? Tu n'as jamais fait de baby-sitting ?

— Si, bien sûr, mais je n'ai gardé que des enfants qui étaient déjà propres.

— Oh ! elle est trop bonne, celle-là ! C'est moi qui vais tout t'apprendre !

— Vraiment, monsieur Je-sais-tout ? Tu vas m'apprendre à allaiter, peut-être ? J'aimerais bien voir ça !

— Au moins, je sais donner le biberon, moi…

— Ce n'est pas pareil.

— C'est pareil si tu utilises un tire-lait. Dans ce cas, je donnerai le biberon et je te montrerai comment faire.

— D'ici là, je saurai comment faire, dit-elle, poursuivant la taquinerie par jeu.

— Oui, parce que je t'aurai montré…

— Bien essayé, mais les temps ont changé ! Tu vas sûrement devoir réapprendre certaines choses.

C'était précisément ce qui l'effrayait. En revanche, il aimait l'idée de l'allaitement, il trouvait la chose belle et émouvante.

— Quand on vous a annoncé que vous pouviez adopter un enfant, saviez-vous que c'était une fille ?

— Pas au début, nous l'avons appris un peu plus tard.

— Comment avez-vous choisi son prénom ?

— J'avais envie de donner au bébé un prénom ressemblant à celui de ma mère… Elle s'appelait Kaleen, et Corrine a suggéré Kaley.

Il y eut un silence.

— Où est-elle enterrée, Eric ? lui demanda soudain Dana.

La question le prit au dépourvu.

— Ma mère a été incinérée, et ses cendres ont été répandues dans les montagnes… C'était ce qu'elle voulait, comme mon père.

— Je parlais de Corrine.

— Pourquoi veux-tu savoir où elle est enterrée ?

— Parce que j'aimerais aller sur sa tombe, un jour.

— Ce n'est pas la peine.

— Je ne te demandais pas si je pouvais y aller avec toi, je ne m'imposerais pas comme ça… Je voudrais y aller seule.

— Pourquoi ?

— Pour lui apporter des fleurs de mon nouveau jardin.

— Quel nouveau jardin ?

— Celui que je vais faire derrière la maison, avec ton approbation, bien sûr. Cela ne te dérangerait pas que je fasse un jardin, n'est-ce pas ?

— Tu peux planter toutes les fleurs que tu veux, mais je préférerais que tu n'ailles pas sur la tombe de Corrine.

Il n'était pas prêt à partager cette partie de sa vie avec elle. Peu lui importait qu'elle y aille seule : pour lui, c'était quand même une intrusion dans sa vie privée.

— Je préfère que les choses restent telles qu'elles sont, ajouta-t-il.

Elle semblait déçue, mais elle n'insista pas.

— Tu changeras peut-être d'avis un jour, se contenta-t-elle de dire.

— Peut-être.

Pour l'instant, cependant, il ne pouvait lui accorder ce qu'elle lui demandait.

— Tu veux du dessert ? lui demanda-t-elle lorsqu'ils eurent terminé leur assiette.

— Oui, volontiers !

Il appréciait qu'elle ait préparé un dessert, mais il était surtout soulagé qu'elle change de sujet.

— Tu veux de la crème Chantilly dessus ?

— Je veux bien.

Elle l'observa un instant.

— Je vais la chercher, dit-elle enfin.

Elle disparut dans la cuisine et revint avec la bombe de crème.

— J'adore la crème Chantilly en bombe, dit-elle. C'est toujours amusant à servir ! Regarde…

Elle lui servit une part de gelée et dessina un smiley de crème dessus, puis elle en dessina un sur sa propre part et y ajouta des cils, suggérant que le sien était une fille. Il ne put s'empêcher de rire.

— Tu es douée !

— Si tu savais…

Elle secoua la bombe et se pulvérisa de la crème Chantilly directement dans la bouche. Il secoua la tête. Elle trouvait toujours quelque chose de merveilleusement farfelu à faire.

— Je faisais la même chose quand j'étais petit, mais je me faisais gronder… C'était pareil quand je buvais du lait au goulot, ma mère n'était pas contente du tout.

— Ma mère aussi me sermonnait quand je faisais ça… mais ça ne servait à rien, dit-elle avec un grand sourire, avant de lui tendre la bombe. Tu en veux ? Personne ne se fâchera contre toi !

— Non, merci. Je me contenterai de la crème dans mon ramequin.

Il plongea sa cuillère dans son dessert.

— J'ai dessiné ce smiley pour te faire sourire... Tu avais les sourcils froncés quand je suis allée dans la cuisine, et tu avais encore les sourcils froncés quand je suis revenue avec la crème Chantilly.

Il inclina légèrement la tête sur le côté.

— C'est vrai ?

— Oui. Tu fronces les sourcils sans même t'en rendre compte.

S'il avait froncé les sourcils, c'était sans doute en réaction à leur conversation.

— Je ne voulais pas te donner l'impression que j'étais en colère.

— Je n'ai pas pensé que tu étais en colère. Tu es sur tes gardes, c'est tout.

L'expression était bien choisie.

— Je suis désolé, Dana.

— Tu n'as pas à t'excuser... mais je crois qu'il nous faut un autre smiley !

Elle en dessina un autre sur son dessert, à la place de celui qu'il venait d'étaler avec sa cuillère. Il fit mine de l'en empêcher, mais par jeu, amusé malgré lui.

— Si tu fais ça chaque fois que je mange une bouchée, je vais finir par avoir mal au ventre !

— Dans ce cas, tu as intérêt à sourire un peu plus, Eric...

— Et toi, tu as intérêt à arrêter de m'enquiquiner, dit-il avant de lui poser une main sur la nuque et de l'embrasser.

Elle lui rendit son baiser avec fougue, s'asseyant même sur ses genoux. Aussitôt, il oublia les smileys de crème Chantilly, son dessert, tout à l'exception du goût délicieusement enivrant des lèvres de son épouse.

Trois semaines plus tard, un dimanche matin, Eric se réveilla et découvrit que Dana n'était pas auprès de lui. Elle était sans doute dans la salle de bains, malade. Les trois premiers mois de grossesse s'étaient écoulés, mais elle souffrait encore de nausées matinales. Il fronça les sourcils, contrarié. Le médecin aurait sûrement pu lui donner quelque chose. Il ferait probablement mieux de l'accompagner lors de la prochaine consultation.

A certains égards, il s'habituait à être marié avec elle ; à d'autres, leur situation continuait de le troubler. Il avait du mal à y voir clair dans ses émotions. Dana n'évoluait pas du tout au même rythme que lui. Quand elle n'était pas malade, elle débordait d'énergie, papillonnant autour de lui comme un feu follet. Parfois, elle l'épuisait, tout bonnement. Pourtant, sa présence pouvait aussi être extraordinairement stimulante.

Il se leva et partit à sa recherche. Ne la trouvant pas dans la salle de bains, il alla voir dans la cuisine, mais elle n'y était pas non plus.

Il prépara du café tout en se demandant où elle pouvait bien être. D'ordinaire, elle n'était jamais levée à cette heure-là, elle était trop nauséeuse.

En attendant que le café passe, il se servit un verre de jus d'orange et tira machinalement le rideau pour regarder au-dehors. Il aperçut Dana dans le jardin de derrière, en train de bêcher la terre. S'occupait-elle de son jardin de fleurs ? De si bonne heure ?

Ouvrant la porte-fenêtre, il s'avança vers elle. En approchant, il remarqua que les deux chats étaient avec elle. Ils passaient dans la terre retournée et laissaient des traces de pattes dans les endroits qu'elle avait arrosés au jet d'eau.

Levant les yeux en l'entendant approcher, elle mit une main en visière pour se protéger du soleil.

— Devine quoi ? Je me suis réveillée sans avoir mal au cœur, ce matin ! C'est la première fois depuis une éternité.

— Alors tu es allée chez le pépiniériste acheter des plantes ?

— Je me suis dit qu'il était temps de me mettre au

jardinage, répondit-elle en souriant. C'est ma façon à moi de fêter ça !

Elle se releva et épousseta son jean, puis elle retira ses gants de jardinage et les fourra dans sa poche de derrière.

— Ce jus d'orange a l'air délicieux… Je peux en avoir un peu ?

Il lui tendit son verre. Il l'avait emporté avec lui sans s'en rendre compte. Elle en but une gorgée et le lui rendit.

— Tu n'es pas content pour moi ? Je n'ai plus la nausée !

Il était très content pour elle, mais cette histoire de jardin l'inquiétait.

— Je voudrais vraiment que tu te reposes, Dana.

— Tu plaisantes ? Je suis dans une forme olympique !

Elle tourna sur elle-même, comme pour prouver ce qu'elle avançait, puis elle lui expliqua ce qu'elle avait l'intention de faire.

— Je vais remplir cette jardinière de plantes vivaces… Ici, je vais remplacer la pelouse par une haie, et là, au coin, je vais mettre un banc, un petit chemin de pierre et des plantes luxuriantes. Je pensais aussi ajouter quelques plantes en pots sous la galerie.

Elle ne faisait pas un petit jardin, elle prévoyait toutes sortes d'aménagements paysagers !

— Je ne peux pas te laisser faire ça toute seule… Je me chargerai du gros travail.

Elle battit des mains joyeusement.

— Tu vas m'aider ? Oh ! c'est merveilleux ! A nous deux, nous aurons terminé le week-end prochain…

— Tout ton projet ?

Elle hocha énergiquement la tête, les yeux pétillants.

— Nous pourrions peut-être avoir une petite fontaine… Celle de mon ancien jardin me manque.

Ce qui lui manquait à lui, c'était l'ordre qui régnait autrefois sur sa vie bien organisée. En revanche, sa solitude ne lui manquait pas. Avec Dana, il ne se sentait jamais seul. Elle était la compagne de tous les instants, toujours lancée dans quelque entreprise exaltante.

— Nous n'arriverons jamais à tout faire d'ici la fin de la semaine.

— Il nous faudra combien de temps, d'après toi ?

— Pour un vieillard comme moi et une femme enceinte comme toi, je dirais trois week-ends entiers.

Elle rit.

— L'important, c'est que nous nous amusions…

Lui prenant son verre des mains, elle finit son jus d'orange.

— Allez, viens, vieillard, mettons-nous au travail tout de suite !

— Je suis encore en pyjama.

Elle le regarda de la tête aux pieds.

— Tu as un pantalon de jogging et un T-shirt froissé, c'est la tenue idéale pour jardiner ! Il ne te manque que les gants de jardinage.

— Il y en a dans le garage.

— Eh bien, va les chercher ! Hop hop hop !

— Je crois que je préférais quand tu avais la nausée…

Elle rit de plus belle.

— Allez, Eric, dépêche-toi !

Par chance, il avait fait du café ; il allait en avoir besoin pour tenir le coup. En revanche, il n'avait pas eu le temps de manger.

— Et le petit déjeuner ? J'ai faim, se plaignit-il.

— Alors va te chercher quelque chose et reviens vite.

Il se dirigea vers la cuisine en grommelant qu'elle le menait par le bout du nez, mais il sourit tout en se préparant un sandwich. Il était content de lui faire plaisir et avait hâte de faire du jardin l'endroit magnifique dont elle rêvait.

Il leur fallut deux week-ends et demi pour aménager le jardin. Lorsque tout fut terminé, ils admirèrent le résultat avec un sentiment d'émerveillement.

— C'est exactement ce que j'imaginais, dit-elle.

Effectivement, tout correspondait à sa vision des choses :

la profusion de couleurs, l'aspect chaleureux et accueillant du lieu, la fontaine, le petit sentier.

Elle le prit par la main et l'entraîna vers le banc, où ils s'assirent pour regarder le jardin sous un autre angle.

— Je pourrais rester assise là pendant des heures.

— Moi aussi… J'aime beaucoup cet endroit.

Elle se pencha vers lui et l'embrassa. Elle avait passé la journée à manger des bonbons, et ses lèvres avaient un goût de caramel et de menthe poivrée. Il lui rendit son baiser avec passion et posa une main sur son ventre. Elle était enceinte de près de quatre mois, maintenant, et sa taille s'était arrondie.

Enfin, elle détacha ses lèvres des siennes et appuya la tête contre son épaule.

— Tu es fatiguée ?

— Un peu, mais je suis contente.

Lui aussi était content. Il regarda les fleurs autour d'eux et fronça les sourcils. Il n'en était pas au point d'arrêter d'aller sur la tombe de Corrine ou d'avoir envie de partager son recueillement avec Dana. Heureusement, elle n'avait plus abordé le sujet, mais il la soupçonnait d'y songer encore, puisque son intention avait été d'apporter à Corrine des fleurs de ce jardin.

— Tu vas bientôt être en vacances, dit-elle.

— C'est l'un des avantages du métier de professeur… C'est bientôt le mariage de Victoria et de Ryan, aussi. Tu vas adorer leur ferme. Le cabinet vétérinaire de Ryan est installé dans les dépendances, et il a des poules, un cheval et une vache miniature.

— J'ai hâte de voir ça !

— Nous logerons chez eux, alors tu auras le temps de visiter… Au fait, ils m'ont demandé si nous voulions bien rester un peu plus longtemps et leur garder la maison, toi, Kaley et moi, pendant leur lune de miel.

— C'est vrai ? Alors nous allons avoir l'occasion de nourrir les poules, le cheval et la vache ?

Il hocha la tête.

— Ils ont aussi deux chiens… mais ce sera probablement Kaley qui s'en occupera : ils la suivent partout, transis d'amour !

— C'est mignon… Tu sais, je crois que je vais faire un peu moins d'heures au restaurant. Le gérant a déjà embauché une nouvelle serveuse pour me remplacer quand je serai en congé de maternité, alors autant que j'en profite !

— C'est une très bonne idée. Tu sais que je trouve que tu te surmènes…

— Oui, je sais ! Tu es très protecteur. Tu m'as à peine laissée t'aider à faire le jardin.

— Je t'ai laissée faire plein de choses.

— Pas autant que ce que j'aurais pu faire, dit-elle, la tête toujours sur son épaule. Ça me rend folle… mais en même temps, c'est gentil de ta part.

Il appuya un peu plus sa main sur son ventre rond. En tant qu'époux et que père, il se devait de protéger Dana et leur enfant. Pour lui, c'était son rôle le plus important dans la vie, et il le prenait très au sérieux.

- 11 -

L'été arriva enfin. Le mois de juin fut d'abord un peu frais, mais le temps ne tarda pas à s'améliorer. Désormais, la grossesse de Dana était très visible. Chaque fois qu'elle se regardait dans le miroir, Dana s'émerveillait de son ventre rond.

Entrant dans la chambre, Eric vint se placer derrière elle, et ils regardèrent leur reflet dans la glace. Ils partaient pour l'Oregon le jour même. Ils avaient décidé d'y aller en voiture plutôt qu'en avion, et Kaley les accompagnait.

— Je suis sûr que Kaley et toi allez emporter bien trop de choses, dit-il.

— Que veux-tu ? Nous avons besoin de vêtements, nous, les filles !

— Bien sûr… mais si tu achètes d'autres robes de grossesse, nous allons devoir emménager dans une maison plus grande.

— Je n'y peux rien si mes vêtements habituels ne me vont plus, et au moins, j'achète des choses bon marché.

— La reine de la friperie !

Elle prit une pose royale.

— J'aime les vieilleries.

— Dans ce cas, c'est une bonne chose que tu m'aies épousé…

Elle lui donna un petit coup de coude. Il plaisantait souvent sur son âge.

— Arrête un peu !

— Je ne vais pas aller en rajeunissant, Dana.

— Moi non plus.

— Non, mais tu auras toujours seize ans de moins que moi.

— Tu sais très bien que je m'en moque.

Elle adorerait toujours son mari, quel que soit son âge.

L'adorait-elle ? Ou l'aimait-elle ?

Pour le moment, elle n'avait pas envie de répondre à ces questions. Elle avait simplement hâte de voir Victoria et Ryan, et de passer du bon temps.

Elle regarda de nouveau son reflet et celui d'Eric.

— Qu'est-ce qui ne va pas ? lui demanda-t-il.

— Rien, prétendit-elle. Nous devons penser à beaucoup de choses, c'est tout…

Au moins, cela n'était pas un mensonge : à leur retour de l'Oregon, elle passerait une autre échographie, et ils découvriraient vraisemblablement le sexe du bébé. Ils devaient aussi finir de décorer la chambre d'enfant, et Kaley et Candy parlaient d'organiser une fête prénatale.

— Fais-moi penser à prendre mon smoking… Ryan me tuerait si je l'oubliais.

— Je suis sûre que tu ne l'oublieras pas, mais je te le rappellerai quand même quand tu chargeras le coffre… et Ryan serait incapable de t'en vouloir de quoi que ce soit.

Il la prit dans ses bras, posant les mains sur son ventre.

— C'est vrai… Après tout, je suis l'homme qui a élevé sa fille.

Elle se laissa aller en arrière contre lui avec un sentiment de bien-être.

— Ryan m'a dit qu'il ne t'aimait pas, au début, qu'il était jaloux parce qu'il croyait que tu étais intéressé par Victoria.

— Oui, mais il se trompait complètement. Il n'y a jamais rien eu entre Victoria et moi.

— Tu savais qu'elle était amoureuse de lui quand elle était plus jeune ? Est-ce qu'elle te l'avait confié ?

— Quand nous nous sommes rencontrés ? Non. Même Ryan l'ignorait, elle lui avait caché ses sentiments.

Elle inspira profondément pour se donner du courage. Le sujet d'une femme secrètement amoureuse n'était peut-être pas le meilleur, mais puisqu'elle avait entamé cette conversation, elle allait la terminer.

— Au moins, Ryan s'est fait pardonner ses erreurs passées.

— Il regrette amèrement ce qu'il a fait, il a passé des années à s'en vouloir. Il a épousé une autre femme avant Victoria, mais il ne l'a jamais vraiment aimée, et elle a fini par demander le divorce.

Elle n'avait pas envie de penser aux mariages ratés, alors qu'elle luttait contre ses sentiments pour lui, mais le passé de Ryan l'intriguait.

— Qu'est-elle devenue ?

— Elle s'est fiancée il y a quelque temps. Au fond, la situation a profité à tout le monde, mais ils ont de la chance que les choses se soient passées comme ça.

Etait-ce de la chance, ou était-ce le destin ? Parfois, cela semblait être la même chose.

— Je vais aller vérifier le niveau d'huile de la voiture.

— D'accord. Je finis de me préparer.

Il l'embrassa dans le cou, puis s'en alla, la laissant avec un profond sentiment de solitude.

Quand ils arrivèrent à la ferme, Victoria et Ryan sortirent sous la galerie pour les accueillir.

— Eh bien, eh bien, regarde-moi ça ! s'écria Victoria en voyant son ventre rebondi.

Dana sourit.

— Petit pois grandit vite !

Victoria l'embrassa chaleureusement.

— Je suis tellement heureuse pour toi…

— Merci, c'est gentil !

Victoria la regarda intensément, et Dana se demanda si elle devinait ses sentiments pour Eric.

Non, c'était absurde. Comment aurait-elle pu deviner quoi que ce soit ? Elles se connaissaient à peine. D'ailleurs, elle refusait de ressasser ses sentiments.

Cependant, à mesure que les jours s'écoulaient, elle

s'aperçut qu'elle ne pouvait pas s'en empêcher. Le mariage de Victoria et de Ryan fut merveilleusement émouvant, comme elle s'y était attendue. La cérémonie eut lieu le soir, dans la lumière de centaines de bougies et de guirlandes lumineuses créant une atmosphère magique. Victoria portait une robe magnifique, brodée et ornée de perles, de style païute en l'honneur des origines de Ryan. Lui portait un smoking traditionnel, mais il avait aussi un plaid amérindien autour des épaules. Comme le voulait la tradition, ils se donnèrent mutuellement de la farine de maïs cuite versée dans un panier.

Ils prononcèrent leurs vœux les yeux dans les yeux, image même du bonheur absolu. Aucun obstacle ne leur barrait la route, rien ne les empêcherait de passer le restant de leurs jours ensemble. L'époque du chagrin était révolue, et leur fille partageait ce moment avec eux. Vêtue de sa robe à franges, Kaley était plus belle que jamais. Eric, quant à lui, était le témoin de Ryan. Le cœur de Dana déborda de joie et de fierté quand son mari s'approcha de l'autel pour voir les parents biologiques de sa fille échanger leurs anneaux.

A la réception, on servit un repas de trois plats sous une grande tente blanche. Au cours du dîner, plusieurs invités firent tinter leurs verres pour encourager les mariés à s'embrasser. Même Eric se prêta au jeu, tapota le bord de son verre de la pointe de son couteau. Il porta également un toast en l'honneur de Victoria et de Ryan, prononçant un beau discours suivi d'une bénédiction amérindienne.

Plus tard, les mariés ouvrirent la danse, et tous les regards se tournèrent vers eux. Tout en les observant, Dana songea à sa relation avec Eric. Contrairement à Victoria et Ryan, Eric et elle ne se connaissaient pas depuis longtemps.

Dès que les invités furent conviés à danser à côté des mariés, Eric l'entraîna sur la piste. Elle savoura le plaisir qu'elle avait à être dans ses bras et, quand il lui sourit, elle s'avoua sans plus d'atermoiements qu'elle était amoureuse de son mari.

Elle lui caressa la joue avec douceur. L'aimerait-il un jour, lui aussi ? Ou ne lui ouvrirait-il jamais son cœur ?

Une lueur d'inquiétude passa dans les yeux d'Eric.

— Tout va bien ?

— Très bien.

— Tu as la main glacée…

— Ah bon ?

— Oui, répondit-il en prenant sa main dans la sienne pour la réchauffer. Tu veux t'asseoir ?

— Non, j'ai envie de danser…

Elle voulait rester dans ses bras.

— Je suis bien avec toi, comme ça.

Il n'avait pas l'air convaincu.

— Tu es sûre ? Ta main est toujours aussi froide.

— Eh bien, serre-moi plus fort…

Il s'exécuta. Elle avait envie de lui avouer ses sentiments, de lui dire qu'elle l'aimait, mais ne pouvait s'y résoudre.

Elle craignait sa réaction, elle qui n'avait peur de rien en temps normal. Cette fois, sa nature combative ne semblait pas en mesure de relever le défi.

— Me feras-tu l'amour, ce soir ? lui demanda-t-elle.

— Bien sûr. J'ai toujours envie de toi.

Leur passion leur servait d'exutoire. Seulement, pour elle, les sentiments en jeu n'étaient plus les mêmes.

— Moi aussi, répondit-elle, et tout particulièrement ce soir.

C'était sa façon à elle de lui avouer son amour sans trop en dire.

— C'est sûrement le mariage…

C'était bien plus que cela, mais elle le laissa croire que le mariage de leurs amis était responsable de son état d'esprit romantique.

— Quand nous serons dans notre chambre, tu m'embrasseras, d'accord ?

— Je peux t'embrasser tout de suite.

Quand il joignit le geste à la parole, elle poussa un petit gémissement plaintif.

— C'était trop doux…

— Je veux être doux.

— Pourquoi tu ne serais pas plutôt fougueux ?

Il posa une main sur son ventre.

— Parce que je préfère être délicat avec la mère de mon enfant.

Elle eut l'impression que ses genoux allaient se dérober sous elle. Comment aurait-elle pu argumenter ? Il créait l'illusion de l'amour dont elle avait besoin.

Maintenant, elle voulait exactement la même chose que lui : de la douceur. Elle voulait savourer chacune de ses caresses.

Plus tard ce soir-là, Dana se glissa entre les draps avec Eric. Elle adorait être nue entre ses bras, sentir sa peau contre la sienne. Elle soupira tout contre ses lèvres tandis qu'il l'embrassait et faisait courir ses mains sur son corps. Il referma la bouche sur un téton, puis sur l'autre, et elle glissa les doigts dans ses épais cheveux noirs.

— Ils sont tout durs, murmura-t-il. J'adore… C'est très sexy.

— Dans ce cas, j'espère qu'ils vont rester comme ça.

Elle avait envie d'être sexy pour l'homme qu'elle avait épousé, pour l'homme qu'elle aimait.

Etait-ce le bon moment pour lui avouer ses sentiments ?

Elle ferma les yeux. Non, elle ne pouvait pas. Elle ne voulait pas risquer de gâcher ce moment. Eric était l'amant idéal, le mari rêvé. Si elle lui avouait son amour et qu'il se repliait sur lui-même, elle n'aurait même pas le souvenir de cette nuit avec lui.

Elle attendrait d'être plus forte pour se confier. Quand le moment serait opportun, elle le saurait, n'est-ce pas ?

Elle l'espérait de tout cœur. Ses sentiments étaient nouveaux, tellement différents de tout ce qu'elle avait éprouvé jusque-là. De toute évidence, Eric avait ressenti la même chose pour Corrine, cette femme dont il pleurait encore la perte.

Comment aurait-elle pu rivaliser ? Comment allait-elle supporter d'être dans l'ombre de Corrine maintenant qu'elle était amoureuse d'Eric ?

— Ouvre les yeux, dit-il en glissant une main entre ses cuisses. Regarde-moi…

Le regarder ? Maintenant, pendant qu'il lui donnait du plaisir ? Ses paupières étaient lourdes, et ouvrir les yeux lui sembla soudain impossible.

Il insista.

— C'est toujours mieux quand nous nous regardons.

Elle se força à ouvrir les yeux. Aussitôt, il intensifia le plaisir qu'il lui procurait.

— Tu es trop doué pour ça…

— On n'est jamais trop doué.

Elle se cambra sous ses caresses.

— C'est trop bon…

Sans cesser de la faire frissonner, il l'embrassa, et elle se cramponna à lui de toutes ses forces.

Il ne s'arrêta pas là. Tandis que son cœur martelait dans sa poitrine, il l'allongea sur le côté, vint se placer derrière elle et la pénétra lentement, déchaînant en elle un tourbillon de passion. Il lui embrassa le cou, les épaules, allant et venant en elle, l'entraînant de nouveau vers les sommets du plaisir.

La tête lui tournait. Elle s'apercevait que tout son monde changeait, mais elle ne pouvait absolument rien y faire. Elle ne pouvait que s'abandonner à Eric avec un sentiment d'émerveillement.

Quand Victoria et Ryan partirent en voyage de noces, Eric et Kaley montrèrent à Dana comment s'occuper des animaux. Elle apprit à les nourrir, mais aussi à ramasser les œufs, à traire la vache et à pasteuriser le lait. Tout cela lui plut beaucoup, surtout avec Eric et sa fille comme professeurs.

Aujourd'hui, ils faisaient une pause et passaient quelques heures dans les bois derrière la maison, sans Kaley qui se trouvait chez June, son amie de l'Oregon, une jeune étudiante revenue passer l'été chez ses parents.

— J'adore cet endroit, déclara Dana.

— Moi aussi, répondit Eric. J'ai toujours aimé la nature. Je faisais du surf quand j'étais plus jeune, comme tu le sais, mais je faisais aussi de la randonnée et du camping. J'essaie encore de communier avec notre mère la Terre de temps en temps, même par le biais de petites choses simples.

Il était particulièrement beau dans cet environnement, au milieu des arbres qui se dressaient autour d'eux de leur silhouette imposante. Elle vit qu'une mèche de cheveux était tombée sur son front, et elle dut prendre sur elle pour ne pas la repousser. S'efforçant de penser à autre chose, elle posa les yeux sur le plaid sur lequel ils étaient assis. Il était uni, beaucoup plus simple que celui que Ryan avait sur les épaules pour son mariage, quelques jours plus tôt.

— J'ai beaucoup aimé l'influence amérindienne du mariage de Victoria et de Ryan, dit-elle. Ton discours m'a aussi bien plu…

— Merci. La mère de Ryan était Païute, elle est morte quand il n'était encore qu'un petit garçon, et il a été élevé par son père, un Américain.

— Il m'a dit que son père était mort il y a quelques années et qu'ils avaient des relations tendues.

— Je n'ai jamais connu ça, dans ma famille.

— C'était ton père qui était amérindien, ou ta mère ?

Elle ignorait encore tant de choses à son sujet, tant de choses qu'il ne lui avait pas confiées spontanément !

— Ma mère, et cela a joué un rôle très important dans mon éducation. A mon premier mariage, la cérémonie intégrait la tradition cherokee, pour ma mère autant que pour moi.

Elle se pencha vers lui, intriguée.

— Quelle tradition ?

— Nous avons bu dans un vase de mariage cherokee… C'est un récipient qui a deux goulots pour que les mariés puissent boire en même temps.

— C'est charmant…

L'anecdote lui montrait une fois de plus l'importance de son premier mariage pour lui. Cependant, il avait fait de son mieux lors de leur mariage à eux. Elle n'avait rien à lui reprocher.

— J'avais envisagé de porter un costume traditionnel quand j'ai épousé Corrine, mais finalement, j'ai opté pour un smoking.

— Pourquoi ?

— Parce que cela allait mieux avec sa tenue à elle. Nous avons uni nos traditions respectives.

— Parle-moi un peu plus du mariage cherokee traditionnel, dit-elle, désireuse d'en apprendre davantage. Décris-m'en un !

— D'abord, le lieu où se déroule la cérémonie doit être consacré pendant sept jours consécutifs. Ensuite, le jour de la cérémonie, les futurs mariés s'approchent d'un feu sacré avec des offrandes.

— Quel genre d'offrandes ?

— De la venaison ou une autre sorte de viande pour le marié, du maïs pour la mariée. Ce sont des symboles soulignant le rôle de chasseur de l'homme et le rôle de la femme au sein de la ferme.

— Un peu comme les symboles de l'arc et du tamis ?

— Exactement.

— Et ensuite ?

— On chante des chants cherokees, on pose des plaids bleus sur les mariés, puis on les enlève pour les remplacer par un seul plaid blanc. Enfin, au lieu d'échanger des anneaux, ils partagent la nourriture qu'ils ont apportée.

— Comme l'ont fait Victoria et Ryan.

— Dans la tradition païute, il n'y a pas toujours de cérémonie de mariage, alors Ryan s'est inspiré d'autres coutumes. Le panier dont ils se sont servis était un panier païute, mais destiné à l'origine à un mariage navajo. Les Païutes ont fait des paniers pour les Navajos pendant plus d'un siècle.

— Et le plaid ?

— Il a emprunté l'idée à la tradition cherokee, dont je lui avais parlé.

— C'est bien que tu aies eu une influence sur l'organisation de leur mariage.

— Kaley aussi y a beaucoup contribué.

— Comme elle a contribué au nôtre.

Il sourit.

— Elle va devenir organisatrice de mariages, si ça continue !

— Elle est douée pour ça, approuva Dana en souriant.

Elle allongea les jambes devant elle.

— Que c'est beau, ici ! Regarde-moi ces fleurs sauvages… Il y en a partout !

— Il y a même des marguerites, je les ai remarquées tout à l'heure. Je pourrais t'en cueillir, sur le chemin du retour.

— Ça me ferait très plaisir, dit-elle en regardant la bague qu'il lui avait offerte. Ce sont mes fleurs préférées.

Il fronça les sourcils, l'air soucieux.

— Je n'arrête pas de me demander si je dois en apporter à Corrine la prochaine fois que j'irai sur sa tombe, pour les lui offrir de ta part… Je suis désolé de ne pas être à l'aise à l'idée que tu m'accompagnes.

— Ce n'est pas grave, prétendit-elle. C'est ce que tu ressens, tu n'y peux rien.

Cela la blessait encore plus maintenant qu'elle l'aimait. Et elle ne pouvait s'empêcher de vouloir en savoir plus sur le lien entre Corrine et lui.

— Quand as-tu su que tu l'aimais ?

— Comment ça ?

— T'en es-tu rendu compte tout de suite, ou en as-tu pris conscience avec le temps ?

— Quand nous nous sommes rencontrés, j'ai tout de suite éprouvé de l'attirance pour elle, mais ce n'était pas le coup de foudre. Nos sentiments se sont développés au fil de la relation.

— Te souviens-tu du moment précis où tu en as pris conscience ?

— Non, mais je me souviens qu'elle me l'a dit la première.

— C'est vrai ? s'étonna-t-elle, intriguée par la similitude entre Corrine et elle. Elle t'a dit qu'elle t'aimait avant que tu le lui dises ?

— Oui, mais je lui ai répondu tout de suite que je l'aimais moi aussi. C'est peut-être le moment où je me suis rendu compte de mes sentiments… ou bien je le savais déjà, au fond, et j'attendais qu'elle me le dise d'abord.

Elle l'observa avec curiosité. Quand elle trouverait le courage de lui avouer ses sentiments, réagirait-il de la même façon ? Aurait-il une révélation subite, ou prendrait-il ses distances vis-à-vis d'elle ?

— Tu veux bien me cueillir des marguerites maintenant ? lui demanda-t-elle, éprouvant le besoin de se sentir plus proche de lui.

— Bien sûr.

Il se leva et disparut entre les arbres, revenant quelques minutes plus tard avec les fleurs blanches et jaunes. Il lui tendit le petit bouquet et, quand elle leva le bras pour le prendre, elle sentit une palpitation dans son ventre.

— Oh ! mon Dieu !

— Quoi ?

— Le bébé a bougé !

— C'est vrai ? demanda Eric avec un grand sourire.

Elle aussi souriait. C'était la première fois qu'elle sentait les mouvements de leur bébé.

— Oui ! C'était comme un battement d'ailes de papillon…

Il lui posa une main sur le ventre.

— J'aimerais bien pouvoir le sentir.

— Tu le sentiras d'ici quelque temps, quand il commencera à donner des coups de pied.

— J'ai hâte de retourner en Californie pour l'échographie… et de savoir si c'est une fille ou un garçon.

— Un tamis ou un arc !

Le rendez-vous était moins d'une semaine plus tard. Elle serra les fleurs contre elle en souriant.

— Je crois que notre bébé est heureux que tu m'aies cueilli ces fleurs.

Pour sa plus grande joie, Eric se pencha pour l'embrasser. C'était un moment merveilleux. Elle avait déjà pris conscience de son amour pour lui, et maintenant, elle s'apercevait qu'il était capable de lui donner le sentiment d'être aimée.

- 12 -

— C'est un garçon, annonça la sage-femme.

Le cœur de Dana fit un bond dans sa poitrine. Elle regarda Eric, assis à côté d'elle. Les yeux rivés sur l'écran de l'échographe, il semblait complètement subjugué. Elle ne l'avait encore jamais vu comme cela.

— Un garçon, murmura-t-il enfin.

— Un arc, dit-elle.

Ils allaient avoir un fils, qui grandirait et deviendrait comme son père.

— Regarde, Dana… C'est incroyable ! Il a tellement grandi… Il ne ressemble plus du tout à un haricot. Il est encore plus beau. Il est parfait, dit-il d'une voix vibrante d'émotion.

Elle aussi était bouleversée. Elle avait envie de compter les doigts et les orteils de leur fils, de les lui faire remuer, mais elle serait obligée d'attendre la naissance pour cela.

Eric continuait à regarder fixement l'écran.

— Kaley va avoir un petit frère…

— Nous avons intérêt à chercher des prénoms de garçons.

— Oui !

Ils quittèrent le cabinet médical et, une fois chez eux, Eric l'embrassa avec fougue avant de se diriger vers la chambre d'enfant, résolu à terminer ses peintures sur les murs. Elle décida de lui avouer son amour le jour même. C'était le moment idéal. Bien sûr, elle était anxieuse à l'idée de se lancer, mais cela ne changeait rien : elle devait le faire.

Elle attendit qu'Eric ait terminé la peinture, et quand il

l'appela pour lui montrer le fruit de son travail, elle s'émerveilla de sa réalisation. Il avait peint chaque animal avec le plus grand soin et, manifestement, avec amour. Le colibri aux couleurs vives représentait la joie, la tortue incarnait la Terre mère, le coyote à l'air rusé était un filou, l'aigle symbolisait la spiritualité, le cerf la douceur, le corbeau au plumage d'un noir brillant la magie, et l'orignal la volonté.

— C'est l'un de mes totems, dit-il en lui montrant le loup.

Elle sourit. Le loup était celui qui enseignait.

— Elle aussi, répondit-elle en indiquant la panthère, parce qu'Eric lui faisait penser à un félin.

Apparemment, la panthère représentait l'avenir.

L'avenir. Sa vie avec lui, leur vie ensemble. Décidément, le moment était venu de lui annoncer ses sentiments. Elle prit une profonde inspiration pour se donner du courage.

— Le papillon pourrait être ton animal, Dana, dit-il avant qu'elle ait pu se lancer.

Le papillon était associé à la métamorphose.

— Pourquoi ?

— Parce que la première fois que tu as senti le bébé bouger, tu as comparé son mouvement au battement d'ailes d'un papillon, et parce que ton corps est en perpétuelle mutation depuis que tu es devenue la mère de notre enfant.

Elle sourit et tourna sur elle-même, faisant virevolter le bas de sa robe. Il la regarda en riant. Cela lui donna envie de continuer, mais elle s'arrêta avant d'avoir le vertige.

— Notre fils doit être tout étourdi, dit-il.

— Je lui ai fait voir trente-six chandelles !

— Ma femme est étourdissante…

Ma femme. Elle aimait l'entendre prononcer ces mots.

Elle regarda l'antilope, qui représentait l'action.

— Elle aussi pourrait être mon animal.

Il inclina légèrement la tête sur le côté, l'air intrigué.

— Quelle sera ton action du jour ?

Elle regarda encore l'antilope pour se donner du courage, puis elle reporta son attention sur son époux.

— J'ai envie de te dire quelque chose depuis notre séjour

dans l'Oregon, mais j'attendais le moment propice… Je t'aime. Je suis merveilleusement amoureuse de toi, et je voulais que tu le saches.

Il pâlit considérablement. Il semblait avoir peine à respirer.

— Dis quelque chose, Eric.

— Je ne sais pas quoi dire.

— Dis quelque chose, n'importe quoi…

Il se passa une main nerveuse dans les cheveux, les ébouriffant involontairement.

— Tout ce que je peux dire, c'est que je ne sais pas comment gérer ton amour.

— Pourquoi une femme n'aimerait-elle pas son mari ? C'est dans l'ordre des choses.

— Je ne peux pas te payer de retour, Dana.

— Tu ne peux pas, ou tu ne veux pas ?

— Je ne peux pas.

Elle jeta un coup d'œil autour d'elle. Son regard se posa sur l'orignal. Elle se rappela de rester forte.

— Tu as peur, c'est tout.

— *Peur* ? Je suis affolé ! J'apprécie ton amour, l'amour est l'un des cadeaux du ciel les plus précieux, mais ce n'est pas un cadeau que je peux te faire aussi, et ce n'est pas juste.

— C'est à moi d'en décider, et si j'ai envie d'aimer mon mari, eh bien, j'aimerai mon mari.

— Tu ne peux pas me sauver, Dana.

Sa formulation la décontenança.

— Qui t'a dit que j'essayais de te sauver ?

— Personne, mais c'est bien ce que tu fais, non ? C'est dans ta nature de vouloir tout arranger, de rester positive en toutes circonstances.

— Oui, et c'est une belle qualité !

— Je suis d'accord, mais je ne suis pas prêt pour ça.

— Alors pourquoi souris-tu tout le temps quand tu es avec moi ? Pourquoi ris-tu ? Pourquoi m'embrasses-tu quand j'ai besoin d'un baiser ? Pourquoi me prends-tu dans tes bras quand j'en ai besoin ? Pourquoi me donnes-tu le sentiment d'être aimée si tu n'es pas prêt ?

Il fit un pas en arrière.

— Je te donne le sentiment d'être aimée ? Comment est-ce possible ?

— C'est possible parce que tu ne sais pas toi-même qui tu es !

— Je sais qui je suis… Enfin, Dana, regarde les choses en face ! Je suis veuf depuis sept ans, et je parle encore à ma défunte épouse.

— Je suis disposée à lui parler, moi aussi.

— Cela ne changerait rien. Elle voulait que j'aille de l'avant… Avant de mourir, elle m'a demandé de me trouver quelqu'un d'autre, un jour, dit-il, le visage tendu, mais j'ai refusé de l'écouter.

— Pourquoi ?

— *Pourquoi ?* répéta-t-il, comme si la question était stupide. Tu ne le sais pas ? Tu ne comprends pas ? Pour moi, l'amour est synonyme de souffrance !

— Je comprends très bien. J'ai toujours su que tu ressentais ça, mais au lieu de te concentrer sur le chagrin que tu as éprouvé à sa mort, tu devrais être heureux qu'elle t'ait aimé suffisamment pour t'enjoindre d'aller de l'avant.

— Je refuse d'avoir cette conversation. Je refuse de faire ça.

Il quitta la pièce, puis la maison. Elle s'assit dans le fauteuil à bascule de la chambre d'enfant, entourée des animaux cherokees.

Eric se rendait-il au cimetière ? Elle l'espérait. Elle espérait également que Corrine pourrait l'aider, qu'elle parviendrait d'une façon ou d'une autre à l'atteindre, d'outre-tombe.

Eric acheta pour Corrine un bouquet de marguerites semblable à celui qu'il avait cueilli pour Dana dans les bois. Dans un sens, ces fleurs venaient d'elle, aussi.

Sa nouvelle épouse. Il avait remarqué, pendant qu'ils parlaient, qu'elle jetait des coups d'œil à l'élan qu'il avait peint sur le mur de la chambre d'enfant, comme pour que l'animal lui insuffle de la force. Elle n'en avait pourtant pas besoin, elle était déjà forte. Cependant, il ne voulait pas qu'elle l'aime, pas s'il ne pouvait répondre à son amour.

Corrine avait été aussi forte que Dana, pas aussi excessive ou impulsive, mais aussi forte. Et où cela l'avait-il menée ? Elle avait été atteinte d'une maladie incurable, contre laquelle elle n'avait rien pu faire.

Il s'agenouilla devant sa tombe, s'apprêtant à lui raconter tout ce qui s'était passé, comme il le faisait toujours. Aujourd'hui plus que jamais, il avait besoin de se confier.

De se confier à une pierre tombale ? Il fut parcouru d'un frisson et faillit se relever et s'en aller, mais il se ravisa.

— Aujourd'hui, nous avons appris que Petit pois était un garçon. Nous l'avons vu bouger dans le ventre de sa maman à l'échographie... C'était merveilleux. Quand nous sommes rentrés à la maison, j'ai fini de peindre les animaux sur les murs de sa chambre, pour qu'elle soit la plus belle possible.

Il s'interrompit, inspira profondément.

— Il s'est passé autre chose, aujourd'hui... Dana m'a dit qu'elle m'aimait, Corrine. Elle m'aime.

Il y eut un long silence. Il monologuait, il le savait bien, mais ces moments de recueillement restaient essentiels pour lui.

— Elle trouve que je me comporte comme si je l'aimais aussi, que je souris et que je ris quand je suis avec elle, que je la prends dans mes bras et que je l'embrasse quand elle en a besoin.

Etait-ce vrai ? Il se le demandait.

— Elle me fait sourire, elle me fait rire comme jamais, c'est vrai...

Comme jamais ? Plus que du temps où Corrine et lui étaient mariés ? Il s'empressa de préciser sa pensée.

— Elle est d'un naturel très joyeux, on ne peut pas s'empêcher de sourire avec elle. Pour ce qui est de la prendre dans mes bras et de l'embrasser, eh bien... je le fais parce que j'en ai besoin, moi aussi.

Il se rendit compte qu'il avait besoin de Dana autant qu'elle avait besoin de lui.

— J'aime l'avoir pour épouse, et j'aime ce que nous partageons.

Il imagina Corrine en train de sourire, heureuse de l'entendre admettre le succès de son second mariage.

— Ne fais pas ça… Ne me facilite pas la tâche. Je ne devrais pas faire ça.

Faire quoi ? Tomber amoureux de la femme qu'il avait épousée ? De la femme adorable, douce et amusante qui portait son enfant ? De la femme qui ne souhaitait que son bonheur ?

Qu'était-il censé faire, maintenant ? Rentrer et dire à Dana qu'elle avait raison ? En quoi cela l'aiderait-il ? Il avait encore peur, et était bien plus tourmenté qu'en arrivant.

— Merci beaucoup, dit-il à Corrine, d'un ton empreint d'ironie. Je suis encore plus déboussolé, maintenant !

Il regarda les marguerites d'un œil noir et se leva.

— J'aurais dû me douter que tu prendrais parti pour elle, sans te soucier de ce que je ressens. C'est moi qui devrais décider si je suis prêt ou non à affronter mes peurs, pas toi, ni Dana, ni qui que ce soit d'autre.

Contrarié, il regagna sa voiture, mais avant de monter dedans, il s'aperçut qu'un morceau de papier était collé à la semelle de sa chaussure. Il le retira et vit qu'il s'agissait d'un marque-page avec une illustration représentant un homme vêtu d'une tunique, un médaillon d'or autour du cou. En dessous, la légende indiquait :

SAINT JUDE,

saint patron des causes désespérées.

Il ne connaissait pas grand-chose aux saints, mais il glissa tout de même le marque-page dans sa poche. Il avait l'impression d'être une cause désespérée.

Il rentra et trouva Dana dans la chambre d'enfant, là où il l'avait laissée. Assise dans le rocking-chair, elle tourna la tête vers lui en l'entendant arriver, puis elle se leva et s'approcha.

— Tu es allé voir Corrine ?

— Oui.

— Tu te sens mieux, maintenant ?

— Non. Je me sens encore plus mal.

Il aurait sans doute dû laisser le marque-page là où il l'avait trouvé, pour que quelqu'un d'autre le ramasse, quelqu'un de plus méritant.

— Pourquoi ?

— Parce que je me suis rendu compte que je tombais amoureux de toi, moi aussi, et je n'aime pas ça.

L'espace d'un instant, elle se contenta de le regarder fixement, puis, fidèle à elle-même, elle lui adressa un sourire éclatant.

— Tu finiras par adorer ça ! Comment pourrait-il en être autrement ? C'est merveilleux d'être amoureux.

— Oui, et perdre l'être aimé est la chose la plus dévastatrice qui soit.

— Tu ne me perdras pas. Aucun obstacle ne nous barre la route en dehors de ta peur.

— Notre différence d'âge pourrait être un obstacle. Tu es jeune, Dana, et tu finiras peut-être par avoir envie de me quitter, quand je serai trop vieux pour toi.

Elle le regarda comme s'il avait perdu la tête.

— Mes sentiments pour toi ne changeront pas. Tu dois arrêter de croire que l'amour est synonyme de souffrance… Ce n'est pas le cas, et je suis là pour te le prouver.

— Quand es-tu devenue une experte en matière d'amour ?

— A l'instant même. A l'instant où je suis devenue folle de toi.

Pourquoi fallait-il qu'elle soit aussi sûre d'elle ?

— Très bien. Tu as des sentiments pour moi, et j'ai des sentiments pour toi, mais cela ne nous donne pas le pouvoir de contrôler l'avenir.

— Je ne vais pas tomber malade, Eric. Ce qui est arrivé à Corrine ne m'arrivera pas.

— Je n'ai pas dit le contraire.

— Non, mais nous savons aussi bien l'un que l'autre que c'est ta plus grande crainte. Il faut que tu arrêtes de te laisser dominer par ta peur.

— Facile à dire ! Tu ne sais pas ce que c'est que de regarder la personne que tu aimes dépérir.

— Non, mais je sais ce que c'est que de voir mon mari mourir à petit feu.

Ces mots lui firent l'effet d'un coup de poing.

— Si tu étais malade, Dana, je voudrais mourir aussi.

— Oh ! mon amour… Personne ne va être malade, et personne ne va mourir.

— Tu n'en sais rien. Personne ne le sait.

— Je veux croire que tout va bien se passer. Je veux vivre en accord avec cette conviction.

Il aurait voulu en faire autant, mais il ne le pouvait pas.

— Je me suis mis en colère contre Corrine, aujourd'hui. Elle était dans ton camp, et cela m'a agacé.

Elle sourit.

— Elle t'a dit qu'elle était dans mon camp ?

Il réprima un sourire.

— Pas explicitement… Tout le monde est dans ton camp, dit-il, fronçant les sourcils volontairement. Même Jude.

Elle le regarda d'un drôle d'air.

— Pardon ?

— Saint Jude, dit-il en sortant le marque-page de sa poche et en le lui tendant. En quittant le cimetière, j'ai trouvé ça, collé à ma chaussure.

— Oh ! c'est incroyable !

Elle se rua vers la petite table à côté du fauteuil à bascule et prit la feuille de papier posée dessus.

— Quand tu es parti, j'ai commencé à dresser une liste de prénoms pour notre fils…

Elle lui montra la liste en question.

— Regarde le premier.

Baissant les yeux, il lut « Jude ». Il la regarda de nouveau, le cœur battant la chamade.

— Nous devons absolument lui donner ce prénom, maintenant.

— Je sais ! s'écria-t-elle en se jetant à son cou. C'est un signe du destin !

— Pourquoi as-tu choisi ce prénom ? Pourquoi te plaît-il ?

— Je voulais un prénom qui évoque l'espoir, et j'ai repensé à une chanson des Beatles que ma grand-mère me faisait écouter quand j'étais triste, *Hey Jude*… Les paroles sont des paroles d'encouragement, elles s'adressent à Jude et disent que tout va s'arranger, et le prénom m'a semblé parfait !

Elle le serra dans ses bras.

— Tout va s'arranger, Eric ! Notre petit Jude nous le dit, et Corrine aussi. Je crois que c'est elle qui a mis ce marque-page sur ton chemin…

— Mais je ne crois pas aux saints, et elle n'y croyait pas non plus.

— Peu importe, c'est le message que tu avais besoin d'entendre !

— Pour croire enfin aux miracles ?

Il enfouit le visage dans ses cheveux.

— Tu veux aller sur la tombe de Corrine avec moi ? Aujourd'hui ? Maintenant ?

— Bien sûr ! répondit-elle, restant blottie contre lui. Ce serait un honneur pour moi.

— Je lui dois des excuses, je n'aurais pas dû m'emporter.

— Je suis sûre qu'elle ne t'en veut pas.

— Je veux quand même m'excuser… mais avant toute chose, je veux te dire ceci : je t'aime, Dana, et je vais faire tout mon possible pour faire des miracles avec toi.

Dana accompagna Eric sur la tombe de Corrine. Elle sourit en voyant le bouquet qu'il y avait déposé un peu plus tôt.

— Tu lui as apporté des marguerites.

— Cela me semblait être la chose à faire.

— Elles sont magnifiques.

— Je voulais qu'elles viennent aussi de toi.

— Merci… Tu sais à quel point cela me touche.

— La prochaine fois, nous pourrons lui apporter des fleurs du jardin.

— Bonne idée.

Suivant son exemple, elle s'agenouilla devant la tombe.

— C'est la première fois que tu vas sur la tombe de quelqu'un… Quel effet est-ce que cela te fait ?

Cela lui rappelait la fragilité de la vie, l'importance d'être heureux.

— C'est un peu impressionnant. Nous allons tous mourir un jour, mais l'important, c'est d'apprécier la vie. L'important, c'est la façon dont nous vivons notre vie.

— Corrine menait la sienne avec joie et espoir.

— Elle devait être une femme vraiment exceptionnelle.

— Oui… Tu peux te présenter, si tu veux… sauf si tu trouves ça bizarre.

— Je ne trouve pas ça bizarre.

Cela lui semblait naturel, surtout après avoir eu envie de venir en cet endroit pendant si longtemps.

— Je suis Dana, dit-elle en posant une main sur la pierre tombale. Je suis la nouvelle femme d'Eric, il vous a parlé de moi…

Elle retira sa main et la plaça sur son ventre.

— Et voici Jude. Nous lui avons donné ce prénom aujourd'hui, et c'est vous qui nous avez inspirés.

— Je suis désolé de m'être mis en colère tout à l'heure, Corrine, intervint Eric. Tu avais raison de m'encourager à aller de l'avant… Tu m'aimais assez pour essayer de m'épargner des années de souffrance, mais avant aujourd'hui, j'ai refusé de t'écouter.

— Quand Jude sera né, nous viendrons avec lui pour vous le présenter, et avec Kaley, dit Dana avec douceur. Nous viendrons en famille.

— Une famille heureuse, précisa Eric.

Elle le regarda et sourit, puis tourna le visage vers la pierre tombale et s'adressa de nouveau à Corrine.

— J'aime Eric. Je l'aime comme vous l'aimiez, et je

sais que j'ai votre bénédiction, pas seulement parce que vous l'encouragiez à aller de l'avant, mais parce que vous vous êtes manifestée au moment où nous avions tous les deux besoin de vous.

— Elle sera toujours là, dit Eric.

— Oui.

Elle veillerait toujours sur eux, et Eric était enfin prêt à revivre.

- 13 -

La grossesse de Dana se déroula comme prévu, et le jour de la fête prénatale arriva enfin. Elle rit de bon cœur, parla avec ses invitées et mangea de bon appétit. Entourée de ballons gonflés à l'hélium, elle ouvrit ses cadeaux. Elle sentit Jude donner des coups de pied, mais il le faisait tout le temps, maintenant. Cela enchantait Eric, et Kaley aussi, bien sûr.

— Jude va être un vrai petit diablotin, dit-elle à la cantonade. Il va mener tout le monde par le bout du nez !

— Je parie que tu étais une petite dure à cuire, toi aussi, remarqua Dana.

— Ce que je peux vous garantir, c'est qu'elle donnait des coups de pieds à longueur de temps ! intervint Victoria. Dès que je commençais à m'endormir, elle m'enfonçait son talon dans les côtes.

Kaley éclata de rire.

Dana les observa avec intérêt. Elle était touchée que Victoria ait pris l'avion pour assister à la fête, et émue de l'entendre parler de sa grossesse avec tendresse et humour.

Elle ferait la même chose avec Jude un jour, mais elle se demandait si un garçon s'intéresserait autant à ce genre d'anecdotes. C'était étrange de songer à un avenir encore lointain et de se l'imaginer aussi distinctement. Elle avait toujours eu tendance à vivre l'instant présent, mais maintenant qu'elle attendait un enfant, elle envisageait tous les aspects de sa vie.

— Une chose est sûre : Kaley va gâter son petit frère, dit-elle. Regardez-moi tous ces cadeaux !

Une grande partie d'entre eux venaient de la jeune fille. De toute évidence, elle avait fait des folies.

— Imagine combien de baby-sitters tu vas avoir, dit Candy. J'en ferai partie !

— Ah ! Ma meilleure amie et la future marraine de Jude...

Cette fête était extraordinaire, mais Dana ne pouvait s'empêcher d'éprouver de la compassion pour Candy en songeant qu'elle avait perdu un bébé.

— Que ferais-je sans toi ?

Candy eut un grand sourire.

— Tu serais encore en train de te tracasser à propos du test de grossesse ?

Dana sourit, elle aussi. Elle se réjouissait à l'avance du rôle que son amie allait jouer dans la vie de son fils. Candy était comme une sœur, pour elle. Elle avait vraiment de la chance de l'avoir rencontrée.

Victoria prit une tenue de bébé sur la table basse.

— Regardez comme c'est adorable... Un ensemble chemise écossaise et la barboteuse assortie !

— Ça ne te donne pas envie d'en avoir un ? lui demanda Kaley.

— Je ne crois pas que ça m'irait !

— Je parlais d'un autre enfant... Une autre version de moi, en plus petit ! ajouta Kaley en prenant la pose.

Victoria rit.

— J'avais compris, ma chérie... et, si, je suis tentée, mais j'essaie de me maîtriser.

— Tu as ma permission ! dit Kaley.

— Et mes encouragements, intervint Dana. Ryan et toi allez devoir vous y mettre !

— Nous n'y manquerons pas, en temps voulu... mais pour l'instant, répondit Victoria en prenant une autre tenue de bébé sur la table, je me contenterai de m'émerveiller de tout ça !

Dana aussi était émerveillée.

— Regarde la petite tenue de base-ball… et la salopette, pour quand il sera un peu plus grand ! Je n'aurais pas cru que les vêtements de garçons étaient aussi mignons.

— Quand tu te sentiras prête, tu pourras peut-être avoir un petit garçon, toi aussi, dit Kaley à Victoria. Comme ça, j'aurai deux petits frères, et les cousins seront les meilleurs amis du monde.

— Ce serait adorable, reconnut Victoria d'un ton plein d'espoir.

L'idée d'avoir un enfant la tentait-elle de plus en plus, ou se laissait-elle seulement gagner par l'atmosphère du moment ?

— Tu ne rajeunis pas, lui dit Kaley d'un ton lourd de sous-entendus.

Victoria lança un ballon dans sa direction.

— Arrête d'essayer de me convaincre !

— Elle est douée, remarqua Dana.

Kaley pouvait se montrer très persuasive.

— Elle est douée pour tout ! Je pourrais peut-être avoir une autre fille, exactement comme elle…

D'autres invitées prirent part à la conversation, et l'on discuta bientôt des différences entre l'éducation des filles et celle des garçons. La plupart des dames présentes avaient des enfants, et Dana les écouta en parler avec intérêt.

Un peu plus tard dans la journée, après le départ des invitées, Eric rentra à la maison. Elle l'entraîna dans la chambre d'enfant, où elle avait étalé tous les cadeaux.

— Eh bien ! Notre fils a été outrageusement gâté, à ce que je vois.

— Une grande partie de ses cadeaux vient de Kaley, mais tout le monde a été très généreux.

— Je m'attendais que Kaley et Victoria soient encore là…

— Elles sont allées à la résidence universitaire, elles voulaient passer un peu de temps toutes les deux avant que Victoria ne reparte pour l'Oregon.

— C'est compréhensible.

Il s'approcha pour l'embrasser, et ils rirent parce que son ventre les gênait.

— Tu es le meilleur mari du monde, dit-elle avec un soupir, heureuse d'être dans ses bras.

— Je ne l'étais pas au début… J'étais dans tous mes états le jour de notre mariage.

— Tu es un mari fier, maintenant. Tu as une photo de notre mariage dans ton portefeuille, et notre album est bien en vue dans le salon.

— Je sais, mais je regrette quand même d'avoir été aussi hésitant l'un des jours les plus importants de notre vie. L'année prochaine, nous pourrions peut-être célébrer notre anniversaire de mariage pour compenser.

— C'est une très bonne idée, répondit-elle en l'embrassant, mais pour l'instant, je suis trop fatiguée pour penser à une autre fête.

Elle avait passé une bonne journée, mais maintenant, elle avait envie de se reposer un peu.

— Je te comprends… Tu as dû avoir une journée bien remplie.

— Si tu savais combien de parts de gâteau j'ai mangées… Tu en veux ? Il en reste !

— Qu'est-ce que c'est ?

— Un gâteau au chocolat avec un glaçage. Il est délicieux… et rigolo : il est décoré de petits animaux en sucre. Ils étaient presque trop mignons pour être mangés !

Il sourit.

— Presque, hein ?

— Jude avait envie d'y goûter.

— Dans ce cas, son papa va en faire autant !

Ils se dirigèrent vers la cuisine, où il se coupa une tranche de gâteau et se servit un verre de lait. Elle le regarda manger un moment, puis, du bout de son index, elle prit un peu de garniture au chocolat qu'elle lécha voluptueusement.

— Hé ! s'écria-t-il, faisant mine de protéger son assiette. Tu as déjà eu ta part…

— Jude voulait goûter la tienne.

— Il a bon dos, Jude !

— Que veux-tu ? Il a un faible pour le chocolat.

— C'est vous qui avez un faible pour le chocolat, madame Reeves.

— Appelez-moi madame Cerise Reeves, je vous prie. Plus sérieusement, tu arrives à croire le chemin que nous avons fait en si peu de temps ?

Il se pencha vers elle.

— La vie est belle, lui murmura-t-il à l'oreille. Je suis fou de toi… et de ce gâteau !

Elle gloussa de plaisir.

— Je te l'avais dit qu'il était délicieux.

— Oui, et tu avais raison, mais tu as tout le temps raison, il faut dire.

— Non, je me trompais quand je pensais pouvoir te sauver. Les gens ne se sauvent pas les uns les autres, chacun de nous est responsable de lui-même.

— C'est vrai, mais tu m'as aidé à voir les choses sous un jour différent. Tu as beau être jeune, Dana, tu as l'âme d'un vieux sage.

— Est-ce que cela signifie que nous allons vieillir au même rythme, maintenant ?

— Au sens spirituel, je dirais oui. Au sens physique, non : tu devras quand même pousser mon fauteuil roulant un jour ou l'autre.

Elle lui donna un petit coup de coude. Ses plaisanteries sur la vieillesse ne l'inquiétaient plus : il avait l'énergie d'un jeune homme, il était beaucoup plus en forme et joyeux ces derniers temps.

— Tu veux en partager une autre part avec moi ? lui demanda-t-il lorsqu'il eut terminé la première.

— Avec plaisir.

— Je m'en doutais.

Il coupa une part encore plus grosse que la première et lui tendit une fourchette.

— Tu te souviens de ce que tu m'as dit sur les zèbres ? lui demanda-t-elle en mangeant un petit animal en sucre.

— Sur les mères qui ne s'occupent pas d'un petit qui n'est pas le leur ?

— Oui. Cela m'a fait me poser des questions sur la façon dont les autres animaux s'occupent de leurs petits, et j'ai fait quelques recherches…

— Qu'as-tu appris ?

— Quantité de choses. Un bébé éléphant pèse plus de cent kilos à la naissance, et sa mère sélectionne plusieurs baby-sitters au sein du groupe pour surveiller son bébé quand le troupeau se déplace.

Il rit.

— Si j'avais un bébé de plus de cent kilos, moi aussi, je lui trouverais des baby-sitters !

Elle leva les yeux au ciel mais ne put s'empêcher de rire.

— Les bébés éléphants ne peuvent pas se défendre, alors ils ont besoin de plusieurs éléphantes pour veiller sur eux.

— Sur quels autres animaux t'es-tu renseignée ?

— Les lions, les tigres et les ours ! J'ai découvert qu'ils avaient des choses en commun, dit-elle tandis qu'ils finissaient leur part de gâteau.

Il la regarda avec intérêt.

— Quoi, par exemple ?

— Ils naissent aveugles et dépendent complètement de leurs mères.

— Pauvres bébés !

— Je sais… Ils sont sans défense, mais en grandissant, ils deviennent gros et forts.

— Et beaux.

Oui, tous ces animaux étaient magnifiques.

— J'ai aussi lu des choses sur les faons, dit-elle, songeant au cerf peint sur le mur de la chambre de Jude. Dans les minutes qui suivent la naissance d'un faon, sa mère le nettoie pour lui enlever son odeur et éviter d'attirer les prédateurs, puis elle le garde caché dans l'herbe pendant une semaine, jusqu'à ce qu'il soit assez solide sur ses pattes pour la suivre.

— C'est charmant que tu te prépares à être mère en te

renseignant sur d'autres espèces animales, dit-il en la regardant avec tendresse. As-tu lu des choses sur les pingouins ?

Elle hocha la tête.

— Les parents s'occupent ensemble de leur petit. Après la nidification, les bébés sont rassemblés dans des sortes de nurseries pendant que leurs parents vont chercher de la nourriture. Apparemment, certains pingouins s'accouplent pour la vie, d'autres pour une saison seulement.

— J'ai toujours trouvé fascinant le fait que certains animaux restent ensemble toute leur vie et que d'autres aient plusieurs compagnons.

— Moi aussi, d'autant plus que certains humains restent avec la même personne toute leur vie et que d'autres papillonnent.

— C'est différent, chez les êtres humains, cela dit… Si nous restons avec une même personne toute notre vie, c'est par choix, pas parce que notre instinct nous pousse à le faire.

— Nous sommes tout de même mus par nos émotions.

— Ça, c'est sûr !

Ils se regardèrent un instant en silence.

— Tu as décidé à deux reprises de partager ta vie avec une seule personne.

— Oui… J'ai de la chance d'avoir trouvé un amour aussi fort avec deux femmes différentes.

— Et moi, j'ai de la chance de l'avoir trouvé avec toi.

Ils se turent. Elle approcha un peu sa chaise de la sienne, et il l'embrassa. Ses lèvres avaient un goût de chocolat absolument délicieux.

— Pose tes mains sur moi, murmura-t-elle.

— Mes mains sont posées sur toi.

— Encore…

Il enfouit le visage au creux de son cou.

— Serais-tu en train de me faire des propositions indécentes ? Dans ton état ?

— Oui, et tu ferais mieux d'en profiter avant que mon ventre ne devienne encore plus gros.

— Est-ce qu'il grossit en ce moment même ?

— Probablement.

— Alors, dépêchons-nous !

Ils regagnèrent leur chambre et, après avoir tiré les rideaux et allumé une bougie, ils se déshabillèrent mutuellement, avec lenteur et sensualité.

— Qui aurait cru qu'une femme enceinte pouvait être aussi séduisante ?

Il lui caressa le ventre avec une infinie tendresse. Elle fit glisser ses mains sur son torse, sur ses épaules d'abord, puis sur ses abdominaux parfaitement dessinés, et enfin sur son sexe.

Il retint son souffle.

— Tu es cruelle…

— Toi aussi.

Ils s'allongèrent sur le lit et firent l'amour dans une position qui leur était devenue familière, au cours de sa grossesse.

— Merci d'être ma femme, murmura-t-il.

La douceur de ses mots la grisa.

— Je ne voudrais pas qu'il en soit autrement…

Elle avait tout ce qu'elle désirait, tout ce dont elle avait besoin, et elle aimait un peu plus chaque jour l'homme qu'elle avait épousé.

Le temps était passé à une vitesse folle. Le bébé aurait déjà dû être né depuis quelques jours, mais le médecin leur avait dit de ne pas s'inquiéter. S'il le fallait, il déclencherait l'accouchement, mais pour le moment, ce n'était pas nécessaire. Jude viendrait sûrement au monde d'un jour à l'autre.

Eric avait hâte d'accueillir son fils, de le tenir dans ses bras, de le regarder dormir et téter. Il avait même hâte de changer ses couches !

Ce soir, il était assis dans le salon et regardait la télévision. Dana était allée se coucher tôt. Elle attendait la naissance de leur fils avec autant d'impatience que lui, mais apparemment, Jude avait décidé de les rendre fous. Sa grande sœur aussi, d'ailleurs : Kaley les appelait continuellement pour leur demander des nouvelles. Il lui avait promis de la prévenir dès qu'ils se mettraient en route pour la maternité.

Il changea de chaîne. Incapable de se concentrer sur quoi que ce soit, il finit par abandonner et alla dans la chambre pour voir comment allait Dana. Elle dormait profondément. Il la laissa tranquille, résistant à l'envie de lui caresser les cheveux. Elle aurait peut-être du mal à se rendormir s'il la réveillait involontairement, et elle avait besoin de repos.

Ne sachant comment s'occuper, il sortit sous la galerie et alluma la lumière extérieure. Le jardin qu'ils avaient créé ensemble était magnifique, et cela l'apaisait de le contempler.

Au bout d'un instant, il alla regarder les animaux qu'il avait peints dans la chambre d'enfant.

Le berceau était monté depuis une éternité, avec ses draps bleu pâle et son édredon molletonné. Tout était prêt pour l'arrivée de Jude. Ses petits vêtements étaient rangés dans la commode, les couches, le lait pour bébé et le talc sous la table à langer. Même le siège-auto et la poussette étaient là, dans un coin de la pièce. Il y avait aussi un mobile qu'il avait monté un peu plus tôt dans la semaine. Il s'en approcha et le balança doucement, imaginant Jude se laissant bercer par le mouvement.

Il se rappelait avoir ressenti la même joie quand Corrine et lui se préparaient à accueillir Kaley. Bien sûr, jusqu'au dernier moment, ils avaient également eu peur d'apprendre que la mère du bébé avait changé d'avis et décidé de garder son bébé. L'adoption était quelque chose d'effrayant, parfois.

Il sortit de la chambre d'enfant, refermant la porte derrière lui, et rejoignit Dana, prenant soin de ne pas la réveiller en se couchant.

Le lendemain matin, elle le réveilla avec un grand sourire en le secouant doucement.

— Devine quoi… J'ai perdu les eaux !

Il se redressa si vite qu'il en fut tout étourdi.

— Tu as appelé le médecin ?

— Oui, nous devons aller à la maternité.

« La maternité. » Il le savait, bien sûr.

Il se leva d'un bond et enfila ses vêtements précipitamment. Dana paraissait bien trop sereine pour une femme qui était sur le point d'avoir un bébé. Elle était déjà prête à partir, vêtue d'une robe en coton jaune, avec des petits boutons en forme de cœur, rayonnante avec cette tenue gaie et sa queue-de-cheval.

Il essaya de rester calme, lui aussi, mais il était bien trop nerveux pour y parvenir. Jude allait enfin venir au monde !

— Tu as déjà eu des contractions ?

— Non, mais certaines femmes n'en ont pas tout de suite, paraît-il. Il peut se passer une heure avant que j'en aie.

Il espérait qu'elle ferait partie de ces femmes. Ils seraient à la maternité en bien moins d'une heure.

Il l'aida à monter dans la voiture, puis il mit son sac dans le coffre et prit le volant. Sur la route, ils furent pris dans un embouteillage et cela le contraria.

— Je m'étais toujours imaginé que nous ferions ce trajet de nuit…

— Plutôt qu'à l'heure de pointe ? Ne t'inquiète pas, Eric. Tout va bien se passer ! Tu te cramponnes au volant comme un vieil homme, ajouta-t-elle en riant.

— Je suis un vieil homme, et mon chargement est très précieux.

Il s'arrêta à un feu rouge, tendit le bras et lui prit la main.

— Je t'aime, Dana.

Elle lui sourit.

— Moi aussi, je t'aime.

— Je voudrais que la maternité soit plus proche…

— Elle n'est pas très loin.

— Elle l'est suffisamment.

Le trajet lui était d'autant plus pénible que les automobilistes qui les entouraient n'avaient pas l'air d'être concentrés sur la route. L'homme derrière eux buvait un café, et la dame dans la voiture à côté de la leur avait son téléphone portable à la main. En revanche, lui n'avait envie que d'une chose : arriver à destination.

Le feu passa enfin au vert, et il franchit le carrefour. Le feu suivant était à l'orange. Il ralentit, s'apprêtant à s'arrêter.

Soudain, bam ! l'homme au gobelet de café ne freina pas à temps, et il les percuta violemment. L'impact ne fut pas assez fort pour que les airbags se déploient, mais ils furent tout de même très secoués.

Terrifié, Eric se tourna vivement vers Dana.

— Ça va, dit-elle.

Etait-ce vrai ? Elle était pâle et semblait effrayée, elle aussi.

Derrière eux, l'homme, honteux, leur faisait signe de se garer sur le bas-côté pour faire un constat. Eric refusa d'un geste. Ils étaient trop pressés pour cela.

Il regarda de nouveau Dana. Elle était encore plus pâle et faisait la grimace.

— Ça ne va pas du tout, dit-il, le ventre noué par l'angoisse.

— Si, ça va… Je crois que l'accident a déclenché l'accouchement, mais c'est peut-être une coïncidence.

— Je ferais mieux d'appeler une ambulance au lieu d'essayer de te conduire à la maternité moi-même.

— Ça va, je t'assure…

— Je vais appeler les urgences.

Il se gara. L'homme derrière eux en fit autant, pensant sans doute qu'il avait changé d'avis et voulait faire un constat.

— Ce n'est pas la peine, dit Dana.

— Si.

Il appela les urgences et expliqua que sa femme était enceinte, qu'elle avait perdu les eaux et qu'ils avaient eu un accident alors qu'ils se rendaient à la maternité.

Soudain, il s'aperçut avec horreur qu'elle perdait du sang. Entre le moment où il avait pris son téléphone portable et maintenant, elle s'était mise à saigner. Une grande tache rouge vif s'étendait sur sa belle robe jaune.

Pris de panique, il hurla dans le téléphone. Dana se tordait de douleur. L'homme au café se tenait maintenant à côté de la voiture, et il les regardait fixement, comme pétrifié.

Eric passa un bras autour des épaules de Dana. Elle enfouit le visage au creux de son cou.

— Nous allons nous en sortir, murmura-t-elle d'une voix râpeuse. Nous allons nous en sortir, je te le promets.

Nous. Elle et Jude.

— Bien sûr, répondit-il, épouvanté à l'idée qu'ils puissent mourir.

Elle resta silencieuse, trop faible pour parler.

L'ambulance arriva rapidement. Il n'avait cessé de trembler en l'attendant. Il monta à l'arrière avec Dana tandis que l'on s'occupait d'elle. Elle perdait trop de sang et avait besoin d'une transfusion. Sa vie était en danger, et celle du bébé aussi.

La femme de sa vie était mourante, et leur fils aussi.

- 14 -

Dès leur arrivée à l'hôpital, Dana fut emmenée aux urgences, et Eric dut attendre, seul. L'accident avait provoqué le décollement du placenta.

Paralysé par la peur, il regardait fixement le mur, droit devant lui, quand il pensa à Kaley. Il était censé la prévenir en partant pour la maternité ; mais comment aurait-il pu appeler sa fille chérie maintenant et lui dire que Dana et Jude étaient entre la vie et la mort ?

Il avait envie de maudire le ciel, de maudire l'homme qui buvait son café au volant et les avait percutés, de maudire la terre entière.

Il ne pouvait pas endurer cela une deuxième fois, il ne pouvait pas de nouveau perdre son épouse. Il ne pouvait pas perdre un enfant, ou n'importe quel autre être aimé.

Il n'allait pas les perdre. Dana lui avait promis que Jude et elle s'en sortiraient. Elle s'était agrippée à lui et lui en avait fait la promesse, et il devait la croire.

Au lieu de maudire qui que ce soit, il récita donc une prière cherokee. Il s'adressa aussi à saint Jude, et aux animaux qui protégeaient Dana et Jude. Enfin, il demanda son aide à Corrine.

Ensuite, il trouva le courage d'appeler Kaley et de lui raconter ce qui s'était passé.

— J'arrive tout de suite, dit-elle d'une voix tremblante. Je vais appeler Candy, elle va vouloir venir aussi.

Kaley et Candy arrivèrent presque en même temps. Sa fille se jeta dans ses bras et éclata en sanglots.

— Ça va aller, dit-il en lui caressant les cheveux.

— Maman disait toujours ça, elle aussi…

— Je sais, mais cette fois, c'est vrai.

— Tu n'as pas peur, papa ?

— Je suis terrifié, ma chérie, mais je ne peux pas laisser ma peur me dominer. Dana ne voudrait pas que je le fasse.

Il croisa le regard de Candy, derrière Kaley. Elle aussi semblait terrorisée. Il devait rester fort pour tout le monde, y compris lui-même.

Il relâcha Kaley et serra Candy dans ses bras, puis tous trois s'assirent côte à côte.

Les minutes s'écoulèrent. Kaley avait encore les larmes aux yeux. Elle avait beaucoup de mal à faire face à la situation.

— Je détestais les hôpitaux, après la mort de maman, expliqua-t-elle à Candy. Elle est morte à l'hôpital, et pour moi, c'était un lieu qui était uniquement associé à la souffrance… Quand j'ai rencontré mes parents biologiques, j'ai découvert que Victoria aussi avait eu une mauvaise expérience des hôpitaux. A ma naissance, Ryan ne l'a pas retrouvée à la maternité comme il était censé le faire, et tout ce dont elle se souvenait, c'était d'avoir dû me confier aux représentants de l'agence d'adoption et d'avoir été laissée seule. Du coup, la première fois que je suis allée dans l'Oregon, j'ai demandé à Victoria et à Ryan de m'emmener voir la maternité où j'étais née, pour nous créer d'autres souvenirs.

— Est-ce que cela t'a aidée ? demanda Candy.

— Oui, mais maintenant, je n'arrive à penser qu'à la mort de maman…

Elle le regarda. Ses yeux s'emplissaient de nouveau de larmes.

— Je suis désolée, papa, j'essaie vraiment de ne pas m'effondrer.

Il lui passa un bras autour des épaules et la serra contre lui. Il savait qu'elle s'efforçait d'être courageuse.

— Tu n'es pas obligée d'attendre ici, si tu ne peux pas le supporter… Je t'appellerai dès qu'il y aura du nouveau.

— Oh non ! Je serais incapable de m'en aller. Je voudrais

seulement que les médecins se dépêchent… Je voudrais voir Dana et mon petit frère. Je veux qu'ils s'en sortent.

Soudain, une image de Dana dans la voiture s'imposa à lui. Il la revoyait pliée en deux, blême, dans sa robe maculée de sang.

Il ferma les yeux, mais ne parvint pas à chasser de ses pensées la tache rouge. Et si elle ne survivait pas ? Si le petit Jude mourait avec elle ?

— Quelqu'un veut un café ? demanda Candy.

Il rouvrit les yeux. Il avait peine à respirer, et les images continuaient de se bousculer dans sa tête. Il revoyait l'homme qui les avait percutés, debout à côté de la voiture, avec son expression horrifiée. Candy et Kaley ignoraient les détails de l'accident, et il n'avait pas l'intention de les leur raconter.

— Non, merci, répondit-il faiblement.

Ses forces l'abandonnaient.

— Je veux bien un chocolat chaud, dit Kaley.

— Je vais t'en chercher un.

Candy se dirigea vers le distributeur de boissons. De toute évidence, elle avait besoin de se sentir utile.

— Je voudrais être capable de maîtriser ma peur, papa… Je voudrais être davantage comme toi.

En entendant ces mots, il se ressaisit, chassant de son esprit visions sanglantes et scénarios macabres. Sa fille comptait sur lui pour reprendre espoir. Il se devait de lui insuffler du courage.

— J'ai pleuré ta mère trop longtemps, je l'ai pleurée avant même qu'elle soit morte, j'ai refusé de l'écouter quand elle m'incitait à aimer quelqu'un d'autre un jour, mais maintenant que j'aime bel et bien quelqu'un d'autre, je refuse d'abandonner, et tu n'abandonneras pas non plus ! Nous allons tenir bon, ensemble, comme toute famille digne de ce nom doit le faire.

— Je t'aime, papa.

— Je t'aime aussi. Tu es ma petite fille adorée. Tu m'as convaincu d'épouser Dana, d'élever un enfant avec elle, tu m'as aidé à accepter le passé et à m'ouvrir à un avenir avec toi, Dana et le petit Jude.

Candy revint à ce moment-là avec le chocolat chaud de Kaley.

— Tu es sûr de ne rien vouloir ? demanda-t-elle en le regardant.

— Eh bien, si ça ne te dérange pas, je prendrais bien un café quand même, en fin de compte… sans sucre…

— Je t'apporte ça tout de suite.

Candy s'éloigna de nouveau, satisfaite d'avoir quelque chose à faire pour s'occuper un peu. Elle réapparut quelques instants plus tard avec un autre gobelet. Il la remercia tandis qu'elle se rasseyait, but une gorgée de café et songea à toutes les choses merveilleuses que Dana et lui avaient partagées jusque-là.

Il ne laisserait rien faire obstacle à sa conviction : Dana et Jude rentreraient à la maison avec lui.

— Je reviens tout de suite, dit-il à Kaley et à Candy.

Il se leva et se dirigea vers la boutique de cadeaux de l'hôpital, espérant y trouver quelque chose de spécial. On y vendait surtout des fleurs, des ballons, des peluches, des livres et des magazines, mais il remarqua une petite vitrine contenant des bijoux en or. Il acheta un bracelet pour sa femme, avec une breloque sur laquelle était gravé le mot « Maman ». Il acheta le même bracelet pour Kaley et Candy, avec des breloques différentes : celle de Kaley disait « Sœur », celle de Candy « Amie ». Pour Jude, il trouva une veilleuse en forme de dauphin, à mettre dans sa chambre.

Il retourna dans la salle d'attente, offrit à Kaley et à Candy leurs bracelets, et leur montra celui de Dana. Toutes deux en eurent les larmes aux yeux.

Il sortit la veilleuse de son sac.

— Et ça, c'est pour la chambre de Jude…

— C'est parfait, papa, dit Kaley en l'embrassant. Dans la tradition cherokee, le dauphin représente le caractère sacré de la vie, expliqua-t-elle à Candy.

Candy prit la veilleuse pour la regarder de plus près.

— C'est magnifique, et très approprié, dit-elle en la lui rendant.

Il la remit dans le sac, plein d'espoir.

Le médecin de Dana apparut au bout du couloir. Eric et les filles se levèrent d'un bond en le voyant, mais Kaley s'immobilisa presque aussitôt, trop effrayée pour avancer.

Il se souvenait très bien des larmes de désespoir qu'elle avait versées quand sa mère était morte. Cette image de sa petite fille de onze ans resterait à jamais gravée dans sa mémoire.

Il la prit par la main. Le médecin avançait vers eux d'un pas assuré. Les nouvelles devaient être bonnes.

Les nouvelles étaient excellentes : toute complication avait été écartée, Dana allait bien, et le bébé aussi. Elle était en salle de réveil, et Jude était dans la nursery. Un peu plus tard, on conduirait la mère et l'enfant dans leur chambre.

— C'est un très beau bébé, dit le médecin avec un sourire. Il pèse quatre kilos deux cent cinquante grammes ! Vous avez un fils en parfaite santé, monsieur…

Eric le remercia d'une poignée de main, et intérieurement il remercia aussi le ciel d'avoir exaucé ses prières. Tandis que Kaley et Candy s'élançaient vers la nursery, on l'emmena voir Dana.

La salle de réveil était un endroit calme, où les patients étaient allongés sur des lits à roulettes, séparés par des rideaux. Il s'approcha de Dana avec la sensation de tenir son cœur entre ses mains. Il l'aimait plus que jamais.

Elle semblait épuisée, avec ses cernes sous les yeux et sa perfusion, mais pour lui, elle était la plus belle femme du monde. Il s'assit à son chevet, et elle tourna la tête vers lui avec un sourire endormi.

— Tu as vu Jude ?

— Pas encore, mais j'irai le voir après avoir passé un peu de temps avec toi. Kaley et Candy sont à la nursery, elles doivent s'extasier sur lui en ce moment même…

— Il est magnifique. Il te ressemble, Eric… et il me ressemble aussi. Je l'adore. J'ai tellement hâte de le prendre dans mes bras !

Il lui caressa la joue, profondément soulagé, heureux de pouvoir la toucher.

— Moi aussi.

— Je ne pourrai pas le porter tout de suite, mais du moment que quelqu'un me le met dans les bras, je pourrai lui donner le sein. Le médecin m'a dit que les médicaments que je dois prendre n'altéreront pas le lait.

— Je te le mettrai dans les bras. Je serai là quand tu auras besoin de moi.

Il prit sa main dans la sienne. Il l'aimait tant !

— Je me suis efforcé de rester positif pendant l'accouchement, ajouta-t-il après un moment de réflexion. J'ai pris exemple sur toi et décidé de croire que tout allait s'arranger. J'ai aussi essayé d'empêcher Kaley et Candy de s'effondrer.

— Tu es mon héros.

— J'ai été à bonne école…

Il lui passa le bracelet qu'il lui avait acheté autour du poignet.

— Il y a écrit « Maman » sur la petite breloque.

Il lui décrivit les bracelets qu'il avait offerts à Kaley et à Candy, puis il lui montra la veilleuse et lui expliqua la signification du dauphin.

— Maintenant, Jude a un autre protecteur, dit-elle en la touchant du bout des doigts, un protecteur qui va briller pour lui la nuit.

Elle leva les yeux vers lui.

— Merci d'être mon mari et de m'avoir donné un enfant.

— C'est moi qui devrais te remercier…

Il lui déposa un baiser sur les lèvres, s'émerveillant de leur douceur.

— Repose-toi bien… Je te vois dans ta chambre tout à l'heure.

Elle sourit.

— Va rencontrer ton fils, Eric.

— J'y vais !

Il l'embrassa encore et lui dit au revoir dans un murmure, puis il se dirigea vers la nursery. Kaley et Candy se tenaient derrière la vitre. Sa fille lui fit signe d'approcher.

— Comment va Dana ? s'empressa-t-elle de lui demander.

— Bien, et elle veut que je rencontre mon fils…

— Il est là, papa.

Kaley pointa fièrement le doigt vers l'un des nouveau-nés de la première rangée de berceaux. Jude était emmailloté dans une petite couverture bleue. Il avait des cheveux noirs et un adorable petit visage.

Eric resta là, les bras ballants, à le regarder fixement, comme il l'avait regardé sur l'écran de l'échographe. Seulement, maintenant, il était bel et bien là, de l'autre côté de cette vitre.

Il comprenait encore mieux le besoin que Dana éprouvait de le prendre dans ses bras.

Candy fit signe à l'infirmière qui s'occupait des nourrissons pour lui montrer que le père de Jude était là. La dame prit le bébé et l'approcha de lui pour qu'il puisse le voir mieux.

— Il est trop mignon, hein ? dit Kaley.

Eric eut un grand sourire.

— Trop mignon !

— Félicitations, dit Candy.

— Merci…

Il remarqua que Kaley et elle étaient émues. Lui aussi avait les yeux embués de larmes, maintenant, et pourtant il ne pleurait pas facilement. Bien sûr, c'étaient des larmes de joie, et c'était tout ce qui importait.

L'infirmière remit Jude dans son berceau.

— Je ressens la même chose que quand tu es entrée dans ma vie, dit-il à Kaley. Je suis au comble de la joie à l'idée d'être père.

— Moi aussi, répondit-elle en se blottissant contre lui, à l'idée que j'ai un petit frère.

Il passa son bras autour d'elle.

— C'est un amour tellement spontané…

— C'est comme ça que ce doit être, en famille. Je comprends encore mieux maintenant à quel point Victoria et Ryan ont souffert quand ils ont dû se séparer de moi.

— Tu devrais les appeler pour leur annoncer la naissance de Jude.

— Je vais le faire tout de suite !

Elle s'éloigna pour téléphoner. Candy s'approcha de lui.

— Tu es une amie extraordinaire pour Dana, dit-il en se tournant vers elle.

— C'est une femme extraordinaire.

— Toi aussi.

Il pensa à sa fausse couche et à son divorce.

— Je n'aurais jamais cru trouver de nouveau l'amour et le bonheur, continua-t-il, mais c'est pourtant ce qui m'est arrivé, et j'espère que cela t'arrivera, à toi aussi.

— Merci… mais je ne suis pas encore prête à repartir de zéro.

— Je ne me sentais pas prêt, moi non plus.

— Je saurai m'en souvenir si jamais je rencontre quelqu'un, mais pour le moment, être la marraine de Jude me suffit amplement.

— Dana n'aurait pas pu trouver mieux pour remplir ce rôle.

— Je suis heureuse de faire partie de la vie de ton fils, Eric. Il a de la chance de vous avoir pour parents, Dana et toi.

— Nous avons de la chance de l'avoir. Sans lui, Dana et moi ne nous serions pas mariés. C'est lui qui nous a poussés dans les bras l'un de l'autre… lui, et Kaley, dit-il en riant. Elle a insisté pour que nous nous mariions !

— Tu as une fille qui a beaucoup de volonté, mais elle a failli s'effondrer, tout à l'heure. Moi aussi. C'était insupportable d'imaginer le pire.

— C'est précisément pour cette raison que je ne pouvais pas perdre espoir.

Il se retourna vers la vitre pour admirer Jude.

— Est-ce que tu as appelé la mère et la grand-mère de

Dana ? lui demanda Candy. Sont-elles au courant de tout ce qui s'est passé ?

— Pas encore. Je ne voulais pas les inquiéter, elles sont tellement loin… Je voulais attendre d'être sûr que Dana et Jude étaient hors de danger pour les prévenir.

— Je peux les appeler, si tu veux.

— Je veux bien, merci ! Dis-leur que je les appellerai d'ici quelques heures… et que Jude est magnifique.

— Je n'y manquerai pas.

Elle s'éloigna à son tour, le laissant seul devant la vitre de la nursery, avec son bébé.

Dana regarda son mari porter leur enfant au creux de ses bras. Elle était enfin dans sa chambre, entourée de sa famille et de Candy.

Elle avait déjà allaité le bébé. Elle avait tenu Jude tout contre elle pendant qu'il tétait, le cœur débordant de joie.

— C'est vrai qu'il nous ressemble à tous les deux, dit Eric. Il a mon teint et tes yeux bleus.

— Il va faire craquer tout le monde, remarqua Candy.

— C'est sûr ! dit Kaley avec un grand sourire.

Elle avait déjà pris une multitude de photos de Jude avec son téléphone, et elle en envoyait à tous les contacts de son répertoire.

Candy s'approcha du lit et s'assit au chevet de Dana.

— Comment te sens-tu ?

— Je suis fatiguée, mais je n'ai jamais été aussi heureuse.

Elle jeta un coup d'œil à Eric, qui arpentait la chambre avec son fils.

— J'ai hâte de rentrer à la maison avec Jude et Eric.

— Quand pourras-tu rentrer ?

— Je ne sais pas exactement… Dans trois ou quatre jours, peut-être.

— Profite d'être ici pour te reposer.

— C'est promis. J'ai envie de me rétablir rapidement.

De nouveau, elle regarda son mari et son bébé. Elle semblait ne pas pouvoir s'en empêcher.

— Eric s'est arrangé pour prendre quelques jours de congé, il va m'aider à m'occuper de Jude… Après ce qui s'est passé aujourd'hui, je vais apprécier son aide.

— Je viendrai te voir le plus souvent possible, et Kaley aussi. Tu serais fière de la façon dont Eric nous a rassurées, pendant l'accouchement.

Les paroles de Candy lui allèrent droit au cœur. Elle ne se lassait pas de constater qu'Eric avait dominé ses peurs.

— Il m'a dit qu'il était resté positif dans votre intérêt à tous.

Soudain, il les regarda en souriant. Elles lui rendirent son sourire. Le bébé s'était endormi dans ses bras.

— Je peux le porter ? demanda Kaley.

— Bien sûr.

Eric s'approcha de sa fille et lui déposa Jude dans les bras.

— Hey, Jude ! dit-elle avec douceur. Tu risques d'entendre ça souvent…

Elle lui chanta les premières phrases de la chanson.

— Je l'ai téléchargée pour apprendre les paroles.

— Je suis sûre qu'il apprécie, dit Dana.

Kaley berça délicatement le nourrisson.

— Il a l'air… Regardez son visage, il est tout fripé !

Eric éclata de rire.

— Le tien aussi était comme ça…

— Je sais bien. C'est incroyable que les bébés soient aussi beaux, même avec leur drôle de petite tête.

— Je crois que c'est justement cette drôle de petite tête qui les rend si beaux, dit Dana.

Candy retourna s'asseoir à côté de Kaley, laissant sa place à Eric. Il s'assit et prit la main de Dana dans la sienne. Kaley s'approcha avec Jude et le lui déposa dans les bras pour qu'elle ait le plaisir de tenir de nouveau son fils. Eric caressa les cheveux du bébé, qui ouvrit les yeux et les regarda. Ils sourirent, émerveillés, savourant ce moment et, par avance, tous ceux à venir.

Epilogue

Eric était au restaurant et regardait Dana s'affairer. Il était venu dîner avec Jude. Leur fils, maintenant âgé d'un an, était assis dans sa chaise haute et jouait avec un camion en plastique. Il avait un sourire adorable, et ses yeux pétillaient chaque fois qu'il apercevait sa mère.

Dana travaillait quelques jours par semaine. Elle poursuivait ses études, mais changeait continuellement d'avis quant à sa matière principale. Elle n'était pas encore sûre de vouloir devenir décoratrice d'intérieur. Elle était plus merveilleusement dilettante que jamais, mais elle était aussi la meilleure épouse et la meilleure mère du monde. Il remerciait tous les jours le ciel de l'avoir rencontrée.

Jude donna un coup sur sa chaise haute avec son camion et s'écria :

— Maman !

— Je sais, mon grand… Maman travaille ce soir, mais elle a bientôt fini sa journée et elle va venir manger avec nous.

Comme promis, elle ne tarda pas à les rejoindre. Elle plaça leurs assiettes devant eux et déposa un baiser sur le front de Jude. Il lui montra son jouet, et elle l'embrassa aussi. Jude rit et le tendit alors à Eric.

— Papa !

Eric prit le camion et imita Dana, embrassant les roues. Jude rit de plus belle, et Eric lui rendit son jouet.

— Mange bien, mon chéri, dit Dana.

Elle rajusta son bavoir et lui montra l'assiette qu'elle

avait posée devant lui. Il écrasa la plus grande partie de son contenu, mais grignota un peu aussi.

Elle s'assit en face d'Eric.

— Salut, toi !

— Salut, répondit-il en souriant.

Elle était ravissante dans son uniforme rose, avec sa fleur dans les cheveux. Il aimait la voir dans sa tenue de travail : cela lui rappelait leur rencontre.

— Un pain de viande pour mon mari !

Elle lui fit signe de manger, agitant le doigt comme elle l'avait fait pour Jude.

Il regarda son assiette : elle avait pris des spaghettis bolognaise.

— Ça va être du joli si Jude veut goûter…

Comme d'habitude, Dana ne se laissa pas décontenancer. Elle haussa les épaules avec désinvolture.

— J'ai pris plein de serviettes en papier, et nous avons des lingettes.

Il imagina des spaghettis dans les cheveux de leur enfant et le regarda. Il vidait sa timbale dans son assiette, comme la plupart des bébés aimaient à le faire.

— Nous devrions en avoir un autre, dit Dana.

Eric la regarda avec de grands yeux.

— Un autre enfant ?

Elle éclata de rire.

— Oui, mais je plaisantais ! Je voulais voir la tête que tu allais faire.

— Tu es sûre de ne pas rêver d'avoir un autre bébé ?

— Sûre et certaine. Notre petit bout de chou me suffit amplement.

— A moi aussi !

— Victoria et Ryan vont enfin essayer d'avoir un bébé.

— C'est vrai ? Comment tu le sais ?

— Victoria l'a dit à Kaley, et Kaley me l'a répété.

— Ah! les femmes ! Quelles bavardes… C'est une excellente nouvelle, s'empressa-t-il d'ajouter quand elle haussa les sourcils. J'espère qu'ils vont y arriver.

— Je suis sûre que ce sera le cas. Ils n'ont eu aucun mal à concevoir Kaley !

Elle enroula des spaghettis autour de sa fourchette.

— Malheureusement, les choses ne vont pas aussi bien pour Candy… Elle va devoir vendre sa maison.

— Ah bon ? Pourquoi ?

— Elle a fait un emprunt et n'a pas l'argent pour le rembourser. Elle va essayer de trouver un acheteur elle-même, sans passer par une agence, pour ne pas avoir de frais à payer.

— Je suis désolé pour elle… J'aimerais avoir de l'argent à lui prêter.

— Oh ! c'est gentil ! Elle s'en sortira, j'en suis sûre… et, qui sait ? il en découlera peut-être quelque chose de bien.

Il ne voyait pas ce qu'il pouvait y avoir de bien à devoir vendre sa maison, mais il se serait bien gardé de douter du positivisme de Dana.

Il prit une bouchée de pain de viande.

— Tu sais ce qui est bizarre ? Je connais quelqu'un qui cherche une maison dans son quartier.

Le visage de Dana s'éclaira.

— Qui ?

— Un vieil ami de pow-wow. Tu ne l'as pas encore rencontré… Je l'ai croisé par hasard, l'autre jour. Nous avons discuté, et il m'a dit qu'il voulait acheter une maison.

— Tu devrais lui donner les coordonnées de Candy.

— Je le ferai, mais je ne te garantis rien…

— C'est peut-être un signe du destin !

— Quoi donc ? Le fait que je connaisse quelqu'un qui cherche une maison au moment où Candy décide de vendre la sienne ? Peut-être… mais peut-être aussi que c'est simplement une coïncidence.

— Je ne crois pas aux coïncidences. Il y a une raison à toute chose.

Elle se tourna vers Jude.

— N'est-ce pas, bébé ?

Jude donna un grand coup dans son assiette avec son

camion, s'éclaboussant et éclaboussant sa mère. Elle rit et caressa sa petite joue toute sale. Il tendit la main vers ses spaghettis.

C'est parti, pensa Eric. *La pagaille intégrale, le chaos mère-fils.* Jude avait la personnalité extravagante de sa mère.

— Tu en veux ?

Elle lui fit goûter les pâtes, mais cela ne dura pas : il arrêta vite de manger pour presser les spaghettis entre ses doigts, riant aux éclats avec sa mère.

Eric sortit les lingettes du sac de couches, prêt à réparer les dégâts après coup, mais il ne put s'empêcher de rire avec eux. Comment aurait-il pu faire autrement ? Dana et Jude le comblaient de joie. Il n'aurait pas troqué leur folie douce contre toute la normalité du monde. Il était heureux, et les aimait exactement tels qu'ils étaient.

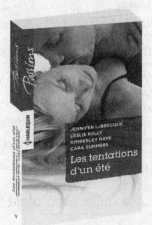

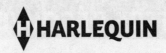

Composé et édité par HARLEQUIN

Achevé d'imprimer en mai 2015

CPI
BRODARD & TAUPIN

La Flèche
Dépôt légal : juin 2015

Pour l'éditeur, le principe est d'utiliser des papiers composés de fibres naturelles, renouvelables, recyclables, et fabriquées à partir de bois issus de forêts qui adoptent un système d'aménagement durable. En outre, l'éditeur attend de ses fournisseurs de papier qu'ils s'inscrivent dans une démarche de certification environnementale reconnue.

Imprimé en France